MORTE LENTA

CB021059

MATTHEW FITZSIMMONS

MORTE LENTA

TRADUÇÃO
FABIO MAXIMILIANO

FARO
EDITORIAL

Diretor editorial PEDRO ALMEIDA

Preparação BARBARA REZENDE

Revisão GABRIELA DE AVILA

Capa e diagramação OSMANE GARCIA FILHO

Imagens de capa © SILAS MANHOOD PHOTOGRAPHY

© YURI_ARCURS | ISTOCKPHOTO

Dados Internacionais de Catalogação na Publicação (CIP)
(Câmara Brasileira do Livro, SP, Brasil)

FitzSimmons, Matthew
    Morte lenta / Matthew FitzSimmons ; [tradução Fabio Maximiliano]. — Barueri, SP : Faro Editorial, 2017.

    Título original: The Short Drop
    ISBN 978-85-62409-91-2

    1. Ficção norte-americana I. Título.

17-00888   CDD-813

Índice para catálogo sistemático:
1. Ficção : Literatura norte-americana 813

FARO EDITORIAL

1ª edição brasileira: 2017
Direitos de edição em língua portuguesa, para o Brasil, adquiridos por FARO EDITORIAL

Avenida Andrômeda, 885 - Sala 310.
Alphaville – Barueri – SP – Brasil
CEP: 06473-000 – Tel.: +55 11 4208-0868
www.faroeditorial.com.br

Não há satisfação em enforcar um homem
que não se opõe a ser enforcado.

– George Bernard Shaw

PARTE UM

VIRGÍNIA

1

GIBSON VAUGHN SENTOU-SE SOZINHO DIANTE DO BALCÃO LOTADO DO Nighthawk Diner. Era um horário de intenso movimento no café da manhã e os clientes andavam de um lado para outro, esperando conseguir um lugar. Gibson mal notava o crescente ruído de facas e garfos chocando-se contra os pratos e pareceu não perceber que a garçonete trouxe a sua comida. Ele olhava fixamente para a televisão instalada atrás do balcão. O noticiário estava exibindo o vídeo outra vez. Espalhado pelos quatro cantos do país, o vídeo já fazia parte da própria cultura norte-americana — dissecado e analisado ano após ano, mencionado em filmes, programas de televisão e músicas. Como a maioria das pessoas, Gibson havia assistido ao vídeo inúmeras vezes e não conseguia tirar os olhos das imagens mostradas, não importava quantas vezes fossem ao ar. Como ele poderia? Aquilo era tudo o que lhe restava de Suzanne.

O início do vídeo não tinha nitidez, as cenas eram granuladas. O filme parecia entrecortado com as imagens pouco nítidas; linhas distorcidas se acumulavam na tela como ondas batendo em uma praia. Parecia gravado numa fita de vídeo que fora reutilizada várias e várias vezes, com conteúdos sucessivamente gravados por cima dos anteriores.

Feita a partir de uma câmera localizada atrás da caixa registradora, a sequência mostrava o interior do infame posto de gasolina em Breezewood, na Pensilvânia. O vídeo causava tanto impacto nas pessoas porque poderia ser uma cena comum ocorrida em qualquer lugar ou cidade, e com a sua filha. Em sua totalidade, a silenciosa sequência do vídeo de segurança era uma melancólica homenagem à mais importante garota desaparecida dos Estados Unidos Suzanne Lombard. O horário registrado na gravação era 22h47.

Beatrice Arnold, uma estudante universitária que trabalhava no turno da noite, foi a última pessoa a falar com a jovem desaparecida. Às 22h47, Beatrice estava sentada no alto de uma banqueta atrás do balcão, lendo um exemplar surrado de *O Segundo Sexo*, de Simone de Beauvoir. Ela seria a primeira pessoa a se lembrar de ter visto Suzanne Lombard e a primeira a entrar em contato com o FBI quando o desaparecimento ganhou as manchetes do noticiário.

Às 22h48, um homem calvo, com cabelo loiro e comprido entrou na loja de conveniência. Na internet, como se descobriria depois, ele usava o apelido de Riff-Raff, mas o FBI o identificou como Davy Oksenberg, um caminhoneiro de Jacksonville com histórico de violência doméstica. Oksenberg comprou carne-seca e Gatorade, pagou em dinheiro e pediu nota fiscal, mas ficou fazendo hora no balcão, flertando com Beatrice Arnold, aparentemente ele não tinha pressa de voltar para a estrada.

Considerado o principal suspeito no caso, Oksenberg foi interrogado repetidas vezes pelo FBI nas semanas e meses que se seguiram ao desaparecimento. Várias buscas foram feitas em seu caminhão, mas nenhum vestígio da garota desaparecida foi encontrado. Com relutância, o FBI concluiu que Oksenberg não tinha envolvimento no caso, mas a essa altura o homem já havia perdido o emprego e recebido diversas ameaças de morte.

Depois que Oksenberg saiu da loja, um sossego absoluto tomou conta do lugar. As coisas permaneceram assim durante o que pareceu ser uma eternidade... E então ela surgiu pela primeira vez no vídeo — a menina de 14 anos, vestindo um agasalho de moletom grande demais para o seu tamanho e um boné de beisebol, com uma bolsa da Hello Kitty pendurada no ombro. Ela tinha estado dentro da loja o tempo todo, em pé, parada no ponto cego da câmera. O que tornava tudo ainda mais estranho era que ninguém sabia dizer ao certo como a menina havia ido parar na loja. Beatrice Arnold não se lembrava de tê-la visto entrar e a câmera de segurança não oferecia respostas para essa questão.

O agasalho pendia do corpo da garota em grandes dobras. Ela era uma frágil sombra de uma jovem pálida. A mídia gostava de comparar o filme em preto e branco com as exuberantes fotografias de família — a sorridente menina loira no vestido azul de dama de honra, a sorridente menina na praia com a mãe, a sorridente menina lendo um livro ou olhando pela janela com ar sonhador. Elas contrastavam fortemente com a garota de semblante sombrio usando boné de beisebol, as mãos enterradas nos bolsos, arqueando o corpo como um animal à espreita dentro de sua toca.

Suzanne perambulava entre as prateleiras de mercadorias, mas sua cabeça estava voltada para a janela da frente. Passaram-se 179 segundos. Através da janela, ela viu algo lá fora que lhe chamou a atenção e sua postura mudou. Um veículo, talvez. Ela apanhou três itens nas prateleiras: bolinhos de chocolate recheados com creme de marshmallow, um refrigerante em lata Cherry Coke e um pacote de balas de alcaçuz *Red Vines*. (Mais tarde, essa combinação ficaria sinistramente conhecida como "Lanche da Garota Desaparecida"). Suzanne também pagou em dinheiro, deixando cair sobre o balcão moedas e notas amarrotadas antes de enfiar suas compras dentro da bolsa.

Os olhos de Suzanne se voltaram para o alto, para a câmera de segurança, que captou seu olhar por um longo momento — uma expressão congelada no tempo e, assim como o sorriso da Mona Lisa, interpretada de mil maneiras diferentes.

Gibson também olhou fixamente para Suzanne, como sempre fazia, esperando que a garota lhe sorrisse tímida, como costumava fazer quando queria contar a ele algum segredo. E esperando que ela lhe contasse o que havia acontecido. Por que ela havia fugido. Em todos aqueles anos desde o desaparecimento dela, Gibson jamais abandonara a esperança de obter uma resposta. Mas a garota no vídeo de segurança não dizia nada.

Nem a ele nem a ninguém.

Por fim, Suzanne puxou a aba do boné para baixo e desviou o olhar para sempre. Às 22h56, ela saiu pela porta e sumiu na noite. Beatrice Arnold havia declarado ao FBI que a garota parecia ansiosa e que seus olhos estavam vermelhos como se ela tivesse chorado. Nem Beatrice nem o casal que abastecia o carro na bomba de gasolina perceberam se ela entrou em algum veículo. Mais um frustrante beco sem saída em um caso cheio de becos sem saída.

O FBI não conseguiu descobrir uma única pista relevante. Nenhuma pessoa jamais se apresentou para reivindicar os 10 milhões de dólares de recompensa oferecidos pela família e por seus apoiadores. Apesar da frenética cobertura da mídia, apesar de seu pai famoso, Suzanne Lombard havia sumido depois de sair do posto de gasolina. O desaparecimento dela já prometia ser um dos eternos mistérios dos Estados Unidos, como os casos de Jimmy Hoffa, D. B. Cooper e Virginia Dare.

O noticiário foi para o intervalo comercial e Gibson soltou o ar, sem se dar conta de que vinha segurando a respiração. A fita de vídeo sempre o deixava arrasado. Por quanto tempo mais eles continuariam exibindo aquilo? Nenhum avanço havia sido feito no caso de Suzanne durante anos. Daquela vez, a grande história era que Riff-Raff tinha cortado o cabelo e obtido um título universitário enquanto cumpria pena na prisão por posse de drogas. A internet, em sua infinita irreverência, rebatizou-o de Professor Riff-Raff e de Raff 2.0. De qualquer maneira, tudo não passava de uma reedição piegas do que todos já sabiam — ou seja, nada.

Porém o décimo aniversário do desaparecimento dela se aproximava e isso significava que as emissoras de televisão continuariam levando ao ar suas retrospectivas. Não parariam de explorar a memória de Suzanne. E continuariam a mostrar insistentemente qualquer pessoa que tivesse uma ligação, por mais insignificante que fosse, com a família ou com o caso. E encenariam suas reconstituições de mau gosto no posto de gasolina de Breezewood e usariam um programa de computador para simular a atual aparência de Suzanne.

Assistir às simulações era sobretudo difícil para Gibson. Suzanne contaria agora 24 anos e provavelmente já teria se formado. As imagens o estimulavam a imaginar a vida que a garota poderia ter vivido. Em que lugar ela poderia estar morando. A carreira que ela escolheria — algo relacionado a livros, sem dúvida. Ele sorriu diante desse pensamento, mas seu sorriso logo se apagou. Não era saudável. Já não era hora de dar a ela um pouco de paz? De dar a todos eles um pouco de paz?

— Que coisa inacreditável — disse o homem ao lado de Gibson, olhando para a televisão.

— Sem dúvida — respondeu Gibson.

— Eu me lembro de onde estava quando soube pela televisão que ela havia desaparecido: em um quarto de hotel em Indianápolis, viajando a negócios. Lembro como se tivesse sido ontem. Tenho três filhas. — O homem deu três batidas leves no balcão de madeira para espantar o azar. — Eu me sentei na beirada da cama e fiquei assistindo por um bom tempo. Simplesmente terrível. Pode imaginar o que é passar dez anos sem saber se a sua menininha está viva ou morta? É sofrimento demais para uma família suportar. Lombard é um homem bom.

A última coisa que Gibson desejava era se envolver em uma discussão sobre Benjamin Lombard. Ele fez um aceno com a cabeça em sinal de concordância, esperando pôr um ponto final no assunto, mas o homem não iria se acanhar com tanta facilidade.

— A questão é: se um canalha doente pode sequestrar a filha do vice-presidente e se safar disso sem ser punido, que esperança há para o resto de nós?

— Bem, ele não era vice-presidente na ocasião.

— Sim, claro, mas ainda assim era um senador. Isso não é pouca coisa. Ou você acha que Lombard não tinha autoridade sobre os agentes federais já naquele tempo?

Na verdade, Gibson sabia em primeira mão quanta influência Lombard exercia e sabia muito bem que o homem adorava exercer esse poder. O vice-presidente Benjamin Lombard era outro assunto no qual ele tentava não pensar.

— Eu acho que ele daria um bom presidente — o homem continuou. — Para conseguir se recuperar de um golpe desses? Conquistou o cargo de vice-presidente quando a maioria das pessoas no lugar dele teria jogado a toalha. E agora está empenhado na disputa pela presidência! Isso exige uma força que não dá nem pra imaginar.

Após dois mandatos como vice-presidente de um presidente estimado pela população, Lombard já dava como certo que sua candidatura seria lançada; a convenção em agosto não passaria de mera formalidade, uma espécie de coroação. Mas Anne Fleming, a governadora da Califórnia, havia surgido de repente na disputa e parecia decidida a tirar votos do seu oponente. No momento, os dois estavam virtualmente empatados. Lombard tinha mais votos de delegados e ainda era o favorito, mas Fleming o fazia trabalhar duro para manter a vantagem.

Em um ano de eleição, o décimo aniversário do desaparecimento de Suzanne tinha, estranhamente, ajudado a impulsionar a campanha de Benjamin Lombard. Mas não era a primeira vez que isso acontecia: promover a Lei Suzanne no Senado o tornou conhecido no cenário nacional. Claro que Lombard se recusava com elegância a falar sobre sua filha. O cínico argumentava que não era necessário, já que a mídia fazia isso por ele o tempo todo. Além disso, podia contar com a sua esposa. Os esforços incessantes de Grace Lombard em benefício do Centro para Crianças Exploradas e Desaparecidas haviam sido fartamente divulgados na televisão durante as eleições primárias. Grace era tão popular quanto seu poderoso marido, talvez até mais.

— Se ele for indicado como candidato, vai ter o meu voto em novembro — disse o homem. — Não ligo a mínima para os outros concorrentes. Vou votar nele.

— Tenho certeza de que ele será grato por isso — Gibson comentou, apanhando o catchup. Ele entornou uma porção generosa da massa vermelha no canto do seu prato, adicionou ao alimento um pouco de maionese e passou a mistura em suas batatas fritas raladas, como o pai lhe havia ensinado quando era garoto. Nas palavras imortais de Duke Vaughn: "se você não tem nada de bom para dizer, encha a boca com um belo pedaço de alguma coisa e mastigue devagar".

Tanta sabedoria em uma simples frase.

2

JENN CHARLES ESTAVA PARADA EM FRENTE AO NIGHTHAWK, NA TRASEIRA de uma van branca. Ela se sentia exposta demais ali — ficaria totalmente à vontade em uma base de operações avançadas nas imediações da fronteira com o Paquistão, mas trabalhar dentro de caminhonetes na Virgínia do Norte definitivamente não fazia o seu estilo.

Ela checou seu relógio e anotou o horário no quadro de atividades diárias. Uma coisa era certa com relação a Gibson Vaughn: a palavra "previsível" não bastava para descrever o quanto ele era previsível. Por um lado, isso facilitou o trabalho de manter vigilância sobre ele; por outro, logo a deixou entediada. Os registros no quadro de atividades diárias eram praticamente os mesmos. O dia de Vaughn começava às cinco e meia da manhã com uma corrida de oito quilômetros. Duzentas flexões de braço, duzentos abdominais e em seguida um banho. Depois ele tomava o mesmo café da manhã no mesmo *diner* — um desses restaurantes de estilo vagão tão apreciados nos Estados Unidos —, sentado no mesmo lugar ao balcão. Toda maldita manhã, como se fosse a sua religião.

Jenn encaixou atrás da orelha um cacho rebelde de seu cabelo negro. Precisava de um banho e uma boa noite de sono em sua própria cama. Pegar um pouco de sol também não seria ruim. Estava ficando pálida e letárgica depois de dez dias na traseira daquela van, que, para o seu desgosto, já lhe dava a sensação de ser sua casa. O equipamento de vigilância diminuía ainda mais o espaço, transformando-a em um cubículo. Uma pequena cama portátil na parte da frente permitia que se trabalhasse em turnos com uma equipe, mas em termos de conforto, a van não oferecia muito mais do que isso.

Isso é que é vida, Charles. Isso é que é vida.

Se tudo corresse conforme o esperado, em vinte minutos, quando o movimento diminuísse, Vaughn iria para a parte de trás do *diner* a fim de trabalhar. Ele era amigo dos proprietários, que o deixavam usar uma mesa como escritório temporário enquanto procurava emprego. Três semanas haviam se passado desde que Vaughn perdera seu emprego em uma pequena e malsucedida empresa de biotecnologia, onde ocupava o cargo de diretor de tecnologia da informação. Ele não estava tendo muita sorte na busca por trabalho e, levando-se em conta o seu histórico, Jenn não esperava que isso mudasse.

Dan Hendricks, parceiro de Jenn, era excelente no trabalho de vigilância. Ele havia invadido o apartamento de Gibson uma semana antes para instalar equipamentos de espionagem no lugar todo. No tempo recorde de noventa minutos, Dan instalou câmeras com sensor de movimento, escutas e tudo o mais. Isso permitiu que imagens do apartamento inteiro chegassem continuamente aos seus monitores. E as desoladoras condições de vida de Gibson já forneciam algumas informações.

Depois do divórcio, Vaughn havia se mudado para um prédio popular. Sua sala de estar se resumia a uma mesa simples de segunda mão e uma cadeira tosca. Sem televisão, sem sofá, sem nada. Seu quarto também era espartano. Espartano, mas impecavelmente limpo — afinal, ele havia sido fuzileiro naval durante oito anos. No chão, uma cama box e um colchão e ao lado uma luminária sobre uma mesinha baixa. Para completar, uma cômoda modesta com uma perna quebrada que ele tinha consertado. Não havia mais nenhum móvel no recinto. A decoração parecia ter sido feita pelo próprio Franz Kafka.

Era difícil acreditar que aos 16 anos aquele cara havia sido o *hacker* americano mais procurado pela polícia. O infame BrnChr0m — precursor do movimento conhecido atualmente como hacktivismo, de motivação política. O adolescente que quase conseguiu derrubar o então senador Benjamin Lombard. Que roubou nada mais nada menos que o equivalente a uma década de registros financeiros e e-mails do senador e enviou todo esse material para o *Washington Post*. BrnChr0m agiu de forma anônima, ou pelo menos era o que ele pensava — o FBI prendeu Gibson Vaughn em sua escola, em plena aula de química, e o levou dali algemado. Jenn havia colado em um dos monitores uma fotografia de Gibson feita na época de sua prisão e parou para examinar a face assustada, porém desafiadora, do rapaz. Agora ele tinha 28 anos e uma vida cheia de acontecimentos memoráveis.

O FBI havia capturado rápido um *hacker* de 16 anos, e isso poderia se tornar uma história muito boa. Por outro lado, os documentos que Vaughn tinha deixado vazar prometiam uma história incrível. Eles detalhavam um ardiloso e criminoso desvio de fundos de campanha para bancos nas Ilhas Cayman. E apontavam diretamente o envolvimento de Benjamin Lombard. Durante algum tempo, acreditou-se que essas revelações acabariam com a carreira política do senador e a mídia enlouqueceu com a ideia de que um adolescente havia nocauteado um senador dos Estados Unidos. Todos adoravam uma boa história de combate do tipo Davi e Golias, mesmo que para alcançar a sua meta Davi tenha violado leis federais e estaduais.

Jenn cursava a faculdade na época da prisão de Gibson e se lembrava dos debates encarniçados entre apoiadores e críticos da ideia de que os fins justificavam os meios. Besteira pretensamente nobre que afrontava a natureza prática de Jenn. Ofendida por muitos colegas de faculdade que viam Vaughn como um Robin Hood digital, ela se sentiu revigorada quando se descobriu que BrnChr0m havia cometido um enorme erro.

No fim das contas, quase todos os documentos incriminatórios estavam adulterados ou eram falsificações pura e simplesmente. Um crime havia sido cometido, sem dúvida; mas o FBI concluiu que o culpado não era Benjamin Lombard, e sim seu antigo chefe de gabinete, Duke Vaughn, que havia se suicidado há pouco tempo. Além de ter praticado uma fraude de milhões de dólares, Duke Vaughn encobriu seu rastro envolvendo Benjamin Lombard no caso. Era um ato de traição digno de uma peça de Shakespeare, e quando foi revelado que o *hacker* anônimo era ninguém mais ninguém menos que o filho de Duke Vaughn... bem, a história se tornou uma sensação e BrnChr0m virou uma lenda.

Gibson Vaughn, porém, ainda estava ligado a esse apelido, mesmo depois de tanto tempo, e não havia nada de lendário nele agora.

Como Vaughn passava os dias no *diner*, Hendricks sugeriu que instalassem lá também aparelhos para vigiar seus passos. Jenn vetou a proposta, mas isso deixava uma lacuna considerável em seu trabalho de vigilância e eles tinham de conviver com isso. Às seis horas da tarde, Vaughn seguia direto para a academia e ficava lá por uma hora e meia. Chegava em casa por volta de oito horas, comia comida congelada diante do computador e mais ou menos às onze horas ia dormir. Acordava, fazia a higiene matinal e começava tudo de novo. Dia após dia, a mesma coisa. *Deus Pai!* Jenn reconhecia a importância de se ter autodisciplina e organização, mas preferia uma bala na cabeça a ter que enfrentar uma rotina igual à de Gibson Vaughn.

Ela já havia registrado em seu relatório que toda a vida de Vaughn se resumia a providenciar o sustento de sua ex-mulher e de sua filha. Jenn não tinha dúvida de que o homem estava se punindo. Mas ele estava tentando reconquistar a ex ou simplesmente negligenciava a própria vida para expiar sua culpa? Primeiro ele traiu sua mulher, e então se mudou de cidade. Jenn não conseguia entender os homens em geral, e Gibson Vaughn estava longe de ser exceção. Ele não gastava um centavo consigo mesmo; seu único luxo era pagar uma academia. A bem da verdade, porém, era um dinheiro bem gasto.

Não que Vaughn fosse o seu tipo. Longe disso. Sim, ele tinha aquele charme de cara durão e seus olhos, de um verde marcante, eram penetrantes. Mas Jenn ainda podia ver nele a intransigência que o havia levado aos tribunais e, mais tarde, ao Corpo de Fuzileiros Navais. Fossem quais fossem os problemas pelos quais ele tinha passado, não havia justificativa para que continuassem a atormentá-lo. Você não pode deixar que o passado controle seus passos.

Ela passou a língua nos dentes da frente. Era um tique nervoso. Ficava irritada sempre que se apanhava fazendo isso, mas não conseguia parar, o que a irritava ainda mais. Onde estava Hendricks com o seu café?

Nesse exato momento, Hendricks surgiu à porta com dois cafés e um brioche. Ele devia ter uns vinte anos a mais que ela; Jess achava que ele já tinha passado dos cinquenta, mas era apenas uma suposição. Fazia dois anos que trabalhava com Hendricks, mas ainda não sabia a data de seu aniversário. Sua calvície era pronunciada e o vitiligo havia deixado manchas brancas nos cantos de sua boca e ao redor dos olhos. Essas manchas contrastavam fortemente com a sua pele negra.

— Ainda está lá dentro?

Jenn fez que sim com a cabeça.

— Esse garoto parece um relógio — disse Hendricks. — É regular como um movimento intestinal.

Ele entregou um café a Jenn e deu uma mordida em seu brioche.

— Eles não têm mais donuts recheados com geleia. Dá pra acreditar nisso? Que tipo de padaria fica sem donuts de geleia antes das nove da manhã? Esse estado está mesmo doente.

Jenn pensou em responder que a Virgínia era tecnicamente uma nação, mas resolveu não fazer isso. Alfinetar Hendricks só serviria para lhe dar mais trela.

— Hoje é o dia — ela disse simplesmente.

— Sim, hoje é o dia.

— Sabe a que horas vai ser?

— Assim que George nos avisar.

Eles estavam de prontidão; enfim iriam se aproximar de Vaughn. Seu chefe, George Abe, cuidaria disso pessoalmente. Jenn já sabia de tudo isso, é claro, mas direcionar a conversa para questões de trabalho geralmente evitava que Hendricks começasse a falar bobagem.

Geralmente.

Oito anos na CIA haviam ensinado a ela a arte de trabalhar com homens em espaços pequenos. A primeira lição era que homens jamais se adaptavam a mulheres. Era um clube só para meninos: você precisava se tornar um dos meninos ou acabaria se tornando uma pessoa indesejável. Tudo que fosse considerado delicado era ligado ao universo feminino. As mulheres que tinham sucesso nesse mundo masculino eram as que xingavam em voz alta, falavam mais besteira e não davam sinal de fraqueza. Depois de algum tempo, você ganhava a fama de "filha da mãe durona" e passava a ser tratada com uma tolerância reluentante.

Jenn havia conquistado a duras penas a fama de "filha da mãe durona". Em algumas das bases avançadas onde esteve no Afeganistão, ela passou semanas sem ver outra mulher. Sozinha em um lugar assim, você não pode baixar a guarda nem por um segundo. Afinal, você é a única mulher em um raio de centenas de quilômetros. Os homens olhavam Jenn com expressão faminta, ou hostil, ou predatória, e ela aprendeu a ficar alerta até enquanto dormia. Era como estar na cadeia: todos examinavam você de alto a baixo buscando algum sinal de vulnerabilidade. As coisas haviam ficado tão feias em uma das bases que ela considerou a possibilidade de dormir com o seu oficial comandante, na esperança de que a patente dele a protegesse. Mas a ideia de ser a vadia do líder da cela não a agradava nem um pouco.

Jenn passou novamente a língua nos dentes da frente. Eles pareciam bem reais, embora sua língua não estivesse convencida disso. O cirurgião-dentista havia feito um bom trabalho quando ela foi transportada em estado grave para a Base Aérea Ramstein. A experiência teria sido ainda mais traumática se Jenn soubesse que aquele era seu último dia na CIA, mas ela só se deu conta disso meses depois. Sentia mais falta da Agência do que dos próprios dentes.

Por outro lado, o homem que lhe havia arrebentado os dentes não precisou de um dentista. Não precisou de nada a não ser, talvez, de um padre. O comparsa dele, porém, escapou. Mas ele ainda estava em sua lista de contas a acertar, junto com um ou dois superiores que tinham se voltado contra Jenn quando ela se recusou a fazer o que queriam. Ela quis que seu agressor fosse a julgamento, mas isso significaria revelar uma operação confidencial da Agência. Estendida em uma cama de hospital na Alemanha, com a mandíbula amarrada, ela ouviu de um de seus superiores a explicação para a sua situação: "Infelizmente, é o risco que se corre quando se trabalha nessa parte do mundo", disse ele a Jenn, como se ela tivesse sido atacada por combatentes do Talibã e não por dois sargentos do Exército dos Estados Unidos.

Mas Jenn não o tiraria de sua lista só porque ele apertou a mão dela como se estivesse lhe fazendo um favor.

Ela correu mais uma vez a língua pelos dentes. *Nunca deixe de liquidar uma pendência.* Isso Jenn havia aprendido com sua avó.

Por outro lado, Dan Hendricks era um excelente parceiro. Vinte e dois anos no departamento de polícia de Los Angeles explicavam seu modo simples e seguro de trabalhar. Especialmente em ambientes pequenos, já que Dan tinha apenas cerca de um metro e setenta e pesava uns sessenta quilos no máximo. Além disso, ele era organizado e não era vulgar o tempo todo. O melhor de tudo era que Dan não esperava que Jenn fosse uma filha da mãe durona, apenas que fosse boa em seu trabalho. Mas o problema, como ela já havia percebido, é que quando você aprende a ser uma filha da mãe de cara fechada é difícil se livrar desse papel.

Não que Hendricks não fosse capaz de lidar com isso. O homem poderia dar aulas de má postura na faculdade se essa disciplina existisse. Ele era, de longe, a pessoa mais inflexivelmente pessimista que Jenn já havia encontrado. Se Dan sabia sorrir, escondia isso dela muito bem. Jenn não tinha dúvida de que ser negro no Departamento de Polícia de Los Angeles — uma organização com uma experiência historicamente péssima de relações entre pessoas de raças diferentes — podia tornar amargas até as pessoas mais flexíveis. Mas George Abe já conhecia Hendricks há muito tempo e garantira a Jenn que a negatividade do parceiro dela não tinha nada a ver com ser negro na polícia de Los Angeles. Hendricks era assim mesmo.

Um telefone tocou, e os dois apanharam seus celulares. Hendricks respondeu a sua chamada. A conversa foi breve.

— Parece que chegou a hora — ele disse.

— Ele está aqui?

— A caminho. Ele quer você nessa. Não se sabe como Vaughn irá reagir.

Era verdade. Havia uma história entre o chefe de Jenn e Gibson Vaughn.

E não era nada boa.

3

O MOVIMENTO NO *DINER* HAVIA DIMINUÍDO O SUFICIENTE PARA QUE GIBSON conseguisse escutar os próprios pensamentos. Ele olhou para a parte de trás do estabelecimento e viu que os clientes da última mesa se preparavam para ir embora. Quando se fossem, Gibson se instalaria na mesa e passaria mais um dia frustrante à procura de trabalho. Era domingo, mas isso não era motivo para ficar um dia inteiro de braços cruzados. A hipoteca da casa onde sua ex-mulher e sua filha moravam teria de ser paga em quinze dias. Quinze dias para conseguir um emprego.

Pelo menos ele havia encontrado o melhor dos lugares para passar o dia cuidando de seus assuntos. O Nighthawk Diner despertava em Gibson lembranças do lar na infância. Seu pai se considerava um entendido em restaurantes de refeição rápida, conhecidos como *diners*, e passou isso ao filho. Para Duke Vaughn, *diners* eram sinônimo de independência e pequenos proprietários, não de franquias e grandes corporações. Um patrimônio e um direito inalienável do povo americano, como ele costumava dizer. Não era um ideal populista romântico, mas um lugar onde a mitologia e a realidade norte-americanas se encontravam — para o melhor e para o pior.

Seu pai era capaz de discorrer demoradamente sobre os principais *diners* espalhados pelo país, mas o Blue Moon, de Charlottesville, na Virgínia, sempre havia sido a segunda casa dele. Se Duke Vaughn tivesse sido um professor, sua sala de aula seria o balcão esburacado do Blue Moon. As conversas entre pai e filho sobre desjejum foram um ritual sagrado das manhãs de domingo desde que Gibson tinha seis anos de idade. Foi no Blue Moon, enquanto Gibson comia um pedaço de torta de cereja, que o pai lhe explicou metaforicamente como nasciam as crianças. Até hoje Gibson tinha vergonha de admitir que demorou anos para entender a metáfora usada pelo pai — que envolvia abelhas, pássaros e ovos.

Duke Vaughn era tratado como rei no Blue Moon. Gibson nunca viu o pai fazer um pedido que fosse, mas eram atendidos do mesmo modo todas as vezes: dois ovos estrelados, batatas fritas raladas, cereais, bacon, linguiça e torradas. Café. Suco de laranja. Um desjejum de homem, nas palavras do pai, que esbanjava metáforas para definir a refeição. Gibson não dava as caras no Blue Moon desde a morte do pai. O suicídio dele, mais precisamente.

Depois de algum tempo, porém, Gibson percebeu que nunca se sentia à vontade em nenhum outro lugar, até que encontrou um *diner* que o agradou de verdade. *Nossa casa fora de casa*, como o pai dizia. Gibson acreditava que Duke teria aprovado o Nighthawk e seu proprietário, Toby Kalpar.

Os olhos de Gibson foram atraídos para a mulher na ponta do balcão. Não porque ela era linda, nem porque estava vestindo um elegante traje executivo em um *diner* em plena manhã de domingo. Também não era por causa do leve contorno de um coldre de ombro sob o braço esquerdo dela — estavam na Virgínia, afinal de contas. Portar uma arma sob a roupa era mais comum do que se imaginava. A mulher despertou seu interesse porque, embora nunca olhasse exatamente na direção dele, Gibson podia sentir que ela prestava atenção nele, e não de um modo lisonjeiro. Ele decidiu desviar o olhar. Também podia jogar aquele jogo. Agora seriam dois estranhos olhando-se sem se olhar.

— Você bebe mais café do que cem poetas ruins juntos — disse Toby, enchendo de novo a xícara de Gibson.

— Devia ter me visto nas Forças Armadas. Eu praticamente vivia de café e Ripped Fuel. Dava pra fritar um ovo na minha testa.

— Mas que diabos é "Ripped Fuel"?

— É um suplemento. Para malhar. Mas o uso disso não é mais permitido nos dias de hoje.

Toby balançou a cabeça de modo pensativo. Ele e sua mulher, Sana, tinham emigrado do Paquistão vinte e seis anos atrás e compraram o *diner* durante a recessão. A filha deles era formada na Faculdade de Arte e Desenho de Corcoran, em Washington, na capital, e por influência dela Toby se tornou aficionado por arte moderna — até rebatizou o restaurante em homenagem à pintura de Edward Hopper. Cópias emolduradas de obras de arte de norte-americanos do século XX — Pollock, de Kooning, Rothko — estavam espalhadas por todo o *diner*. O próprio Toby, um homem magro, de barba grisalha primorosamente aparada e óculos de armação fina, parecia mais o curador de um acervo de obras raras, não alguém que toma nota de pedidos de desjejum. Aparência à parte, o fato era que Toby Kalpar havia nascido para tocar um restaurante como aquele, tão tipicamente americano.

Toby permaneceu no balcão e uma expressão um pouco embaraçada surgiu em seu rosto.

— Desculpe-me por pedir isso de novo, mas preciso de sua ajuda com os computadores. Passei duas noites tentando entender o que está acontecendo, mas não adiantou nada.

Seis meses atrás, Gibson havia oferecido sua ajuda depois de ouvir por acaso Toby reclamar dos computadores do Nighthawk, que estavam infestados de programas maliciosos, *adwares* e vírus de todo tipo. Depois ficou claro que Toby precisava desesperadamente refrear sua compulsão por clicar "OK" para tudo que aparecia no seu monitor.

Na ocasião, Gibsou levou algumas horas para reparar o sistema de Toby, configurou uma rede, instalou um antivírus e um pacote de programas para restaurante. Eles acabaram se tornando amigos durante esse processo.

— Tudo bem. Quer que eu dê uma olhada?

— Não agora. Você tem coisas mais importantes para resolver. Não quero que interrompa sua busca por trabalho para cuidar desse problema.

— Vamos fazer o seguinte — respondeu Gibson. — Daqui a algumas horas farei um intervalo. Consegue sobreviver até a hora do almoço?

— Muito obrigado por me ajudar. — Toby estendeu o braço sobre o balcão. Os dois homens apertaram as mãos. — Como vai Nicole? E Ellie? Elas estão bem?

Nicole era a ex-mulher de Gibson e Ellie a sua filha de seis anos — uma incansável criaturinha de pouco mais de um metro de altura, feita de amor, gritos e terra. Os olhos de Gibson se iluminavam sempre que o nome dela era mencionado. Nos dias atuais, só Ellie provocava essa reação nele.

— As duas estão bem. Muito bem.

— Vai ver Ellie em breve?

— É o que eu espero. Talvez na próxima semana. Vou ficar na casa delas com minha filha, se Nicole puder ficar com a irmã.

O lugar para o qual Gibson havia se mudado depois do divórcio não tinha acomodações confortáveis para uma criança e Nicole não gostava da ideia de Ellie ficar lá. Gibson também não. Por isso, de quando em quando, Nicole ia visitar a família e ele aproveitava para passar o fim de semana com Ellie na casa onde elas moravam. Uma das pequenas concessões que a ex-esposa lhe havia feito desde o fim do casamento.

— Faça o que você puder. Garotinhas precisam da figura do pai. Sem isso, acabam indo parar em *reality shows*.

— *Reality show* nenhum conseguiria acompanhá-la. Acredite em mim.

— Eles precisariam de um *cameraman* bem ligeiro.

— Pode apostar.

Gibson se levantou e colocou sua bolsa-carteiro sobre o ombro. A mulher que havia chamado sua atenção ainda estava na extremidade do balcão. Quando ele passou, os olhos dela o captaram pelo espelho atrás do balcão e o seguiram pelo *diner*. Ela nem tentou disfarçar seu interesse, o que parecia estranho.

A parte de trás do *diner* estava vazia, ou quase: ainda havia um homem, sentado sozinho no lugar que Gibson costumava ocupar. O sujeito estava de costas para Gibson, rabiscando anotações em um bloco de papel pautado. Gibson percebeu algo de familiar no homem, mesmo vendo-o de costas.

O homem sentiu que havia alguém atrás dele e se levantou. Ele não era grande, mas seus movimentos expressavam força e agilidade. Idade entre 35 e 50 anos. Traços de cabelo branco nas têmporas; um rosto forte, com uma discreta depressão ao longo da mandíbula. Fora isso, restavam poucos elementos que permitissem avaliar sua idade. Ele também parecia excessivamente distinto. Calça jeans e uma imaculada camisa de colarinho abotoado, tão branca que poderia figurar em um comercial de alvejante. Até seu jeans era bem passado e suas botas de caubói de couro preto brilhavam de tão lustradas.

Gibson sentiu um forte aperto no coração, como se garras cruéis se afundassem nele. Conhecia aquele filho da puta. E o conhecia bem. George Abe, em pessoa. Sorrindo para ele. Gibson teve um sobressalto e balançou o corpo como se alguém fizesse menção de lhe dar um soco e parasse a centímetros do seu rosto. Por que Abe estava sorrindo? O cara precisava parar de sorrir. Parecia um sorriso sincero, mas cheirava a provocação. Gibson começou a caminhar na direção dele; não sabia ao certo o que ia fazer, mas queria estar pronto para agir no segundo em que tomasse uma decisão.

Ele se deteve quando a mulher do balcão entrou em seu campo de visão. Ela passou ao redor de Gibson com graça e agilidade, mantendo distância, mas deixando-o perceber sua presença. O que se costumava dizer mesmo sobre Ginger Rogers? Que ela fazia tudo o que Fred Astaire fazia, porém mais devagar e usando sapatos de salto? A jaqueta dela estava desabotoada e ela se posicionou de viés com relação a Vaughn, pronta para confrontá-lo se fosse necessário. O rosto da mulher permanecia relaxado e impassível, mas Gibson tinha certeza de que isso mudaria se ele desse mais um passo.

George Abe não moveu um músculo.

— Eu só queria ter uma conversa amigável, Gibson.

— Ela o acompanha em todas as suas conversas amigáveis?

— Eu disse que queria, não que esperava. Você pode me culpar?

— E você pode *me* culpar?

— Não — Abe respondeu. — Não posso.

Os dois homens se encararam enquanto Gibson analisava a resposta de Abe. A hostilidade inicial de Gibson agora dava lugar a uma grande curiosidade.

— E então, o que é que o traz aqui esta manhã? É a primeira visita que recebo desde que fui despedido do meu emprego no mês passado por causa do seu chefe.

— Eu sei. Acontece que não trabalho para Benjamin Lombard já faz algum tempo. Eu fui... dispensado. Uma semana depois que você começou o treinamento básico.

— Verdade? — disse Gibson. — Você fez o serviço sujo e depois ele lhe deu um chute no traseiro? Isso soa como justiça poética, não acha?

— Deve ser bom para quem gosta de poesia.

— Bem, se não está aqui por causa dele, o que é que você quer?

— Como eu disse, vim para um bate-papo amigável.

George Abe entregou-lhe um cartão de visita, que continha um endereço no centro do Distrito de Columbia e um número de telefone. Debaixo do nome de George lia-se "Diretor, Abe Consultoria".

Quando era menino, Gibson pronunciou incorretamente o nome de George Abe até que seu pai o corrigiu. "Ah-bei. Não como o 'Abe' de Abraham Lincoln. É um pouco mais japonês." Trabalhando como chefe de segurança de Benjamin Lombard, George foi uma figura decorativa na infância de Gibson Vaughn. O homem dos bastidores. Gentil, educado, mas profissionalmente invisível. George Abe só prestou atenção de fato em Gibson na época de seu julgamento, mas na ocasião ele não foi nem gentil nem educado.

— Que bonitinho — disse Gibson.

— Tenho uma proposta de trabalho para você.

Passando do espanto para a curiosidade, Gibson teve de se esforçar para dar uma resposta.

— Uma coisa eu preciso reconhecer, George. A confiança que você tem em si mesmo é inacreditável.

— Escute o que tenho a lhe dizer.

— Não estou interessado. — Gibson devolveu o cartão de visita.

— Como anda a procura por trabalho?

— Eu teria um pouco mais de cuidado se fosse você. — Gibson olhou para Abe com uma expressão glacial.

— Tudo bem. Mas minha única intenção foi resumir a situação — disse Abe. — Você está desempregado e com o seu histórico vai ser muito difícil encontrar um emprego à altura de suas habilidades. Você precisa de trabalho. Eu tenho trabalho. E um trabalho que lhe pagará melhor do que qualquer outro que você encontre. Supondo que você encontre algum, é claro.

— Como já disse, não estou interessado. — Gibson se virou e deu alguns passos na direção da porta antes que Abe o fizesse parar.

— Ele jamais vai deixar você em paz. Sabe disso, não sabe?

A franqueza brutal das palavras chocou Gibson. Eram palavras que resumiam todos os medos que o perseguiam e o torturavam na escuridão de sua mente.

— Por que não? — Ele não conseguiu evitar o tom de súplica em sua voz.

— Porque você é Gibson Vaughn — Abe respondeu, fitando-o com pena. — Porque você era como um filho para ele.

— Mas ele quer que eu fique desempregado?

— Não sei. Talvez. Provavelmente. Mas isso não importa. Se fosse você, eu me preocuparia com as coisas que ele poderá fazer caso se torne presidente. Se isso acontecer, você não conseguirá emprego nem mesmo na Sibéria.

— Eu já não recebi punição suficiente? Já não paguei o que devia?

— Nunca será o suficiente. Para ele não existe essa história de "águas passadas". Uma vez inimigo dele, sempre inimigo. E os inimigos dele pagam por toda a vida, para sempre. Essas são as regras do jogo para Benjamin Lombard.

— Então eu estou fodido de vez.

— A menos que você lhe dê um motivo para deixá-lo em paz.

— E qual seria esse motivo?

Abe voltou a se sentar à mesa e gesticulou para que Gibson se juntasse a ele.

— Voltamos então à tal conversa amigável?

— Acho que você não vai se arrepender de ouvir o que tenho a lhe dizer — respondeu Abe.

Gibson avaliou suas opções: mandar George Abe para o quinto dos infernos, o que seria ótimo, ou ouvir tudo o que ele queria dizer e daí então mandá-lo para o quinto dos infernos.

— Se quer uma conversa amigável, diga à sua garota para dar o fora.

Abe acenou para a mulher, que abotoou novamente a jaqueta e se retirou para a parte mais distante do balcão.

— Podemos começar? — Abe perguntou.

4

GIBSON SENTOU-SE À MESA TAMBÉM, DIANTE DE ABE. GEORGE ABE. O MALDITO George Abe. Mal podia acreditar que aquilo estivesse mesmo acontecendo. Que estivessem sentados frente a frente depois de tanto tempo. Abe era um elo com seu passado. Um elo com seu pai. Quantos anos teriam passados? Dez... não, onze anos? Não o via desde aquele último dia do seu julgamento, quando o seu destino foi selado.

Abe não havia se sentado ao lado dos advogados de acusação, mas bem que poderia. Durante o julgamento, ele e seu bloco de papel pautado marcaram presença na galeria logo atrás do promotor público. Abe providenciou documentos para a acusação, juntou-se ao promotor em conversas reservadas e lhe passou bilhetes em momentos importantes. Se uma pessoa saísse do julgamento com a impressão de que o promotor público recebia instruções de George Abe, quem poderia culpá-la? Essa certamente foi a impressão de Gibson.

Meses após sua prisão, Gibson finalmente se deu conta de que Benjamin Lombard estava influenciando os rumos de seu julgamento. Quando invadiu os computadores do senador, Gibson transgrediu leis estaduais e também federais, mas a expectativa era que a esfera federal substituísse a local no processo. Contudo, o caso foi inesperadamente redirecionado para os tribunais da Virgínia. O motivo, embora nunca tenha sido revelado, era simples: juízes federais tinham mandatos vitalícios, enquanto os juízes do Estado da Virgínia tinham mandatos de oito anos e eram eleitos para a Assembleia da Virgínia. Depois de cobrar alguns favores pendentes, Lombard conseguiu que o julgamento de Gibson fosse transferido para uma jurisdição onde pudesse fazer valer sua considerável influência. A decisão do promotor público de julgar Gibson Vaughn como um adulto confirmou essa suspeita, embora fosse o primeiro delito dele e fora cometido sem uso de violência. Assim, quando o seu julgamento começou, Gibson imaginou que o juiz também jogava no time de Lombard.

O julgamento durou nove dias e o veredito não surpreendeu ninguém. Os discos rígidos de Gibson continham toda a evidência de que a acusação precisava. Declarado culpado, ele foi levado de volta a sua cela a fim de aguardar a sentença.

Poucos dias depois, porém, seu advogado se reuniu a ele e o levou para falar com o juiz. Não para a sala do tribunal propriamente, mas para a sala de audiência do juiz. Na porta de entrada, o juiz e o advogado de Gibson trocaram um estranho olhar de cumplicidade.

— Eu assumo agora, senhor Jennings — disse o juiz.

O advogado fez um aceno afirmativo com a cabeça, olhou de lado para o seu jovem e confuso cliente e se foi sem dizer uma palavra, deixando-os parados na porta da sala. Gibson conhecia muito pouco sobre direito, mas até ele sabia que aquela situação era irregular. Quando eles ficaram sozinhos, o juiz fez um gesto indicando que Gibson entrasse.

— Acho que precisamos ter uma conversa, você e eu.

O juiz apanhou duas garrafas de refrigerante em uma pequena geladeira e tirou as tampas usando o abridor de garrafas preso à parede. Ele ofereceu uma a Gibson e se acomodou atrás de sua ampla mesa de mogno.

O respeitável juiz Hammond D. Birk era uma mistura de cavalheiro teimoso do sul e trabalhador pobre da Virgínia. Havia sido implacável durante o julgamento — ofensivo quando o seu tribunal não correspondia às suas expectativas, porém charmoso e educado na maneira de comunicar seu enorme aborrecimento. Os advogados de ambos os lados tomavam cuidado para não provocar a ira de Hammond Birk. Sentado na poltrona de couro do juiz, Gibson mal tinha coragem de tomar um gole de seu refrigerante.

— Filho — começou o juiz. — Tenho uma oferta a lhe fazer, do tipo pegar ou largar. Não haverá perguntas, nem discussão, nem negociação. Quando eu terminar de falar, tudo o que quero ouvir de você é um "sim" ou um "não". Apenas uma dessas duas palavras e nós iremos embora daqui hoje e encerraremos esse maldito circo, que francamente me irrita. Você me entendeu?

Gibson fez que sim com a cabeça, em silêncio por via das dúvidas, como se responder em voz alta pudesse prejudicá-lo de alguma maneira.

— Bom — disse o juiz. — A minha oferta é bastante simples. Dez anos na prisão ou se alistar no Corpo de Fuzileiros Navais dos Estados Unidos. A propósito, alistando-se você servirá durante cinco anos. Ou seja, a metade do tempo, caso esteja se perguntando. Assim você poderá fazer algo de útil com esse seu cérebro, em vez de passar o tempo todo contando as semanas, meses e anos até a sua soltura. Então... dez anos ou o alistamento. No final desse prazo, irei pessoalmente apagar os seus antecedentes e você poderá continuar cuidando dos seus interesses nesse mundinho em que vive.

O juiz esvaziou sua garrafa e olhou torto para Gibson de trás de sua mesa.

— Eu já terminei de falar, filho. Agora é sua vez. Pense bem na escolha que vai fazer. Sim, vai para os fuzileiros navais, não, para a cadeia. Avise-me assim que tiver a resposta. E não deixe o seu refrigerante ficar quente. Era o favorito do seu pai na faculdade.

Gibson olhou admirado para o juiz, que sorriu para ele.

Eles ficaram ali sentados em silêncio por um bom tempo, mas na verdade a decisão foi tomada muito rapidamente. Para não ter que passar mais uma única noite atrás das grades, Gibson serviria vinte anos no Corpo de Fuzileiros se fosse preciso. E a cela que ele havia conhecido era só o começo — cumprir pena em um presídio seria uma coisa bem diferente, e isso aterrorizava Gibson. Mas ele gostou de ficar sentado ali com o juiz, bebendo refrigerante e esperando que Birk pudesse falar mais um pouco sobre seu pai.

Mas o juiz nunca falou, nem ali diante dele nem em nenhuma das dúzias de cartas que ambos haviam trocado enquanto Gibson servia como fuzileiro. A primeira havia chegado inesperadamente, um dia antes de Gibson se formar no centro de treinamento de Parris Island. A carta — a terceira correspondência que recebia desde a sua admissão no Corpo de Fuzileiros Navais — era uma reflexão profunda sobre a idade adulta. Tinha vinte páginas escritas à mão, que Gibson leu várias vezes, sentado na beirada de seu beliche. Eram os últimos dias do treinamento dos recrutas, ocasião em que acontecia o *Family Day*; isso significava que a maioria dos seus colegas graduados estava passeando pela base junto com os parentes. A carta o fez se sentir menos sozinho no mundo. Ele respondeu com uma carta de agradecimento emocionada. Depois disso, passaram a trocar correspondências regularmente — as de Gibson eram concisas e cheias de novidades, as do juiz eram extensas e filosóficas.

E agora Gibson estava ali, diante de Abe, perguntando-se que conselho o juiz lhe daria nessa situação.

— Lembro-me da última vez em que vi você — Gibson disse a Abe. — Logo depois que o juiz disse que eu ia entrar para o Corpo de Fuzileiros. Todos reagiram mal, mas não você. Eu queria ver a sua reação, mas você simplesmente se levantou e saiu. Abotoou a jaqueta e saiu andando como se nada tivesse acontecido. Muito tranquilo. Por acaso saiu dali para levar as más notícias a Lombard?

— Sim.

— Eu sempre me perguntei como Lombard engoliu essa, depois de todo o trabalho que teve para me mandar para o xadrez. Aposto que ele não gostou nem um pouco disso.

— Não. Nem um pouco mesmo, pode acreditar. Mas estou feliz por ver o rumo que as coisas tomaram. Acabei percebendo que foi um erro. Sinto muito pelo papel que desempenhei em tudo aquilo que lhe aconteceu.

O pedido de desculpa apanhou Gibson de surpresa. Um estranho sentimento de gratidão o invadiu simplesmente por ter ouvido alguém enfim se desculpar. Quase imediatamente, porém, ele também ficou ressentido. Ouvir o outro expressar arrependimento foi inesperado e podia parecer bom, mas que diferença fazia um pedido de desculpa que chegava com dez anos de atraso?

— Então você foi apenas um peão inocente — essa é a ideia que está tentando me empurrar?

— Não. — Abe balançou a cabeça. — Eu não posso justificar o que fiz alegando simplesmente que ignorava os fatos. Quer dizer, eu ignorava, mas apenas porque escolhi me omitir. Porque não fiz as perguntas que deveria ter feito. Minha lealdade me iludiu. Eu sabia que era errado, mas não levei em conta os meus instintos. Se eu agi com inocência? Não, longe disso.

— Mas o que é isso, afinal? — perguntou Gibson. — Você e a sua secretária aí se deram ao trabalho de me localizar para que você pudesse confessar os seus pecados? Quanta emoção nesta manhã de domingo! Diga-me: está se sentindo melhor?

— Não posso negar que foi bom desabafar. Surpreendentemente bom. Mas não é por causa disso que estou aqui.

Toby surgiu com os cardápios e um bule de café. Ele virou para cima a xícara diante de Gibson e a encheu. Parecia inquieto e dirigiu a Gibson um olhar que perguntava se ele deveria fazer alguma coisa. Gibson fez que não com a cabeça, de forma imperceptível. Não queria envolver Toby naquela situação, independentemente do que acontecesse ali.

— Voltarei em alguns minutos, senhores — disse Toby.

Quando ele se foi, Gibson coçou o queixo com o polegar e apontou um dedo para Abe.

— E então, por que você está aqui?

— Estou aqui por causa de Suzanne — Abe respondeu.

Gibson teve uma sensação estranha, como se dentes frios e afiados raspassem sua nuca, e os pelos de seu braço se arrepiaram de apreensão. Era a primeira vez em anos que alguém mencionava o nome dela em sua presença. Até mesmo sua ex-mulher sabia que não valia a pena falar com ele sobre a garota.

— Suzanne Lombard.

Abe fez um aceno afirmativo com a cabeça:

— Quero que me ajude a descobrir o que aconteceu com ela.

— Suzanne está morta, George. Eis o que aconteceu.

— Provavelmente. Isso provavelmente é verdade.

— Já faz dez anos! — Gibson sentiu sua voz se elevar de modo abrupto. Provavelmente? A palavra penetrou no cérebro dele como golpes de machado. Ele sentiu raiva e em seguida um desespero inimaginável. Suzanne estava morta. Tinha que estar. Dez longos anos haviam se passado. A alternativa era muito pior; permanecer viva não seria uma bênção no caso dela. Não... Se ela estivesse viva, obviamente estava escondida. E se ficou escondida durante tanto tempo, então alguém tinha tomado medidas desesperadas para tornar isso possível. E por que alguém faria isso? Não havia respostas felizes para essa pergunta; apenas imagens de pesadelo se formavam em sua mente.

— Por quê? — Gibson Vaughn continuou. — Qual é o seu interesse nisso? Quer cair novamente nas boas graças de Lombard?

— Não. Ele e eu não temos mais nenhuma relação.

— Por que então? Em nome dos velhos tempos?

— Meus motivos não são da sua conta.

— Desse jeito não chegaremos a lugar algum. Se você não espera obter nada de Lombard, então por que esse esforço todo para encontrar a filha dele? Se tem alguma coisa importante para o caso, por que simplesmente não entrega para a polícia federal?

Agora era George que o encarava decepcionado. Gibson não confiava nele, mas o homem sabia encarar — seu olhar era duro como o para-choque de uma picape velha.

— É por Suzanne. Estou surpreso com você, Gibson.

— O que quer dizer com isso?

— Você era a pessoa que Suzanne mais amava na vida.

Subitamente, Gibson ficou à beira das lágrimas. Abe percebeu isso e lhe sorriu de modo amável.

— Aquela garota o adorava. Seguia você aonde quer que fosse. E eu o vi tomando conta dela. Como se ela fosse sua própria irmã. Todos nós vimos isso. — Abe passou o dedo sob o olho para retirar alguma coisa. — Esse ressentimento entre você e Benjamin... também inclui Suzanne? Você guarda rancor dela?

Gibson balançou a cabeça numa negativa e cobriu a própria boca com a mão para evitar um desabafo, não mais conseguindo manter a compostura.

— Então me ajude. Não sei quanto a você, mas eu preciso descobrir o que houve. Eu vi Suzanne crescer. Preciso saber o que aconteceu com ela. Quero ficar cara a cara com o homem que atraiu aquela linda menininha e a levou de casa. Quero ter uma conversa séria com esse homem. O FBI pode ficar com o que sobrar dele. — Abe respirou fundo, saboreando a violência implícita em suas palavras. — E se ao mesmo tempo nós pudermos resolver nossas pendências e trabalhar juntos, melhor ainda.

— Você devia se envergonhar.

— Sim, eu sei.

— Foi por isso que Lombard o demitiu? Por causa de Suzanne?

— Isso mesmo.

— A culpa foi sua?

Abe suspirou e olhou na direção da janela. Gibson teve a impressão de que ele se encolhera muito levemente. Abe respondeu com serenidade, mas havia tristeza em sua voz:

— É uma ótima pergunta. Eu nunca consegui encontrar uma resposta satisfatória para essa pergunta. Segurança é uma profissão baseada em resultados. Meu trabalho era proteger Benjamin Lombard, mas a família dele estava incluída nessa responsabilidade. Analisando por esse ângulo, Suzanne estava sob a minha proteção quando desapareceu.

Se não o conhecesse bem, Gibson poderia até começar a gostar daquele cara.

— Mas por que agora? Por que esse súbito desejo de escarafunchar tudo isso novamente? Por causa do aniversário do desaparecimento?

— Venha comigo até o escritório e veja por si mesmo.

— Ver o quê? O que você tem para me mostrar? — Gibson tentou tirar dele mais informações, mas a única pista era a convicção de Abe. Seria mesmo possível? Abe teria de fato encontrado algo novo em um caso que havia frustrado as autoridades policiais durante uma década? Que espécie de aposta desesperada Abe estava fazendo? Mas e daí? Se houvesse pelo menos um por cento de chance de encontrar Suzanne, Gibson toparia, sem pensar duas vezes.

Abe pôs um envelope grosso sobre a mesa e o empurrou em direção ao outro. Gibson o abriu e correu o polegar pelo maço de notas que havia dentro. Ele não contou, mas as cédulas eram todas de cem.

— O que é isso?

— Pode ser apenas um pedido de desculpa, uma compensação por interromper o seu café da manhã. Ou pode ser um adiantamento. A escolha é sua.

— Um adiantamento?

— Se estiver disposto a trabalhar comigo eu lhe ofereço o dobro do seu antigo salário, mais dez mil dólares de bônus se o seu trabalho produzir pistas substanciais. Parece satisfatório?

— Mais que satisfatório.

— Ótimo. — Abe se levantou da cadeira, fez um sinal para a mulher e saiu do Nighthawk Diner.

Gibson agora não podia mais voltar atrás. Então, levantou-se também e foi atrás dele.

5

O COMBOIO CORTOU CAMINHO PELO CENTRO COMERCIAL DA CIDADE DE
Phoenix como um navio de guerra cruzando um oceano de concreto e metal. Tinha
mais de meio quarteirão de comprimento e sua parte dianteira era composta por policiais de motocicleta em formação triangular, sirenes soando enquanto abriam passagem através do trânsito congestionado da tarde de sexta-feira. Por onde o comboio
passava, carros em baixa velocidade se retiravam da frente deslizando para o meio-fio
e pedestres paravam abobalhados para observar o espetáculo.

Benjamin Lombard não via nem ouvia nada disso. Sentado na parte de trás de
uma das limusines, sempre uma diferente, ele examinava a sua agenda para a semana
seguinte. Sabia que sua equipe aguardava o material, mas não se preocupou. Estava
acostumado a ver as pessoas esperarem por suas decisões. Na verdade, as pessoas
seguiam o ritmo que ele mesmo determinava. Por fim, Lombard fez várias pequenas
alterações e devolveu a agenda para um de seus assistentes.

Ele estava cansado e um tanto frustrado também. Nos últimos vinte e cinco dias
havia visto a governadora Anne Fleming minar ainda mais a sua liderança no número
de votos. O que havia começado como um entretenimento divertido estava se tornando uma ameaça real. Uma charge política recente o tinha retratado como uma
lebre dormindo sob uma árvore enquanto Fleming, a tartaruga, o ultrapassava. Ele
havia deixado de ser o favorito para virar alvo de piadas em programas de televisão.
Um ano atrás, a governadora da Califórnia em primeiro mandato não era nem mesmo
mencionada nas conversas sobre a corrida presidencial. Lombard era tão favorito que
até nomes de peso no partido resolveram não participar da eleição. E agora ele estava
disputando pau a pau com uma novata. Seus assessores faziam pouco caso de Fleming
e acreditavam que ela iria perder força, mas Lombard não tinha tanta certeza. Até o
momento, ela havia refutado todas as tentativas deles de desacreditá-la, como uma verdadeira profissional, e ainda por cima os fez parecerem imbecis. Os grandes doadores
estavam começando a prestar atenção nisso. Se Anne Fleming não fosse neutralizada
agora, a convenção em Atlanta seria um osso duro de roer.

— Peça a Douglas para cancelar a viagem a Santa Fé — disse Lombard. — Quero ir direto para o aeroporto depois da festa para arrecadação de fundos desta noite.

Leland Reed se mexeu em seu assento.

— Ah... Senhor — respondeu Reed —, Douglas acha que é importante marcar presença amanhã se quisermos o apoio do governador Macklin. Nós não viremos para cá de novo antes da convenção.

Leland Reed era o chefe de gabinete do vice-presidente. Agora na faixa dos cinquenta anos, Reed tinha a reputação de ser um assessor eficiente — um solucionador de problemas. Ele havia conquistado suas qualificações ao longo de trinta e três anos de carreira no Congresso e em inúmeras campanhas.

Lombard tinha o seu chefe de gabinete em alta conta. Depois do suicídio de Duke Vaughn, Lombard penou com dois substitutos antes de se decidir por Reed. Reed falava a língua de Lombard e, assim como ele, possuía uma determinação inabalável; mas não era Duke Vaughn. Não que isso fosse motivo de vergonha — Duke Vaughn era o melhor, era inigualável. Duke saberia por instinto que Santa Fé era má ideia, mas Leland Reed não tinha essa capacidade. Duke via as mesmas peças que todos viam sobre o tabuleiro, mas sempre estava muitos movimentos à frente. Lombard havia aprendido com ele muito do que sabia sobre o jogo da política.

Leland Reed era incansável, mas precisava que lhe mostrassem qual direção seguir. Isso não era de todo ruim. Lombard estava acostumado a ser a pessoa mais esperta em qualquer situação, mas às vezes sentia saudade de saber que se algum problema saísse de controle Duke já estaria cuidando do assunto.

Ele encarou Reed com um olhar gélido:

— Nós não teremos o apoio de Macklin. Ele vai se aliar a Fleming.

— Mas, senhor, Douglas acredita que Macklin está fazendo sondagens.

— Ele estava fazendo sondagens quando eu liderava com dez pontos de vantagem. Mas agora que a minha vantagem ficou menor que o pinto dele, Macklin dará seu apoio a Fleming, que ele conhece há vinte anos e que vai lhe prometer coisas que eu não vou. Mas é claro que ele me fará rebolar pelo apoio que não pretende me dar.

— Não vale a pena aproveitar que já estamos aqui?

— Megan, onde a governadora Fleming estará na próxima sexta feira?   Lombard perguntou.

A assistente dele moveu o cursor sobre uma agenda na tela de seu laptop.

— No Arizona, senhor.

— Isso é pura perda de tempo, Leland. Estão nos passando para trás. Foda-se o governador Macklin e foda-se o Douglas junto com ele.

— Senhor? — A voz de Reed permaneceu calma e otimista apesar da súbita alteração do temperamento e do linguajar do vice-presidente.

— Estou preocupado com Douglas e com a leitura que ele vem fazendo do cenário — explicou Lombard pacientemente. — Ele está tomando decisões com base nas estimativas da semana passada. Eu preciso dele para arrancar na frente de Fleming. Mas ela continua colada em mim e eu estou farto de ouvir Douglas negando isso.

— Sim, senhor — disse Reed. — Que motivo eu devo dar para o cancelamento?

— Dê uma desculpa qualquer. Diga que precisam de mim em Washington, isso sempre soa bem. Eu ainda sou o vice-presidente. Ele vai entender.

— Sim, senhor — respondeu Reed.

— Quero uma reunião com Douglas, Bennett e Guzman amanhã de manhã e antes de qualquer outra coisa. Precisamos acertar alguns assuntos. Eles não são os únicos estrategistas de campanha em Washington.

Olhando pelo vidro escuro da janela, Lombard observou a confusão que era Phoenix. Viver em sua bolha era um dos aspectos surreais do trabalho. Nos últimos oito anos, não houve um só momento em que ele tivesse ficado realmente sozinho e em que trinta pessoas não soubessem exatamente onde ele se encontrava. Para fazer o seu trabalho, e fazê-lo bem, tinha de estar em constante movimento, cercado de pessoas, ideias, ação. Como ele adorava isso! E ser presidente seria ainda melhor.

Quando repórteres lhe perguntavam por que queria ser presidente, Lombard recitava os mesmos clichês elegantes que seus predecessores haviam usado — banalidades tais como dedicação ao seu povo, visão do futuro de uma nação. Eram bobagens, claro, e ele duvidava que seus antecessores tivessem acreditado nessas coisas por um segundo que fosse. A verdade era simples: na história humana, de que outra maneira alguém conseguiria se tornar, sem derramamento de sangue, a pessoa mais poderosa do mundo? Era a chance de ser um deus civilizado, e ele não confiava em ninguém que sonhasse com menos. Porém, a diferença entre Benjamin Lombard e a maioria das pessoas era que ele havia nascido para isso. Tinha sido feito para isso.

Nas proximidades do hotel, o comboio parou completamente e Lombard observou o Serviço Secreto entrar em ação. Duas dúzias de portas de carro se abriram ao mesmo tempo. Agentes saltaram dos veículos e se espalharam como fuzileiros estabelecendo uma base na praia. Quando todos se posicionaram, a porta da limusine de Lombard se abriu e ele saiu do automóvel, sorrindo largamente. Mais alto do que todos os agentes, exceto um, ele parou para avaliar o hotel, abotoou o paletó e acenou para os seus admiradores, que o aplaudiram efusivamente, reunidos na calçada, a certa distância do vice-presidente. Depois ele permitiu que o conduzissem para o interior do hotel.

Lombard disse a si mesmo que precisava providenciar o afastamento do agente alto de sua unidade.

Seu grupo de assistentes o cercou dentro do hotel e foi passando a ele informações a caminho do seu quarto. Enquanto recebia o resumo dos acontecimentos, fez uma rápida leitura de dois memorandos e bombardeou a comitiva com perguntas. Ele era adepto de manter várias conversas ao mesmo tempo.

— A que horas será o evento para arrecadação de fundos? — Lombard perguntou.

— Às oito, senhor.

— Onde está o meu discurso?

Alguém lhe entregou uma cópia nova. Ele também recebeu dois livros de consulta que continham as últimas informações a respeito da atual situação no Egito e um relatório do debate no Senado sobre um projeto de lei de imigração.

— Leland, nós nos veremos daqui a duas horas. Vamos conversar durante o almoço. Até lá, não me incomode a menos que haja uma crise constitucional e eu seja o presidente.

Essa tirada fez os assistentes rirem discretamente. O Serviço Secreto fechou a porta do quarto.

Quando se viu sozinho, Benjamin Lombard tirou o paletó e o estendeu na cama para que não amarrotasse. Depois de ter enfrentado o calor inclemente do Arizona, o ar-condicionado era muito bem-vindo. Ele não sabia exatamente por que, mas os hotéis cinco estrelas tinham aparelhos de ar-condicionado melhores que os de qualquer outro lugar no mundo. Isso para ele era o auge da civilização, um recurso que tornava possível para um homem viver em lugares como Phoenix, no Arizona, uma região completamente esquecida por Deus.

Usando apenas camisa, cueca samba-canção e meias pretas, ele ficou à vontade e relaxou na escuridão de seu quarto. Após alguns momentos, ligou a televisão para assistir ao noticiário e deu de cara com uma história sobre um evento de campanha de Anne Fleming na Califórnia. Benjamin agora compreendia tudo; o público pequeno no comício dele naquela manhã havia chamado a atenção para o cenário mais amplo. Quanto mais ele pensava nisso, mais sentia que o encontro do dia seguinte com Douglas teria de causar um impacto devastador. Isso serviria de alerta e também revigoraria e daria objetividade à equipe. Ele se perguntava o que seria necessário fazer para que Abigail Saldana voltasse à ativa como conselheira; ela não engolia a absurda campanha de Fleming.

Uma batida seca na porta interrompeu seu fluxo de pensamentos e seu bom humor se evaporou. Se tiveram a coragem de importuná-lo, só podia ser porque o Senado estava em chamas ou coisa pior; caso contrário, por Deus, o empregado maluco parado do outro lado da porta teria que se mudar para a Turquia se quisesse um emprego na área política.

— O que é? — Lombard urrou, abrindo a porta com violência.

Era Leland Reed, e ele parecia agitado.

— O que você quer? — Lombard perguntou novamente, mas dessa vez sem furor na voz.

— Posso entrar, senhor?

Benjamin lhe deu passagem e ele entrou no quarto. Reed não se sentou; em vez disso, ficou girando ansiosamente pelo recinto como um aspirador de pó em busca de sujeira. Por fim, parou diante da janela.

— E então, o que é? Jesus Cristo, você está me deixando nervoso.

— É a lista. O senhor me pediu para ficar de olho naquela lista, está lembrado?

Sim, estava. Lombard sabia exatamente a que lista Reed se referia. Você não vai longe no mundo da política sem fazer alguns inimigos. Muitos inimigos. A lista incluía pessoas que poderiam tentar prejudicar sua campanha. Todos estavam ali: de adversários políticos a antigos funcionários, passando até mesmo por namoradas dos tempos de escola que não gostaram do modo como o namoro terminou. Não que ele estivesse esperando problemas, mas toda campanha trazia à tona coisas sobre o passado de um candidato que haviam sido esquecidas há muito tempo. Não existia razão para esperar que desta vez seria diferente.

— Quem? — perguntou Lombard.

— George Abe.

— George? Sei. — Ele não esperava por isso. Sempre considerou que tudo havia ficado razoavelmente bem entre ambos, apesar do modo como se separaram. — O que George fez?

— Encontrou-se com o filho de Duke Vaughn em um restaurante na Virgínia. Estão a caminho de Washington nesse momento.

Lombard sentiu um calafrio na espinha. Gibson Vaughn e George Abe. Dois nomes que jamais esperava ouvir na mesma frase, já que ele era a única coisa que essa dupla tinha em comum. Não podia ser só coincidência o fato de os dois estarem juntos.

— E sobre o que eles falaram?

— Isso eu não sei, senhor.

— Então descubra. Temos alguém na equipe de George?

— Não, senhor — respondeu Reed.

— Bem, consiga alguém. E me coloque em contato com Eskridge. Parece que ele vai precisar agir, afinal de contas.

6

A VIAGEM DE CARRO RUMO A WASHINGTON TRANSCORREU EM SILÊNCIO.
Sentado atrás, Gibson estava ao lado de um George Abe totalmente concentrado na
tarefa de responder e-mails no celular. Quando Abe digitou a senha do seu telefone,
Gibson a captou com uma discreta espiada e a memorizou. Era força do hábito. Ele
havia levado meses para aperfeiçoar essa habilidade; era capaz de roubar a senha de
um telefone celular apenas seguindo os movimentos do dedo polegar. Resolveu guardar consigo a senha, para o caso de necessidade.

Números sempre tinham feito parte da vida de Gibson Vaughn. Matemática, ciência, computadores sempre fizeram sentido para ele. Isso representou uma tremenda
vantagem quando ele passou para o lado do mal. Nessa época, com muito treino, Gibson aprendeu a decorar sequências de números. Podia memorizar rápido qualquer
coisa composta de até dezesseis dígitos: números de telefone, de cartões de crédito, de
previdência social — era incrível a frequência com que as pessoas recitavam informação vital em público. Esse era um de seus talentos menos aceitáveis socialmente.

Sentada na frente, no banco do passageiro, a assistente de Abe esquadrinhava a
estrada como se estivesse na linha de frente da batalha em Fallujah. Gibson já havia
visto aquele olhar antes; era o olhar de veteranos de combate. As lembranças que
pareciam tão presentes. Visões e sons que estavam sempre fora do tom, como uma
sinfonia dissonante. A mulher se mostrava tensa e alerta, como se emboscadas na
beira da estrada fossem comuns no norte da Virgínia.

No Nighthawk, Abe a havia apresentado a Gibson. O nome da mulher era Jenn
Charles. Ela lhe dera um aperto de mão educado, mas seu sorriso indiferente era um
aviso de perigo. Tirá-la do sério não seria uma boa ideia. Ainda assim, Jenn era um doce
em comparação com o circunspecto homenzinho atrás do volante: Hendricks — não
haviam mencionado o seu primeiro nome. Hendricks também não parecia gostar de
Gibson, mas, diferente da impressão deixada por Jenn Charles, não havia sinal de que
fosse algo pessoal. Hendricks não parecia gostar muito de nada nem de ninguém.

Embora fosse domingo, o trânsito em Washington era intenso. Era início de abril,
época do Festival Nacional das Cerejeiras, por isso as ruas do bairro de Georgetown

estavam cheias de carros de turistas. Hendricks conseguiu avançar em meio ao engarrafamento com manobras precisas, costurando pela pista entre um carro que parava e outro que acelerava. Uma grande habilidade, e também muito útil, Gibson pensou. Em Key Bridge, Hendricks tomou o viaduto Whitehurst Freeway, que corria ao longo do rio Potomac, e saiu na K Street. O rio cintilava durante todo o trajeto até o Kennedy Center.

Gibson olhou de relance para George Abe. As palavras de Abe no Nighthawk ainda o perturbavam: — *Você era a pessoa que Suzanne mais amava na vida.* Ele contemplou o rio através da janela.

A pessoa que Suzanne mais amava.

Gibson e Suzanne já se conheciam desde a mais tenra infância e suas vidas caminharam juntas devido à ligação entre o seu pai e o pai dela, ligação que ia muito além do relacionamento de um senador com seu chefe de gabinete. Lombard havia sido padrinho de casamento de Duke e depois da morte da mãe de Gibson, quando ele tinha três anos de idade, o menino passava mais feriados com os Lombard do que com a própria família. O senador Lombard e Duke frequentemente trabalhavam até tarde da noite e aos fins de semana e, em consequência disso, Gibson tinha seu próprio quarto no corredor onde ficava o de Suzanne. Quando Gibson estava com sete anos de idade, Duke lhe explicou com cuidado que Suzanne, então com três anos, não era sua irmã de verdade. Gibson não recebeu bem a revelação.

Algumas de suas mais doces lembranças de infância eram dos momentos passados na casa de veraneio dos Lombard no litoral da Virgínia. O verão tinha início todos os anos com o feriado do Memorial Day e uma festa era preparada para que Lombard recebesse centenas de amigos próximos, aliados políticos e seus familiares. Sempre havia crianças aos montes e elas podiam se divertir à vontade enquanto os adultos socializavam sobre a grama da ampla varanda coberta. Gibson passava o dia todo participando dos jogos de captura à bandeira, que aconteciam na parte de trás da propriedade. Um caminhão de sorvete aparecia todos os anos, para a alegria das crianças, que se empanturravam de hambúrgueres, cachorros-quentes e salada de batatas. Era um paraíso para as crianças, e Gibson esperava todos os anos ansiosamente por mais uma festa.

Durante as festas, Suzanne ficava dentro da casa, lendo nas grandes janelas da sacada que se destacavam nos fundos da residência. Instalada nas altas bancadas almofadadas, com pilhas de travesseiros, Suzanne tinha uma vista privilegiada da propriedade até onde as árvores alcançavam. Na opinião de Gibson, era puro desperdício de um lindo dia. Naquela idade, era bem melhor escalar árvores do que contemplá-las. Mas se tratava do lugar favorito de Suzanne na casa e o primeiro lugar onde se poderia encontrá-la. Dali ela podia olhar a festa e ler seus queridos livros. Se ela pudesse convencer a mãe a levar seu almoço até o seu lugar predileto, Suzanne passaria alegremente o dia lendo e cochilando sob o sol.

Na época em que Gibson acreditava que Suzanne era sua irmã, ele não a "aguentava" por muito tempo e a via como uma criatura estranha — como todo irmão mais velho costuma ver suas irmãzinhas. Ela não jogava futebol nem beisebol; não gostava de brincar de soldado na mata; não gostava de nenhum dos jogos que ele gostava. Então Gibson fazia a única coisa sensata que lhe restava em tais circunstâncias — ele a ignorava. Não por maldade nem de propósito, mas por simples conveniência. Eles não falavam a mesma língua.

Mas Suzanne o tratava da maneira que menininhas tendem a tratar seus irmãos mais velhos — com amor paciente e constante admiração. Ela recebia a indiferença de Gibson com adoração e retribuía o desinteresse dele com sorrisos radiantes. Ela nunca se afastava dele, por mais magoada ou chateada que estivesse, e estava sempre disposta a lhe dar outra chance. No final das contas, ela simplesmente o adorava com a generosidade de uma criança — do tipo que desaparece quando se alcança a idade adulta, mas que Suzanne tinha em abundância. Gibson não era páreo para a garotinha; ela tanto persistiu que enfim o venceu pelo cansaço e ele aprendeu a corresponder ao seu amor. E em algum ponto desse processo ela deixou de ser Suzanne e se tornou sua irmã.

Sua Ursa.

Não satisfeita com o simples fato de ser amada, Ursa o amolou durante um longo tempo — pareceram ser anos — para que Gibson lesse para ela. Ele havia feito isso uma vez, quando Suzanne era bem pequena; não se lembrava do livro, só se recordava de ter perdido rapidamente o interesse pela coisa. Desde então, a menina lhe implorava que lesse para ela de novo, quase sempre de seu refúgio de leitura, quando Gibson tentava escapar pela porta dos fundos para brincar no bosque. Ele não era um leitor naquela época e sempre se desvencilhava dela, adiando a atividade.

— Gib-son. Gib-son! ela chamava. — Venha ler para mim!

— Mais tarde, Ursa. Certo? — era sempre a sua resposta.

— Certo, Son. Tchau! — ela gritava antes de Gibson sair. — Mais tarde! — Como se "mais tarde" tivesse se tornado uma data oficial.

Ursa dizia o nome dele como se fosse composto por duas palavras ou às vezes o abreviava para "Son", quando estava animada. Para Duke, ela lembrava um velho político muito conhecido e de fala lenta. Isso fazia todos os adultos rirem, o que apenas a encorajava mais, embora ela não compreendesse por que aquilo era engraçado.

Certa ocasião, durante um Natal, Ursa finalmente conseguiu dobrá-lo. O senador e Duke estavam enfrentando dificuldades com algum projeto de lei, por isso Gibson passou a maior parte do feriado de Natal na casa dos Lombard em Great Falls. A garota tinha sete anos. Ele tinha onze. Em um momento de fraqueza, Gibson disse "sim" e ela saiu correndo antes que ele começasse a ver outro filme. Ela voltou com o livro *A Sociedade do*

Anel, de um tal J. R. R. Tolkien. Os filmes baseados na série ainda não existiam nessa época, por isso Gibson não sabia nada sobre o livro, exceto que era grosso e de capa dura.

— Ursa... Nem pensar — ele disse, avaliando o peso do livro em suas mãos. — É grande demais.

— É o primeiro livro de uma série de três! — Ela estava pulando de excitação.

— Sim, mas...

— Você vai gostar. Eu prometo que vai ser bom! É uma aventura — ela explicou. — Eu estava guardando o livro para você.

Grace Lombard havia observado a cena com um sorriso comovido, que lhe confirmou o que ele já suspeitava — você não tem escapatória, garoto. Gibson suspirou. Bem, talvez não fosse tão ruim assim. Abriu o livro no primeiro capítulo. Que diabos era um hobbit? Ah, como se isso importasse. Ele leria por vinte minutos, Ursa ficaria entediada ou pegaria no sono e tudo estaria terminado.

— Tudo bem, vamos lá. Onde você quer ler isso?

— Oba! — Suzanne exclamou, triunfante, e então começou a pensar, pois não tinha planejado esse detalhe. Ela não esperava que conseguisse chegar tão longe. — Que tal perto da lareira?

Ela o levou até uma poltrona na sala de estar. O fogo estava se apagando e Ursa o aumentou até que Grace lhe pedisse para tomar cuidado ou acabaria incendiando a casa toda. Então Gibson esperou mais dez minutos até que Ursa preparasse tudo com cuidado: pilhas de travesseiros, uma colcha, chocolate quente para ela e suco de amora com maçã para ele. Ela percorreu toda a sala para ajustar a iluminação, a fim de que o ambiente não ficasse claro demais nem muito escuro também. Parado no meio da sala, Gibson se perguntava em que havia se metido.

— Senta, senta, senta — disse Ursa.

Ele se sentou.

— Assim está bem?

— Perfeito! — Ursa se aninhou com satisfação no colo dele e recostou a cabeça em seu ombro.

Em dez minutos ela estará dormindo, Gibson pensou.

— Está pronta? — ele perguntou, tentando sem sucesso parecer mal-humorado.

— Sim, pronta. Espere — a menina disse, mas então pensou melhor. — Não, não é nada.

— O que é?

— Nada de mais. — Ela balançou a cabeça. — Vamos deixar para a próxima vez.

Só que não haveria uma próxima vez. Ele abriu o livro e se ajeitou confortavelmente. Quando começou a ler a primeira frase, Ursa o interrompeu:

— Son?

— Que foi?

— Obrigada.

— Você sabe que não vou dar conta de ler essa coisa inteira.

— Não faz mal. Quando você não tiver mais vontade de ler nós paramos.

Ele leu as primeiras trinta páginas de uma só vez, sem pausas. Ursa não adormeceu e a história não era nada ruim. Havia um bruxo e mágica, então era bem legal. Eles ainda estavam lendo quando o senador e Duke fizeram um intervalo em sua reunião de planejamento de estratégia. A sra. Lombard os levou até a porta da sala de estar, silenciosamente, como se estivessem em um safári e tomassem cuidado para não assustar os animais. Gibson não notou a presença deles até perceber o clarão da câmera.

Uma cópia emoldurada da fotografia foi pendurada no corredor entre os quartos das crianças e Duke deixou outra em seu escritório em casa.

Depois da foto surpresa, Gibson tentou encerrar a leitura, mas Ursa, sentindo sua inquietação, apertou o braço dele.

— O que acontece depois?

Gibson se deu conta de que também estava curioso.

Eles terminaram de ler *O Retorno do Rei* dois anos depois, e no processo Gibson se tornou um leitor. Mais uma coisa que devia a Ursa. Os livros o ajudaram a manter a sanidade, primeiro na cadeia e depois no Corpo de Fuzileiros Navais. Ele lia tudo o que lhe caísse nas mãos: as estranhas histórias de Philip K. Dick, a ficção violenta de Jim Thompson, *O Estrangeiro*, de Albert Camus, que foi marcante para ele aos 19 anos. Um exemplar antigo de *Great Jones Street*, de Don DeLillo, que era sua companhia constante desde os tempos do campo de treinamento de recrutas, e do qual Gibson era capaz de recitar de memória o monólogo de abertura.

A verdade é que Gibson jamais deveria ter se permitido associar a sua Ursa com a Suzanne Lombard das imagens da câmera de segurança. Em sua mente, Ursa era uma garota formada, vivendo em Londres ou Viena, como ela sempre havia sonhado. Ursa namorava um cara inteligente e tímido, que a adorava e lia para ela nas manhãs de domingo. Ursa não tinha absolutamente nada a ver com Suzanne Lombard, a jovem que havia desaparecido há muito tempo. Era mais fácil acreditar nessa ficção.

Será que ela iria gostar de sua filha? Às vezes Gibson se apanhava comparando-as — as duas garotinhas que tinham se tornado tão importantes em sua vida. Elas não se pareciam nem um pouco: Ellie não era do tipo quieto e introspectivo. Era mais parecida com seu pai nesse aspecto; preferia muito mais subir em árvores a ler debaixo de uma. Porém, Ellie e Ursa eram exatamente iguais quando se tratava de dar carinho às pessoas. As duas tinham o mesmo abraço terrivelmente apertado. Sim, Ursa teria amado Ellie e Ellie a teria amado também.

Aonde você foi parar, Ursa?

Gibson olhou para George Abe e para a equipe que ele havia reunido.

Será que teria essa resposta algum dia?

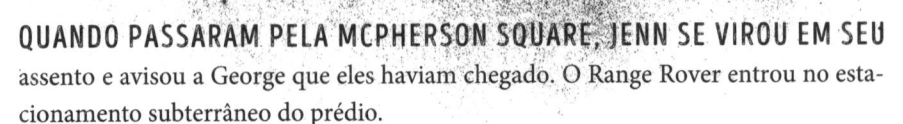

7

QUANDO PASSARAM PELA MCPHERSON SQUARE, JENN SE VIROU EM SEU assento e avisou a George que eles haviam chegado. O Range Rover entrou no estacionamento subterrâneo do prédio.

Eles estacionaram, saíram do carro e Jenn se posicionou atrás deles para ficar de olho em Vaughn. Ele a viu fazer isso, mas não disse nada. Era mais alto do que ela esperava, mas os olhos dele não eram menos intensos. Vaughn a havia desmascarado no *diner*, o que já era bem embaraçoso, mas o olhar que recebeu dele quando se cumprimentaram do lado de fora do Nighthawk a fez sentir-se como um sanduíche de micro-ondas. Ela não gostou disso.

No andar superior, os escritórios da Abe Consulting Group estavam escuros e silenciosos. As luzes se acendiam automaticamente. O espaço não era enorme, mas o saguão era imaculado e moderno, com teto alto e elegantes móveis de couro preto. Vaughn parecia impressionado.

Hendricks os conduziu por um corredor na direção de onde vinha uma música colérica e abafada. Ele empurrou e abriu um par de portas de vidro que davam para um auditório e o som aumentou barbaramente. Era como estar em uma pista de decolagem com um 747 aterrissando bem ao seu lado. Jenn reconheceu a música, mas não sabia o nome da banda. Ela nunca sabia. Não se importava tanto assim com música para se dar ao trabalho de guardar esse tipo de coisa na memória.

Uma cabeça careca se ergueu devagar detrás de um laptop.

— A música, Mike! Jesus! — gritou Hendricks.

O auditório ficou em silêncio e a cabeça careca se levantou. Pertencia a Mike Rilling, diretor de tecnologia da informação da Abe Consulting. Com pouco mais de 30 anos, ele tinha os olhos inquietos e injetados e a pele amarelada característicos de um homem que vivia à base de uma potente combinação de cafeína e comida pronta. Era possível até sentir o fedor de estresse no recinto.

— Peço desculpa, senhor Abe. Achei que vocês fossem chegar só à tarde.

— *Já é* de tarde — disse Jenn.

— Ah, é? — Mike respondeu. — Sinto muito, senhor Abe.

— Tudo bem. O que tem para nós? — Abe perguntou.

A boca de Mike se abriu, mas em seguida se fechou sem articular nenhuma resposta para a pergunta, o que Jenn identificou como a linguagem internacional para *"Não tenho absolutamente nada e gostaria que as pessoas parassem de me perguntar isso".* Ela estava acompanhando de perto os trabalhos e entendia a situação de Mike. Ele trabalhava duro, tanto quanto qualquer membro da equipe, mas essa área não era a sua especialidade. A culpa não era dele, apesar de suas habilidades terem sido elogiadas excessivamente. Por esse motivo, Vaughn estava ali. Mas talvez já fosse tarde demais.

Aquela sala costumava ser o auditório deles, mas havia sido convertida em um centro de operações improvisado. Fotografias, diagramas, esquemas, mapas e anotações estavam fixados de modo organizado em vários quadros de aviso dispostos ao longo de uma parede. Uma fotografia de Suzanne Lombard ocupava o topo do quadro central e seus familiares mais próximos vinham abaixo dela, dispostos como em uma árvore genealógica invertida. Vaughn olhou direto para o quadro central e uma expressão indecifrável se instalou em seu rosto por um instante.

Distribuídos abaixo dos integrantes da família, os membros da equipe de Lombard dos tempos em que ele era senador, incluindo Duke Vaughn, tinham sua própria sequência. A foto de George também estava ali. Completando a galeria viam-se dois espaços em branco, sem imagem, dispostos um ao lado do outro. No primeiro lia-se "WR8TH" — o apelido anônimo da pessoa ou das pessoas com as quais Suzanne havia se comunicado antes do seu desaparecimento. O segundo tinha os dizeres "Tom B." Uma linha ligava os dois e havia um ponto de interrogação entre ambos.

Abe se sentou à mesa. Hendricks e Vaughn fizeram o mesmo, enquanto Rilling ia de um lado para o outro andando rápido, como uma dona de casa frenética.

— Michael, por favor. O serviço de limpeza pode esperar — Abe disse.

— Sim, senhor Abe. Desculpe.

— E pare de ficar pedindo desculpas por trabalhar duro — Abe replicou, ensaiando uma risada.

Jenn apreciava os esforços de seu chefe, mas ele não conseguiria fazer Mike Rilling se sentir melhor nem com uma tonelada de elogios. A única saída que via para Mike era um frasco inteiro de Xanax e uma camisa de força, e mesmo assim não estava convencida de que funcionaria. Rilling estava sobrecarregado de trabalho, era tenso ao extremo e acreditava com todas as suas forças que era uma pessoa profunda e tragicamente menosprezada.

— Michael, esse é Gibson Vaughn — disse George. — Vai colaborar conosco no caso Lombard. Gibson, este é Michael Rilling, nosso diretor de TI.

Rilling apertou frouxamente a mão de Gibson e o fitou com um olhar de cachorro defendendo seu território. Gibson fingiu que não percebeu.

— Jenn vai colocar você a par de tudo — Abe disse a Vaughn. — Para preencher algumas lacunas, às vezes, é útil repassar as pistas que já conhecemos. Você encontrará tudo sobre o caso dentro do arquivo.

Jenn empurrou uma grossa pasta de arquivo sobre a mesa na direção de Vaughn. O nome "Suzanne Lombard" estava primorosamente impresso na encadernação e na capa; no interior do material, havia um resumo sobre o desaparecimento de Suzanne e a posterior investigação. Boa parte disso consistia de comunicados, fotografias e documentos internos do FBI, tudo incrivelmente meticuloso. Abe podia ter se desentendido com Benjamin Lombard, mas havia sido bastante influenciado por ele.

Vaughn escutou tudo com atenção e esfregou com força um ponto atrás de sua orelha. Toda menção a Suzanne Lombard parecia fazê-lo recuar e se recolher um pouco mais dentro de si mesmo. O que era isso? Culpa? Remorso? Medo? Isso seria medo? Gibson percebeu que Jenn estava olhando para ele e sorriu como alguém que tenta ser amigável com o dentista antes de abrir a boca para o tratamento de canal.

Um projetor de transparências foi ativado e uma tela desceu de um tubo acoplado à parede. Uma fotografia de Suzanne tomou a tela inteira. Não faltavam fotos para se escolher. Os membros da família Lombard eram conhecidos por sua beleza e fotografias eram obrigatórias em todas as reuniões sociais. A imagem que estava na tela havia sido cortada de uma foto tirada em uma festa anual de Natal — Suzanne sentada no chão, sorrindo alegre para a câmera. O braço sem corpo de Gibson Vaughn pairava no ar ao lado de Suzanne. Jenn havia encontrado algumas fotografias sem Vaughn — não existiam muitas —, mas tinha escolhido essa em particular para avaliar a reação dele.

Agora estava arrependida. O homem parecia enjoado.

— Jenn, não gostaria de falar? — Abe disse.

Ela começou a se levantar, mas desistiu e correu a língua pelos dentes.

— O que você sabe sobre o desaparecimento de Suzanne Lombard? — Jenn perguntou a Vaughn.

— Além do que foi exibido nos noticiários durante dez anos? — ele respondeu. — Não muita coisa.

— Já o interrogaram alguma vez? — indagou Hendricks. — Depois do sequestro. Nós não encontramos nenhum registro disso.

— Não — tornou Vaughn. — Naquela época eu estava preso.

— A pergunta de Dan faz sentido — comentou Jenn. — Se alguma coisa que sabemos sobre Suzanne parecer errada para você, ou imprecisa, diga-nos. Você teve um relacionamento especial com ela.

— Claro. — Vaughn franziu as sobrancelhas. — Mas lembrem-se: eu não voltei a vê-la depois da morte do meu pai.

— Eu entendo — disse Abe. — Mas nunca se sabe.

— Se não se importam — Jenn disse —, acho que devíamos começar do início. — Ela esperou para ver se alguém discordava. — Certo. Bem, como todos nós sabemos, este mês de julho marca o décimo aniversário do desaparecimento. Foi na manhã do dia 22 de julho, uma terça-feira, que a filha do senador Benjamin Lombard, da Virgínia, fugiu de casa. Fugiu de uma família que, de acordo com todos os relatos, era perfeita e feliz. Isso bate com as lembranças que você tem?

— Totalmente.

— Nos estágios iniciais da investigação, a polícia e o FBI examinaram a possibilidade de Suzanne ter sido sequestrada perto da casa de praia da família, nas proximidades do vilarejo de Pamsrest, na Virgínia. Grace Lombard e sua filha costumavam passar lá o verão inteiro, enquanto o senador se dividia entre Pamsrest e Washington.

Pamsrest era uma pequena comunidade, um desses lugares em que todos os habitantes se conhecem. Lojinhas familiares, duas sorveterias, uma alameda e uma churrascaria modesta, mas excelente. Um retorno a uma época mais simples que despertava nostalgia nas pessoas, uma época que parecia remota — o tipo de lugar no qual as famílias se sentiam seguras o suficiente para baixar a guarda.

— É isso mesmo, sem dúvida nenhuma — disse Vaughn. — No último verão que passei ali, Ursa tinha quantos anos? Acho que 12 anos. E ela tinha liberdade total para ir aonde quisesse.

— Ursa? — Hendricks perguntou.

— Me desculpe, quis dizer Suzanne. É que eu a chamava de Ursa.

Hendricks tomou nota da informação.

— Suzanne andava de bicicleta por todos os lugares — Jenn continuou. — Naquele verão, ela tinha um emprego em um clube recreativo e geralmente saía de casa pela manhã e ficava fora o dia inteiro. Isso foi antes de as crianças todas terem telefone celular. Para Grace Lombard não era incomum ficar sem falar com a filha durante o dia. Ela só começou a se preocupar de verdade pouco antes de seis da tarde. Precisou de dois telefonemas para descobrir que Suzanne não havia aparecido no trabalho. Sua terceira ligação foi para o marido em Washington; o senador Lombard acionou o FBI. A partir disso, a ação começou de verdade. Pela manhã, a cidade estava repleta de agentes da lei — locais, estaduais e federais. Na parte da tarde, a história já ganhara repercussão nacional e Suzanne Lombard havia se tornado a mais nova obsessão dos noticiários de televisão.

— Sim, afinal ela é branca — disse Hendricks.

Jenn concordou com um aceno de cabeça. Isso era indiscutível. Cientistas sociais davam a isso o nome de Síndrome da Mulher Branca Desaparecida. O caso de Suzanne seguia na mesma direção que os de Elizabeth Smart e Natalee Holloway — se você vai desaparecer nos Estados Unidos, sem dúvida será uma grande vantagem ser branca, mulher e bonita. Acrescente à história a filha de um senador dos Estados Unidos e terá a receita para a próxima obsessão do país. A imprensa avançou sobre Pamsrest como uma praga de gafanhotos caindo sobre uma plantação. Caminhões de televisão formaram uma iluminada comunidade provisória em um campo nos arredores da cidade. Qualquer morador que resolvesse ficar parado por alguns segundos acabava aparecendo na TV. A história foi exibida dia e noite, durante meses, em todos os veículos de comunicação do país.

— Na tarde do segundo dia — Jenn continuou —, a bicicleta de Suzanne foi encontrada numa cidade longe do vilarejo, em um local com grama alta atrás de uma loja de departamentos. A área foi vasculhada várias vezes, mas ninguém se lembrou de ter visto Suzanne Lombard. A polícia investigou agressores sexuais fichados da região, enquanto o FBI explorou a possibilidade de ter sido um sequestro com motivação política. Como se sabe, jamais houve pedido de resgate.

Abe e Hendricks se mexeram em suas cadeiras. Jenn prosseguiu antes que eles pudessem interrompê-la. Ela queria terminar de repassar o material antigo antes de abordar o novo.

— A primeira pista de impacto do caso surgiu no sexto dia. Uma estudante universitária chamada Beatrice Arnold usou a linha direta do FBI para informar que havia vendido algumas guloseimas a Suzanne Lombard no posto de gasolina onde trabalhava em Breezewood, na Pensilvânia.

Ela parou por um momento, respirou fundo e então continuou.

— O vídeo do posto de gasolina em Breezewood causou um enorme abalo na investigação e derrubou completamente as hipóteses das autoridades policiais. Suzanne Lombard não tinha sido sequestrada; ela havia fugido. De alguma maneira, ela havia viajado mais de quinhentos quilômetros da praia da Virgínia até a Pensilvânia sem ser vista. O vídeo de segurança proporcionava três fatos indiscutíveis. O primeiro: Suzanne estava se esforçando para esconder sua identidade. Segundo: ela estava esperando alguém. E terceiro: esse alguém era um amigo, pelo menos na opinião de Suzanne. — Jenn olhou para Vaughn. — Acho que concorda com tudo o que eu relatei até aqui, não é?

Vaughn sinalizou que sim com a cabeça. Ela prosseguiu:

— Quando se presumiu que tivesse sido um sequestro, ninguém havia prestado muita atenção na própria Suzanne Lombard. Ela era apenas uma garota inocente no lugar errado e na hora errada. Mas quando apareceram as imagens da câmera de segurança de Breezewood, o FBI passou a investigar aspectos mais privados da vida de Suzanne Lombard. O ambiente onde vivia, seus pertences, sua vida social, tudo foi arrolado e analisado.

Jenn fez uma pausa. Atentos a ela, todos aguardaram o que viria em seguida.

— Bem, nós agora abordaremos a parte da história que não foi compartilhada com a mídia. — Ela olhou para Gibson Vaughn. — Se tiver perguntas, pode me interromper.

— Certo.

— Então, quem era o tal "amigo" com quem ela teria se encontrado em Breezewood e como ela conheceu esse indivíduo? As primeiras conversas com os amigos de Suzanne que frequentavam o clube recreativo apontavam para um namorado: um certo "Tom B." — Jenn indicou a imagem em branco no quadro.

— Ela tinha um namorado?

— Isso surpreende você?

— Um pouco, eu acho. O que nós sabemos sobre ele?

— Não muito. Os amigos dela admitiram que deram cobertura à garota em diversos momentos para que ela pudesse sair mais cedo do trabalho a fim de se encontrar com ele. Os pais de Suzanne afirmaram categoricamente que não existia nenhum namorado, mas uma busca no quarto da menina revelou uma pilha de cartas de amor escondidas em uma estante.

— E?

— E não deu em nada. Os agentes investigaram, mas não encontraram nem sombra de um Tom B. em um raio de oitenta quilômetros. Eles ampliaram a busca para abarcar variações no nome: Tom A., Tom C., Tom D. etc., mas não conseguiram coisa alguma.

— E esse sujeito nunca se apresentou?

Jenn balançou a cabeça numa negativa.

— Mas uma nova pista surgiu quando o laptop de Suzanne foi encontrado — ela disse. — O disco rígido havia sido apagado. Para apagá-lo foi usado o Heavy Scrub, um programa que elimina os dados permanentemente.

— Gibson, pode nos explicar como isso funciona? — George pediu.

Jenn olhou para o chefe com ar interrogativo. George sabia exatamente como funcionava o Heavy Scrub. Ele mesmo havia explicado a Jenn como o programa operava. George tinha algum motivo para fazer a pergunta, sem dúvida. Lidar com George era como jogar xadrez com um grande mestre. Ele a fazia ficar paranoica com a própria paranoia dela.

— Ah, claro — disse Vaughn. — Bem, ao contrário do que a maioria das pessoas pensa, esvaziar o "lixo" de um computador apenas muda esse lixo de lugar. Ele ainda permanece no disco rígido, só que agora o computador tem permissão para gravar sobre o arquivo se for necessário ganhar espaço. Entretanto, um arquivo "apagado" pode continuar a existir por anos, dependendo dos hábitos do usuário. Recuperar dados considerados perdidos de um disco rígido é simples. Isso tem sido a ruína de muitos aspirantes a mestres do crime. Daí a necessidade de programas como o Heavy Scrub, que sistematicamente gravam em cima do arquivo várias vezes até tornar irrecuperáveis os dados ali existentes. Não é o tipo de coisa que alguém de 14 anos de idade saberia fazer.

— Não mesmo, principalmente uma adolescente descrita por seus pais como "inepta em termos de tecnologia" — Jenn observou.

— E ela era inábil, sem sombra de dúvida — disse Hendricks de súbito. — Porque instalou e rodou o programa para apagar seus rastros, mas fechou o laptop antes de terminar...

Vaughn virou de forma enérgica a cabeça na direção de Hendricks.

— O que fez o computador hibernar e parar o trabalho de limpeza do Heavy Scrub — ele disse, completando a frase de Hendricks. — Ursa fez essa besteira?

— Exato — Jenn respondeu. — O laptop foi enviado para Fort Meade, que recuperou a maior quantidade de dados possível. Mas não havia nada muito relevante, no final das contas. A maior parte das informações eram coisas típicas de adolescente: fragmentos de lições de casa, redações, e-mails etc. Mas o uso do sistema de bate-papo *Internet Relay Chat*, ou IRC, foi detectado no computador de Suzanne, e seus pais não sabiam da existência desse IRC. E nenhum dos seus amigos o usava.

— Eu me lembro que o FBI caçou por toda parte o tal WR8TH. Foi assim que o FBI conseguiu descobrir sobre ele? — Vaughn agora estava sentado na beirada da sua cadeira.

— Sim. Alguém com o nome de usuário WR8TH fez amizade com Suzanne em uma sala de bate-papo. WR8TH se apresentou a ela como um garoto de 16 anos e se tornou seu confidente. O que se apurou é que ele a encorajou a fugir e a ajudou a cobrir seus rastros.

— Eles chegaram a algum lugar com essa pista? Os federais, eu quero dizer.

— Não, WR8TH foi um beco sem saída. O FBI tornou pública a existência desse suspeito, você sabe, mas acabou dando em nada.

— Isso não me surpreende — Vaughn respondeu. — *Internet Relay Chat* é intencionalmente anônimo. Sem histórico de conversas. Uma pessoa pode escolher um novo nome de usuário sempre que se conecta. Quando eu lidava com computadores, usava o IRC para trocar macetes, estratégias e códigos. Todos morriam de medo de que o FBI colocasse delatores à espreita nas salas de bate-papo.

— Eles colocavam — Abe observou.

— Eu mesmo tinha uns vinte nomes de usuário diferentes que eu ia alternando. Se esse WR8TH foi cuidadoso, vai ser quase impossível rastrear seus dados até a origem.

— E foi exatamente isso que aconteceu. Apesar de haver milhares de pistas — Jenn disse, — nenhuma delas levou à pessoa ou às pessoas por trás de WR8TH. Não que tenha sido difícil para o FBI encontrar alguma menção a WR8TH na internet; por ironia, foi exatamente o contrário. Descobriu-se que esse nome de usuário é bastante comum na rede. Há centenas de variações dele em um único jogo *on-line*.

Jenn passou a falar do perfil especulativo e relativamente genérico do sequestrador de Suzanne que o FBI havia traçado. Especulativo porque, além dos fragmentos de conversas *on-line* recuperados do computador de Suzanne, eles não possuíam mais nada em que se basear a não ser as circunstâncias do crime.

— A hipótese era, e ainda é, a seguinte: o criminoso era bem organizado e tinha provavelmente entre 30 e 50 anos; era lisonjeiro, confiante e meticuloso demais para ser um principiante. Abusadores jovens são impulsivos e estúpidos. Esse era paciente e perspicaz. É bastante provável que seja um predador experiente com um histórico longo; Suzanne não deve ter sido sua primeira vítima.

— Como foi que eles chegaram a essa conclusão? — Vaughn quis saber.

— O criminoso era capaz de se passar por um adolescente de maneira convincente, o que indicava que ele tinha grande capacidade de empatia e era muito hábil em situações sociais. Enganar um adolescente não é fácil. O FBI duvidava que ele tivesse sido preso alguma vez, porque pedófilos raramente mudam seus métodos depois que descobrem um que funcione. Só para garantir, o FBI passou o pente-fino em casos antigos à procura do *modus operandi* dele. Nada feito. WR8TH também tinha familiaridade com computadores e sabia como proceder para não deixar vestígios para os agentes da lei. A casa do criminoso, provavelmente em um lugar isolado, garantia a ele alguma privacidade, o que sugeria que o sujeito tinha um trabalho e era capaz de interagir em sociedade normalmente, sem levantar suspeitas.

Jenn fez uma pausa e bebeu um gole de água:

— Dois anos mais tarde — ela continuou —, quando a investigação esfriou, predominou a teoria de que o criminoso não sabia quem Suzanne de fato era. Nada indicava que a garota tivesse revelado sua identidade a ele *on-line* e isso levou o FBI a acreditar que o sequestrador entrou em pânico ao perceber quem ele havia raptado. Existe uma grande possibilidade de que a tenha matado e depois se livrado do corpo, para então passar a perseguir presas menos perigosas.

Vaughn ficou olhando fixamente para ela. Seus olhos verdes atingiram Jenn como labaredas.

— Onde é o banheiro? — ele perguntou, levantando-se e saindo antes que alguém pudesse responder. A porta da sala de conferências se abriu e se fechou quando ele saiu do recinto.

— Pegou pesado, Charles — disse Hendricks, jogando sua caneta na mesa para reforçar suas palavras.

— Vá se foder, Dan. Eu não sabia que ele iria reagir como uma menininha por causa disso.

Rilling começou a digitar alguma coisa em seu computador. George tossiu em sinal de advertência e os dois se calaram. Hendricks riu. Jenn olhou para o chefe, esperando ser repreendida. Em vez disso, George estava sorrindo para ela.

— Ele se importa com Suzanne. Ainda mais do que eu pensava. Isso é bom.

— Sim, senhor.

— Que tal tornar as coisas mais fáceis para resolvermos logo esse assunto?

Vaughn estava de volta, mas não havia entrado na sala. Parado na porta, ele ficou com um pé para dentro e outro para fora do recinto. Havia jogado água no rosto com negligência e a parte da frente da sua camisa parecia molhada.

— Ouça, George — ele disse. — Eu agradeço a oferta de emprego, mas se você espera que eu encontre alguma coisa e lhe diga quem é WR8TH, então eu sinto muito. Fiquei um bom tempo sem ter contato com Suzanne. Gostaria muito de poder ajudar, acredite. Mas não vou perceber algo que o FBI tenha deixado passar. Sinto muito — ele repetiu, e parecia sincero. — Vou devolver o seu dinheiro. Peço desculpa se fiz você perder tempo.

Abe sorriu e respondeu:

— Não, Gibson. Nós não esperamos nada disso.

— O que querem de mim, então?

— Jenn? — Abe disse.

Vaughn olhou para ela na mesma hora.

— WR8TH entrou em contato — ela revelou.

8

FRED TINSLEY GIROU DEVAGAR SEU COPO DE UÍSQUE SOBRE O BALCÃO DO
bar e lançou um olhar maligno na direção do seu telefone celular. Ele esperava uma chamada. Não sabia quando a chamada viria nem quem ligaria, porém nada disso o preocupava. Não fazia diferença se a ligação chegasse agora ou se ainda demorasse quatro horas. Ele já nem sabia ao certo se *havia* alguma diferença.

De acordo com o seu relógio de pulso, ele estava esperando no bar fazia três horas e vinte e sete minutos. Tinsley não duvidou nem por um instante dessa informação. Era um relógio caro, comprado exatamente por ser sinônimo de precisão no mundo todo. E Tinsley dependia dele, porque já havia perdido há muito a capacidade de perceber a passagem do tempo. Um minuto, uma hora, um ano — tudo parecia ser a mesma coisa para ele. O tempo, como já disse um grande homem, era relativo. Tinsley concordava com isso totalmente. Era inútil pensar a vida de alguém em termos de dias. Ele ainda podia sentir seu coração bater dentro do peito e o ar que seus pulmões exalavam. Ele ainda vivia e essa era a única medida de tempo que importava de verdade.

O bar era um desses estabelecimentos sofisticados que tinham mais uísque do que cerveja. Os bancos altos nem mesmo balançavam. Lugar especial, de primeira. Tinsley não ligava para o tipo de gente que costumava frequentar o bar — pessoas tagarelas e agitadas, que se juntavam como moscas ao redor do cadáver rijo do dia —, mas apreciava a ampla variedade de uísques finos.

Nos últimos tempos, ele andava encantado com o Oban 14 anos — um uísque encorpado, com aroma de trufa. Embora jamais tenha provado esse uísque, Tinsley gostava do defumado do aroma invadindo suas narinas. Cheirava como terra. Ele não bebia, mas se tinha que ficar em um bar, então preferia pedir algo digno de admiração. A destilaria original havia sido construída em 1794 e para Tinsley essa informação era relevante. Aperfeiçoar uma habilidade exigia paciência e uma cuidadosa atenção a detalhes. Acima de tudo, porém, exigia tempo.

Tamanha dedicação a uma arte era algo que Tinsley admirava. A arte dele exigia o domínio de muitas habilidades, mas requeria principalmente uma compreensão do tempo. Tinsley havia passado a vida inteira estudando os efeitos do tempo sobre as pessoas. O modo como o tempo brincava com o bom senso e a perspectiva delas. Tornava-as impacientes ou imprudentes. Levava-as a correr riscos irracionais. Era impossível fugir da ação do tempo e nem dinheiro nem poder tinham força suficiente para deter sua marcha implacável. Era precisamente isso que tornava Tinsley tão bom em seu trabalho. A maioria das pessoas não entendia isso — qual o verdadeiro significado de ser um atirador de elite. O tiro não era a parte mais difícil. O tiro se resumia a dez mil horas de prática, dezenas de milhares de projéteis e um conhecimento enciclopédico sobre o efeito do ambiente na trajetória dos projéteis. Não, o tiro era a parte fácil. Demandava apenas tempo e a vontade de aproveitar o tempo. A parte difícil era a espera.

O tempo não afetava Fred Tinsley do modo como afetava a maioria das pessoas. As pessoas, em sua maioria, eram derrotadas pelo tempo. Elas permitiam que o tempo as dominasse, temendo que ele passasse rápido ou devagar demais, às vezes ambas as coisas simultaneamente. Mas não Tinsley. Ele era indiferente à passagem do tempo, com o qual interagia sem esforço.

No fundo de sua mente primitiva e árida — e Tinsley se considerava quase pré-histórico, alguém que não foi corrompido pela influência entorpecente do progresso —, ele podia estar de olhos abertos e então piscar e quando seus olhos se reabrissem, semanas já teriam se passado. Isso o tornava imune ao tédio, à dúvida e à necessidade; as privações que atormentavam o homem comum não o preocupavam. O mais importante, porém, é que isso fazia dele um predador astucioso e paciente.

Quando era jovem e ainda ganhava a vida com um fuzil, Tinsley certa vez passou vinte e seis dias dentro de um bueiro, durante o auge do cerco, em Saraievo. A cidade e o país estavam mergulhados no caos, apesar de todos os esforços da Organização das Nações Unidas pela paz. O alvo de Tinsley, um tenente particularmente nefasto de Slobodan Milosevic, havia conquistado uma reputação hedionda, que se destacava até entre as reputações hediondas daquela guerra desprezível. A série de atrocidades das quais seu alvo era acusado bastava para merecer uma ordem para "matar, não capturar" e o prêmio oferecido por sua cabeça atraiu o interesse de profissionais espalhados por toda a Europa.

Infelizmente para eles, o alvo se provara escorregadio e difícil de matar. Dúzias de atentados contra a vida dele serviram apenas para torná-lo extraordinariamente cuidadoso e paranoico, passando de um esconderijo a outro e mudando com frequência seus planos. Isso tornava impossível prever seus movimentos ou encontrar um padrão, e ninguém conseguiu se aproximar dele o suficiente para garantir o prêmio.

Na opinião de Tinsley, seus rivais estavam caçando o homem da maneira errada. Por que tentar prever os passos de um homem que estava se desdobrando para tentar ser imprevisível? Era tolice. Para pôr seu plano em prática, Tinsley precisou rastejar através da infame rede de esgotos de Saraievo até, por fim, se posicionar em um bueiro que lhe possibilitava uma boa visão de um esconderijo comprometido que ficara vazio por dezoito meses. O alvo vinha passando por uma situação muito difícil, pois vários de seus refúgios estavam comprometidos. A tocaia de Tinsley não se baseava em informações seguras, mas sim na suposição de que no final das contas, no devido tempo, o alvo acreditaria que o esconderijo havia sido esquecido e se arriscaria a usá-lo novamente. Com a ONU fechando o cerco sobre ele, e com a pressão crescente que vinha sofrendo, o alvo de Tinsley acabaria confundindo a dinâmica do tempo com a dinâmica da memória.

Tinsley havia se enterrado em um charco borbulhante de dejetos humanos, esperando por um tiro que talvez nunca tivesse a chance de disparar. Na cloaca de uma cidade destruída pela guerra, o cheiro da morte impregnava tudo. Tinsley havia comprado comida e água para dois meses, mas era difícil engolir a comida no buraco onde estava e ele acabou perdendo mais de onze quilos durante a tocaia. Ele não saía de sua posição, para não correr o risco de revelá-la, e dormia com o queixo pousado nos punhos entrelaçados para não se afogar na imundície.

As condições dentro do bueiro eram atrozes, ou assim pensava a equipe de reconhecimento que fez uma varredura na área antes da chegada do alvo. Nunca ocorreu a eles verificar o lugar onde nenhum ser humano suportaria estar. Mas Tinsley havia resistido. Ele conseguira resistir àquele inferno subterrâneo desligando-se de si mesmo e entrando em uma condição que poderia ser descrita como um estado de fuga. Consciente apenas da habitação que estava a cem metros de distância dele, ele permitiu que o tempo passasse num instante, esperando paciente que sua presa entrasse em seu campo de visão.

Por outro lado, o tiro, propriamente dito, foi um movimento reflexo, maquinal. Uma noite clara, com nada mais que uma leve brisa no sentido sul-sudoeste — um caçador novato poderia ter feito o serviço. Tinsley já estava fugindo na escuridão quando pedaços do crânio e dos miolos do tenente acertaram, como um jorro da morte, o rosto do seu segurança assombrado.

Tinsley já havia deixado o fuzil para trás fazia muito tempo. Não que fosse ingrato, o fuzil lhe havia revelado sua identidade. E lhe ensinara que havia uma finalidade para os seus dons especiais. Mas era um instrumento sem vida e atraía atenção demais. Atenção era o verdadeiro propósito do fuzil, que se destinava a entregar uma mensagem, um aviso, e seu alvo era apenas um envelope a ser aberto. Nos dias atuais, simplesmente não havia mais necessidade de explodir a cabeça de alguém a um quilômetro de distância. De qualquer maneira, atirar de tocaia era coisa para jovens. Tinsley havia se afastado disso e se transformado em um matador muito especializado. Um matador que raramente deixava algum sinal de que um crime havia acontecido. Isso exigia enorme destreza. A polícia havia atribuído a maior parte de seus assassinatos a suicídios ou a mortes acidentais. Os demais foram registrados como crimes violentos não resolvidos, tais como arrombamentos ou assaltos à mão armada. Só desse tipo ele tinha cerca de vinte. Sempre havia trabalho a ser feito na capital da nação.

Seu celular vibrou com a chegada de uma mensagem de texto — uma sequência de seis letras e números. Tinsley pagou sua conta e deixou o bar, piscando sob a forte luz do sol. Ele vestiu um par de luvas de látex enquanto procurava por uma placa de carro igual à sequência da mensagem de texto. Um sedã preto encostou-se ao meio-fio e Tinsley entrou no banco de trás. A divisória estava erguida e ele se sentou sozinho. O carro se pôs em movimento, voltando ao trânsito.

Sobre o banco, havia uma grossa pasta de documentos e ao lado dela uma pasta bem mais fina. Tinsley pegou a mais grossa e verificou o dossiê. Ele leu sem pressa e com cuidado, registrando cada detalhe em sua mente. Isso levou várias horas e o carro rodou tranquilo pela cidade enquanto ele trabalhava. Quando terminou, Tinsley examinou as cinco fotografias que havia no arquivo. Quatro homens e uma mulher: Jennifer Auden Charles; Gibson Peyton Vaughn; Michael Rilling; Daniel Patrick Hendricks; George Leyasu Abe. Apenas Abe e Charles poderiam lhe causar algum problema, e só se soubessem de sua aproximação. Mas não saberiam. Eles nunca saberiam.

As ordens eram para que Tinsley não agisse imediatamente. A equipe de Abe estava caçando alguém e Tinsley só deveria entrar em ação se eles localizassem seu alvo. Até que isso acontecesse, suas instruções eram para vigiar e esperar.

Ele colocou o dossiê sobre o banco e abriu a segunda pasta. Um rosto familiar o saudou. Um rosto que não via fazia anos, mas também podia ter sido uma hora atrás. De qualquer modo, seria bom vê-lo outra vez.

Ora, ora... Por essa ele não esperava.

Começou a trabalhar no segundo dossiê. Esse não lhe tomou tanto tempo quanto o anterior. Uma mulher na casa dos 60 não lhe causaria nenhuma dificuldade e não havia ordens expressas para que não cuidasse dela de imediato. Seguindo as instruções, Tinsley pegou o envelope timbrado com um grande monograma. Não passaria por sua cabeça ler o conteúdo mesmo que o envelope estivesse aberto. Não que o conteúdo não interessasse a ele; a questão é que nunca lhe ocorreu que deveria interessar.

Tinsley bateu na divisória para avisar que havia terminado e pôs a pasta de volta no assento. O carro parou perto da calçada para que ele saísse. Tinsley descartou as luvas em uma lata de lixo próxima e se misturou aos transeuntes que voltavam para casa.

9

— ELE ENTROU EM CONTATO? O QUE VOCÊ QUER DIZER COM ISSO? — GIBSON perguntou.

— Estou falando do indivíduo conhecido como WR8TH. Nós acreditamos que fomos contatados por essa pessoa ou por essas pessoas — disse Jenn.

— Como? — ele perguntou, voltando a se sentar em seu lugar à mesa. — Quando?

— Senhor? — Jenn se voltou para o seu chefe.

— Eu continuo a partir daqui, obrigado — Abe disse. — Vários meses atrás uma velha amiga minha, uma produtora da CNN, quis me entrevistar para um programa sobre o desaparecimento de Suzanne. Uma retrospectiva dos dez anos do desaparecimento. Durante anos as pessoas insistiram para que eu falasse sobre o caso.

— Você nunca falou com a imprensa? Mesmo depois que foi demitido?

— Não. E para falar a verdade, não tinha a intenção de quebrar meu silêncio agora. Eu já havia recusado cinco ou seis pedidos de outros programas. Eu sempre aleguei que não via vantagem em reabrir velhas feridas. Em consideração à família.

— Pensei que você e Lombard tivessem cortado relações.

— Nós cortamos. Acontece que, apesar de Benjamin gostar de brilhar sozinho, Suzanne não tem apenas o pai.

Gibson se deu conta da verdade que havia nessa declaração. Grace Lombard havia sido uma incansável advogada pela causa de crianças desaparecidas ao longo dos anos, desde que sua própria filha desaparecera. Mas ela preferia trabalhar em silêncio nos bastidores e deixar os holofotes para o marido. Um arranjo mais do que satisfatório para Benjamin Lombard. No final das contas, Benjamin Lombard era sempre o centro das atenções.

— Mas então o movimento na linha direta começou a aumentar — disse Abe.

— Você ainda tem uma linha direta? Depois de tanto tempo?

— Calista insistiu muito — Abe respondeu.

— Calista?

— Ah, claro, me desculpe. Calista Dauplaise.

Gibson agora reconhecia o nome. Ela havia sido uma atriz sempre presente no teatro político de Lombard, mas nas lembranças de infância de Gibson ela foi simplesmente um dos muitos adultos que seu pai mencionava de quando em quando. Duvidava que tivesse dito a ela mais do que "olá" ou "até logo".

— Calista era... — Abe hesitou e então se corrigiu. — ... é a madrinha de Suzanne. Uma velha amiga da família Lombard. Ela é também investidora em minha empresa. Entre outras coisas, a Abe Consulting administra e mantém a linha direta em benefício dela. Ela conhecia bem o seu pai.

— E como ela está envolvida nisso tudo?

— A recompensa, foi iniciativa dela. Quando Suzanne desapareceu, Calista ficou arrasada. Ela ofereceu os dez milhões. Esperava que essa quantia fosse tentadora o suficiente para levar alguém a se apresentar.

— Mas nunca apareceu ninguém.

— Pelo contrário! Metade do planeta se apresentou. A linha direta se entupiu de dicas, teorias e testemunhos que levamos meses para investigar. Foi uma inacreditável quantidade de horas de trabalho jogadas no lixo ao longo dos anos.

— A essa altura é um tiro no escuro, obviamente — Jenn disse. — As visitas ao site diminuíram muito depois do quarto ano, mas nunca se sabe em casos como esse. A consciência do criminoso pode pesar, talvez ele não consiga mais suportar a culpa. Ou pode acabar na cadeia por algo que não tenha ligação com o caso e se gabar do que fez a um companheiro de cela. As chances são remotas, mas essas coisas acontecem.

Ansioso para contribuir com alguma coisa, Mike Rilling impulsionou o corpo para a frente e tomou a palavra.

— Nos últimos cinco anos, o número 0800 teve em média 1,8 ligações por mês. Nós recebíamos 4,6 e-mails por mês, desconsiderando o spam. E a página na internet estava recebendo 467 visitas por mês. Monitoramos o tráfego para o site e examinamos com cuidado os endereços de IP, pois havia uma chance remota de o bandido ser curioso e/ou estúpido.

— Muito esperto. E os dados mais recentes?

— Trinta e oito ligações por mês. Duzentos e quarenta e oito e-mails. Mais de 30 mil visitas ao site.

— Um monte de besteira, é claro — Hendricks disse.

— Vocês já pensaram em refazer o design do site? — Gibson perguntou.

Mike fez que não com a cabeça.

— Bem, no lugar de vocês, eu pensaria em redesenhar a página. Páginas da internet antigas parecem... bem, elas parecem antigas. Parecem esquecidas. Se vocês esperam atraí-lo, então precisam fazer parecer que a investigação está em andamento.

— Boa ideia — Abe disse. — Michael, quero isso pronto para segunda-feira.

— E os documentos do FBI nesse arquivo? Por que não colocam alguns deles no site também? — Gibson sugeriu.

— Vamos com calma. Por que deveríamos revelar nossas cartas? — Jenn perguntou.

— É a isca no nosso anzol. Vamos dar ao nosso cara um motivo para visitar o site. Criminosos do tipo *serial killers* não adoram ler sobre si mesmos? Eles não curtem essa merda? Ou isso acontece só nos filmes?

Com ar sério, Jenn balançou a cabeça indicando que concordava.

— Não, isso não acontece só nos filmes. — Ela se voltou para Abe. — Nós teríamos de levar isso ao Bureau. Mas é uma possibilidade.

— Concordo. — Abe fez uma anotação em uma agenda com sua caneta-tinteiro. — Vou ligar para Phillip pela manhã.

— Falar o dia inteiro sobre modernizar o site me deixaria muito feliz, mas será que podemos voltar à parte em que o WR8TH entrou em contato com você?

— Sim, claro que podemos — Abe respondeu. — O aumento das visitas ao site foi o que me motivou a aceitar o convite da CNN para a entrevista. Minha condição para conceder a entrevista foi que eles mencionassem o site e a linha direta, os nossos dados estivessem no rastreador *web* da página da CNN na internet e também ligados ao site da CNN. No final, foi tudo rápido demais. Eu esperava ter mais tempo para me aprofundar, mas eles usaram uns três minutos apenas. Ainda assim, eu tive a chance de confirmar que a recompensa continuava disponível para quem trouxesse uma pista confiável que levasse a Suzanne. E isso foi tudo. Jogamos um pouco de conversa fora e eu voltei ao escritório. Nem me dei ao trabalho de assistir ao programa. Mas, um dia depois que foi ao ar, nós recebemos este e-mail. Mike?

Uma nova fotografia surgiu na tela. Uma bolsa cor-de-rosa da Hello Kitty sobre uma mesa de madeira. Próximo da beirada da mesa, Gibson conseguiu identificar azulejo de linóleo sujo e a base de um armário de cozinha. A bolsa exibia o desgaste de um pertence usado com muita frequência. A fotografia em si era antiga ou poderia ter sido modificada para que parecesse antiga — a resolução não era tão boa como a de câmeras digitais modernas, mas simular esse efeito era algo bem fácil. A bolsa da foto era uma clara referência à bolsa vista nas infames imagens do vídeo de Breezewood. Se fosse genuína seria uma pista maravilhosa.

— Havia alguma mensagem? — Gibson perguntou.

Abe acenou positivamente com a cabeça e um e-mail ampliado apareceu na tela:

Bela entrevista, George. Muito comovente. Você devia ter cuidado melhor da segurança dela. Quanto vale a bolsa?

Gibson fez uma careta de desagrado e deu uma espiada em Abe, que se mostrava resignado. Era uma provocação cruel, mas Abe guardava só para si o que sentia com relação a isso.

— E quanto ao endereço de e-mail? — perguntou Gibson.

— S.lombard@WR8TH.com. Nós o rastreamos até um servidor privado na Ucrânia — Mike respondeu. — O domínio estava registrado em nome de "V. Airy Nycetri". Claro que isso não leva a lugar algum, é um beco sem saída.

Na verdade, isso não foi surpresa para Gibson. A atividade marginal na internet estava frequentemente hospedada em lugares como a Europa Oriental, onde controlar serviços de hospedagem suspeitos não era nenhuma prioridade para os governantes. Disseminadores de spam, sites de apostas ilegais, divulgadores de pornografia infantil, *hackers* — todos usam servidores remotos para se beneficiarem do manto do anonimato. Eram grandes as chances de que a pessoa que havia enviado o e-mail estivesse no mínimo a mais de mil quilômetros de distância do servidor que o tinha gerado.

— O que você acha? — Abe perguntou.

— Está falando da bolsa? Não me parece grande coisa. Não seria difícil encontrar três dúzias dessas no eBay antes do almoço. Provavelmente é só alguém querendo se divertir às suas custas porque o viu na televisão.

— É, nós também achamos que foi algo desse tipo — comentou Abe.

— Você respondeu, eu presumo?

Abe fez um sinal para Rilling e um novo e-mail apareceu:

A fotografia de uma bolsa? Nada. Porém, os nossos investigadores estão muito interessados em conversar com alguém que tenha evidências ligadas ao caso.

— E?

— Um dia depois, isto chegou.

Outra fotografia apareceu na tela. Desta vez, Gibson quase pulou da cadeira, sua mente girando enquanto lutava para processar a imagem: tratava-se da mesma fotografia, um pouco maior. A primeira imagem havia sido isolada dessa última, que sem dúvida poderia valer 10 milhões de dólares.

Suzanne Lombard.

Ainda a mesma criança que era quando fugiu, sentada em uma velha mesa de cozinha. A bolsa estava em seu ombro esquerdo. Ela estava entornando um copo com um líquido que parecia ser leite e dava para a câmera um sorriso vacilante e cansado. Havia um boné de beisebol do Philadelphia Phillies puxado para trás em sua cabeça.

Gibson ficou olhando fixamente para Ursa, boquiaberto.

— Todos nós tivemos a mesma reação — Abe contou.

— E vocês acham que... — Gibson se calou, sem saber como terminar de expor seu pensamento.

— Nós achamos.

Gibson olhou para George, depois para a fotografia, e de novo para George. Era inacreditável.

— Acreditamos que seja autêntica — Abe disse. — Provavelmente tirada na noite em que ela desapareceu em Breezewood. E eu adoraria falar com a pessoa que tirou essa foto.

Gibson fez que sim com a cabeça, sentindo a fúria despertar em seu íntimo de novo. Ele daria tudo para poder conversar com essa pessoa também. Fosse quem fosse esse sujeito, ele estava jogando. Jogando e usando Ursa como um peão. Agora Gibson entendia por que estava ali.

— Mas não pode falar com essa pessoa. Pode?

— Não — Abe respondeu com ar pensativo.

— Vamos ver se consigo adivinhar. Você tentou invadir o servidor do e-mail.

— Sim.

— Mas não deu certo. Daí você o assustou e ele sumiu no mundo.

Mike começou a protestar, mas Abe fez sinal para que se calasse:

— Sim, foi isso — Abe disse.

— E agora quer que eu o encontre para você.

— Você pode?

— Não, não posso. Isso não funciona assim, George. Você desperdiçou a única pista que havia com esse truque do e-mail. Se ele foi esperto o suficiente para cobrir as pegadas que deixou esse tempo todo, então como é que nós vamos... — Gibson ficou em silêncio de repente, perdido nos próprios pensamentos. Algo estava errado ali.

— O que foi?

Gibson ergueu a mão pedindo silêncio. O que é que ele estava deixando escapar? Fechou os olhos para se isolar de tudo e de todos a sua volta. E permaneceu assim até que a resposta aparecesse. Era exatamente o que ele teria feito. Exatamente o que teria aconselhado Abe a fazer.

Ponha a isca no anzol.

— Vocês já se perguntaram por que ele enviou aquela primeira fotografia? — Gibson indagou.

— O que quer dizer com isso? — Jenn retrucou.

Gibson se voltou para cada um deles, olhando-os um por um e rindo por ter enfim compreendido.

— Ora, ele é esperto, não é? Pessoal, eu acho que vocês estão sendo manipulados.

COM A PARTE DE TRÁS DA PALMA DA MÃO, GIBSON ESFREGOU O ROSTO. ELE
retirou os fones de ouvido e se espreguiçou na cadeira — um gratificante som de
estalo veio de sua coluna.

Muito bom.

Viu em seu telefone celular que eram duas e meia da madrugada.

De uma sexta-feira.

Parecia mesmo uma sexta-feira. As sextas eram sempre meio sujas e cansadas
— os últimos momentos de uma semana. Ou talvez fosse apenas impressão, porque
ele não havia voltado para casa desde que chegara à ACG — Abe Consulting Group na
segunda-feira.

Gibson havia trabalhado por quase cinco dias sem parar. Como isso era possível? Ele muitas vezes perdia a noção do tempo quando mergulhava de cabeça em um
enigma, e desde a sua saída do Corpo de Fuzileiros não se deparava com um caso tão
poderosamente envolvente. Sentia-se animado — sabia que as respostas estavam lá,
apenas esperando que ele as encontrasse. Ele agora estava perto. Algumas poucas
horas mais e Gibson saberia se suas suspeitas eram acertadas.

*Onde você está, WR8TH? O que é isso que você está tentando evitar que eu
descubra?*

Ele poderia ter ido para casa à noite, mas esse pensamento nem mesmo passou
por sua cabeça. Tinha de estar perto do trabalho quando a inspiração chegasse. Além
do mais, não havia nada o esperando em casa, a não ser uma cama vacilante. Dormir
estava fora de questão. Ursa era dona de seus olhos agora. Paciente e otimista, o sorriso dela o mantinha bem acordado e perto de seu teclado.

Gibson só fazia pausas significativas no trabalho para conversar à noite com
Ellie por *videochat*. Quando a menina ia para a cama, Gibson lia para ela até que ela
pegasse no sono. Eles haviam chegado à metade do livro *A Teia de Charlotte* e Ellie
estava angustiada por Wilbur. Ela amava histórias tão intensamente quanto Suzanne.
Essa ligação era óbvia, mas por algum motivo isso nunca lhe havia ocorrido antes.

Que ele lia para as duas. Sim, ninguém poderia culpá-lo por não ter feito essa associação. Era mais seguro para ele. Mas agora Gibson *não* podia deixar de enxergar essa verdade, não importava o quanto lhe custasse manter as duas garotas separadas em sua mente.

Ele havia trabalhado até quase o amanhecer daquela segunda-feira. Mike Rilling tinha se oferecido para ajudá-lo e lhe preparou uma estação de trabalho, mas Gibson, com gentileza e também com firmeza, retirou-o do auditório. Precisava ficar sozinho para pensar. Charles e Hendricks não gostaram muito de ser excluídos, mas Abe percebeu isso e fez valer a sua autoridade.

Por volta de três da manhã daquela primeira noite, ele esbarrou em uma dificuldade e fez um intervalo. Resolveu andar a esmo pelos corredores vazios da Abe Consulting. Ele pensava com mais clareza quando caminhava, e, depois de algumas voltas, uma resposta começou a se formar. Quando retornava ao auditório, percebeu iluminação sob a porta de um escritório que estava às escuras na última vez que havia passado pelo local. Gibson parou diante da porta para ver se escutava algo e então ela se abriu bruscamente. Deu de cara com Jenn Charles, que com sapatos de salto ficaria mais alta que ele. Ela havia tirado a jaqueta, mas não a arma — um novo estilo informal de vestir.

— O que você está fazendo?

— Perdão — ele disse, dando um passo para trás. — Achei que não houvesse ninguém aqui. Pensei que fosse um invasor.

— Precisa de alguma coisa?

— Não. Só caminhar — Ele desenhou um círculo no ar com um dedo. — Isso me ajuda a pensar.

Jenn concordou com um vago gesto de cabeça.

— Na verdade, eu gostaria de lhe fazer uma pergunta — disse Gibson um tanto hesitante. — No quadro de vocês... por que colocaram um ponto de interrogação entre WR8TH e Tom B.?

— Existe a hipótese de que Tom B. e WR8TH sejam a mesma pessoa.

— Se ele era um morador local, por que então ela foi à Pensilvânia para encontrá-lo?

— Não sabemos com certeza se a garota se encontrou com ele na Pensilvânia. Isso é apenas mais uma hipótese. Talvez ele a tenha levado de Pamsrest e a Pensilvânia estivesse no meio do seu caminho para casa. O que você acha?

— É plausível. Talvez eu tenha a chance de perguntar isso a ele cara a cara. A propósito, o que você está fazendo aqui a essa hora? Já é tarde.

— Trabalhando.

— Às três da manhã? Eu não preciso de uma babá.

— Tenho uma papelada para pôr em dia.

— Certo — Gibson disse, não muito convencido. — Bem, você sabe onde me encontrar.

— Sim, eu sei.

Ela se moveu para trás, preparando-se para fechar a porta do escritório.

— Onde foi que você serviu? — ele perguntou.

Jenn parou e seus olhos se estreitaram:

— Não faça isso — ela disse.

— Fazer o quê?

Ela fechou a porta na cara dele e Gibson ficou ali parado, pasmo, rindo nervoso. Ora, muito bem, isso era... Na verdade, ele não sabia dizer o que era. Jenn Charles parecia ser uma pessoa bem mais dura do que ele havia pensado. Provavelmente seria melhor assim, se o trabalho durasse apenas alguns dias.

Na segunda pela manhã, quando a equipe começou a chegar, Gibson estava no auditório, olhando para a foto de Suzanne afixada no quadro. Abe havia mandado que colocassem uma cama portátil no auditório. Gibson a usou para amontoar listagens impressas. Alguém havia se encarregado de lhe comprar uma muda de roupas, mas a sacola com a roupa permanecia intocada sobre a cama. Comida foi providenciada e Gibson a devorou depressa enquanto trabalhava. Ele estava em plena caça novamente e a cada dia se aproximava mais de sua presa.

No início, Gibson se tornou alvo de muita especulação entre os funcionários. Evidentemente, ninguém fora do círculo íntimo de Abe sabia por que ele estava ali e isso provocava curiosidade. Mas por volta de terça-feira à tarde a curiosidade já havia diminuído — nada mais maçante do que observar uma pessoa trabalhar ao computador. De tempos em tempos, Mike Rilling surgia na porta para perguntar se ele precisava de alguma coisa. E sempre que aparecia para pegar um arquivo, Hendricks fechava a cara para Gibson. Jenn Charles havia se tornado a sua visitante mais regular: passava por ali de hora em hora, como um guarda fazendo ronda.

Quando o escritório abriu na quinta-feira, Gibson solicitou uma cópia impressa do histórico do navegador de internet da empresa — o histórico das atividades do mês anterior. Foram quase mil páginas de material impresso. Ele dividiu tudo em quatro pilhas e começou a examinar as páginas com uma caneta marca-texto. Um trabalho tedioso, mas nas próximas horas ele conseguiria limitar sua busca a um número reduzido de possibilidades.

Agora ele tinha certeza.

Gibson consultou o relógio — seis da manhã, sexta-feira. George chegava por volta das sete, então Gibson podia tirar um cochilo por uma hora. Quando acordou, George estava trabalhando em seu escritório e parecia esperar por ele. Gibson lhe contou o que havia encontrado. Abe se controlou diante das más notícias e lhe pediu que sugerisse alternativas.

Gibson deu a ele três opções.

— Qual delas você recomendaria?

— A primeira opção. Se você quiser uma chance de pôr as mãos em WR8TH.

— Por quê?

Gibson explicou.

Abe o interrompeu várias vezes para fazer perguntas e se sentou em silêncio por vários minutos depois que Gibson terminou.

— Vamos fazer o seguinte: quero que você explique tudo isso para a equipe. Finja que eu não sei de nada disso. Quero ouvir a opinião deles sem influenciá-los.

— Se é o que você quer, tudo bem. Mas tenho de passar em casa primeiro. Preciso de um banho. E preciso me barbear. Meu corpo já deve estar emanando gases venenosos.

— Combinado. Um carro vai esperá-lo lá embaixo. — Abe olhou para o seu relógio. — Esteja de volta às quatro.

Em casa, Gibson ficou debaixo do chuveiro até se sentir um ser humano novamente. Ele estava bem. Bem de verdade. Sabia que estava sentindo falta do trabalho, mas não tanto. Sabia que suas habilidades poderiam ajudar a encontrar Ursa... *Não, nada de afobação,* ele decidiu. Melhor não dar asas à esperança.

Mas e se ele a encontrasse?

Já passava das cinco da tarde quando todos se reuniram no auditório. Hendricks e Charles estavam ansiosos para ouvir o que Gibson havia descoberto; por sua vez, Gibson, sem a menor pressa, mexia no computador. Por fim, Abe resolveu apressá-lo:

— Vamos lá, Gibson. Explique-nos tudo. O que você descobriu?

— Certo. Bem, no começo eu fiquei intrigado com o fato de WR8TH enviar duas fotografias.

— Foi o que você nos disse no domingo — observou Hendricks.

— Sim, mas a questão é: por que fazer isso? Por que enviar o e-mail com a foto da bolsa a troco de nada se você tem a fotografia com a cena completa? É perda de tempo.

— Talvez ele apenas goste de jogar — Jenn opinou.

— Tudo bem. Mas que jogo seria esse? A pessoa que enviou aquela foto é provavelmente a mesma que a tirou. Concordam?

Todos na sala concordaram.

— Então, quais são as chances de WR8TH, se é que se trata do verdadeiro WR8TH, receber uma recompensa de 10 milhões de dólares? É mais fácil Benjamin Lombard me convidar para a festa de aniversário dele.

— Aonde você quer chegar? — perguntou Jenn.

— Se não foi a recompensa, então o que fez esse cara sair do esconderijo? Vejam bem, ele se safou de tudo sem punição. As autoridades não estão mais perto de pegá-lo agora do que estavam dez anos atrás. E mesmo assim ele resolve aparecer, correndo um risco enorme para lhes enviar uma fotografia extremamente incriminadora. O que ele quer, afinal?

— Ele é um narcisista — Hendricks disse. — A cobertura do décimo aniversário do desaparecimento o instigou e ele se zangou por não receber atenção alguma. A fotografia é uma provocação. Assim ele conseguiu a atenção desejada.

— Faz sentido, mas ele não obteve muita atenção com isso, não é? Dois e-mails apenas e ele tem que encerrar tudo. Se ele quisesse atenção, teria postado a fotografia na internet. Ou, em vez disso, poderia ter mandado a foto para os veículos de mídia. Quem era aquele *serial killer* de San Francisco que escrevia cartas para os jornais?

— O Assassino do Zodíaco — Hendricks respondeu.

— Isso mesmo. Vamos supor que estamos lidando com o Assassino do Zodíaco. Imaginem a atenção que ele receberia se liberasse a fotografia com um monte de passagens bíblicas enigmáticas e ameaças implícitas.

— Ele iria fazer a festa na internet — Hendricks admitiu.

— Sim, sem dúvida. Então, se a intenção do sujeito fosse angariar atenção, ele teria meios melhores de conseguir isso. De acordo?

— De acordo, mas não podemos esquecer que o cara é louco.

— Tem razão, mas na minha opinião ele não está em busca de atenção, de maneira alguma. Assim sendo, eu volto a insistir: por que ele enviou dois e-mails e duas fotografias. A menos que a primeira fotografia fosse um tipo de teste.

— Teste de quê? — Rilling perguntou.

— Um teste para saber se vocês abririam o e-mail. Como vocês abriram, e responderam, ele soube que era seguro enviar o segundo e-mail. Ele fez exatamente o que eu lhes disse para fazerem.

— E o que foi?

— Ele pôs uma minhoca gorda no anzol e atirou para vocês.

— Está sugerindo que havia um vírus? — Rilling perguntou.

— Inserido na segunda fotografia.

— De jeito nenhum. Impossível — Rilling disse. — Sem chance. Nós usamos um serviço de antivírus excelente, um dos melhores, e escaneamos aqueles dois anexos antes de abri-los.

Rilling olhou para os companheiros ao seu redor em busca de confirmação para o que dizia, mas não obteve muita simpatia. Sentado e de braços cruzados, Abe observava seu pessoal. Charles olhava fixamente para o teto, como se tivesse acabado de saber que só lhe restavam seis meses de vida. Hendricks encarava Rilling como uma hiena espreitando um gnu tolo o bastante para se afastar da manada.

— Nós fizemos uma varredura! — Rilling protestou ao perceber que não teria apoio.

— Vamos deixar que ele explique — Abe disse. — Explique-nos os detalhes do que você descobriu.

— Vejam bem. O que todos os antivírus fazem é checar arquivos recebidos usando um banco de dados de assinaturas de vírus e *malwares* conhecidos. Você está certo, Mike: 99,999 por cento das vezes isso basta para manter em segurança 99,999 por cento das pessoas. Mas se o vírus for novo, se tiver sido criado com uma finalidade específica, então as varreduras de antivírus serão tão inúteis quanto um alambrado de um metro de altura contra uma águia.

— Está dizendo que foi isso que ele fez? — Abe perguntou.

— Provavelmente sim. Não está registrado no arquivo de nenhum dos grupos que rastreiam *malwares*. Eu tive pouco tempo para examiná-lo, mas parece uma variante do Sasser. Também há DNA de Nimda nele.

— Traduza para a nossa língua, Vaughn — Hendricks disse.

— É um vírus bem escrito. A pessoa que está por trás disso entende do ofício. E é esperta. Alguém que estudou os modelos de alguns dos vírus mais poderosos dos últimos dez anos e os aperfeiçoou. Não é destrutivo, até onde eu sei. Essa é a parte boa.

— E a ruim? — Jenn perguntou.

— Está baixando os arquivos dos servidores de vocês.

— Quê!? — Ela arregalou os olhos. — Mas quais? Quais arquivos?

— Todos os que ele quiser. Acredito que seu alvo sejam os arquivos pertencentes a Suzanne Lombard, mas precisaríamos de uma equipe de computação forense para saber com certeza. E essa não é a minha área.

— Jesus Cristo! — Hendricks atirou sua caneta na parede.

— Eu repito: isso não é possível — Rilling insistiu. — Nós monitoramos o tráfego de saída. Tudo está normal. Não vimos nenhum aumento no volume, nenhum endereço IP anormal.

— Infelizmente ele estava preparado para isso também. Está fazendo o download a uma taxa de doze *kilobytes* por segundo. Lento, mas estável. Sem pressa. Em uma empresa deste tamanho, esse volume colocaria o processo em segundo plano. Concorda, Mike?

Rilling fez que sim num aceno triste de cabeça.

— Se está baixando os arquivos dia e noite sem parar desde que nós abrimos aquele e-mail — Abe disse —, quanto material já deve estar nas mãos dele?

Rilling rabiscou alguns números em um bloco de anotações e passou o bloco para Abe, que fechou a cara quando viu seu conteúdo.

— Na verdade, este é um detalhe interessante em toda essa história. O vírus não opera vinte e quatro horas por dia — Gibson informou. — Ele para de funcionar todo dia às cinco da tarde.

— Era só o que faltava. Será que ele tira uma folga nos fins de semana também? — Hendricks ironizou.

— Na verdade, sim — Gibson respondeu. — Trata-se de um vírus que opera rigorosamente das nove às cinco. O que faz sentido, porque pareceria estranho se alguém estivesse navegando no *The Washington Post* às duas da manhã.

— O *Post*? — Rilling perguntou.

— Sim, WR8TH está usando um anúncio na página inicial *page* do *The Washington Post* como ponto de acesso.

— Isso pode ser feito? — Jenn perguntou.

— Claro, e é cada vez mais comum entre os *hackers*. Eles infectam um anúncio na página de um grande site que não parecerá fora do normal no histórico do navegador de uma empresa e o usam como ponto de acesso para enviar dados hackeados ao destinatário desejado.

— Bem, nós precisamos desconectar tudo imediatamente — Hendricks disse. — Temos de parar tudo até conseguirmos tirar essa coisa do nosso sistema.

— Concordo. Isso é um verdadeiro desastre — Jenn declarou.

— Vocês podem fazer isso, mas eu não acho aconselhável. Não se quiserem pegar esse cara.

Abe ergueu a mão para silenciar os demais:

— Por que não? — ele perguntou a Gibson.

— Porque eu não posso ver além do ponto de acesso. Depois de passar pelo anúncio no site do *Post*, eu não sei de onde o vírus do WR8TH está enviando seus dados. Se você bloquear tudo agora, ele saberá que foi descoberto. E nós não teremos mais nenhuma esperança.

— Nesse caso, o que você sugere?

— Deixar tudo como está. Seguir trabalhando, na mesma rotina.

— E permitir que ele continue roubando as informações dos nossos clientes? — Jenn perguntou. — Tem ideia do estrago que isso causaria?

— Não é nada fácil, eu sei. Vocês precisam decidir até onde estão dispostos a chegar para deter esse cara. A escolha é de vocês.

A sala explodiu em um acalorado debate. Abe deixou que seguissem discutindo por alguns minutos antes de levantar a mão de novo. Seu pessoal caiu em um silêncio carregado, todos observando Abe enquanto ele refletia sobre a questão:

— O que acha que WR8TH pretende? — Abe perguntou por fim. — Qual é o objetivo dele?

— Eis aí uma excelente pergunta — Gibson respondeu.

— Se eu permitir que isso continue, com consequências potencialmente calamitosas para os meus clientes, quais serão nossos próximos passos?

— WR8TH está procurando alguma coisa. Eu recomendaria que tentássemos seduzi-lo com algo que ele queira. Algo novo relacionado a Suzanne.

— E escrever nosso próprio vírus — Abe disse.

— Exatamente. Esse sujeito se acha muito bom e já se safou sem pagar pelo que fez. Ele não está esperando que você contra-ataque dessa maneira. Mas se quisermos que ele engula a isca, precisamos preparar nosso vírus com um material bem tentador.

— Que tal os documentos internos do FBI que nós íamos usar no site remodelado? — Jenn perguntou. — Alguma coisa que não tenha sido liberada para o público?

— Essa me parece uma boa ideia — Gibson disse.

— Preciso dar um telefonema — Abe avisou. — Quanto tempo você levaria para escrever um vírus?

— Já está escrito — Gibson respondeu.

Todas as cabeças se voltaram para ele.

— O que esse vírus vai fazer? — Abe perguntou sorrindo.

— Bem, se formos adiante com o plano, o nosso vírus viajará dentro do anúncio infectado e quando o cara abrir os arquivos na outra ponta o meu vírus vai "ligar para casa" com as coordenadas GPS e um endereço de IP.

— Se ele abrir o arquivo — Hendricks disse.

— Só se abrir — Gibson confirmou.

George olhou para Jenn Charles e algo significativo se transmitiu entre eles que Gibson não pôde decifrar.

— Vá em frente, pode fazer — Abe decidiu.

11

NAS DUAS SEMANAS SEGUINTES, O VÍRUS DE WR8TH MANTEVE SUA ROTINA — acordando às nove da manhã e roendo continuamente a base de dados da Abe Consulting. Um funcionário modelo não se sairia melhor. Nunca parava para ir almoçar e jamais faltava por motivo de doença.

Analisando o código, Gibson descobriu que o vírus podia ser controlado remotamente e receber novas instruções de WR8TH. De qualquer maneira, esse vírus continuaria executando de forma implacável sua atual tarefa para sempre. Até agora, porém, nada havia acontecido. Ou WR8TH não havia percebido os novos documentos do FBI, talvez por não estar acompanhando de perto as mudanças no registro do sistema da empresa, ou ele era astuto demais para cair na cilada.

Gibson não tinha dúvida de que a armadilha era bem projetada. Nas últimas duas semanas, pela manhã, ele havia enviado mais alguns arquivos do FBI. A ideia era fazer esses arquivos parecerem um projeto do FBI em andamento, convertendo documentos físicos em arquivos digitais.

— Vamos lá! — Gibson sussurrava para o seu monitor. — É fácil para você, vai se dar bem... Você pode tirar isso de letra. É muito mais esperto que nós. Somos um bando de paspalhos. Não vai querer perder isso... Nós nunca saberemos!

Quando se cansou de ficar na frente do monitor torcendo para que algo acontecesse, Gibson começou a remexer as caixas de evidências. A curiosidade o levou a uma pasta grossa intitulada "Tom B." O misterioso namorado que jamais havia se identificado. A pasta continha uma quantidade de informações impressionante; mesmo assim, essa pista jamais havia levado a nada. Nenhuma surpresa nisso, considerando que na prática os avanços do FBI tinham sido bem modestos. Além de um nome, tudo o que eles tinham era uma vaga descrição física apressadamente extraída dos adolescentes que trabalhavam com Suzanne no clube: pele bronzeada, robusto, cabelo castanho curto, olhos bem azuis. Não existia nem mesmo uma idade exata, apenas a impressão geral de que Tom era "mais velho", o que abria caminho para um inquietante leque de possibilidades.

Seria possível que WR8TH e Tom fossem a mesma pessoa? Se não fossem, então por que Tom B. nunca havia se apresentado? E se fossem, Gibson seria de fato capaz de imaginar Ursa chamando um pedófilo da internet de namorado? Guardando as cartas de amor dele? Fugindo com ele? Nada disso fazia sentido.

Gibson folheou o restante da pasta e a colocou de volta. Você não pode avaliar de modo verdadeiro a natureza tediosa das investigações criminais até se deparar com a montanha de papelada que elas geram. Checar um material desses chegava a ser mais monótono do que ficar olhando para a tela eternamente imutável do seu computador.

Ele estava quase deixando as caixas de lado quando se deparou com uma caixa denominada "Família — Mídia". Dentro dela havia CDs de fotografias da escola de Suzanne e de reuniões de família, todos impecavelmente catalogados por data e local. Gibson passou horas procurando em vão pela fotografia em que aparecia lendo para Suzanne na poltrona, mas não a encontrou em lugar nenhum. Um CD intitulado "Memorial Day, 1998"* chamou a sua atenção. Ele não se lembrava daquele ano de 1998, mas, curioso, pôs o CD para rodar em seu laptop. Não tinha nenhuma fotografia de Duke e esperava encontrar algumas para poder mostrar a Ellie. Um dia ele teria de falar com a filha a respeito do avô dela.

O CD acabou se revelando uma mina de ouro. Duke parecia estar em várias fotos. Infelizmente, Lombard estava na maioria delas também, bem ao lado de seu pai, exibindo seu viscoso sorriso de raposa guardando o galinheiro. Gibson selecionou algumas fotos e as passou para o seu disco rígido. Porém, só para ter certeza, vasculhou os CDS mais uma vez. Sua perseverança foi recompensada com uma fotografia que retratava Duke da maneira como Gibson gostava de se lembrar dele — na varanda dos fundos em Pamsrest, cerveja na mão, sorriso largo no rosto, pessoas a sua volta ouvindo-o com atenção enquanto ele narrava com entusiasmo uma de suas histórias do mundo político, exagerando nos fatos aqui e ali. Seus espectadores atentos a cada palavra dita.

Gibson ficou olhando para a foto por um bom tempo. Sentia saudade daquela versão de seu pai. Tinha saudade dos tempos em que podia pensar em Duke sem rancor, sem que sua mente fosse transportada para o porão   aquele horrível e miserável porão onde Duke resolveu abandonar a vida e abandonar o filho. Era mais fácil quando Gibson podia culpar Lombard. Quando pensava que Lombard tinha traído Duke e não o contrário. Queria tanto que isso fosse verdade que acabou se iludindo. Duke Vaughn não passava de um criminoso e em vez de encarar seus problemas resolveu dar cabo da própria vida naquele porão. A vida era dele, a decisão era dele e

Duke tomou sua decisão pensando apenas em si mesmo. Essa era a verdade e nada mais havia a ser dito. Mesmo que houvesse algo a ser dito, não restava ninguém a quem Gibson desejasse dizer.

A triste verdade era que Gibson havia acreditado em Duke cegamente e desde então sua vida entrara em queda livre. Era uma sensação terrível e ele queria que tivesse fim. Isso lembrava aquele antigo gracejo: O que mata é o impacto, não a queda. Bem, também é verdade que alguns poucos sortudos sobreviveram ao impacto. Gibson correria os riscos de enfrentar o solo impiedoso. Qualquer coisa seria melhor do que a sequência de decisões precipitadas e inadequadas que ele havia tomado sob o domínio do seu mergulho em alta velocidade. Desde o fim do seu casamento, havia dias em que Gibson acreditava que podia compreender a escolha do pai. Compreender, porém não perdoar. Nem passava por sua cabeça fazer uma coisa dessas com sua filha. Nenhuma criança merecia isso.

Ele resolveu fechar o arquivo da foto, mas antes fez uma cópia. Para dias melhores... caso eles viessem. Estava prestes a ejetar o CD quando localizou uma pequena imagem que lhe trouxe uma lembrança. Ele a abriu e então viu uma fotografia de si mesmo: não devia ter mais de dez anos e estava parado diante de uma pequena fonte, segurando, com o braço esticado, um enorme sapo-boi diante da câmera. Como se o sapo fosse radioativo. O sapo simplesmente ficou ali, balançando as pernas de indignação, como uma celebridade obrigada a posar para fotos com um fã insistente.

Ursa estava ao lado de Gibson, praticamente colada ao quadril dele. Vestindo um maiô mal ajustado, largo demais na parte de trás, a cachoeira de cabelos em cachos caóticos, ela olhava para o sapo como se fosse um leão subjugado por Gibson. Ele se esquecera totalmente de um detalhe: apanhar aquele sapo tinha sido bem difícil. Precisaram de uma tarde inteira para conseguir. Por fim o cercaram perto da velha fonte nos fundos da propriedade, onde Gibson o perseguiu de um lado para o outro enquanto Ursa, a uma distância segura, tentava sem sucesso apontar a localização do bicho.

Depois que o pegaram, ambos acabaram percebendo que persegui-lo era bem mais divertido do que segurá-lo. O sapo também pensava assim e até urinou em Gibson para deixar isso claro. Mas o fotógrafo dos Lombard os avistou e insistiu que tirassem uma fotografia com seu troféu. Eles ficaram com o sapo só pelo tempo necessário para tirar a foto ao lado do chafariz e então soltaram a besta selvagem, deixando-a ir. Ursa ficou na beirada da fonte agitando os braços até que o sapo desaparecesse mato adentro.

Essa lembrança o fez sorrir. Foi uma das poucas vezes em que Ursa deixou a segurança de seus livros para se envolver em uma aventura de verdade. Uma imagem tão distante da de uma adolescente com um namorado misterioso. De uma garota desanimada usando um boné de beisebol, tão longe de casa. Diabos, ela nem mesmo era fã de beisebol...

Gibson ficou rígido. Aquele boné... Alguma coisa sobre o boné dos Phillies o incomodou, agora que havia pensado nele, mas não conseguiu identificar o motivo.

Ele fez uma cópia da fotografia do sapo antes de ejetar o disco. Deus, como sentia saudade daquela garotinha! Sua feroz Ursa. Ela era tudo que restava da infância de Gibson que ele amava incondicionalmente — tudo o mais em sua memória estava corrompido. E alguém a havia roubado.

GIBSON ENCONTROU GEORGE EM SEU ESCRITÓRIO E DEU ALGUMAS BATIDAS

na porta aberta. George o viu e acenou para que entrasse.

— O que o traz aqui, Gibson?

— Você vai atrás dele?

— Atrás de quem?

— De WR8TH. Se meu vírus atingir o objetivo. Você não vai querer ir direto ao FBI. Vai sair atrás dele você mesmo.

Os olhos de Abe se voltaram para a porta ainda aberta do escritório. Gibson tomou esse gesto como um "sim".

— Estou dentro. Quero ir.

— Gibson...

— Eu preciso ir.

— Em primeiro lugar, feche a porta — George disse e esperou até que tivessem privacidade. — Acredite em mim, por favor: eu tenho grande respeito pelo trabalho que você tem feito e nunca duvidarei de sua lealdade a Suzanne. Mas eu o contratei para nos ajudar a localizar WR8TH, só isso. Não podemos sair a campo levando-o junto. Você seria um peso morto.

— Um peso morto?

— Jenn e Dan juntos têm mais de trinta anos de experiência.

— Eu fui um fuzileiro naval. Não sou uma droga de peso morto.

— Estou bem inteirado do seu passado como militar. Mas se tivermos de sair à caça, Jenn e Dan darão conta do recado.

— Não.

— Não? — George repetiu, confuso.

— Você precisa de mim.

— Eu preciso de você?

— É isso mesmo.

Abe o encarou demoradamente, largando sua caneta na mesa:

— Pois vamos lá, convença-me.

— Sério? — Ele não esperava realmente que Abe lhe desse essa chance. Abe riu:

— Sim, estou falando sério. Supondo que tenhamos sorte e nosso vírus produza uma pista que leve a WR8TH. Então me convença: por que eu deveria enviar a campo alguém que não tem experiência?

— É simples. Precisa de alguém que conheça computadores. Quem você pretende levar? Mike Rilling? Posso não ter experiência em trabalho externo, mas perto desse cara eu sou Jason Bourne.

— Você não espera que o seu vírus nos dê a localização dele?

— Espero que nos dê *uma* localização. Sim, talvez ele seja descarado o bastante para arriscar o endereço IP de sua casa, mas eu duvido. Com base no que vimos até agora, eu aposto que estamos lidando com um cara extremamente cauteloso. É provável que ele esteja roubando a conexão de internet sem fio de alguém. E se a pista levar Jenn e Hendricks a uma cafeteria com wi-fi grátis? Eles saberiam o que fazer numa situação dessas? Veja, WR8TH não é uma pessoa; ele é uma invenção da internet. Se você quiser encontrar o homem por trás de WR8TH, então vai precisar de uma invenção que pense como ele. Esse é o meu mundo, George. Deixe-me lidar com ele.

Abe se reclinou em sua cadeira. Ficou assim por alguns minutos, refletindo:

— Preciso de alguns dias para pensar melhor a respeito e para falar com meu pessoal. O que acha?

— Bastante razoável.

— E se a resposta ainda for não, vai respeitar minha decisão?

— Vou fazer o possível.

— ATERRISSAREMOS EM SÃO FRANCISCO EM QUARENTA E CINCO MINUTOS,

senhor vice-presidente.

— Obrigado, Megan — Lombard disse e então voltou sua atenção para Abigail Saldana, que estava examinando os últimos dados a respeito da eleição.

Mulher austera e brilhante, Saldana — desde que se juntara à equipe no mês anterior — havia estabilizado os números de Lombard e restaurado a confiança em uma campanha apática. Eles não estavam fora de perigo, mas pelo menos já não perdiam apoio sem parar, como vinha acontecendo no mês anterior.

As primárias na Califórnia, que aconteceriam dentro de quatro dias, tinham o poder de mudar os rumos de uma candidatura. Era território de Fleming, por isso não existia esperança de vitória, mas se pudesse abocanhar trinta por cento no estado natal dela a candidatura de Lombard mostraria força e ganharia motivação para seguir na disputa. Tratava-se de uma estratégia agressiva e que não estava isenta de risco. Mas Saldana sentia que Fleming era vulnerável em seu estado e por esse motivo eles haviam despejado tempo e dinheiro na Califórnia no decorrer do último mês.

A vice-presidência não dava direito a um avião exclusivo — Air Force Two era simplesmente uma referência a qualquer avião a bordo do qual estivesse o vice-presidente. Podia ser qualquer uma das várias aeronaves que os membros do gabinete compartilhavam. Os aviões costumavam ser acolhedores, mas proporcionavam menos conforto que o Air Force One — esse, sim, um benefício pelo qual Lombard esperava ansiosamente. Na parte dianteira do avião havia um pequeno escritório, mas o espaço não era suficiente para que três ou quatro pessoas se sentassem com conforto. Lombard preferia que sua equipe se mantivesse reunida, então gastava com voos que ofereciam cabines exclusivas, onde oito pessoas pudessem trabalhar com relativo conforto em duas mesas abertas.

Na mesa do outro lado do corredor do avião, sua mulher respondia perguntas sobre detalhes biográficos de pessoas importantes que estariam presentes ao local de campanha daquela tarde. As pessoas reagiam a interações pessoais — chame o filho de alguém pelo nome e ele nunca se esquecerá disso. Era um velho truque que os políticos usavam, porém exigia prática e estudo. Grace Lombard olhou em sua direção e sorriu com ar cansado para o marido. Na verdade, ela jamais havia sido fã de viagens de campanha. Na opinião de Lombard, era exatamente o desinteresse dela pelos adornos do poder que a tornava tão interessante para os eleitores. Muitas personalidades da cena política cultivavam uma imagem de pessoa normal e prática, mas sua esposa era genuína. Ele sabia que Grace lhe servia de contraponto. Sob esse aspecto formavam uma equipe perfeita.

— Leland, quais são os meus compromissos para o jantar? — ele perguntou ao seu chefe de gabinete.

— Senador Russell, depois do seu discurso — Reed disse sem tirar os olhos de seu laptop.

— Não, não vai dar. Em vez disso, veja se ele pode me pagar um uísque no hotel lá pelas onze.

Reed se levantou com seu celular e saiu caminhando pelo corredor para fazer a ligação. Lombard olhou para a assistente de sua esposa, Denise Greenspan, que se encontrava atrás dele e do outro lado do corredor.

— Qual é o nome daquele restaurante que minha mulher adora, com vista para a Bay Bridge?

— Boulevard, senhor. No Embarcadero.

— Isso mesmo. Faça duas reservas. Para as sete e meia.

— Quantas, senhor?

— Apenas duas. — Ele sorriu para a esposa, que lhe mandou um beijo através do corredor.

Abigail Saldana balançou a cabeça mostrando que aprovava a ideia. O sacrifício pessoal e a intimidade forçada que as campanhas políticas exigiam eram impressionantes. Duke Vaughn havia ensinado essa lição a Lombard. Era difícil trabalhar nessas campanhas sem glamurizar o casal central. Particularmente para os membros jovens e idealistas da equipe que faziam o ingrato trabalho destinado aos iniciantes, não se tratava de um mero emprego. Eles se consideravam uma família e precisavam acreditar em seu candidato. Um jantar a sós com sua mulher seria bom para o moral de todos. Como acontecia com crianças que ficavam mais confiantes ao testemunhar pequenos atos de afeição entre seus pais.

— Ben -- Grace disse num sussurro audível. — Todos estão trabalhando tanto. Que tal darmos uma folga para o grupo enquanto jantamos?

Lombard não gostou dessa ideia nem um pouco, mas era uma atitude típica de Grace. Tão bondosa que corria o risco de se prejudicar. Ou de prejudicá-lo. Ainda assim, ele riu com magnanimidade, como se fosse a melhor ideia que já havia escutado em anos. Na verdade, pensando bem, a ideia em si tinha suas vantagens. Reed e Saldana recusariam a oferta, o que significava que seus auxiliares teriam de abrir mão dela. Desse modo, só sobrariam alguns poucos membros iniciantes do grupo que sairiam para jantar à custa de Lombard. Parecia bom e não lhe custaria muito em termos de trabalho — no fim das contas, ele levaria a melhor.

— Por isso é que me casei com esta mulher — ele disse. — Mas depois do jantar, todo mundo de volta aos trabalhos forçados!

Isso fez todos rirem alto, mas a mensagem dele era clara: havia trabalho a ser feito. As coisas estavam melhorando e as pessoas gostavam de trabalhar para um vencedor. Lombard tomaria conta deles quando chegasse à Casa Branca, mas por enquanto uma pequena mostra de sua generosidade bastaria para animá-los.

Um dos telefones de Reed estava tocando, mas ele ainda não havia retornado da tarefa de desmarcar seu compromisso com o senador Russell. O auxiliar de Reed olhou para o aparelho, mas deixou que tocasse.

— Você pode atender? — disse Lombard.

O ajudante atendeu o telefonema, fez algumas perguntas e cobriu o bocal com a mão. Lombard soube imediatamente que havia cometido um erro.

— Senhor, o nome da pessoa na linha é Titus Eskridge. Tem notícias para o senhor sobre a "situação da ACG", pelo que entendi.

Lombard manteve a sua expressão calma e indiferente, mas sentiu que sua mulher o observava. Coronel Titus Stonewall Eskridge Jr. era fundador e presidente da Cold Harbor Inc. — uma empreiteira militar privada com sede na Virgínia. A Cold Harbor havia feito grandes doações para as suas campanhas ao Senado e Lombard estava com Eskridge fazia um longo tempo. Grace sempre via algo de bom na maioria das pessoas, mas não em Eskridge; ela não conseguia nem mesmo fingir que tolerava o homem. Anos atrás, Lombard havia cortado os laços políticos com a Cold Harbor por insistência dela, por isso ele precisava de um motivo muito convincente para atender a chamada de Titus. Um motivo que no momento ele não tinha.

A carreira no mundo da política lhe ensinara a arte de blefar — ele era capaz de assobiar uma melodia alegre com uma faca enfiada nas costas —, mas de alguma maneira Grace sempre havia sido imune a essas farsas.

— Titus Eskridge? Bem, nessa época do ano todo tipo de gente aparece do nada. — Sinalizou com a mão que não atenderia a ligação. — Passe para Leland ou anote um recado.

— Sim, senhor — disse o auxiliar.

Ele espiou na direção de sua esposa, mas ela já havia virado o rosto. Mais tarde falaria sobre o assunto com Grace. Mas uma coisa era certa — seu romântico jantar a dois estava arruinado.

13

JENN CHARLES SENTOU-SE EM SUA MESA E VOLTOU A CONSULTAR O RELATÓRIO
sobre Vaughn. Trazê-lo para prestar consultoria era aceitável, mas agora George
estava considerando a possibilidade de incluí-lo na equipe para a segunda etapa. Era
um erro. Ela sabia disso por intuição, só não conseguia articular o que sentia. Precisava de mais elementos para sustentar sua opinião.

Gibson Vaughn, filho de Sally e de Duke Vaughn. Nascido e criado em Charlottesville, na Virgínia. Sua mãe faleceu quando ele tinha três anos. Câncer no ovário. Triste
maneira de morrer, Jenn pensou. Gibson Vaughn foi criado — se é que alguém poderia
chamar isso de criar — por seu pai viciado em trabalho.

Duke Vaughn foi uma lenda no cenário político da Virgínia. Graduação e mestrado
em ciência política, ambos obtidos na Universidade da Virgínia. Homem de personalidade exuberante, Duke era um sedutor nato, que deixava igualmente à vontade amigos
e inimigos. A peleja política era a sua vida e ele encontrou o seu caminho como chefe de
gabinete de Benjamin Lombard. Eles formavam uma dupla e tanto — Lombard, o obsti-
nado, que guerreava com palavras, e Vaughn, o mestre dos bastidores. Vaughn conduziu um imaturo e totalmente desconhecido Benjamin Lombard ao Senado dos Estados
Unidos e o ajudou a ganhar um segundo mandato com maioria esmagadora.

Na opinião de Jenn, Gibson teve que pagar um preço pela dedicação de Duke a
Lombard. As exigências do trabalho obrigavam Duke a passar um longo tempo na
capital, Washington, ou viajando com o senador. Seu trabalho exigia disponibilidade
contínua, 24 horas por dia, sete dias da semana, e em consequência disso Duke passava a maioria de seus fins de semana com os Lombard.

Tudo levava a crer que os Lombards tratavam Gibson como se fosse da família;
Duke e Gibson tinham cada um seu próprio quarto em dois imóveis do senador — na
casa em Great Falls e na casa de praia em Pamsrest, perto da fronteira com a Carolina do
Norte. Entretanto, Duke estava determinado a não deixar seu filho afastado da escola,
razão pela qual Gibson ficava na casa deles em Charlottesville durante a semana. A irmã
de Duke, Miranda Davis, morava ao lado e visitava Gibson sempre que podia. Mas

Miranda tinha a sua própria família e depois que Gibson cresceu ela passou a aparecer menos para checar as condições do garoto. Assim, na época em que tinha cerca de doze anos, Gibson Vaughn estava realmente se virando sozinho de segunda a sexta-feira.

Muitas crianças se abalariam se fossem abandonadas desse modo, mas Gibson não mostrou nenhum sinal de amargura ou de raiva. Pelo contrário, era mais do que óbvio que o jovem Gibson Vaughn adorava o pai e estava determinado a fazer a sua parte. Gibson se encarregava de tudo enquanto o pai estava fora — organizava as contas, limpava a casa, cuidava do quintal, zelava pela manutenção de uma série de coisas. Sob diversos aspectos, Gibson Vaughn havia se criado sozinho.

Aparentemente ele tinha feito um bom trabalho. Tirava boas notas. Nenhum registro disciplinar. A não ser pela ocasião em que ele foi detido por dirigir a uma velocidade de 70 km/h em uma zona de 40 km/h. Claro que não seria razoável esperar que um adolescente de treze anos tivesse plena consciência dos limites de velocidade. De acordo com relatórios extraoficiais, porque não houve relatório oficial, Duke e o senador haviam partido para o Oriente Médio numa viagem de levantamento de dados. Gibson tinha saído de casa apressado para comprar leite, receando acordar a tia se a chamasse, o garoto não teve alternativa a não ser dirigir ele mesmo até o supermercado.

O relatório do policial que efetuou o flagrante revelava que o menino, ao ser parado, havia perguntado educadamente: "Algum problema, policial?" Gibson Vaughn estava sentado sobre volumes de *The Collected Writings of Thomas Jefferson* para conseguir enxergar acima do volante. Quando o policial perguntou onde estavam seus pais, Gibson preferiu não responder. Com medo de causar problemas a seu pai, ele se recusou a falar até que a polícia conseguisse localizar sua tia.

Nenhuma acusação foi registrada e o incidente se tornou mais um fato pitoresco da Virgínia. Em parte porque a polícia optou por não levar adiante acusações contra um adolescente de treze anos, mas também ajudou o fato de Duke ser um amigo próximo do chefe de polícia de Charlottesville. Parecia não haver muita gente no estado da Virgínia com quem Duke Vaughn não tivesse amizade próxima.

Esse episódio fez Jenn sorrir. Ela havia sido criada por sua avó e sabia o que era ser autossuficiente em idade muito jovem. Isso podia impulsionar você ou podia isolá-lo, deixá-lo insensível. Ela teria gostado daquele garotinho — desembaraçado, orgulhoso e meio imprudente. Ambos haviam sido bem parecidos em épocas passadas e Jenn ainda podia ver traços daquele menino no Gibson adulto. O problema era que ela não via o suficiente para se tranquilizar. O suicídio de Duke Vaughn havia causado isso.

Em uma quarta-feira, Duke Vaughn dirigiu de Washington até sua casa inesperadamente e se enforcou em seu porão. Jenn espiou as fotografias da autópsia que havia retirado da sala do auditório antes de Vaughn se estabelecer lá. Que tipo de lixo egoísta se enforca em um lugar onde será encontrado por seu filho de quinze anos? Ninguém, de jeito nenhum. Não havia perdão para uma coisa dessas.

Depois da morte do pai, Gibson Vaughn se tornou uma pessoa completamente diferente — hostil, rebelde e antissocial. O impacto foi claro como o dia: Parou de ir às aulas de ciência da computação que acompanhava como ouvinte na Universidade da Virgínia; suas notas despencaram; envolveu-se em três brigas no intervalo de dois meses; recebeu uma suspensão por xingar um professor. Ele foi morar com a tia e o relatório de Jenn tinha cópias das cartas cada vez mais desesperadas que Miranda Davis tinha escrito para a cunhada, detalhando a deterioração do comportamento do sobrinho. Contando que ele já não falava mais, que não comia. Só saía de casa para ir à escola. Que passava dia e noite em seu quarto diante do computador.

O que Gibson havia feito naquele computador era inacreditável.

Ela bateu de leve na porta do escritório de seu chefe. George sempre a havia encorajado a confiar em seus próprios instintos e lhes dar voz. Era uma qualidade que nunca havia funcionado bem para Jenn na CIA e levou tempo para que ela acreditasse em George. Ganhar a confiança dela não era fácil, mas George Abe havia conseguido. Por ele, Jenn caminharia sobre cacos de vidro.

Ele havia estendido a mão para Jenn depois do colapso da carreira dela na CIA. Quando ela acreditava que não queria um emprego, George a recrutou, localizando-a em sua casa depois de Jenn ter ignorado vários telefonemas dele e convencendo-a a ir trabalhar para ele. Até esse dia, Jenn não imaginava nem que George soubesse quem ela era. Mas ele a ajudou a recuperar a disposição para trabalhar e lhe deu espaço para que ela pudesse readquirir confiança sem se sentir mimada. Isso foi bom, porque ela teria jogado a toalha. Considerando tudo, Jenn sabia que jamais seria capaz de saldar essa dívida.

— Entre.

Ela abriu a porta. George estava em sua mesa, conferindo as demonstrações financeiras do primeiro trimestre. Uma música dos Rolling Stones tocava ao fundo. Uma versão ao vivo de *Dead Flowers*. Jenn não ligava muito para música e muitas vezes nem mesmo sabia quem estava tocando, mas conhecia essa música, porque certa vez, durante uma viagem a Nova York, George passara uma hora exaltando as virtudes da versão acústica de Townes Van Zandt para *Dead Flowers*. Os Stones eram a banda favorita de George e Jenn crescera acostumada aos selvagens gritos lascivos de Jagger. Um pôster com a imagem de enormes lábios e língua de fora, autografado e emoldurado, estava pendurado na parede. Ele o havia conseguido em um dos tours da banda pelos Estados Unidos e era um de seus bens mais preciosos. Uma fotografia de George ao lado de Keith Richards estava bem perto do pôster.

No escritório havia uma estante de livros harmoniosamente dividida em duas partes, as quais, de certo modo, resumiam o seu chefe. George descendia de uma das famílias japonesas mais antigas nos Estados Unidos. Seus ancestrais haviam fugido do Japão após a Restauração Meiji e chegaram a São Francisco em 1871. Construíram uma vida de riqueza e sucesso, superaram o isolamento e restabeleceram sua fortuna nos anos de 1950. Os Abe tinham orgulho tanto de seu legado quanto do país que haviam adotado. Era uma tradição de família reconhecer as duas metades nos nomes de seus filhos.

George Leyasu Abe.

Metade da estante era reservada aos livros sobre a história do Japão. George era especialmente fascinado pela cultura dos samurais e dezenas de livros sobre o assunto tomavam uma prateleira inteira. Seu nome do meio, Leyasu, vinha do fundador do xogunato Tokugawa nos idos de 1600, que foi dissolvido pela Restauração Meiji de 1868. A outra metade da estante guardava livros sobre a história colonial norte-americana. George Washington, seu homônimo, era particularmente bem representado, assim como Madison e Franklin. Porém, Jenn tinha certeza de que não havia um único livro sobre Thomas Jefferson. George considerava Jefferson desleal e um traidor. Era um assunto sobre o qual ele era capaz de discorrer durante horas. Ela nem sempre compreendia o chefe nem concordava com sua condenação de Jefferson, mas quando o assunto era lealdade ambos estavam de pleno acordo. Por esse motivo é que Jenn não conseguia entender a decisão dele de incluir Gibson Vaughn na próxima fase daquela missão.

George parou o que estava fazendo e apontou para uma cadeira. Jenn se sentou e percebeu imediatamente que não sabia como abordar o assunto. Mas George, como tantas vezes fazia, leu o pensamento dela:

— Gibson Vaughn, não é?

Constrangida por ter sido tão transparente, Jenn deu um sorriso sem graça. Ainda bem que não jogava pôquer.

— Eu não consigo entender por quê — ela disse. — Mike seria uma péssima escolha, é claro, mas Gibson? Não podemos tratá-lo como se ele tivesse inventado o computador. O que realmente o qualifica para esse trabalho? Certo, ele hackeou um senador quando ainda era um garoto. Mas nós queremos mesmo alguém com esse currículo trabalhando ao nosso lado? Porque nunca saberemos o que esperar dele. Ele é muito estrela e, claramente, prefere fazer as coisas à sua maneira.

George sorriu.

— Então você não gosta dele?

— Não muito, mas isso não importa — Jenn respondeu. Eu não confio nele e isso é o que importa. Ele é um risco. E eu tenho medo... — Ela não seguiu adiante.

— Diga o que veio dizer. — Ele se reclinou na cadeira.

— Tenho medo dessa história entre vocês... receio que isso o esteja cegando. Você acha que Gibson ficará agradecido por essa chance que está dando a ele. Sei que você acredita que se trata de um novo começo, e respeito isso, mas ele não é assim. Ele jamais vai perdoar ninguém, porque é tudo culpa de outra pessoa.

— O trabalho dele tem sido excelente.

— Sim, concordo. Mas levá-lo a campo conosco é uma coisa completamente diferente. Se chegarmos perto de WR8TH, tenho receio de que Gibson nos prejudique. Mesmo que isso signifique prejudicar a si mesmo.

— Como no provérbio do escorpião sobre o casco da tartaruga.

— Ele é irresponsável. Com todo o respeito, senhor.

— Isso é tudo?

— Não gosto de vê-lo fuçando em nossos computadores.

— Mais alguma coisa? O corte de cabelo dele, talvez? — George se levantou e foi buscar uma garrafa de água mineral em uma geladeira embutida. Sentou-se ao lado de Jenn e ficou olhando para o nada. Ele não costumava ter pressa para coordenar seus pensamentos e nunca falava antes de estar pronto. Jenn sabia que não devia interrompê-lo agora que havia exposto o ponto de vista dela. Isso geralmente a enervava, mas ela não deixava de admirar a natureza introspectiva do seu patrão.

— Você pode estar certa — George disse por fim.

A resposta a surpreendeu, mas ela permaneceu em silêncio.

— Você pode ter razão, tudo o que você disse faz sentido. Eu também tenho minhas dúvidas.

— Então acha que vale a pena correr o risco? — Jenn indagou.

— O que sabe sobre as coisas que Vaughn fez enquanto era fuzileiro naval?

— Eu sei que ele criou testes de invasão para avaliar a segurança de sistemas. É considerado um *hacker* esplêndido.

— Não exatamente.

— É o que está no arquivo dele — ela respondeu, e então se deu conta de que havia mais do que isso. — Mas é só fachada, não é?

— Sim.

— O que ele de fato fez?

— Eu vou lhe contar o que ele fez. Como seria possível colocar dois helicópteros Blackhawk voando em uma nação soberana, violando descaradamente seu espaço aéreo e pousá-los no coração de uma das suas maiores cidades sem fazer alarde?

— Está falando de Bin Laden. Paquistão.

— Teoricamente — Abe disse. — Vamos supor que sim. Pergunte a si mesma como nós conseguimos fazer isso e por que eles só souberam que estivemos ali quando viram no noticiário.

— Os helicópteros foram especialmente preparados. Algum tipo de tecnologia de camuflagem.

— É verdade, mas apenas uma parte da verdade. A tecnologia já pode fazer um helicóptero operar quase em silêncio. Mas e quanto ao radar? Você não pode deixar um Blackhawk completamente invisível ao radar, muito menos ao radar da defesa aérea paquistanesa. Em 2004, o Pentágono cancelou o projeto de desenvolvimento de helicópteros invisíveis. De qualquer maneira, trata-se de uma tecnologia muito complexa, difícil de aperfeiçoar.

— Como foi feito, então?

— O radar é uma máquina. Um software converte os impulsos elétricos para que os operadores possam ver o que o radar vê. Por isso, em vez de gastar bilhões em helicópteros para torná-los silenciosos, não seria mais simples assumir o controle do software? Inserir o código direto no sistema deles para que o software lhes mostre apenas o que nós queremos que eles vejam. E a mágica está feita: os Blackhawks estão lá, mas não estão lá. Se é que me entende.

— Nós fizemos isso?

— Vaughn fez isso — Abe revelou. — Bem, ele estava envolvido na operação. Era um trabalho incrivelmente complexo. Muitos atores na história. Os SEALS podiam ter puxado o gatilho, mas todos os ramos das forças armadas queriam Bin Laden em sua mira. A CIA. A Agência de Segurança Nacional. Se a minha fonte estiver correta, Vaughn impressionou uma porção de gente.

— Vaughn escreveu o código? — Jenn perguntou.

— Ele contribuiu com o código, mas não, essa não foi a única contribuição dele.

— O que mais ele fez?

— Convenceu os paquistaneses a instalá-lo.

— Ele o quê?

— Isso mesmo que acabei de dizer.

— Os paquistaneses instalaram um vírus em seu próprio sistema?

— Por incrível que pareça. Gibson pode ser bem persuasivo e os paquistaneses não se deixam persuadir com facilidade.

— Está me dizendo que a Activity recrutou Gibson Vaughn?

— Exatamente.

— Caramba!

A Activity, ou Intelligence Support Activity, era o serviço de inteligência interno do Comando Conjunto de Operações Especiais. A CIA dos militares. Depois que a Operação Garra de Águia, de 1980, terminou em desastre em um deserto iraniano, as Forças Armadas acusaram a CIA de não compartilhar recursos e informações fundamentais à missão. A Activity havia sido criada para que as forças armadas jamais precisassem contar novamente com a CIA. Jenn sabia bem do que se tratava; todos na CIA sabiam.

A Activity era a concorrência.

Eles selecionavam seu pessoal entre os quadros das forças armadas e para Jenn não era surpresa que um fuzileiro como Gibson Vaughn tivesse atraído a atenção deles. A Activity valorizava muito pessoas que pensavam fora dos padrões convencionais e às vezes era necessária a ajuda de um ladrão para se apanhar um ladrão. Diante disso, a opinião dela sobre Gibson Vaughn parecia equivocada. E Jenn estava quase certa de que seu chefe queria que fosse assim.

— Meu Deus — ela disse. — O cara ajudou a pegar o Bin Laden e agora não consegue trabalho nem no Burger King!

— Bem... Como você disse, não é como se ele tivesse inventado o computador. E é mais seguro contratar alguma outra pessoa do que desagradar o vice-presidente. Quero dizer, o próximo presidente.

— Você está querendo dizer que eu devia dar uma chance a ele?

— Não, não estou. Estou dizendo que as pessoas raramente são tão transparentes quanto você julga. No trabalho de campo, há ocasiões em que precisamos fazer avaliações rápidas, e nessas situações você faz a diferença. Por isso eu a contratei. Seus instintos quase sempre estão certos, mas nós não estamos desempenhando trabalho de campo agora e você tem a tendência de exagerar os pontos negativos das pessoas.

— Desculpe-me, senhor.

— Não se desculpe. Alguma coisa em Vaughn a incomoda e a torna quase intolerante com relação a ele. Mas eu o conheci quando ele era um menino e vi o relacionamento que tinha com Suzanne. Você acreditaria em mim se visse como Gibson cuidava dela. Suzanne era uma garotinha muito especial e ele era um grande garoto também.

— Mas isso aconteceu há muito tempo... — ela começou, mas Abe ergueu a mão para interrompê-la.

— Eu não acredito que Gibson Vaughn possa sabotar deliberadamente os esforços para encontrar a garota. Também acho que a história dele com Suzanne é única e inestimável. Ele é capaz de enxergar coisas que ninguém mais pode ver. Na minha opinião, só por esse motivo, já valeria a pena levá-lo conosco. Contudo, talvez você esteja certa. É possível que o passado esteja influenciando o meu julgamento. Por isso quero que mantenha a sua dúvida. Se perceber que ele poderá nos prejudicar, avise-me e nós lidaremos com o assunto. Até lá, continuo acreditando que com Gibson teremos mais chances de concluir com sucesso esse caso. Fui claro?

— Sim, senhor. — Jenn se levantou para sair.

— Jenn — George disse. — Gibson Vaughn sofreu o diabo em sua vida e serviu seu país com competência. Subestimá-lo não seria muito inteligente.

— Sim, senhor.

— Além do mais, WR8TH não parece disposto a sair da toca, então isso tudo pode ser uma grande perda de tempo.

— Sim, senhor.

— Jenn... Não estamos na CIA. Por favor, fique à vontade para me chamar de George.

-- Sim, senhor.

14

GIBSON ATRAVESSOU O CAMPO SOB O SOL DA MANHÃ DE SÁBADO. ERA BOM estar ao ar livre de novo. Na quinta-feira à noite, George Abe o havia expulsado do escritório, avisando-o muito claramente que não queria ver sua cara até segunda-feira. Foi difícil afastar-se de lá; isso o fazia sentir-se culpado. Por outro lado, havia outra garotinha que também precisava dele e ela tinha um jogo de futebol hoje.

Nas últimas semanas, Gibson havia visto Ellie bem menos do que gostaria. Ele sabia disso e odiava essa situação. Era um mal necessário, porém. O dinheiro de Abe pagara o financiamento da casa onde sua filha e a mãe dela moravam. Onde todos eles tinham morado antes do divórcio.

No final das contas, talvez fosse melhor que ele e Nicole não tivessem comprado a casa. Eles a haviam comprado no auge do mercado imobiliário, antes do colapso. Foi uma luta em termos financeiros, mas na época Gibson acreditava que teria trabalhos à sua espera quando desse baixa no Corpo de Fuzileiros. Não era uma suposição sem fundamento. Ele havia testemunhado a voracidade do setor privado, que com ofertas tentadoras caía sobre os caras da sua unidade sem a menor hesitação. Caras com metade da sua experiência e com recomendações bem mais modestas que as suas eram disputados pelas grandes indústrias militares. Por isso, com o currículo que possuía, Gibson imaginava que teria sucesso.

Mas o que Gibson não havia levado em conta, o que não havia compreendido, era o significado de estar na lista negra de Benjamin Lombard. O real significado. Ele procurara emprego durante meses sem nem mesmo receber um telefonema de resposta. A princípio, ele buscou os maiores do ramo, os gigantes da indústria bélica que sempre recebiam de braços abertos pessoas com o seu nível de conhecimento. Quando Gibson finalmente se convenceu de que eles não iriam contratá-lo, candidatou-se a empregos em companhias menores. Porém, a nuvem negra sobre a sua cabeça seguia-o para onde quer que fosse.

Ele conseguiu um emprego de vendedor de computadores em uma loja de aparelhos eletrônicos, apenas para que algum dinheiro entrasse. Havia se tornado uma pessoa amarga e defensiva. Uma pessoa fechada, calada, que só abria a boca para discutir com a mulher e a filha. Para a sua vergonha, Gibson brigava com Nicole por qualquer coisa. Por mais insignificante que fosse. E pobre dela se tocasse no assunto de vender a casa. Isso desencadeava brigas que duravam dias e o faziam cair num silêncio raivoso e pesado. Ele se perguntava se Nicole havia apostado a sua felicidade no homem errado. Percebia que estava fracassando. Temendo que ela também tivesse percebido, ele enxergava ressentimento em cada gesto dela.

Ficaram nessa situação durante meses e as coisas estavam piorando rápido quando seu antigo comandante o avisou de que a Potestas, uma empresa local de biotecnologia, procurava um diretor de TI. Além disso, ele recomendou a contratação de Gibson. A Potestas era tão pequena que nem mesmo Benjamin Lombard prestaria atenção a ela. Pelo menos era o que Gibson supunha até um mês atrás. O trabalho, maquinal e maçante, resumia-se ao nível básico de TI. Ele se apresentou para a entrevista imediatamente e de bom grado aceitou uma oferta salarial que o teria feito rir um ano atrás. Mas sua mulher e sua filha contavam com ele e havia uma dolorosa hipoteca para pagar; Gibson não quis correr riscos e aceitou a oferta sem pestanejar. Àquela altura dos acontecimentos, um seguro de saúde e um salário fixo pareciam um presente dos céus. A satisfação com o trabalho e o sonho de mimar a esposa teriam de esperar.

Ex-esposa, Gibson!, ele pensou. Já fazia quase um ano que estavam divorciados e essa palavra ainda o assombrava.

Ex-esposa.

Embora não tivesse nenhuma intenção de procurar encrenca, Gibson não fez o menor esforço para resistir quando a encrenca o procurou. Ele apenas deixou acontecer. No Corpo de Fuzileiros Navais, em meio a tantas missões de que havia participado, trair sua mulher não lhe passara pela cabeça nem uma vez sequer. Ironicamente, começou a fazer isso depois de aceitar o emprego na Potestas. O trabalho não consertou num passe de mágica as rachaduras que tinham surgido em seu casamento e ele andava teimoso e orgulhoso demais para tomar a iniciativa de consertá-las. Em vez disso, ele resolveu se divertir com uma representante de vendas chamada Leigh.

Ele agora entendia com clareza aquela situação e a via como ela era: um refúgio temporário. Covardia pura e simples. Leigh gostava e era legal com ele. Aquela garota não o pressionava nem esperava nada dele, exceto bebida e diversão. O homem que tinha ido para a cama com Leigh era um mistério para Gibson. Mesmo agora, era difícil ligar aquele homem ao homem que ele pensava ser.

Apesar de tudo, porém, Nicole não foi cruel nem vingativa, razão pela qual Gibson lhe dedicara crédito infinito e gratidão eterna. O advogado dela foi justo e, embora seu casamento tenha terminado, isso nunca se estendeu ao relacionamento de Gibson com a filha. Em comparação com as histórias que tinha ouvido, ele teve muita sorte. Mas na verdade todos que conheciam Nicole tinham sorte.

A parte mais difícil foi ver Nicole sair de sua vida. Ela guardou seu sofrimento só para si e escondeu do mundo a sua dor. Como sempre havia feito. Então, não aconteceram brigas. Não houve lágrimas. Apenas um frustrante distanciamento. Ela tirou suas conclusões sobre o casamento antes mesmo que ele pudesse dizer alguma coisa. Tudo o mais foi mera formalidade.

Gibson implorou por uma nova chance, mas Nicole não era do tipo que perdoava. Desde a época em que se conheceram, na escola secundária, ele nunca a viu fazer isso. Ela jamais se dobrava. Nicole não dava uma segunda chance quando a lealdade estava em jogo. Ou você era leal ou não era; lealdade não era uma coisa que se aprendia. Se Gibson não era um homem em quem ela podia confiar, então não era um homem com quem ela ficaria casada. Ele sempre adorara a confiança que Nicole tinha no próprio julgamento, mas ser alvo desse julgamento era uma coisa completamente diferente.

E assim, quando se deu conta, Gibson era um pai divorciado e sozinho que morava em um apartamento feio, num prédio de concreto armado. Seis anos de casamento jogados no lixo. Tudo o que lhe restou desse casamento foram os pagamentos de pensão alimentícia, visitas à filha com horário determinado e uma forte suspeita de que não havia na face da Terra um filho da puta mais burro do que ele.

Por esse motivo, a casa era tão importante para Gibson.

Era uma boa casa — dois andares, robusta, estilo Cape Cod. Tranquila e segura, distante do Distrito de Columbia. Havia boas escolas por perto. Certa vez, durante uma folga militar — em um mês de julho —, Gibson plantou o canteiro de azaleias ao longo da entrada da garagem. Depois, ele e Nicole se sentaram em espreguiçadeiras, beberam cerveja e planejaram o jardim até serem afugentados para dentro de casa pelos insetos. Nove meses depois, Ellie surgiu em suas vidas. Essa foi a maior felicidade de Gibson e ele não se arrependia de ter comprado a casa, mesmo agora. Mesmo que tivesse de morrer tentando pagá-la. A casa representava a vida que ele devia a Nicole e a Ellie. Gibson preferia morrer a vê-las perder o lar por sua causa.

O jogo de futebol estava apenas começando quando ele chegou. A bola correu na direção da lateral do campo e várias garotinhas de ambos os times foram atrás dela, gritando alegremente. Gibson localizou Ellie de imediato. Ela estava do outro lado do campo, agachada, olhando com atenção para alguma coisa na grama. Gibson riu. Era bem possível que sua filha fosse a jogadora de futebol menos talentosa da história. Não apenas por sua total falta de coordenação e sua incapacidade de prever a trajetória da bola. Ela não tinha o menor respeito pelas regras do jogo, e isso era óbvio. A ideia de jogar em uma posição a entediava, por isso sua filha perambulava a esmo pelo campo, impunemente. Sem o uniforme, não seria fácil dizer qual era o time dela.

Ellie começou a correr em círculos com os braços levantados, olhando para o céu, até ficar zonza e cair na grama.

Gibson abriu um largo sorriso. Ellie era irresistível. Às vezes ele se perguntava de que planeta viera a sua garotinha, mas a amava tanto que chegava a ser torturante não poder colocá-la na cama todas as noites. Ler pelo computador histórias de ninar não tornava ninguém um pai de verdade.

Animada, Ellie se pôs de pé e saiu correndo pelo campo — uma lembrança constante da alegria que podia desaparecer da vida de uma pessoa. Será que ele deveria se envergonhar por admitir que seu exemplo de vida era a sua filha de seis anos?

Em dado momento, a bola ficou na frente de Ellie e a menina a chutou com força. Um chute tão torto que a bola foi parar a uns quinze metros à direita do gol. Gibson deu um passo na direção do campo e bateu palmas como se sua filha tivesse ganhado a Copa do Mundo. Ellie parou na mesma hora a fim de acenar para o pai, enquanto as outras jogadoras passavam por ela correndo atrás da bola na maior algazarra.

À margem do campo, sua mulher olhou para ele. *Ex-mulher*, ele logo se corrigiu. Nicole estava sentada com o grupo de pais "de família", que havia preparado um pequeno recanto de cadeiras dobráveis e isopores. Gibson costumava manter distância deles. Ficava longe o suficiente para não se juntar a Nicole, mas não tão longe a ponto de parecer que se incomodava com isso. Ela se tornara amiga de vários pais e Gibson estava contente por lhe ceder espaço. Nicole acenou para Gibson, que retribuiu. Ela voltou a prestar atenção ao jogo e não olhou mais na direção dele.

Na metade do tempo de jogo, as jogadoras se reuniram em seus respectivos lados e chuparam fatias de laranja enquanto os treinadores discutiam estratégias que as crianças não estavam dispostas a executar. Os pais conversavam entre si ou saíam em busca de um banheiro. Nicole caminhou até onde Gibson estava. Ela usava um vestido de verão folgado e ondulante, uma de suas roupas favoritas desde a escola. Andando sob o sol, Nicole parecia maravilhosa.

— Oi — ela disse.

— Oi.

Depois do cumprimento, ambos precisaram de um segundo para superar o constrangimento e se recompor. Conversar com Nicole era sempre mais seguro quando o assunto era Ellie. Existiam muitas coisas ruins no caminho dos dois, mas quando se tratava de Ellie eles estavam em absoluta sintonia.

— Parece que nossa El vai levar fácil o prêmio de melhor jogadora do ano — Gibson disse.

— Vários times brasileiros já estão interessados nela.

— Vamos ficar com o que pagar mais.

— Ser agente de celebridade do futebol não é fácil.

— Recebeu o dinheiro?

— Recebi. Obrigada. Por que me mandou a quantia em espécie, Gib?

— Foi um adiantamento.

— Em dinheiro vivo. — Ela o olhou com certa desconfiança. — É seguro depositar?

— Claro que é. — Ele sentiu uma pontada de irritação, mas a dúvida de Nicole fazia sentido. Quem é que paga em dinheiro?

— O que está acontecendo, Gib?

— Nada. Está tudo certo.

— Tudo certo? Acho que você vai ter que fazer melhor que isso.

— Nós precisamos do dinheiro. Está tudo certo. Eu prometo.

— Por favor, Gib, não me faça promessas. Não faça isso.

A censura foi feita com calma e sem rancor, mas o feriu, e ele desviou o olhar. Os dois permaneceram em silêncio, como se qualquer movimento súbito pudesse ser interpretado como um ato hostil. Não havia para Gibson nada pior do que ficar ali parado diante da única pessoa com quem jamais havia sido capaz de falar com franqueza, oscilando entre conversas cheias de cautela e silêncios igualmente cautelosos.

— Vou devolver o dinheiro. Eu o entregarei em sua casa na segunda-feira.

— Nicole...

— Gibson — ela retrucou, decidida. Não cederia de maneira nenhuma.

— É Suzanne, ok? O trabalho, o dinheiro. É sobre Suzanne.

O comportamento de Nicole mudou totalmente com a menção do nome de Suzanne. Sua habitual máscara de indiferença se desfez e pela primeira vez em um ano Gibson viu preocupação e interesse nos olhos dela.

— Suzanne. — Nicole fitou-o no fundo dos olhos em busca da verdade. — Você está tentando encontrá-la?

Ele fez que sim com a cabeça.

— Santo Deus.

— Se pudesse eu lhe contaria tudo. Mas preciso ter cuidado, estou em uma espécie de rédea curta. Quanto ao dinheiro, não se preocupe, é legítimo.

— Tudo bem. Eu não preciso saber.

— Obrigado.

— Mas *você* está bem, Gib? Porque... bem, trata-se de Suzanne, não é?

— Acho que sim.

— Ellie vai à festa de aniversário de um amiguinho depois do jogo. Os pais foram convidados. Pizza e ponche. Acho que contrataram até um palhaço. Você devia vir.

— Eu gostaria muito.

Gibson se voltou para ver o que Nicole olhava com tanta atenção atrás dele. Jenn Charles, de terno e salto alto, vinha caminhando na direção dele. Mesmo atrás dos óculos de sol, o olhar no rosto de Jenn o deixava nervoso.

— Que foi? O que aconteceu? — Gibson perguntou quando ela se aproximou deles.

— Nós o pegamos — disse Jenn.

— Quando? Onde?

Jenn olhou para Nicole e não respondeu.

— Tenho que ir nesse instante? — ele indagou.

— O chefe precisa falar com você. Ele está no estacionamento.

Gibson olhou na direção dos carros, depois se voltou para Jenn, e por fim para Nicole.

— Preciso ir.

— Vá — Nicole respondeu.

— Mas Ellie...

— Ela entenderá. Só não se esqueça de ligar. Ela fica estranha quando não fala com você.

— Pode deixar.

Ele começou a seguir Jenn de volta ao estacionamento, mas Nicole o deteve:

— Gib?

— Que foi?

— Boa caçada.

GEORGE ESTAVA ESPERANDO POR ELE EM UM MERCEDES CLASSE M PRETO.

No banco do passageiro, havia uma caixa retangular comprida embrulhada em papel vermelho-vivo com desenhos de unicórnios brancos.

— Por que essa caixa? — Gibson perguntou.

— Não é para você.

— Ei, agora você feriu meus sentimentos de verdade.

George deu uma risadinha de escárnio, pôs o presente no banco de trás e entregou a Gibson uma jaqueta esporte.

— Vista isso. Nós temos um compromisso.

— Boa sorte — Jenn disse.

— Você não vem com a gente?

— Não — ela respondeu. — Vejo vocês no escritório.

O sedã deslizou para fora do estacionamento num desfile glorioso, como se não houvesse outro carro por perto. Gibson nunca havia estado em um carro tão legal, e era fácil ver por que exercia tanto fascínio. Agora poderia até torcer para ficar preso no trânsito.

— E então? — Gibson disse.

— Você tinha razão.

— Onde ele está?

— Na tarde de sexta-feira, o seu vírus enviou sinal de um endereço de IP no oeste da Pensilvânia. Uma cidadezinha chamada Somerset.

— Por que ninguém me ligou?

— Um sinal e ele ficou latente.

— Latente? — Isso não deveria ter acontecido, várias possibilidades vieram à mente de Gibson. — Mas por que disse que eu tinha razão?

— Era uma biblioteca pública.

Gibson pensou um pouco e percebeu que fazia sentido. Muita gente entrando e saindo. Uma jogada inteligente e que acrescentava mais uma camada de anonimidade que seria difícil remover. Eles seriam obrigados a vigiar a biblioteca na esperança de obter um ID se WR8TH tentasse acessar novamente os servidores da ACG.

No anel viário de Washington, tomaram a avenida New Hampshire até a rua 22, então viraram à esquerda na P Street em Georgetown. Prédios de apartamentos deram lugar a casas de terraço e depois a grandes residências cercadas por olmos e carvalhos.

Duke Vaughn havia descrito Georgetown como a terra do dinheiro farto e dos dentes de tubarão. Seu pai tinha participado de vários eventos relacionados a trabalho em Georgetown, mas jamais levara o filho consigo. *"Esses eventos são diferentes"*, Duke havia explicado. *"É um território hostil."*

"Mesmo que eles estejam do seu lado?", Gibson tinha perguntado ao pai.

"Principalmente se estiverem do seu lado", seu pai respondera com uma piscadela.

— Isso significa que estou dentro?

— Eu bem que gostaria — Abe disse. — A sua ajuda foi preciosa até aqui e na minha opinião as suas habilidades ainda poderão ser muito úteis para nós. Como se não bastasse isso, você e Suzanne tiveram um relacionamento próximo.

— Então a resposta é sim?

— Bem... Depende.

— De quê?

— A senhora Dauplaise pediu para vê-lo.

Gibson fez um aceno afirmativo com a cabeça, olhando para Abe fixamente. Ele havia sido convocado para uma audiência com a rainha. Pelo menos era o que parecia.

— Acho que você pode nos ajudar e eu disse exatamente isso a ela. Mas a senhora Dauplaise prefere decidir por si mesma.

George parou diante de um portão de ferro forjado. Em uma placa preta de metal se lia a palavra "Colline", escrita com letras douradas. Balões coloridos em grande quantidade se balançavam presos à grade e uma fila de famílias esperava para passar pela cuidadosa verificação de dois seguranças. Todos os homens vestiam jaquetas e as mulheres usavam vestido. Até as crianças estavam elegantemente vestidas e todas carregavam presentes. O céu provavelmente seria assim se fosse patrocinado por Laura Ashley e Ralph Lauren.

Um dos guardas de segurança se afastou da fila e abordou o carro.

— Vocês terão de encontrar lugar para estacionar em... — O segurança parou de falar quando reconheceu o motorista. — Ah! Olá, senhor Abe. Veio para a festa?

— Não, Tony. Estou aqui para ver a senhora Dauplaise.

— Claro, pode entrar. Mas estacione na frente da ala externa, não no lugar de sempre. Vou avisá-los de sua chegada pelo rádio. Hoje a situação está um pouco complicada por aqui.

— Eu entendo.

Eles seguiram de carro por um caminho coberto de pedrinhas na direção de uma imponente mansão em estilo Federal ladeada por intermináveis jardins bem cuidados. Gibson se impressionou com as dimensões da propriedade. Ele contou pelo menos sete chaminés. Era uma habitação característica da zona rural na Inglaterra, que não se espera encontrar no meio de uma cidade norte-americana. Seguindo a orientação de outro segurança, Abe estacionou diante de uma garagem de dois andares maior que a casa de Nicole. Sete compartimentos com portas brancas retráteis se estendiam pelo prédio de tijolos vermelhos. O compartimento central estava aberto — dentro dele, um Bentley verde, de modelo antigo, espetacularmente bem conservado.

Abe o viu admirando o carro.

— É um carro de 1952. Pertenceu ao avô da senhora Dauplaise. Ele foi embaixador na França no governo de Theodore Roosevelt.

— E ele morou aqui também?

— Gerações da família Dauplaise têm vivido nessa casa desde os anos de 1820. A família deve ser uma das mais antigas da cidade. A casa foi projetada por Charles Bulfinch e Alexandre Dauplaise depois da Guerra de 1812.

— O que significa "Colline"? — Gibson perguntou.

— "Colina". É francês. A mulher de Alexandre deu esse nome à casa quando veio da França. Mas a senhora Dauplaise poderá lhe contar mais sobre o assunto. Ela é uma enciclopédia quando se trata da história da família.

— Quem mais mora aqui?

— No momento, apenas ela e a sobrinha. A festa é para o aniversário de Catherine.

— Duas pessoas? Mais nada?

— A senhora Dauplaise tem um filho do primeiro casamento, ele mora na Flórida. Não a visita com frequência. Ela também tem duas irmãs vivas. Uma delas mora em São Francisco. A outra é diretora da faculdade de medicina da Universidade de Pittsburgh. Sua irmã mais nova faleceu durante o nascimento da filha. Era a mãe da sobrinha dela. Calista adotou Catherine. Isso sem falar nos primos, há centenas deles.

Eles caminharam até a casa. Abe parou e deteve Gibson. Abe estava tentando encontrar uma maneira de lhe dizer algo importante·

— Calista... A senhora Dauplaise é uma boa mulher.

— Mas...?

— É uma pessoa difícil. Não gosta muito de ser contrariada. É uma mulher acostumada ao som da própria voz, se é que me entende.

— Como devo agir diante dela?

— Faça-a pensar que a vontade dela prevaleceu. Se você quiser mesmo o emprego.

Gibson queria, sim, e muito. Precisava ir até Somerset, na Pensilvânia. Ele precisava ir. Tinha medo do que poderiam encontrar ali, mas tinha de saber. Se para aprová-lo Calista lhe pedisse para dançar funk usando biquíni, então ele dançaria. Seu pai havia construído toda uma carreira lidando com gente abastada. Certamente um pouco desse talento havia passado para Gibson.

Quando eles contornaram a lateral da casa, foram recebidos pelo som de música e pelos gritos alegres das crianças. Foi uma visão e tanto. Gibson calculou por alto que havia umas trezentas pessoas no gramado, que se estendia a partir da balaustrada que cercava a ampla e longa varanda. Mais abaixo, uma banda de jazz tocava com empolgação sob uma das várias tendas brancas que havia. Uma pista de dança tinha sido instalada e dezenas de casais dançavam. Palhaços e mágicos executavam truques de todo tipo para grupos de crianças.

Ele pensou na festa de aniversário à qual Ellie iria naquela tarde. Desejou que houvesse um palhaço lá. Ellie adoraria.

— Quantos anos tem a aniversariante? — Gibson perguntou.

— Oito.

— Oito? — ele repetiu, cético. — Todas essas pessoas estão aqui por causa de uma criança de oito anos?

— Não seja ridículo. Elas estão aqui por causa da senhora Dauplaise.

— Entendi. Meu pai já esteve aqui?

— Claro que sim — Abe respondeu. — Ele trabalhava muito próximo da senhora Dauplaise. Você não chega muito longe em Washington ignorando convites de Calista Dauplaise.

— Como ela se envolveu com Lombard?

— Na verdade, Calista Dauplaise descobriu Benjamin Lombard. Melhor dizendo, ela o inventou. Ele estava vegetando na Assembleia Geral da Virgínia quando se conheceram. Ela o arrancou da obscuridade e trabalhou em suas deficiências. Ajudou-o a estabelecer as conexões certas e bancou sua campanha rumo ao Senado.

— Muitíssimo generoso da parte dela.

— Bem, existem os reis e existem os que fazem reis. Raras vezes um aparece sem o outro, por mais que a história populista tente contestar isso.

— Se é assim, então ela terá algum tipo de prêmio se ele for eleito presidente em novembro.

— Ela e o vice-presidente não têm mais um bom relacionamento.

Eles subiram a escada de pedra que levava ao terraço. Parecia ser a área reservada aos adultos, sem a presença de crianças. Duas dúzias de mesas com guarda-sol acoplado haviam sido dispostas. Pessoas andavam de um lado para o outro, bebendo e socializando. Garçons de gravata-borboleta circulavam, enchendo copos de vinho e oferecendo acepipes em bandejas. Faminto, Gibson se serviu de filé-mignon e rábano em pequenas fatias de pão francês. Abe o conduziu ao centro do terraço, onde uma mesa maior e mais elaborada do que todas as demais, e ligeiramente afastada delas, oferecia uma vista panorâmica do gramado.

Abe fez um movimento indicando a Gibson que esperasse e se aproximou de uma mulher que tinha provavelmente pouco mais de sessenta anos, mas a quem o privilégio do dinheiro havia concedido uma meia-idade prolongada. Gibson não precisava perguntar para saber que se tratava de Calista Dauplaise. O que ela irradiava não era arrogância. Ia bem além da arrogância. Era segurança — a certeza absoluta de que o mundo havia sido preparado apenas para o seu desfrute. Isso lhe conferia uma garbosa elegância, que fazia as convidadas ao seu lado parecerem pessoas sem atrativos. Seu cabelo era loiro e curto, na altura do pescoço, e acompanhava com estilo a linha do queixo, que sem dúvida havia passado pelos cuidados de um habilidoso cirurgião plástico. Estava toda vestida de branco e dourado, mas não usava absolutamente nenhuma joia. Abe inclinou-se e sussurrou em seu ouvido. Ela levantou os olhos severos e penetrantes na direção de Gibson.

— Queridas, eu peço desculpas. Podem me dar licença por um momento? — ela disse.

Gibson esperava que ela se levantasse, mas foram todas as demais mulheres à mesa que recolheram bolsas e drinques e se retiraram. Antes de se afastar, uma delas, em torno dos cinquenta anos, curvou-se sobre Calista e cochichou, olhando para Gibson enquanto fazia isso. Calista disse algo em tom de aprovação e a mulher, satisfeita, desapareceu entre os convidados.

— Calista, este é Gibson Vaughn. — Abe gesticulou indicando-o.

A sra. Dauplaise sorriu e estendeu a mão para um cumprimento:

— Sente-se, por favor — ela disse. — Não você, George. Sirva-se de um drinque. Isso só vai levar um minuto.

Abe se desculpou, mas antes de sair enviou um olhar expressivo a Gibson. *Não jogue fora a sua chance* era a mensagem implícita nesse olhar.

— É bom vê-lo de novo, Gibson. Lembra-se de mim?

— Sim, claro. E é legal ver você novamente.

— Eu não o tirei do seu trabalho, não é?

— Não.

— Então você veio para prestigiar esse grande evento?

Isso soou como uma acusação. Ele mordeu um pedaço do filé para não ter que responder.

— Seja como for, obrigada por atender tão rápido ao meu chamado. Na verdade espero que não se importe com toda essa agitação — ela disse, gesticulando na direção da festa que se desenrolava no gramado. — Certamente outro dia teria sido mais apropriado, mas George sente que precisamos agir com a rapidez que a situação exige e eu quis que conversássemos antes que as coisas seguissem adiante.

— É uma festa incrível — Gibson comentou.

— Tem razão. E o dia está lindo. Eu me arrependo de ter cancelado a exibição aérea.

— Exibição aérea?

— Sim, a Marinha tem um esquadrão de jatos que realiza acrobacias fantásticas.

— Os *Blue Angels*?

— Exatamente — ela respondeu.

Gibson ficou pasmo com a ideia de que aquela mulher havia agendado uma exibição dos *Blue Angels* para a festa de aniversário de uma criança de oito anos.

— Estou me divertindo, é claro. Você é fácil de enganar, senhor Vaughn?

— Não, geralmente não. — Mas alguma coisa naquela mulher o constrangia. Ele se sentia tímido em sua presença e não gostava nada dessa sensação. Certa vez, ele havia mandado um general de três estrelas abaixar o tom de voz, mas algo na sra. Dauplaise o fazia sentir-se como um garoto idiota.

— Ainda bem. — Ela sorriu.

— Por que eu estou aqui? — ele indagou.

— Não precisa se aborrecer. É importante saber rir de si mesmo.

— Você sabe?

— Se sei rir de mim mesma? Sem dúvida. Entretanto, é de importância vital ser a pessoa que conta as piadas. — Ela piscou para Gibson. — Isso faz toda a diferença.

— Vou procurar não me esquecer disso.

— Sim, tente manter isso em mente. Minha família perdeu a capacidade de rir de si mesma várias gerações atrás. Sua família conquista um certo grau de importância e a tendência é que seja vista com uma reverência pouco saudável. Fazem você acreditar que o sucesso da família não é resultado de sorte e de trabalho duro, mas sim de uma superioridade inata. — Ela se inclinou na direção de Gibson, como se estivesse compartilhando um segredo. — Vontade de Deus. Bons genes. Sangue azul. Essas bobagens todas. É ridículo, claro, mas acontece com uma frequência enervante. E sempre termina da mesma maneira. Cada geração mais privilegiada e com mais direitos que a anterior. Mais preguiçosa que a anterior. Mais interessada em viagens de férias do que em gerir a fortuna da família. Direito adquirido gera ociosidade, que por sua vez gera declínio. Quando se tem muito dinheiro, porém, claro que é possível passar décadas sem perceber que o nome da sua família está indo pelo ralo. Um belo dia, você se dá conta de que o último membro da sua família que realizou algo digno de nota morreu antes de Kennedy. Sabe o que meu filho faz para ganhar a vida?

Gibson fez que não com a cabeça.

— Nada de nada. Ele mora em um condomínio em Fort Lauderdale com uma mulher e joga golfe. — Os olhos dela se arregalaram de horror para ajudá-lo a perceber a gravidade da situação. Como Gibson pareceu não perceber, ela repetiu lentamente. — Fort Lauderdale, senhor Vaughn. Meu tio-avô ajudou Wilson a elaborar o Tratado de Versalhes e a ambição do meu filho não vai além de acertar bolinhas em buracos nos pântanos da Flórida. É de enlouquecer.

— Não gosta de lá?

— Do estado da Flórida? Não. Esse lugar me faz pensar que talvez tenha sido um erro inventarem o ar-condicionado.

— Isso é o que eu chamo de senso de humor...

— Pode ser muito útil, não acha? — Ela sorriu e tocou a borda de sua taça de vinho vazia. Em um instante, um garçom apareceu e a encheu. — De certo modo, tenho uma grande dívida de gratidão para com você.

— Como assim?

— Aquela questão com Benjamin que colocou você em tanta... dificuldade.

— Não entendi.

— Quem você acha que teve o dinheiro desviado? Benjamin? Faça-me o favor. Aquele homem não tinha nada antes de me conhecer. Foi você, da sua maneira impulsiva, que me ajudou a reconhecer que eu estava apostando no cavalo errado.

— Não compreendo. Está falando do meu pai, não é?

— Não, não é o seu pai. Ele era um homem adorável, mas era apenas o jóquei. Se me permite a analogia.

— É Lombard, então?

— Sem dúvida. Não passava de um ladrãozinho ganancioso. Você acabou com os planos sujos dele.

— Mas o meu pai...

Calista olhou para ele com ar de piedade.

— Convenceram você de que foi o seu pai? — ela disse. — Acreditou na versão deles? Não, meu querido. Seu pai era leal demais. George possui essa mesma característica. Duke Vaughn era um simples bode expiatório. Os mortos não têm direitos, caso contrário meus advogados me avisariam. Os mortos não costumam retornar para se defender. Você realmente passou todos esses anos acreditando que seu pai era um ladrão?

Uma onda de vertigem toldou a visão de Gibson e um zumbido alto em seus ouvidos encobriu os ruídos da festa. Ele resistiu ao impulso de enfiar a cabeça entre os joelhos. Em vez disso, entrelaçou os dedos como numa oração inflamada e continuou olhando para Calista.

— Por que você não fez nada? — ele perguntou depois de um longo momento.

— Boa pergunta. Simplesmente porque não era da minha conta.

— Mas era de sua conta, afinal, Lombard a roubou.

— Sim, e o meu dinheiro foi devolvido.

— E isso é tudo?

— Política é uma pintura feia com uma linda moldura. Por mais que eu gostasse de Duke Vaughn, não iria envolver minha família num conflito com Benjamin Lombard para salvar a reputação do seu falecido pai. Isso causaria em minha própria reputação um estrago irreparável.

— Você deixou Lombard vencer.

— E vivi para continuar lutando. Dos males, o menor.

— Então é por isso que estou aqui? Para aliviar a sua consciência pesada? E a de George?

— Por Deus, claro que não. Tudo isso se deve a George. Ele é uma excelente pessoa. Um homem que eu definiria como nobre. Esse é seu grande defeito, aliás — ela disse sorridente.

— Quer dizer que esse esquema não foi ideia sua?

— Contratar para encontrar Suzanne o homem condenado por armar para Benjamin Lombard? Não me faça rir. As escolhas que você fez foram apenas suas e não me dizem respeito. Mas George, bendito seja, acha que isso faz sentido. E aqui estamos nós.

— E por que *nós* estamos aqui?

— Para ajudar a sanar a consciência de George, suponho.

— Eu quis dizer: por que *eu e você* estamos aqui? — ele esclareceu.

— Ah, sim. Por que eu o convidei a vir até minha casa, não é? Porque independentemente do que sinto com relação a Benjamin, jamais deixei de amar Suzanne. Sou madrinha dela. Estive no batizado dela. Participei da educação da menina. Ela era um anjinho. De verdade. Daqueles que nunca choram. Ela era um tesouro, uma garota maravilhosa. Como você bem sabe. Ela possuía o apetite pela vida que a minha família já não demonstra há muito. Ela era brilhante, mas não teve a chance de mostrar seu potencial. O que aconteceu com a nossa menina foi uma tragédia.

Ela bebeu um grande gole de vinho. E fez silêncio por alguns instantes antes de continuar.

— Perdão. Esse assunto é muito doloroso para mim. Mesmo depois de todo esse tempo — disse Gibson.

— Eu compreendo.

— Você é muito gentil. Senhor Vaughn, eu, pessoalmente, acredito que essa fotografia que apareceu é só uma farsa preparada por um sádico para causar sofrimento e angústia e reabrir velhas feridas. Contudo, se houver a mais remota chance de que essa foto seja autêntica e de que esse indivíduo realmente saiba algo sobre o destino da minha afilhada, eu moverei céus e terras para encontrá-lo. A pessoa responsável por tudo isso... — Calista escolheu as palavras com cuidado antes de concluir. — Ela vai sofrer.

A última palavra foi dita em tom pungente. Ele se lembrou do que George Abe dissera sobre ter uma conversa séria com o homem que pegou Suzanne.

— George acredita que você pode ser útil à nossa causa. Eu quis que nos encontrássemos para que eu pudesse ver por mim mesma.

— Quis me entrevistar?

— Não, longe disso. Sou só uma espectadora curiosa. Se George diz que você tem as qualificações necessárias, eu sem dúvida não estou qualificada para discutir com ele.

— Então...?

— Apenas isso. Encontre esse homem e terá a minha gratidão. Minha família não é mais o que já foi no passado, mas creio que voltará a ser grande de novo. Embora o nosso nome ainda exerça uma considerável influência. Vê aquela pequena cúpula para além da cerca viva?

Ela apontou para um local situado depois do gramado, e Gibson viu a construção em forma de cúpula nos limites da propriedade. A cobertura devia ter pelo menos cinco metros de altura, por isso ele não entendeu bem por que Calista a considerava "pequena".

— Foi construída pelo pai do meu tataravô, Alexandre Dauplaise, na ocasião da morte de sua esposa. Doze anos depois, quando sua vida chegou ao fim, ele foi enterrado ao lado dela. A família inteira está sepultada ali, exceto meu tio Daniel, que está enterrado sob uma cruz branca na Normandia. No devido tempo, eu me juntarei a eles, e quando isso acontecer a ligação da minha família com esta cidade terá atravessado três séculos. Mas antes de me juntar a eles eu pretendo ver minha família restaurando suas tradições de grandeza e de serviços prestados ao país.

— Chega de condomínios na Flórida?

— Definitivamente. Não foi para lhe dar uma lição de história que eu lhe disse isso tudo, mas para lhe assegurar que minha gratidão será real, não apenas palavras ao vento. Você e sua família serão beneficiados. Mas preste atenção: se em algum momento — ela avisou, dando à voz um tom sombrio — você resolver explorar a situação para outras finalidades, se levar isso a público como tentou fazer no passado... Bem, pode ter certeza de que tomarei isso como uma afronta muito pessoal.

— De acordo.

— Muito bom. Estou certa de que foi totalmente desnecessário lhe dizer isso.

— Se estivesse em seu lugar, eu teria as mesmas dúvidas.

Calista balançou a cabeça em um gesto de aprovação:

— Obrigada por sua compreensão, senhor Vaughn. Fico realmente grata.

— Tia C! Tia C! — uma garota gritou, correndo a toda velocidade na direção da mesa. Um grupo de crianças vinha atrás dela, mas todas pararam no topo da escada, como se um campo de força lhes bloqueasse a passagem. A garota parou ao lado de sua tia, sem fôlego, com o vestido branco salpicado de grama. Parte de seu cabelo negro tinha tranças e a outra parte estava solta. A menina tinha lindos olhos azuis. Ela viu Gibson e imediatamente ficou envergonhada, encostando-se à tia e sussurrando ao ouvido dela. Calista riu e deu um abraço na pequena.

— Sim, claro. Mas não mais do que vinte. Avise Davis para que ele organize tudo com os pais.

A garota riu e agradeceu. Ela se virou para voltar à festa, mas Calista a segurou pela roupa.

— Que tal dizer olá ao nosso convidado? Esse é o senhor Vaughn. Esta é Catherine, minha sobrinha.

— Olá. — Ela fez um aceno.

— Olá — Gibson disse.

— Da maneira adequada, jovenzinha.

Catherine fez que sim com a cabeça, aprumou-se e se aproximou de Gibson com a mão estendida. Ele a cumprimentou.

— É um prazer conhecê-lo, senhor Vaughn. Eu sou Catherine Dauplaise. Obrigada por vir à minha festa de aniversário.

Ela olhou a tia com o canto dos olhos para saber se havia feito tudo certo. Calista suspirou e a liberou com um aceno.

— Vá, vá brincar. E não se esqueça: não mais do que vinte.

— Sim, tia C! — a garota gritou com excitação enquanto descia as escadas correndo para o gramado.

— Educando para o futuro — Calista comentou. — Receio que a maternidade não seja o meu forte. Prova disso é o meu filho preguiçoso. Mas faço o meu melhor.

— Se serve de consolo, ela se comporta melhor do que a minha filha.

Uma expressão de dúvida se estampou no rosto de Calista:

— Foi ótimo voltar a vê-lo, senhor Vaughn. Boa sorte na Pensilvânia.

PARTE DOIS

SOMERSET

16

A EXPEDIÇÃO RUMO A SOMERSET PARTIU NO DIA SEGUINTE. O ESTACIONA-
mento abaixo da Abe Consulting estava quase vazio e os passos de Gibson ecoavam no piso de concreto. Hendricks fumava um cigarro, encostado em um Grand Cherokee. Embora fosse um modelo atual, o carro estava bem maltratado; suas rodas de ferro tinham sinais de ferrugem e as laterais do carro estavam bastante amassadas. Parecia que alguém havia reformado o para-choque traseiro usando como modelo uma barragem de concreto.

— Coisa mais linda isso aí. O Range Rover está de férias na oficina? — Gibson ironizou.

— Utilitários de noventa mil dólares não fazem exatamente parte do dia a dia em certas regiões da Pensilvânia, Vaughn. Tudo o que não queremos é chamar a atenção.

— Foi só uma brincadeira, cara — disse Gibson, levantando os braços.

— Você só tem que se preocupar com os computadores, certo? — Hendricks bateu as cinzas do cigarro e apontou para duas grandes mochilas de pano pretas. — Este é o equipamento que você pediu. Pode guardar lá atrás.

Hendricks entrou no Cherokee e deu a partida. Gibson abriu as mochilas e conferiu o equipamento antes de colocá-lo no porta-malas ao lado de um amontoado de mochilas pretas idênticas. Hendricks iria transportar um impressionante lote de equipamentos. O que *era* aquilo tudo, afinal?

Jenn chegou em um Taurus em condições até mais deploráveis do que as do Cherokee. O carro parecia ter atravessado um beco estreito demais para ele. Contudo, por piores que fossem, os danos externos que o Taurus exibia não se estendiam ao motor e ao mecanismo interno. Gibson ouviu o poderoso ronco do motor quando ele parou. Gibson fechou o porta-malas do Grand Cherokee e notou que o carro, assim como o Taurus, tinha placas da Pensilvânia e um adesivo da Universidade do Estado da Pensilvânia no para-choque. Ele podia não ter experiência em atividades de investigação, mas apreciava pessoas que prestavam atenção a detalhes.

A porta do passageiro do Taurus estava trancada. Gibson bateu na janela e olhou para Jenn na esperança de que ela abrisse. Mas ela fez que não com a cabeça e apontou para o Cherokee. Hendricks buzinou.

— Está brincando comigo? — Ele moveu a boca sem emitir som.

A janela de Jenn baixou alguns centímetros.

— Vejo vocês em Somerset — ela disse.

— Ainda hoje, de preferência — Hendricks gritou.

— Diga-me quanto quer para abrir essa porta e eu pagarei!

— Sei muito bem que você pagaria.

Hendricks gritou para que ele se apressasse e Gibson lançou um último olhar suplicante para Jenn, mas ela apenas o encarou com frieza, fazendo uma enorme força para não sorrir.

Hendricks dirigiu para fora da cidade pela Autoestrada Clara Barton, que se estendia ao longo do antigo canal C&O. A estrada era repleta de árvores e eles viajaram com as janelas abertas. Gibson perguntou se poderia ouvir o jogo. Hendricks apontou para o rádio.

— Torce por algum time? — Gibson perguntou.

— Meu pai gostava dos Dodgers. Mas eu não me importo muito.

— Ele era policial também?

— Não.

Gibson esperou que Hendricks continuasse, mas a conversa pareceu ter chegado ao fim. Ele estendeu a mão na direção do rádio.

— Meu pai era engenheiro de som — Hendricks respondeu afinal. — Ramo da música. Fez muitos trabalhos para a SST e a Slash Records.

— Que demais. Talvez eu conheça alguns grupos desses selos.

— Só se você estiver por dentro das bandas antigas de punk rock. Já ouviu falar do Black Flag?

Gibson fez que não com a cabeça.

— Bem, então você não conhece nenhuma delas na certa.

— Mas se o seu pai trabalhava com música, como foi que você acabou virando policial?

— Entrei para a academia de polícia. Tem algum outro jeito? — Hendricks ligou o rádio para assinalar o fim da conversação.

O Washington Nationals estava à frente no segundo tempo, 2 — 0. Duke iria adorar ter novamente um time de beisebol em Washington. Quando Gibson ainda era criança, os Orioles foram uma boa alternativa a um time de sua cidade e seu pai o levava a dez ou quinze jogos em um ano. Mas Gibson tinha a impressão de que Duke preferia ouvir os jogos pelo rádio. Ele se lembrava das viagens entre Charlottesville e

Washington, durante as quais ouviam Mel Proctor e Jim Palmer comentarem os jogos. Mas era muito entediante ficar escutando no rádio aqueles caras velhos descreverem coisas que Gibson não podia ver. Porém, como acontece tantas vezes, tornou-se estimulante quando ele ficou mais velho. Muitas vezes, ele nem se interessava tanto pelo jogo em si, mas se deleitava com o ritmo tranquilizante dele ao fundo. Era o que ele estava aproveitando nesse exato momento.

A conversa com Calista não saía de sua cabeça. O que ela lhe dissera sobre seu pai não deixava dúvida: tudo em que Gibson havia acreditado nos últimos dez anos se baseava em uma mentira. Todas as suposições sobre a vida dele tinham subitamente se fundido em uma única afirmação: Duke Vaughn não era um criminoso. Benjamin Lombard era culpado desde o começo. Lombard, que havia se apoderado de milhões de dólares e armado para que seu amigo pagasse o pato. Gibson ainda não tinha se recuperado do choque, não conseguia digerir bem o fato de que estava certo desde o início. Mas essa certeza não teve vida longa. Ele acabara engolindo a história de Lombard sobre o seu pai, voltando-se então contra Duke como todos haviam feito. Para a sua grande vergonha.

Mas outro pensamento o estava consumindo. Durante todos aqueles anos ele havia acreditado que o pai cometera suicídio para expiar a culpa por ter roubado Lombard. Como nenhum bilhete foi deixado por Duke, esse foi o único motivo que ocorreu a Gibson. Mas se Duke Vaughn não tinha se apropriado fraudulentamente de dinheiro nenhum, se não era um criminoso, por que então se suicidou? Essa pergunta jamais deixou de assombrar Gibson desde o momento em que ele acreditou tê-la respondido. A resposta que ele havia encontrado o deixava furioso e amargo, mas pelo menos era uma explicação que encerrava o caso, por mais frágil e miserável que fosse. Agora ele não tinha nem isso.

Gibson se lembrava da velha casa perfeitamente. O gramado inclinado da parte da frente, que ele havia passado a melhor parte da sua infância limpando ou cortando. O olmo em formato espiral. Foi sob esse olmo que Duke tentou, sem sucesso, ensinar-lhe como se lança uma bola com efeito. O Volvo muito rodado na garagem, o que indicava que seu pai estava em casa. O rangido dos degraus da varanda e as cadeiras Adirondack, que Gibson achava desconfortáveis. A porta da frente que nunca ficava fechada.

E que estava escancarada naquele dia.

Gibson chamou pelo pai em voz alta, mas não obteve resposta. O Eagles estava tocando no aparelho de som; eram os primeiros acordes de *New Kid in Town*. Seu pai adorava esse tipo de som: James Taylor, Jackson Browne, Bob Marley & the Wailers, CSN&Y. Suas "pequenas canções das tardes ensolaradas na escola". Gibson largou sua mochila escolar ao pé da escada e caminhou pela casa, chamando o pai novamente. Ele se lembrava de ter sentido que algo não ia bem, porque o pai não deveria aparecer em casa até sexta-feira e raríssimas vezes Duke havia chegado antes do tempo sem motivo.

Ele checou duas vezes cada um dos cômodos. O quintal. Duke às vezes ficava conversando com os vizinhos; era provável que estivesse falando sobre beisebol com o sr. Hooper, que trabalhava na universidade. Isso parecia razoável. Ainda assim, Gibson continuava incomodado por ter encontrado a porta da frente escancarada. Ele deu mais uma volta pela casa e percebeu que a porta do porão estava um pouco aberta. Ainda não tinha verificado o porão porque ninguém jamais descia ali. Era praticamente o depósito da casa e havia lá uma cama improvisada, para as raras ocasiões em que tinham companhia.

Abriu a porta e viu que a luz do porão estava acesa. O cheiro forte de excremento o atingiu. Ele chamou pelo pai, mas não houve resposta dentro do porão silencioso. Ele desceu as escadas. Lentamente. Já sabia que alguma coisa estava errada. A três ou quatro degraus do chão, abaixou a cabeça e espiou o interior do porão. Viu então os pés do pai dançando no ar, apontando para o chão de cimento como se estivessem levitando.

Gibson desceu mais um degrau.

Não parecia ser ele ali. A corda havia distorcido as feições do pai, tornando-as negras. Gibson sussurrou o nome dele e caiu sentado pesadamente no último degrau. Não chorou até que a polícia chegasse e lhe dissesse que teria de acompanhá-los.

Por que fez isso, pai? Você era inocente! Como foi parar no porão e acabar assim?

Eles chegaram a Somerset no final da tarde. Situada a uma hora de distância de Pittsburgh, Somerset era uma pequena comunidade operária de menos de sete mil habitantes. O mérito histórico da cidade, por assim dizer, foi ter servido como refúgio rebelde durante a Rebelião do Uísque de 1794. Mais recentemente, durante os atentados de 11 de setembro de 2001, a cidade havia chamado a atenção por ser próxima de Shanksville, onde o Voo 93 da United Airlines tinha caído. Mas o que importava agora era a proximidade de Somerset com o posto de gasolina de Breezewood — meros 80 quilômetros a leste.

Hendricks contornou o prédio do Tribunal de Justiça no centro da cidade e parou o carro na calçada de uma rua para esperar Jenn, que estava cerca de dez minutos atrás deles. Hendricks podia não ser o companheiro de viagem mais agradável do mundo, mas era um tremendo motorista. Eles haviam apanhado trânsito na Maryland Line e Gibson começou a procurar em seu celular um caminho alternativo.

— Guarde isso — Hendricks dissera com um grunhido, desviando na direção de uma estrada livre de trânsito sem sequer passar os olhos pelo mapa. O cara era um GPS humano.

Do início ao fim, foi a viagem mais estável que Gibson se lembrava de ter feito. Muitos se consideravam bons motoristas, mas Hendricks era incrível. Mal era possível perceber quando ele diminuía a velocidade ou acelerava. De alguma maneira, Hendricks sempre conseguia se posicionar na fileira de carros que estava em movimento, e isso não tinha nada a ver com sorte; se um carro começava a frear a uns trezentos metros à frente, Hendricks calculava como isso se refletiria no tráfego e ajustava sua velocidade ou mudava de faixa.

Jenn os alcançou alguns minutos depois. Como Gibson não conhecia a exata profundidade da invasão de WR8TH aos sistemas da Abe Consulting, ele decidira instituir um jejum eletrônico completo na ACG com relação às atividades de rastreamento de sua presa — nada de e-mails, nada de textos, sem documentos do Word. Michael Rilling estava preparando um servidor dedicado para a operação que não tivesse conexão com a ACG, mas até que isso fosse implementado tudo tinha de ser registrado em blocos de anotação e memorandos escritos à mão, uma adaptação que todos acharam bizarra, menos Hendricks, que parecia até preferi-la.

O jejum também se estendia a reservas de hotel, mas Hendricks conhecia a configuração de toda a cidade de Somerset e era capaz de citar o nome de cada um dos motéis em um raio de cinco quilômetros.

— Você já esteve aqui antes? — Gibson perguntou.

— Não que eu me lembre.

— Então você simplesmente vai para casa à noite e estuda mapas?

— Sim, quando vou a um determinado lugar. O Google não substitui o conhecimento das coisas. Pode anotar isso!

Assim, quando Jenn os alcançou, eles se juntaram e escolheram um hotel grande e simples, de um andar, que era relativamente protegido dos ruídos da autoestrada. Gibson, ainda sentindo-se agitado, resolveu correr um pouco antes de pensar em jantar. Deixou o seu quarto e acenou para Hendricks, que havia levado uma cadeira de madeira para fora do seu quarto e fumava tranquilo.

— Eu estarei de volta em uma hora.

Hendricks deu um breve resmungo como resposta e Gibson começou a correr devagar na direção da rua. O verão havia chegado; o clima depois das seis da tarde continuava quente e abafado, por volta de 32 graus. Ele correu de volta à cidade, verificando as condições do caminho, e passou pelo Summit Diner, um *diner* típico, de aço inoxidável, com um letreiro de neon vermelho e verde na calçada. Havia sido reformado, mas ele poderia apostar que tinha diante dos seus olhos um *diner* genuíno do começo ao fim. Provavelmente datava dos idos de 1960. Duke saberia falar sobre esse detalhe com certeza; de qualquer modo, tratava-se de um tesouro, uma verdadeira raridade. Gibson já sabia onde faria suas refeições durante a sua permanência ali.

No prédio do Tribunal de Justiça, ele tomou a direita na direção do pôr do sol. Diminuiu a velocidade quando viu a biblioteca e seguiu andando o resto do caminho, buscando uma visão direta do lugar. O site da biblioteca na internet tinha apenas uma página, que praticamente só trazia informações sobre o expediente. Ele encontrou algumas poucas fotografias no site, mas nenhuma com imagens completas ou relevantes do lugar. Gibson estava curioso para conhecer de perto o lugar que poderia ser a base de operações de um dos criminosos mais procurados pelo FBI.

Como covil de um monstro, porém, o lugar era um tanto decepcionante. A Biblioteca Carolyn Anthony era um lindo prédio de tijolos com moldura branca nas janelas e na entrada principal. Entre o prédio e a calçada havia um gramado impecavelmente bem cuidado, com bordaduras floridas. Havia um hidrante vermelho de um lado da entrada principal e do outro lado, um bebedouro. Parecia um cenário de ficção e, assim como o Tribunal de Justiça, destoava das feias cercas de madeira da vizinhança.

O bebedouro vertia apenas um filete de água. Gibson conseguiu sugar um gole de água do aparelho e então deu uma volta ao redor da biblioteca. Ao lado do prédio e estendendo-se para além dele, havia uma praça pública com bancos, mesas de piquenique, grama bem verde e uma fonte de pedra no centro, que lançava água em um jato irregular.

Ele se lembrou da foto com Suzanne e o sapo. E essa lembrança, por sua vez, trouxe-lhe à mente algo que o havia incomodado antes: O boné — sim, algo naquele boné de beisebol do Philadelphia Phillies o perturbava. *"Mas o que seria, afinal?"*, ele se perguntou. Ela precisava de um boné para esconder o rosto e comprou um do Phillies. Aí está a explicação, Sherlock.

Porém ele continuava incomodado com a questão.

"Concentre-se no que está fazendo agora", Gibson disse a si mesmo: examinar a estrutura da biblioteca. Parecia haver três passagens de entrada e de saída: a entrada principal, a plataforma de carga e uma porta lateral que dava para a praça. A biblioteca ficava separada dos prédios da vizinhança, o que oferecia pouco pretexto para se perambular por ali. Além disso, a cidade era pequena. Portanto, quem não fosse da cidade rapidamente chamaria a atenção. WR8TH os descobriria muito antes de ser encontrado por eles.

Gibson usou seu telefone celular para verificar o que já sabia — a rede wi-fi da biblioteca não era protegida por senha. Ele percorreu metade do quarteirão antes de perder completamente o sinal. Amanhã ele voltaria com um medidor de alcance e mapearia o perímetro do sinal wi-fi. De qualquer maneira, já havia ficado dolorosamente claro que WR8TH podia capturar o sinal wi-fi da biblioteca sem pôr os pés nela;

na realidade sem entrar no campo de visão do prédio. Seu trabalho acabara de se tornar mais espinhoso. Não impossível, porém muito mais complicado.

Bem, não havia nada que ele pudesse fazer no momento. Então, recolocou seus fones de ouvido e começou a correr de volta para o hotel a fim de ligar para Ellie antes de jantar.

O SUMMIT DINER ERA UM LUGARZINHO CLAUSTROFÓBICO, QUE PARECIA

meio rude e bem comercial. Banquetas de aço pretas presas ao balcão retangular. Mesas com sofá ao longo de toda a parede externa, comprimidas umas contra as outras. Jenn não conseguia ver nada de mais ali, mas Vaughn tratava o lugar com a admiração reverente que a maioria das pessoas reservava aos museus. Pensando bem, o restaurante era uma espécie de museu. Afinal, por que os *diners* eram tão especiais para Gibson?

— Dá pra acreditar num lugar como esse? — Gibson perguntou.

— Não — Jenn respondeu. — Que diabos é uma rosca salgada de calabresa? — O nome estava no quadro de pratos do dia.

— É um tipo de calzone, só que feito como uma rosca. Você vai ficar fã — Gibson disse com satisfação.

— Está fazendo isso porque eu não o deixei entrar no meu carro, não é?

— Vai me agradecer mais tarde, acredite.

— Espere sentado, porque será bem mais tarde do que você imagina.

Para seu alívio, Jenn encontrou saladas no cardápio. Hendricks pediu um bolo de carne. Quando o prato chegou, ele o cortou em vários pedaços pequenos e depois mergulhou cada pedaço em molho picante. Gibson pediu um milk-shake e uma monstruosidade chamada Cindy Sue — um hambúrguer escorrendo molho *barbecue*, com uma grossa rodela de cebola por cima. E também uma porção de batata frita. Não era à toa que ele passava tanto tempo na academia: aquilo devia ter mais de 1500 calorias. Entre uma e outra mordida, Gibson lhes explicou resumidamente o tipo de desafio que seria vigiar a Biblioteca Carolyn Anthony.

Hendricks também achava que seria bem difícil passar despercebido ali:

— Vamos encarar os fatos — ele disse. — Trata-se de uma biblioteca pública pouco usada, em uma cidade pequena. Pessoas de fora precisarão de um bom motivo para estar aqui.

— Bem, obviamente esse cara é tudo, menos descuidado, ou não conseguiria passar dez anos sem ser descoberto — Jenn especulou, dando vazão aos pensamentos.

— Ele foi muito esperto ao escolher esse lugar. Ele poderá nos ver e não será visto por nós.

— Tudo bem, mas o cara também está nos dizendo uma coisa — Hendricks disse.

— O quê? — Gibson perguntou.

— Estranhos se destacam em uma cidade como esta. Na minha opinião, ele não é de fora. Sente-se "em casa" e confiante.

— Temos um problema maior. — Gibson então explicou aos dois que a rede wi-fi da Biblioteca Carolyn Anthony não tinha proteção por senha, funcionava dia e noite sem parar e transmitia um sinal forte o suficiente para alcançar a lua.

— E exatamente como isso nos afeta? — indagou Jenn.

— O nosso cara pode usar o wi-fi da biblioteca quando bem entender, de noite ou de dia, e não precisa nem mesmo entrar fisicamente na biblioteca para fazer isso. Se desejar, ele pode fazer isso às duas da manhã no conforto do seu carro, a meio quarteirão de distância da Carolyn Anthony. E nós não podemos detê-lo.

— Mas o vírus opera apenas durante o horário comercial — Jenn observou.

— Sim, e não há razão para acreditar que ele irá mudar de tática. Estou apenas dizendo que ele pode fazer isso se quiser.

— Se ele quiser — Hendricks enfatizou. — Mas é possível que ele já tenha se divertido e essa seja uma pista falsa.

— Qual é o tempo de espera entre uma invasão à rede da ACG e a reação das suas defesas reconhecendo o ataque e notificando você? — Jenn perguntou a Gibson.

— De três a cinco segundos. Mais ou menos. Qualquer instrução recebida do anúncio corrompido no IP do site do *Post* vai disparar um alarme aqui. Vou receber uma mensagem de texto, um e-mail e um telefonema.

— E quanto à sua suspeita de que WR8TH possa estar monitorando as comunicações na ACG?

— Por que você acha que eu deixei totalmente de lado o sistema de comunicação de vocês?

Jenn olhou para Hendricks. Essa resposta o desagradou tanto quanto a ela.

— Você pode direcionar o alerta para os nossos celulares também?

— Claro. Depois do jantar eu farei isso.

— Então vejamos se entendi o plano — Hendricks disse. — Nós esperamos WR8TH acessar o seu vírus e depois saímos por aí feito loucos procurando um pedófilo de meia-idade com um laptop e uma ereção. Perdi alguma coisa?

— Não, você relatou praticamente o plano todo — ela disse.

— Que bom que entendi tudo.

— Mas nós iremos dormir em turnos, só para o caso de ele resolver mudar o andamento das coisas no meio do caminho — Jenn disse. — Temos de estar preparados para agir a qualquer hora, mas algo me diz que ele vai se manter fiel ao seu esquema.

Gibson concordou. Ele havia vasculhado o histórico de redes da ACG em busca de vestígios das pegadas de WR8TH nos servidores da empresa. Todas as ocorrências que ele tinha identificado apareciam no fim de semana, em uma sexta-feira à tarde.

— O que nos dá quatro dias para preparar a nossa abordagem.

— Eu fiz uma pequena pesquisa — Gibson disse. — Alguns anos atrás, havia um grande grupo de pedófilos usando o wi-fi das bibliotecas públicas da Virgínia. Eles literalmente estacionavam na frente da biblioteca no meio da noite e baixavam pornografia infantil. Então essa estratégia não é nova nem única.

— Quais são as nossas opções? — Jenn perguntou.

— Poderíamos fazer o que eles fizeram e adicionar uma conexão. Eles também fecharam o seu wi-fi depois do horário comercial, mas...

— Qualquer alteração no sistema assustaria o nosso cara.

— Correto, o que também significa que eu não posso interferir com o alcance e a largura de banda do wi-fi. Ele sempre mostrou que é cauteloso e esperto. Se fizermos algum movimento errado, ele desaparece no ar.

— E se chamássemos a cavalaria? Mais gente, mais olhos — Hendricks sugeriu.

— Montar uma operação de vigilância gigantesca que provavelmente seria identificada... Não, essa não é a resposta — Jenn argumentou. — Precisamos de uma solução ágil e discreta.

— Peço que me deem uma noite para trabalhar nisso. Talvez me ocorra alguma ideia — Gibson disse.

Ela pensou em pressioná-lo mais sobre detalhes do assunto, mas decidiu levar em consideração os conselhos de seu chefe e deu a Gibson o benefício da dúvida. Quando terminou seu bolo de carne, Hendricks pediu licença para ir explorar a biblioteca. Gibson pediu uma fatia de torta de amora e uma bola de sorvete de baunilha. Ofereceu um pouco a Jenn, mas ela recusou, observando-o enquanto tomava seu café.

— CIA — ela disse.

Gibsou fez cara de quem não entendeu.

— Você tinha perguntado onde eu servi.

— É mesmo? Pelos seus movimentos, lá no Nighthawk, eu poderia jurar que você era militar.

Jenn sentiu os olhos dele fitando seu rosto como se ele estivesse estudando uma equação que havia produzido a resposta errada.

— Meus pais eram militares — ela disse. — Papai foi um fuzileiro. Minha mãe foi da Marinha.

— De qual batalhão era o seu pai?

— Do 1-8.

— Onde?

— Líbano.

— Ele estava lá? — Gibson baixou a colher.

— Sim, estava.

Ela ficou devastada no dia em que o caminhão atingiu o edifício onde os fuzileiros estavam alojados. Os únicos obstáculos à entrada do caminhão: sentinelas com arame de concertina e fuzis descarregados. Procedimento requerido para a situação 4: carregador sem munição e fora da arma, arma descarregada. Não que tivesse feito alguma diferença. A força da explosão do caminhão-bomba fez o prédio literalmente voar pelos ares e a gravidade o puxou de volta para baixo; todos os que estavam dentro foram esmagados. A descarga de fogo matou os restantes. Jenn compreendeu um bom princípio básico: a brutalidade de uma coisa era diretamente proporcional à frequênca com que era usada a palavra "instantâneo". Seu pai não havia sofrido — e esse era um grande conforto. Porém o mesmo não podia ser dito de sua mãe.

As lembranças que a pequena Jenn tinha de sua mãe eram desagradáveis. Beth Charles era uma mulher pequena e prática. Depois do funeral do marido, a primeira coisa que ela fez foi comprar bebida alcoólica. Ela, que nunca tinha bebido, decidiu-se pela vodca porque bastava usar enxaguatório bucal para disfarçar o cheiro quando estava de serviço. Não batia em Jenn com frequência. E nunca batia para valer. Jenn ficara com uma cicatriz, apenas uma, atrás da orelha. Mas havia sido um acidente. Jenn se lembrava de ter sentido medo de verdade somente em algumas ocasiões. Quase sempre quando a arma surgia à noite. Sua mãe desmontava e limpava a arma sobre a mesa de café com a televisão ligada num volume tão alto que Jenn dormia com o travesseiro sobre a cabeça.

Depois do acidente, Jenn foi morar com a avó materna. Ela correu a língua pelos dentes.

— Sinto muito — Gibson disse.

— Por que você a chama de Ursa?

Gibson riu e levou um pedaço de torta à boca antes de responder:

— Ela era uma "abraçadora" implacável. Passava os braços em torno de você e apertava com toda a força. Sempre que via o meu pai ela preparava o bote e ele gritava "lá vem abraço de urso!" Daí começou o apelido. Era bem apropriado. Além disso, ela estava sempre hibernando em algum lugar com um livro. Mas acho que ninguém mais a chamava de Ursa, apenas eu.

— Como ela era?

— Ursa? Ela era minha irmã, sabe? Quero dizer, não minha irmã de verdade, mas nós crescemos juntos. Não tínhamos muita coisa em comum, mas ela era ótima. Realmente boa. Sabe aquele tipo de criança que faz os outros pais sentirem inveja e se perguntarem por que seus filhos não são iguais a ela? Pois Suzanne era assim. Ela era agradável, gentil. Legal com todo mundo. E não era mimada. Uma garota autêntica. Mas também era terrivelmente persistente. — Gibson riu de sua lembrança. — Quando ela decidia que determinada coisa teria de acontecer, era inútil tentar resistir. Pode acreditar.

— Quando foi que ela começou a mudar?

— Não sei. Eu estava ficando mais velho. Ficava mais em casa, em Charlottes-ville. Escola e tudo mais. Não posso dizer que tenha percebido no início, porque ela era uma menina tranquila. Eu nem sabia que Suzanne tinha um namorado. Então meu pai... bem, você sabe. Depois disso, não vi mais os Lombard. E cerca de três meses depois eu fui preso. — Gibson pôs sua colher sobre o prato e ficou olhando para a torta. — Queria lhe fazer uma pergunta. O que você sabe sobre o boné dos Phillies? Aquele do vídeo de Breezewood.

— O boné? Bem... Não muito. Pelo que sei, não há nada de especial sobre o boné. Segundo os pais dela, esse artigo não pertencia a Suzanne. Ela odiava beisebol mais do que tudo. Então, a hipótese é de que ela o tenha comprado na estrada.

— Quem disse que ela odiava beisebol?

— Os pais dela. Está nos registros do FBI.

— Mesmo? Que estranho.

— Por quê?

— Sei lá. Tem alguma coisa me incomodando a respeito desse boné. Não deve ser nada.

— Não, não deve — ela concordou. — Por outro lado, um bom palpite precisa ser respeitado. Fale-me sobre isso.

— Bem, Ursa não ligava muito para esportes, você está certa. Pelo menos é do que eu me lembro. Mas Duke e Lombard falavam muito de beisebol. Os dois eram grandes fãs do Orioles. Acho que eu me lembraria se a visse demonstrar irritação ou rejeição a beisebol. Ursa era transparente, como uma página aberta, sabe? Ela era esse tipo de criança.

— Enfim, como você disse, vocês ficaram sem se ver durante um bom tempo.

— É — Gibson concordou, mas não parecia muito convencido.

NO BALCÃO, FRED TINSLEY MISTUROU CREME EM SEU CAFÉ E EXAMINOU O
cardápio. Não sentia fome, mas já que estava ali mesmo. Ele não podia ouvir o que os
dois homens e a mulher diziam, mas não fazia diferença. Sua tarefa ali não era escutar conversas de modo furtivo. Só queria observar.

O homenzinho era um ex-policial de Los Angeles, mas não parecia ser grande
coisa. Dan Hendricks provavelmente havia sido subestimado durante toda a sua vida.
Tinsley não cometeria esse erro. O outro homem, Vaughn, parecia fisicamente vigo-
roso e tinha histórico militar, mas sobretudo como técnico em computadores ou coisa
do tipo. Desde quando fuzileiros usavam teclados? Que coisa triste. O mundo ia
mesmo de mal a pior.

Jenn Charles era a mais preparada dos três. Ela havia tirado vidas em combate.
Tinsley adoraria ter a chance de matá-la. Ele sorveu seu café e se perguntou como
procederia se de fato recebesse a ordem de matá-los. Tudo dependeria do sucesso ou
do insucesso das investigações daquele grupo. Ou seja, suas vidas seriam poupadas se
eles fossem incompetentes. Não deixava de ser engraçado, Tinsley pensou.

Aquela sua missão era de fato bastante incomum. Ele seria pago em ambos os
casos; sendo assim, podia assistir ao desenrolar da história sem interferir no resultado. Era uma novidade para ele, e isso o atraía; estava curioso para ver o que ia acontecer. Enquanto isso, tudo o que tinha de fazer era esperar e observar. E ele era bom
nessas duas coisas.

E Tinsley ainda precisava visitar a doutora. Ele não a havia visto mais desde
aquela noite, dez anos atrás. Admirava o trabalho dela, que era bem diferente do de
Tinsley, mas também exigia calma e profissionalismo sob circunstâncias extraordiná-
rias. Ele respeitava isso e estava ansioso para vê-la outra vez.

A garçonete voltou, e ele pediu um sanduíche de carne-seca apenas para se livrar
dela. Ainda estava esperando sua comida quando viu o homenzinho se levantar da mesa
e sair do *diner*. Tinsley não ficou preocupado em saber aonde ele ia. Não fazia diferença.

JÁ PASSAVA DAS DUAS DA MANHÃ QUANDO O CHEROKEE ESTACIONOU
diante do hotel. Hendricks havia saído quando eles voltaram do *diner* e agora acabava
de retornar. Gibson estava sentado em sua cama, tentando planejar uma solução simples para o problema do wi-fi da biblioteca. Ele ouviu quando Hendricks entrou em
seu quarto e bateu a porta. Instantes depois, ele voltou a abri-la, mas dessa vez a
fechou mais silenciosamente.

Gibson interrompeu o trabalho que fazia e saiu. Hendricks estava fumando sentado no capô do Cherokee. Vestia calça preta e uma jaqueta esportiva que devia ter
feito sucesso na década de 1980. O bagageiro do Cherokee estava vazio; não devia ter

sobrado muito espaço para Hendricks no quarto com todas aquelas mochilas amontoadas, cheias de materiais.

— Você não estava exagerando sobre a biblioteca — Hendricks disse. — Vai ser o diabo tentar cobrir todas as saídas e as ruas próximas sem poder contar com mais ninguém além de nós.

— Abe pode enviar mais pessoal?

— Ele até poderia, mas nesse caso nós teríamos de encarar outro problema. Vigiar aquela biblioteca com um monte de gente nos deixaria mais em evidência do que escoteiras em Las Vegas. E o departamento de polícia local pode não ser grande coisa, mas eu garanto que se montarmos uma operação de vigilância a uma biblioteca pública frequentada por crianças, eles vão enfiar o pé na nossa bunda sem dó.

— Então estamos ferrados, é isso?

— Não totalmente. Eu instalei câmeras de segurança. Elas têm sensor de movimento, mas consegui cobrir todas as três portas. Não é o ideal, mas teremos o rosto de quem entrar e de quem sair. Se é que ele vai entrar ou sair. — Hendricks bateu o cigarro na direção da sarjeta. — Claro que nós podíamos usar um pouco do seu vodu cyber-ninja.

— Vodu cyber-ninja?

— Não é para isso que você está aqui?

— Hendricks, posso lhe fazer uma pergunta? Você já trabalhou em casos como esse no departamento de polícia de Los Angeles?

— Se já trabalhei com crianças desaparecidas? Sim, já participei de casos assim.

— E conseguiu encontrar muitas delas?

Hendricks olhou para ele.

— Vai fugir correndo para o banheiro de novo se eu responder?

— Não mesmo — Gibson disse.

— Você geralmente trabalha com um prazo de 48 horas. Depois disso, se chegar a encontrar a criança, ela já não pertence mais a este mundo.

— Acha que existe alguma chance de encontrarmos Suzanne viva?

— Não. — Hendricks acendeu outro cigarro. — Não, ela já está morta faz um bom tempo. Acho que o agressor não sabia quem ele estava raptando. Acho que ele se sentiu o sujeito mais azarado da face da Terra quando descobriu que a sua presa era a filha de um senador. Quando se deu conta do tamanho da merda que havia feito, matou-a sem pensar duas vezes e se livrou do corpo.

Gibson gemeu. Um lamento profundo, um som gutural que ele não percebeu que estava fazendo até que Hendricks o interrompesse.

— Ei, foi você que perguntou.

— Eu sei — Gibson disse. — Se pensa assim, o que está fazendo aqui?

— É o meu trabalho.

— Ah, sem essa.

Hendricks deixou cair o cigarro no chão, escorregou para fora do capô e pisou na guimba com a sola do sapato.

— É importante para o chefe. Por isso é importante para mim. Além do mais, aqui entre nós, eu não gosto de pedófilos. Não gosto principalmente dos pedófilos espertos que acham que nunca serão pegos e ficam espalhando fotos humilhantes de suas vítimas. Quer saber o que estou fazendo aqui? Eu vim para ter o prazer de pisar na garganta desse cara. É isso. E já que estamos falando nesse assunto, por que *você* está aqui?

— Porque talvez ela não esteja morta.

O habitual aspecto de enfado desapareceu do rosto de Hendricks e ele exibiu uma expressão honesta e séria por um momento.

— Você não vai querer fazer isso, Gibson.

— O quê?

— Tentar se convencer de que ela está viva. Nem por um segundo.

— E por que não?

— Porque depois que você começa, não consegue mais parar. Vá por mim. Esperança é um câncer. E o resultado? Das duas uma: ou você nunca descobre a verdade e durante esse processo é corroído por dentro até não restar mais nada. Ou ainda pior: você descobre e acaba atravessando o para-brisa a noventa por hora, porque a esperança lhe garantiu que você podia dirigir sem cinto de segurança.

— Então eu acho que prefiro a pior situação.

— As tais 48 horas já se esgotaram faz muito tempo. Melhor fixar bem o seu cinto de segurança. Ouça o meu conselho. Encontre alguma outra razão para estar aqui. — Após dizer isso, Hendricks entrou em seu quarto e fechou a porta, deixando Gibson sozinho com seus pensamentos.

E com o telefone celular de Hendricks, que o ex-policial havia esquecido no capô do Cherokee. Gibson ficou ali parado olhando para o objeto e calculando quanto tempo teria. Trinta minutos? Provavelmente menos. Valia a pena correr o risco? Ele decidiu que sim. Sempre tenha um plano B, mesmo que você nunca precise dele.

Ele pegou depressa o telefone e se fechou em seu quarto. Conectou-o ao seu laptop e iniciou o programa. Mantendo os olhos no monitor, ele também ficou atento ao som da porta do quarto de Hendricks, que poderia se abrir a qualquer momento. O pior cenário seria Hendricks sair para procurar o celular, não encontrá-lo ali e depois o celular reaparecer do nada como por mágica. Nesse caso, Gibson estaria frito.

Vinte e sete minutos depois, o celular estava de volta ao lugar onde Hendricks o havia deixado.

Mas que conversa tinha sido aquela de vodu cyber-ninja?

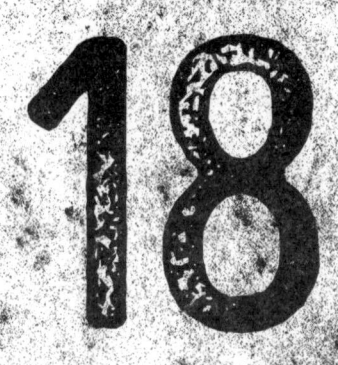

18

GIBSON SÓ TERMINOU SEU PROGRAMA NA TERÇA-FEIRA À NOITE. WR8TH não havia aparecido mais, mas seu vírus prosseguia em sua jornada impiedosa através dos documentos e memorandos do FBI que Rilling continuava transferindo para os servidores da empresa, pois WR8TH poderia suspeitar se o fluxo cessasse subitamente.

Jenn passava pelo quarto de Gibson de tempos em tempos para verificar o progresso dele.

— O que é que você precisa de nós? — ela perguntara a Gibson na primeira manhã depois que ele começou a trabalhar.

— Três refeições e uma cama.

— Algum pedido específico?

— Café da manhã no café da manhã. Jantar no jantar. Surpreenda-me no almoço. — Ele entregou a Jenn um cardápio do Summit Diner e em seguida a conduziu para fora do quarto, pendurou na porta a placa "Não Perturbe" e se trancou lá dentro. Com as venezianas abaixadas e o ar-condicionado ligado na temperatura mais baixa possível, o lugar parecia uma caverna subterrânea desconectada do mundo lá fora. Gibson sempre pensava com mais clareza quando sentia frio e estava bem agasalhado.

Depois de se instalar da maneira apropriada, ele se sentou diante de seu *laptop*, colocou os fones de ouvido e trabalhou sem parar por dois dias.

Primeiro as coisas mais importantes. Ele precisava das especificações de rede da biblioteca. Checou se o sistema da biblioteca estava ativo e escaneou as portas disponíveis. Sentiu-se um pouco idiota por hackear uma biblioteca pública na Pensilvânia Central. Ficou envergonhado, como se estivesse desonrando a lenda de BrnChr0m. Afinal, tinha uma reputação a zelar. Era mais ou menos como se Al Capone extorquisse a mesada de alguma criança.

O escaneamento terminou e bipou, exibindo sua análise. Ele a leu com preocupação. Muitas vezes, redes de computadores rudimentares como as de bibliotecas públicas empregavam os profissionais de TI mais incompetentes ou preguiçosos ou as duas coisas, por conta da baixa remuneração. Seus sistemas operacionais quase sempre eram de duas gerações atrás e felizmente não recebiam correções via *patch*. Essas redes eram como grandes cães "bobos"; bastava fazer carinho neles para que rolassem de barriga para cima e lhe mostrassem uma dúzia de vulnerabilidades na segurança.

Infelizmente para Gibson, desta vez parecia que ele havia entrado em um município que levava a sério a sua TI. A rede de computadores da biblioteca usava uma versão atual do Windows e, pelo visto, tinha acabado de receber um programa de modificações com um *firewall* para garantir segurança extra. Gibson suspirou e tomou um gole de café. Não era de grande sofisticação, mas era mantida com evidente profissionalismo. Ele teria de fazer isso do jeito difícil.

Em vez de dez minutos, Gibson levou duas horas para conseguir as configurações de que precisava. Ele gostou do que viu. Conhecia o software e o hardware de trás para a frente, e o fato de a rede ser bem mantida lhe daria na verdade a possibilidade de escrever o programa com mais facilidade se ele encontrasse um modo de pegar carona na infraestrutura da rede sem fio. Ele fechou os olhos e buscou visualizar uma maneira de explorar isso. Ficou sentado ali até que tudo estivesse formado em sua mente e então um ligeiro sorriso se desenhou em seus lábios. Gibson abriu os olhos, aumentou o volume da música e começou a escrever.

Programação não era na verdade o ponto forte de Gibson; ele gostava do desafio intelectual e da lógica pura do código, mas não era isso que o tornava bom. Ao contrário do que as pessoas costumavam erroneamente acreditar, hackeamento não era um duelo entre dois gênios da programação com dedos velozes ao teclado. Os filmes sempre exibiam cenas espantosas de perigo, cheias de adrenalina e dramáticas — *hackers* sob ameaça de morte, com armas apontadas para as suas cabeças, obrigados a invadir alguma rede de computadores impenetrável em sessenta segundos.

Na verdade, não existia nada de excitante em invadir uma rede de segurança. Era um processo lento. Tedioso. Exigia paciência e uma cuidadosa atenção a detalhes.

Havia pessoas que possuíam uma sensibilidade inata para lidar com a linguagem de computadores e eram capazes de desencavar alternativas como se tivessem um sexto sentido. Mas uma rede de segurança era muito mais do que computadores apenas. Também incluía as pessoas que operavam e atualizavam esses computadores. Na esmagadora maioria das vezes, o caminho mais fácil para burlar a segurança de uma rede de computadores não era através do hardware nem do software, mas do chamado *wetware* — o elemento humano, o cérebro humano. E nesse ponto Gibson fazia a diferença.

Gibson sempre tivera o dom de examinar a rede de segurança e a pessoa que a operava, e então encontrar as discrepâncias entre os dois lados. Ele descobria as falhas que surgiam da distância entre os procedimentos adequados de segurança e os atalhos que as pessoas tomavam por achar que ninguém estava prestando atenção. Ignorância, curiosidade, hábito, preguiça, egoísmo, estupidez — computadores eram apenas um reflexo das pessoas que os operavam e sempre existia um calcanhar de Aquiles. Para Gibson, hackear computadores era chato. A diversão estava em hackear gente.

Quando necessário, porém, ele também era um programador dos bons. Só não era particularmente veloz. Então, quando ele por fim terminou o programa, corrigiu os erros no código e o testou com sucesso, já eram mais de onze horas da noite de terça-feira. Ele só havia dormido algumas poucas horas no domingo à noite e a falta de sono o deixara esgotado.

Gibson correu os dedos pelos cabelos e abriu a porta do quarto do hotel. Hendricks o viu e acenou para ele, apagando um cigarro. Nas poucas vezes em que Gibson havia saído do quarto para espairecer, Hendricks não estava lá fora fumando. Quase tinha se esquecido dele.

— Avise a ela que está pronto — Gibson disse sem energia.

— Pode deixar.

— Vou testá-lo amanhã.

— Certo.

— Aconteceu alguma coisa desde ontem?

— Não, você não perdeu nada.

Gibson se atirou em sua cama sem nem trocar de roupa. Em um mundo perfeito, ele teria dormido por dezoito horas. No mundo real, ele dormiu por seis horas e ficou rolando na cama por mais três, tentando sem sucesso superar os efeitos de toda a cafeína acumulada em seu corpo. Às nove horas, ele já havia tomado banho e se barbeado. Vestiu-se, saiu do quarto e se deparou com uma manhã clara. A luz do sol feriu seus olhos, fazendo-o piscar.

Hendricks e Jenn também haviam estado bem ocupados. Nas últimas 48 horas, eles tinham ajustado as câmeras de Hendricks, que agora não apenas cobriam as entradas da biblioteca, mas também os acessos a ela. Jenn havia vasculhado a vizinhança à procura de pontos discretos que proporcionassem alguma privacidade e ainda estivessem perto da biblioteca. Hendricks tinha câmeras apontadas para esses pontos também.

— A má notícia é que o público da biblioteca parece ser composto predominantemente de homens brancos entre 45 e 60 anos — Hendricks disse.

— É, conseguimos fotos de 26 homens que se encaixam na estimativa de idade do nosso perfil. São homens que entraram na biblioteca desde segunda-feira de manhã. Já enviamos as fotografias de volta a Washington. Talvez a gente tenha sorte.

— Acha que um deles é o nosso alvo?

— Hendricks acha que não. Estou em dúvida.

— Eu realmente não acredito que esse cara ficaria de bobeira na biblioteca lendo periódicos — Hendricks disse. — Isso não faz sentido para mim. Acho que ele fez o que tinha de fazer, com muito cuidado para não chamar a atenção, e depois se mandou daqui.

— Eu já acho que ele pode estar tão tranquilo e confiante em sua zona de conforto que faria exatamente isso: frequentaria a biblioteca — Jenn argumentou. — Mas temos tão pouca informação sobre esse doente que só podemos especular. Ele vai ficar bem escondido em sua toca, a menos que nós o façamos sair dela. Falando nisso... — Jenn olhou para Gibson.

— Sim, o meu programa — ele disse.

— Funciona? — Jenn perguntou.

— Acredito que sim. Mas só saberei com certeza quando aplicá-lo em circunstâncias reais.

— Não pode testá-lo primeiro? — Hendricks perguntou.

— Já fiz isso e funcionou em uma simulação sem falhar, mas só teremos certeza quando o usarmos de verdade. A menos que vocês queiram esperar até que eu crie uma imitação de rede de computadores de biblioteca.

— Como instalaremos isso? — perguntou Jenn.

— Pen-drive. Só precisaremos entrar no escritório do bibliotecário por dois minutos.

— Parece viável. Hendricks e eu cuidaremos disso e você espera aqui mesmo. Nós o avisaremos quando estiver instalado e então você poderá acionar o programa remotamente e ver se funciona.

— Ahn... Não acho que seja uma boa ideia — Gibson disse.

Jenn não gostou de ouvir isso e começou a ficar zangada, mas se controlou por fim:

— Por quê? — ela perguntou. — Somos burros demais para lidar com os detalhes técnicos da operação?

— Nada disso. Na verdade, basta um simples clique no mouse.

— O que é então?

— Bem, você disse que a biblioteca está cheia de caras que batem com o perfil do criminoso, certo?

— Certo...

— Bem, e se for um deles?

— Esse é um ponto interessante — Hendricks comentou.

— Na minha opinião, é um erro supor que ele não iria reconhecer vocês dois — Gibson disse. — Vocês precisam ter cuidado ao mostrar o rosto nas imediações da biblioteca. Mais cuidado do que já tinham, aliás.

— Mas como ele poderia reconhecer a gente?

— Ora, ele vem acessando a base de dados da ACG há semanas.

Gibson observou Jenn enquanto ela digeria as suas palavras.

— Jesus... — Ela levou a mão à cabeça. — Nossos registros de funcionários!

— Nossas fotos — Hendricks disse.

— Ainda querem que eu espere aqui no hotel?

A BIBLIOTECA CAROLYN ANTHONY PODIA SER PEQUENA, MAS AS PESSOAS

que trabalhavam ali obviamente tinham grande orgulho disso. Gibson examinou o lugar para se inteirar de sua situação geral. Era bem cuidado, limpo, bem iluminado e convidativo. Fazia as pessoas desejarem se sentar e ler um livro. Ali dentro Ursa se sentiria no céu. A porta da frente dava para um átrio pequeno e agradável, onde novas edições estavam organizadas em estantes de madeira.

Atrás do balcão de atendimento, uma mulher de meia-idade checava os livros que entravam no sistema; seus braços grossos oscilavam enquanto ela trabalhava. O cabelo dela estava mal cortado e tinha um estranho aspecto quebradiço. Ela parou, cumprimentou-o com um discreto aceno e retomou a sua tarefa. Abarrotadas de livros, as estantes eram colunas rígidas que desapareciam na direção dos fundos da biblioteca. À esquerda havia uma fileira de cabines individuais, cada uma com um monitor. Um aviso muito bem redigido instruía os frequentadores a solicitar o uso dos computadores ao bibliotecário. Uma ampla escadaria levava à seção infantil que ficava num nível mais abaixo. À direita ficava a área de leitura, com poltronas e banquetas. Quase todas as poltronas estavam ocupadas por um grupo de aposentados que pareciam imóveis como estátuas.

Gibson se perguntou se um desses homens não seria o sujeito que eles caçavam. Gostaria de olhar para cada um deles de perto, estudar seus rostos. Ver se conseguia identificar o sujeito, embora considerasse inútil acreditar que era possível enxergar esse tipo de mal na face de um homem. O homem que tinha raptado Ursa dez anos atrás e de algum modo havia ocultado seu segredo e ficado impune durante tanto tempo — uma pessoa assim não levaria a culpa estampada no próprio rosto. Ele seria a última pessoa de quem suspeitariam. Afinal de contas, ele não arrastou Ursa para dentro de seu carro. Ursa entrou nele por vontade própria, porque o rosto que ela viu não a amedrontou. Provavelmente foi só mais tarde que a máscara caiu.

Talvez por isso fosse tão intimidante para Gibson hackear uma biblioteca pequena encravada numa cidadezinha caipira. Considerando de maneira objetiva, era um simples trabalho. Mas ele estava tenso. O homem que sabia o que tinha acontecido com Ursa conhecia aquele lugar, conhecia bem, e havia estado ali nas últimas duas semanas. Ele podia não estar ali naquele momento, mas aquela bibliotecazinha aconchegante ainda era a chave para um segredo hediondo.

Talvez Hendricks estivesse certo e o segredo tivesse apenas um final inevitável. Mesmo assim haveria uma pitada de justiça se conseguissem pegar o criminoso. Não para Ursa — não havia justiça para os mortos, Gibson sabia. Mas talvez devolvesse algum senso de equilíbrio aos vivos. Mas não, ele também não acreditava nisso. Não havia reparação para um crime dessa magnitude. Se Ursa estivesse morta, encontrar seu sequestrador serviria somente para obter respostas a perguntas que seria melhor não fazer. Quem a havia levado? Onde a haviam deixado? O que ela havia enfrentado e como tinha morrido?

Os pensamentos dele começaram a se voltar para Ellie, mas Gibson se esforçou para evitar que isso acontecesse. Sob nenhuma circunstância ele se permitiria imaginar sua filha no lugar de Suzanne.

Já que misturar-se aos frequentadores não era na verdade uma alternativa, Gibson tomou o caminho contrário — destacar-se o quanto pudesse. Ele achou uma boa ideia combinar jaqueta esporte feia e fora de moda, gravata e calça chino. Parecia ser alguém tentando causar uma boa impressão e falhando miseravelmente. Gibson havia identificado a bibliotecária, Margaret Miller, e pesquisando-a no Google também tinha encontrado o filho dela, Todd. Entrar à força no escritório da biblioteca para instalar o programa era uma opção, mas não das melhores. Bem mais fácil seria se a sra. Miller o convidasse a entrar lá.

Gibson não se parecia nem um pouco com o filho dela, mas isso não seria problema. Não precisava ser idêntico a ele, apenas sugerir isso visualmente. Todd Miller parecia meio idiota na maioria de suas fotos. Gibson também penteou o cabelo com cuidado para um lado só, de acordo com a preferência de Todd.

Ele parou bem na porta da frente da biblioteca e ficou olhando ao redor, com expressão assustada.

— Posso ajudá-lo? — a bibliotecária perguntou.

Quando se voltou para a mulher, Gibson tinha estampada no rosto uma expressão extremamente frágil e desamparada. *"Tenha piedade de mim!"*, ele parecia dizer com os olhos.

— Eu espero que sim. A senhora Miller está?

— Eu sou a senhora Miller — ela disse. — O que posso fazer por você?

— Peço-lhe desculpas, de verdade. Sei que meu pedido é esquisito. Mas uma pessoa no posto de gasolina sugeriu que eu lhe pedisse... — ele hesitou.

— Pedisse o quê? O que quer?

— Bem, é que eu tenho uma entrevista de emprego em 45 minutos. Lá na estação de esqui.

— Quarenta e cinco minutos? Deus, você precisa se apressar.

— Eu sei, dona. Cheguei de Hagerstown esta manhã. É para uma vaga de subgerente. Meu tio conhece uma pessoa de lá e me recomendou para o cargo. Mas eu... Acontece que dormi demais e acabei saindo de casa com pressa. E sem o meu currículo. Ficou em cima do gabinete da cozinha — ele disse, gesticulando confusamente sobre o balcão de cozinha imaginário que havia sequestrado de forma traiçoeira o seu currículo. — É tão difícil conseguir uma oportunidade nessa empresa. Ah, Jesus... o meu tio já marcou a entrevista; vai me matar se eu estragar tudo.

Ele tratou de permanecer olhando para o chão com vergonha, mas com o canto do olho observou a reação de Margaret Miller para saber como tinha se saído até agora. Não muito bem, pela expressão séria no rosto dela.

— Sinto muito, mas nós não temos uma impressora disponível para o público aqui. Eu já até solicitei uma, mas não está em nosso orçamento este ano.

— Ah — ele disse, deixando os ombros caírem para simular decepção. — Eles disseram que você tinha uma no escritório dos fundos.

— Bem, eu tenho, mas é só para uso dos funcionários.

Vamos lá, minha senhora... Não me faça implorar.

Ele balançou a cabeça em triste resignação e comprimiu os lábios estoicamente, num esforço viril para não ceder ao desespero. Pensou em fazer o queixo tremer, mas não quis exagerar.

— Sabe de algum outro lugar onde eu possa tentar resolver isso? — ele perguntou.

— Bem, eu sei de uma gráfica, mas fica um pouco longe para... — A sra. Miller olhou para o relógio de parede. — Esqueça, não daria tempo de jeito nenhum.

— Ah, Deus. Eu esperei tanto por essa chance, sabe? Tudo bem. Eu vou tentar assim mesmo, eu... Quem sabe eles... entendam.

Margaret Miller suspirou:

— Você tem o material em disquete ou coisa parecida?

— Tenho comigo bem aqui — ele respondeu, estendendo a ela o pen-drive na mesma hora.

— Como é o nome do arquivo?

— Só "currículo". É o único arquivo.

A mulher ficou olhando para Gibson por um bom tempo. Decidindo seu destino.

— Venha comigo — ela disse por fim, suspirando.

Através das estantes, ela o conduziu até o escritório dos bibliotecários, que ficava em um canto na parte de trás da biblioteca, longe da mesa de atendimento. A sra. Miller conseguiu permanecer em silêncio durante os primeiros vinte passos, mas depois se voltou e gentilmente começou a repreendê-lo por ter sido irresponsável. Disse a ele que seu tio lhe dera um grande voto de confiança e que seria errado desapontá-lo dessa maneira. Parecia quase terapêutico para ela e Gibson concordava com tudo o que ela dizia, balançando a cabeça e murmurando, nos momentos apropriados, "eu sei" e "tem toda a razão" em tom arrependido.

A sra. Miller abriu a porta do escritório e parou:

— Desculpe a bagunça, por favor — ela disse.

Não era nenhum exagero da parte dela. Sua mesa estava enterrada sob uma montanha de documentos que parecia prestes a desabar. Havia livros empilhados no chão e todas as plantas no recinto necessitavam de água. Ou de extrema-unção.

A única área limpa no escritório era a estação de trabalho que ficava próxima da estante dos servidores. Mais uma vez, Gibson se impressionou com o comprometimento da cidade de Somerset com a infraestrutura de informática. Porém, Margaret Miller seguramente não tinha nada a ver com isso, pois nem sabia o que era uma porta USB. Polido, Gibson mostrou à mulher onde ela deveria inserir o pen-drive. Contudo, Margaret insistiu em imprimir ela mesma o documento. Gibson não viu problema nisso. Seu vírus estava espalhado por todo o currículo; assim que ela o abrisse, o programa se instalaria na máquina e então apagaria todo o registro de seu download. Ficaria latente até que Gibson o ativasse.

Postado atrás da sra. Miller, ele viu quando o antivírus da biblioteca escaneou o arquivo e permitiu que abrisse. Ela tirou três cópias. "Apenas para garantir que tudo dará certo", ela disse.

Gibson torceu para que a mulher não lesse com atenção o currículo, que era um modelo extraído de um site de empregos. Ele gastara dez minutos alterando detalhes e incluindo falsos locais de trabalho em Hagerstown, mas essas mudanças não resistiriam a um exame mais atento. Felizmente a sra. Miller estava ocupada demais ensinando-o a ter responsabilidade.

Ela ordenou-lhe que se apressasse e lhe desejou sorte quando ele deixou o prédio.

19

A CASA FICAVA DISTANTE O SUFICIENTE PARA QUE TINSLEY NÃO TEMESSE ser visto. A fileira de altos ciprestes de Leyland encobria bastante a visão em toda a rua, de modo que se alguém quisesse observá-lo teria de ir até a calçada da frente. Ajoelhando-se sobre o grosso capacho verde-musgo que lhe desejava um amigável "Bem-vindo" , Tinsley abriu a fechadura com rapidez e eficiência. Deixou que a porta se abrisse e ouviu o que ela tinha a dizer. Ela guinchou, não muito, ao se abrir 45 graus. O alarme soou, insolente.

Tinsley entrou na casa, fechou a porta e desligou o alarme. Quando o suor esfriou em sua pele, Tinsley tremeu involuntariamente. Parecia quase frio ali dentro em comparação ao calor opressivo que fazia lá fora. Ele andou até a parte de trás da casa, onde a cozinha e a sala de estar se integravam em um amplo ambiente. A tarde já chegava ao fim e a luz do sol se filtrava através das janelas panorâmicas. Uma grande televisão de tela plana estava montada na parede, em um lugar onde podia ser vista tanto do sofá quanto da cozinha com ilha central e bancada em granito. A televisão era ladeada por estantes de livros embutidas que alojavam uma grande variedade de publicações de capa dura. Era como se os volumes estivessem ali para compensar a presença inculta de uma televisão — quase um pedido de desculpa, por assim dizer. E a casa parecia ser de uma mulher, embora Tinsley não soubesse dizer por quê.

A doutora não chegaria em casa antes das sete. Tinsley teria bastante tempo para se familiarizar com o lugar — quais portas estavam abertas e quais fechadas, quais rangiam e quais se abriam sem ruído, onde se localizavam os telefones, se ele podia ser visto de alguma das janelas do andar de cima. Ele se deslocava em silêncio pela casa, passando pelas paredes os dedos cobertos com luva de látex, como se testasse sua firmeza. Sentou-se na beirada da cama dela e ficou imaginando como ela lidaria com isso. Como uma doutora respeitada poderia fazer isso? *Difícil de acreditar*, ele pensou. Ficou sentado ali por um bom tempo.

Quando se cansou, Tinsley alisou o edredom e voltou para o andar de baixo. Havia um quarto de hóspedes no andar térreo e a porta desse cômodo se abriu suave. Ele iria esperar ali. Percorreu várias vezes o caminho até o quarto dela a fim de memorizá-lo. Testou as tábuas do assoalho até conhecer cada rangido. Quando ficou satisfeito, voltou a ativar o sistema de segurança da casa e foi para o quarto, fechando a porta depois de entrar. Urinou com cuidado no banheiro. Pegou uma folha de papel higiênico e secou uma gota errante no assento da privada. Então ele escorregou para debaixo da cama do quarto de hóspedes e relaxou. A vibração suave da casa era agradável.

Ele esperou.

Ao sentir a vibração da porta da garagem se abrindo, Tinsley voltou de imediato a ficar alerta e escutou o que a casa lhe murmurava. A porta da garagem se fechou e o alarme voltou a soar, mas foi contido em seguida. O som de saltos de sapato contra o chão ecoou na frente da casa e então a campainha da porta tocou. Alguém mais havia chegado depois dela. Um amigo, talvez, que ela convidara e que a havia acompanhado até sua casa. Mas seria um homem ou uma mulher? Ela era viúva, então tudo era possível. Tinsley a ouviu atender a porta e o som das vozes de duas mulheres conversando animadamente encheu o *hall* de entrada. Risadas soaram. Elas passaram pelo quarto de hóspedes e seguiram para a cozinha.

Depois disso, durante várias horas Tinsley ouviu as mulheres prepararem o jantar e comerem. As vozes delas eram abafadas por música clássica, mas ele sabia o tempo todo em que lugar da casa as duas estavam. Cada som ou cheiro que chegava a ele era analisado e catalogado. A descarga de um vaso sanitário. O retinir de pratos e copos. O cheiro de alho e azeite de oliva. Tinsley as movimentava pela casa como num tabuleiro de xadrez em sua mente. Para a grande sorte da amiga dela, ninguém entrou no quarto de hóspedes.

Ele tinha como alvo apenas uma pessoa. Por isso se encontrava ali.

Já passava das onze quando a doutora acompanhou sua amiga até a saída. Elas continuaram conversando e fazendo planos que a doutora não honraria. Não seria fácil para essa sua amiga acreditar que a doutora havia tirado a própria vida depois de passarem momentos tão agradáveis juntas. Aos poucos, porém, ela se convenceria de que o jantar tinha sido na verdade uma despedida. "*Mas ela era tão alegre, tão cheia de vida...*" Psiquiatras explicariam que muitas vezes os suicidas demonstravam animação quando decidem dar fim à vida. É como se tivessem tirado um peso dos ombros. E essa amiga acabaria aceitando isso como a verdade, mesmo que no fundo ainda tivesse certa dúvida. Ele ouviu darem partida em um carro e o veículo se foi momentos depois.

Tinsley escutou os sons familiares de arrumação após uma refeição. O barulho de utensílios sendo colocados na lavadora de pratos. Água corrente. O triturador. A música sendo por fim desligada. Passos. O alarme sendo ativado. Pela fenda sob a porta ele viu as luzes se apagarem e ela subiu as escadas até o segundo andar. Depois de dez minutos, Tinsley teve certeza de que a convidada da médica para o jantar não havia esquecido nada e não voltaria inesperadamente.

Ele saiu de debaixo da cama.

Mesmo com o silenciador instalado, a *Browning Buck Mark* calibre 22 parecia leve em sua mão. Uma arma de pequeno calibre, que servia mais para assustar. Se fosse necessário usá-la, era eficaz a curta distância e também silenciosa. Se as coisas tomassem um rumo inesperado, sua *Sig Sauer P320* lhe proporcionaria uma excelente alternativa.

Tinsley retirou-se furtivamente do quarto de hóspedes e seguiu para o andar da médica. A luz estava acesa no quarto, mas ela não estava lá; ele ouviu a voz da mulher, que vinha do escritório. Falava ao telefone, aparentemente com seu cabeleireiro. Ele parou no topo da escada e ouviu-a deixar uma mensagem cancelando um compromisso do dia seguinte. Uma coisa insignificante, mas o tipo de detalhe que costumava convencer um investigador cético. Era muito gentil da parte dela. Assim que escutou a médica desligando o telefone, ele entrou no escritório.

Ele mudou a postura, ficou mais ereto e deu à sua voz um leve acento britânico. A imagem de um espião cavalheiresco era tão presente na imaginação de alguns americanos que Tinsley não hesitava em tirar proveito disso. Era incrível o que se podia conseguir com uma pequena gentileza.

— Boa noite — ele disse.

Ela gritou e se levantou rápido. Uma reação natural. As paredes da casa eram grossas e o grito dela não foi alto o suficiente para atrair a atenção dos vizinhos. Tinsley ergueu a arma para que a médica pudesse vê-la, mas não a apontou para ela. Ela se calou, suas pupilas se dilataram e sua respiração se tornou irregular. Os olhos dela iam do rosto de Tinsley para a arma e de novo para o rosto dele. Até que finalmente ela o reconheceu.

— É você!

— Olá, doutora.

— O que está fazendo na minha casa? O que você quer?

Tinsley gostava dela. Era esperta o suficiente para perceber que estava encurralada e que se lutasse as coisas não terminariam bem para ela. Por isso tentaria conversar com ele. Não funcionaria, mas era a sua melhor alternativa. Tinsley não a trataria mal se ela o tolerasse.

— Preciso que abra o seu cofre para mim, doutora Furst. Pode fazer isso?

— Meu cofre? O que você... — Ela não completou a frase. — Posso dar um telefonema? Deixe-me esclarecer isso tudo.

Ele não respondeu. Não tinha uma resposta que ela pudesse gostar de ouvir.

— Por favor — a médica insistiu.

Tinsley apontou para a estante onde o cofre estava escondido. Ela se levantou, apoiando-se na borda da mesa para manter o equilíbrio e fez como ele determinou. O cofre estava atrás de uma urna de cerâmica. Ela arrastou a urna para o lado e girou o disco numerado do cofre com movimentos rápidos e mecânicos. Depois pressionou a alavanca e o cofre se abriu.

— Obrigado, doutora — ele disse. — Afaste-se.

Tudo o que havia no cofre era uma fina pasta de documentos. Dentro dela, apenas uma folha de papel e nada mais. No canto esquerdo superior do papel estavam grafadas as iniciais do Centro Médico da Universidade de Pittsburgh. Sob essas iniciais lia-se: "Relatório do Teste de DNA." Tinsley pôs a folha de volta na pasta sem ler mais nada.

— Esta é a única cópia?

— Sim, a única.

— Muito bom. Podemos agora ir para o quarto? Tenho algo para você.

Os olhos da médica se arregalaram de medo e Tinsley percebeu que havia sido mal interpretado.

— Não é nada disso, doutora. Não se preocupe. Não tenho nenhuma intenção de lhe causar dor, a menos que me obrigue. Dou a minha palavra.

E era mesmo verdade. As instruções que ele havia recebido eram muito claras: tudo deveria ser feito de maneira indolor. Para demonstrar boa-fé, ele manteve a arma abaixada ao lado do corpo. Embora cautelosa, ela se mostrou disposta a cooperar. Ainda na esperança de que o tom de voz calmo dele sugerisse uma mente racional, sensata. Ele a seguiu até o quarto e lhe disse para se deitar na cama. A dra. Furst se comportava de maneira dócil agora, obediente. Tinsley se manteve afastado dela, junto à janela. Tinha uma boa visão da lua dali.

— Pediram-me para lhe dizer que não há ressentimentos. Tudo estará terminado em poucos dias.

— Eu nunca teria contado nada a ninguém! — ela disse. Sua voz era cheia de emoção. — Foi apenas um momento de fraqueza.

— Claro que não teria contado. Mas uma cópia dos resultados do laboratório oferece um risco muito grande. Há muita coisa em jogo em novembro. Você cometeu um erro quando decidiu guardar isso.

— Eu sei. Eu me arrependi, peço desculpa por isso. É que quando penso nessa pobre menina, tenho dúvidas sobre o que nos tornamos. Fico me perguntando o que foi que eu fiz. — Ela buscou algum sinal de compreensão na face de Tinsley.

A face dele, porém, não conhecia esse tipo de expressão.

— Isso não me diz respeito. Sou apenas o mensageiro. Mas tenho uma pergunta a lhe fazer. E espero que me responda com honestidade.

— Claro — ela disse.

— Doutora Furst, existe mais alguma coisa dentro desta casa que poderia me interessar? Alguma coisa que seja incriminadora?

— Não, eu juro. Só o que estava no cofre.

Tinsley fez que sim com a cabeça. Sabia que ela estava dizendo a verdade e expressou um agradecimento, como mandava o figurino.

— Obrigado, doutora. Fico satisfeito com isso.

— Quer dizer que terminamos?

— Quase. Recebi instruções claras para dar uma busca em sua casa. Isso tem de ser feito, não depende de mim. Mas — ele disse enfaticamente para que ela soubesse que seria recompensada — vou fazer o possível para não lhe causar nenhuma angústia. Só preciso da sua cooperação. — Era mentira, mas garantiria que ela obedecesse.

— Obrigada — ela disse como se Tinsley estivesse lhe fazendo um favor.

— Vou lhe dar um sedativo leve agora.

— Hein? — A voz dela voltou a expressar temor.

— Está tudo bem. Como eu disse, preciso dar uma busca na casa e prefiro não ter que amarrar você. Desse modo será muito mais confortável. Bem melhor para a sua circulação. Você vai dormir por algumas horas e quando acordar já não me encontrará mais aqui. E toda essa situação desagradável terá terminado.

— Certo — ela respondeu, esforçando-se para acreditar nele.

Tinsley abriu uma pequena bolsa de couro e retirou dela uma seringa e um frasco de fenobarbital. Não era a droga que ele geralmente usava nessas situações, mas era uma droga com a qual a doutora poderia lidar com facilidade. Faria sentido para o médico-legista. Era um anticonvulsivo, não um sedativo, mas tinha efeito similar, pelo menos em pequenas doses.

— Quantas taças de vinho você tomou?

— Duas.

Tinsley ajustou ligeiramente a dosagem e colocou a seringa na mesa de cabeceira.

— Se puder fazer a gentileza — ele disse.

— Quer que eu injete em mim mesma?

— Você é uma médica, doutora.

Ela pensou um pouco e então pegou a seringa. Levantou a manga de sua blusa e encontrou uma veia bem abaixo do cotovelo. Quando terminou, pôs a seringa de volta na mesa de cabeceira e olhou para Tinsley com ar irritado, como se dissesse "Satisfeito agora?". Com notável velocidade a médica havia passado de horrorizada para incomodada.

— Por favor, tome cuidado com o cristal no andar de baixo. Meu marido o comprou na Irlanda em nossa lua de mel. Eu odiaria vê-lo danificado.

Tinsley lhe garantiu que tomaria muito cuidado.

Quando a dra. Furst ficou inconsciente, Tinsley retirou outra seringa de sua bolsa e aplicou nela uma segunda injeção. Quarenta mililitros seriam mais do que suficientes, tendo em vista a idade e o peso da mulher. Ele se sentou em uma poltrona perto da janela e ouviu a respiração dela ficar cada vez mais fraca, até parar completamente. Esperou cerca de meia hora e então checou seus sinais vitais. Satisfeito, ele depositou o frasco vazio ao lado da seringa e recuou alguns passos a fim de avaliar a cena. Faltava ainda alguma coisa.

Tinsley desceu ao andar de baixo, foi até o piano e verificou as fotografias emolduradas. Encontrou uma da doutora com seu marido falecido. Os dois estavam de mãos dadas, sentados, com o mar ao fundo. Ele levou a fotografia para o andar de cima e a colocou sobre o criado-mudo, onde a médica podia enxergá-la. Então finalmente se retirou do quarto, fechando a porta devagar, como se não quisesse perturbá-la.

No escritório, ele pegou a pasta que havia sido instruído a resgatar e fechou o cofre. Tinsley tinha demorado um bom tempo para decidir qual seria o melhor lugar para deixar o bilhete e concluiu que o escritório era o lugar certo. Ele colocou o envelope sobre o bloco de anotações personalizado da dra. Furst, com a dobra superior voltada para cima para chamar a atenção. Bem ao lado do envelope, Tinsley deixou a caneta usada para redigir a mensagem.

Ele não costumava usar cartas falsificadas; trabalhar com esse tipo de material aumentava os riscos de cometer erros. Mas ninguém duvidaria da autenticidade daquele bilhete — disso ele tinha certeza.

Satisfeito com a cena preparada, Tinsley voltou ao quarto, removeu os calçados dos pés da sra. Furst e os colocou perto da cama, lado a lado. Não sabia por que sentia a necessidade de fazer tal coisa. De certo modo, os calçados eram o toque final, a deixa para que pudesse sair de cena.

Tinsley foi embora tranquilamente. Estava começando a chover e as gotas eram pesadas e batiam na calçada como se fossem pequenos objetos molhados. Tinsley só registrou esse fato porque foi beneficiado por ele: graças a isso a rua onde a boa doutora havia morado encontrava-se deserta. Ele removeu suas luvas de látex e desapareceu em meio às sombras.

20

NO INÍCIO DA MANHÃ DE SEXTA-FEIRA, JENN ACORDOU GIBSON SEM A menor cerimônia, acendendo as luzes e batendo palmas como um instrutor de ginástica. Ele tinha certeza de que havia trancado a porta.

— São cinco e vinte e oito — Jenn informou.

Aparentemente isso era tudo o que ela tinha a dizer. Ela deixou a porta do quarto do hotel aberta e saiu, sem dúvida para fazer umas flexões e uns polichinelos, Gibson imaginou. Hendricks apareceu um minuto depois e colocou uma grande xícara de café na mesa ao lado do sofá.

— Bom dia, flor do dia. Uma hora para a verificação dos equipamentos e depois ela quer revisar a estratégia de ação.

Vinte minutos mais tarde, o quarto de hotel de Gibson havia se tornado um estranho centro de comando. Ele tinha levantado o colchão, encostando-o contra a parede e espalhado laptops, monitores e teclados num semicírculo sobre a parte de baixo da cama-box. Cabos de cor preta e cinza entrelaçados se espalhavam ao longo dos equipamentos e recados amarelos fixados nos monitores e nos teclados ajudavam Gibson a diferenciar um do outro. Em uma estação de telas, as câmeras de Hendricks transmitiam em tempo real imagens das ruas ao redor da biblioteca. Em outra estação, o programa que tão gentilmente Margaret Miller havia instalado revelava uma grande quantidade de informações a respeito dos computadores conectados ao wi-fi da biblioteca.

O programa de Gibson não era excessivamente complexo, mas era bastante eficiente; o wi-fi da biblioteca fazia quase todo o trabalho para ele.

Existem várias portas em um computador. Todas essas portas dependem de um *firewall* para garantir que um usuário é digno de confiança. Um *firewall* é simplesmente um grande e musculoso segurança que afasta qualquer um que não esteja na lista VIP. Tudo corre na mais perfeita ordem até que o proprietário da casa noturna, o usuário humano, chama o segurança e lhe diz que determinado nome está liberado da lista VIP. Na prática, o usuário manda o segurança sair da frente e deixá-lo entrar sem fazer perguntas. É o que acontece sempre que o usuário abre uma página na internet, clica sobre um *link* em um e-mail ou roda um programa. Ou se conecta a uma rede wi-fi.

Para que um usuário pudesse utilizar o wi-fi, o segurança tinha de confiar no usuário e abrir a porta para ele. Uma vez que foi estabelecida a confiança, tudo que o usuário enviar por essa porta também será confiável. Isso porque a rede da biblioteca contava com o seu próprio *firewall* e a maioria dos usuários confiava nos ajustes predefinidos quando configurava seus computadores. Má ideia, de modo geral. Péssima ideia nesse caso em particular, pois o programa de Gibson já estava dentro do *firewall* da biblioteca.

Em consequência disso, o programa de Gibson lhe permitiria transitar sem ser percebido e recolher informações da maioria dos computadores conectados no wi-fi da biblioteca. Dependendo das configurações de segurança de cada computador, ele poderia obter nomes, endereços, contatos, números de celular, números de cartão de crédito e endereços IP válidos — tudo em questão de segundos.

Além disso, explorando os pontos de acesso wi-fi espalhados ao redor da biblioteca, ele poderia fazer um cálculo aproximado da localização dos usuários. Infelizmente não havia pontos de acesso suficientes para lhe proporcionar mais do que um mapa tosco, mas ele era capaz de dizer num piscar de olhos quantos usuários estavam em cada piso da biblioteca, quantos na praça e se havia algum em uma das ruas laterais dentro do raio de alcance.

Quando Gibson se levantou para ir à reunião das seis e meia da manhã com Jenn, um sinal brilhou em um de seus monitores. Parecia uma conexão solitária vinda da praça. No mesmo instante, dados pessoais começaram a se projetar no monitor: Lisa Davis... DDD 814... endereço domiciliar... endereço do trabalho... e-mail... contatos... histórico do navegador de internet. Ele sorriu e acionou as câmeras da praça. Ninguém com um laptop; a única pessoa na praça era uma mulher grávida empurrando um carrinho de criança.

Isso com certeza significava que o smartphone dela tinha se conectado automaticamente à rede da biblioteca. Para ter certeza, Gibson ligou para o número dela e pelo monitor viu quando ela atendeu o telefonema e o mandou direto para a caixa postal, pois não reconheceu o número de quem ligava.

Como ele já imaginava, uma passante havia entrado no raio de alcance da rede wi-fi e se conectado durante alguns segundos antes de sair do alcance. Apareceu em sua tela como uma mancha luminosa e logo depois sumiu.

Gibson não gostou disso. Smartphones seriam uma pedra em seu caminho. Ele se frustrou por não ter antecipado um detalhe tão óbvio. Os tempos haviam mudado desde a sua prisão e ele precisava se atualizar o quanto antes. Por sorte, nem Jenn nem Hendricks estavam ali para repreendê-lo pelo erro.

Ele considerou as opções que tinha e então fez alguns ajustes em seu programa, desviando o tráfego de smartphone para um subdiretório. Não estava à procura de um telefone, mas coletaria os dados e checaria mais tarde. Se fosse o caso. Seus dedos dançavam levemente sobre o teclado. A escrita manual de Gibson era, na melhor das hipóteses, legível; mas ele era capaz de digitar oitenta palavras por minuto — uma marca invejável. Ele pressionou "Atualizar" e observou o ícone do celular na praça desaparecer. Isso deveria diminuir o problema por enquanto.

Mas não muito. Os cidadãos de Somerset estavam visivelmente ansiosos para aproveitar o clima fresco, incomum nessa época do ano. Após semanas com temperaturas acima dos trinta graus, um dia na marca dos vinte graus parecia um presente dos céus. Perto do horário do almoço, o centro de Somerset guardava pouca semelhança com a cidade fantasma que os havia recebido no domingo. A praça próxima à biblioteca estava repleta de mães com crianças pequenas, trabalhadores no horário de almoço e pessoas aproveitando o dia de sol. Um grupo de garotas estudantes havia estendido toalhas de praia e tomava sol sobre a grama; não longe delas, meninos sem camisa jogavam *frisbee*. Na esquina, um caminhão de sorvete tinha um bom movimento de clientes. O horário de almoço passou, mas a multidão não se dispersou; pelo contrário, o número de pessoas aumentou quando elas decidiram matar o trabalho e começar o fim de semana mais cedo.

— Como estão as coisas? — A voz de Jenn soou através do fone receptor de Gibson.

Os olhos dele se voltaram para a câmera apontada para a praça. Jenn estava sentada sozinha em um banco na praça e tinha uma boa visão da área. Na fotografia de seu registro de emprego, ela vestia um terno executivo e seu cabelo estava solto. Na tarde de hoje, Jenn estava vestida para um treino físico — cabelo preso atrás num rabo de cavalo, boné de beisebol e grandes óculos escuros tomando seu rosto. Ela bebeu um gole de água de uma garrafa, como se estivesse se refrescando depois de uma corrida. Acostumado a vê-la usando terninhos, Gibson pensou que Jenn fosse uma daquelas mulheres obcecadas por esteiras, estepes e simuladores de escada, com os braços finos e o traseiro grande. Mas quando a viu de camisa sem manga e calção percebeu o quanto estava enganado. Ela era uma atleta em excelente forma. Mas ele sabia que essa ótima forma física era pura eficiência; seus ombros e pernas esculpidos poderiam se tornar armas cruéis e até mesmo letais.

— Parecem muito boas para mim — ele respondeu.

Jenn olhou na direção da câmera, mas Gibson não conseguiu captar a expressão no rosto dela por trás dos óculos escuros e do boné dos Steelers.

— É melhor que você esteja falando do tempo — ela disse.

— Claro que sim. Do que mais seria?

— Ã-hã. Hendricks, situação?

Hendricks estava no Cherokee, estacionado a um quarteirão de distância da biblioteca, de onde tinha clara visão da rua da biblioteca, de alto a baixo.

— Temos movimento de pessoas entrando na biblioteca e na praça, mas não muitas saindo. Eu contei cinco, talvez seis possíveis correspondências com nosso perfil que estão dentro da biblioteca. Outras sete pessoas lá dentro não batem com os parâmetros do nosso perfil.

— Eu tenho seis na praça. Gibson, nós estamos perdendo alguma coisa?

— Não, eu estou vendo o mesmo que vocês. O tráfego no computador continua estável e não vejo nada de estranho dentro do perímetro.

— E na ACG, alguma novidade? — Jenn perguntou.

Novidade nenhuma, infelizmente. A tela que exibia o volume de dados enviados e recebidos na rede da ACG não tinha nada fora do normal. E não importava quantas vezes Gibson olhasse irritado para a tela: ela parecia determinada a não lhe dar nada de interessante. Isso levou Gibson a se preocupar com a possibilidade de que tivessem sido descobertos e não soubessem disso.

E se eles estivessem esperando por alguém que jamais apareceria e que já se encontrasse a mil quilômetros dali, fugindo e se distanciando cada vez mais? E se o cara tivesse apenas tirado a semana de folga? Gibson tentou se imaginar esperando até a próxima sexta-feira para descobrir. E até a outra sexta depois dessa e então até a sexta seguinte e assim sucessivamente. A lembrança de Suzanne pesava sobre ele dia após dia e estava começando a consumi-lo. Hendricks havia mencionado que a mais longa operação de vigilância deles durara sete semanas. Gibson rezava para que eles não precisassem ficar tanto tempo ali.

— Gibson? Alguma novidade sobre a ACG? — Jenn perguntou mais uma vez.

— Até agora, nada — ele respondeu.

— Certo. Vá em frente, agora a bola está com você.

Embora eles estivessem em busca de homens que se encaixassem no perfil do FBI, suas câmeras capturavam imagens de todos, homens ou mulheres, que passassem a cem metros da biblioteca. Jenn lhe havia explicado a abordagem durante sua reunião de instrução daquela manhã. A mulher gostava de uma boa reunião.

— Com certeza o perfil está correto. Um perfil não é um palpite. É estatística e os números mostram que a pessoa que levou Suzanne é provavelmente um homem branco na casa dos quarenta ou dos cinquenta.

— Mas... — ele disse, sentindo que um porém estava a caminho.

— Mas sempre há exceções. Talvez seja uma mulher tentando substituir uma filha perdida ou então alguém mais velho ou mais novo do que nós geralmente encontramos em casos semelhantes. Um predador caçando alguém que não pertença a seu grupo étnico. Um terrorista ou algum outro sequestrador com motivações políticas. O fato é que o FBI não pode eliminar nenhuma dessas possibilidades, nem nós também.

— Ou seja, assumir os riscos, mas lidar com todas as possibilidades?

— Assumir os riscos. Lidar com todas as possibilidades.

Gibson passou a tarde em seu quarto de hotel, revendo as imagens captadas pelas câmeras de vigilância para limpar as fotos de rosto, juntando-as e comparando-as, quando era relevante, com as informações pessoais recolhidas dos computadores conectados ao wi-fi. De hora em hora, ele enviava fotos e dados pessoais totalmente novos para a ACG — mas não de forma direta.

Temendo que WR8TH tivesse comprometido os servidores dedicados da ACG, Gibson e Mike Rilling haviam preparado servidores independentes para receber todos os dados e comunicados ligados ao caso. Rilling estava submetendo os rostos a um programa de reconhecimento facial ligado a bases de dados federais e estaduais. A expectativa era, em um grande golpe de sorte, obter um registro criminal. Um gol de placa seria chegar ao registro de um agressor sexual.

Gibson tinha como companhia a televisão com o som desligado e, depois de se cansar de ver as seleções de lances em um canal de esportes, ele mudou para um canal de notícias. As campanhas de Benjamin Lombard e da governadora Fleming aumentavam cada vez mais o tom dos discursos e a disputa continuava acirrada. Lombard havia contratado uma nova diretora de campanha e seu desempenho tinha sido surpreendentemente bom na Califórnia, estado natal de Fleming. Os especialistas discutiam os prós e os contras de sua nova estratégia, que era mais agressiva. De passagem pela Nova Inglaterra, o vice-presidente faria um discurso em Boston naquele mesmo dia. Um grande público era aguardado para o evento.

Gibson se perguntou o que de fato aconteceria se eles encontrassem Suzanne. Que impacto isso teria na campanha de Lombard? O povo norte-americano adorava uma boa história e talvez não resistisse à visão de uma família reunida após uma terrível tragédia. E se esse fosse o impulso que faltava para levar Lombard ao topo? Gibson não sabia ao certo se conseguiria suportar a ironia de ser o salvador de Benjamin Lombard.

— Preciso de um café — Hendricks resmungou, mal-humorado. — Que ninguém fale comigo, a menos que apareça alguém vestindo uma camisa com a frase "Eu sequestrei Suzanne Lombard". Combinado?

Cinco minutos mais tarde, uma pista promissora surgiu na forma de um homem alto, desengonçado e magro com as costas arqueadas e uma pele que parecia grossa e amarelada. O Homem de Cera se sentou no banco de uma mesa grande e pôs uma mochila sobre a mesa. Depois ele passou a observar as crianças que brincavam perto da fonte como alguém escolhendo uma lagosta dentro de um tanque. Definitivamente havia algo de errado com o sujeito.

— Vocês estão vendo esse cara? — Gibson perguntou.

— Sim, estou de olho nele. Aliás, sinto calafrios só de olhar para ele a distância. Ele tem um laptop? — Jenn quis saber.

— Negativo. Está apenas sentado ali, olhando para aquelas crianças como se nunca tivesse visto uma.

Como se os tivesse escutado, o Homem de Cera abriu sua mochila e retirou dela um lustroso laptop cor de prata. Quando ele começou a teclar, Gibson viu um dispositivo se conectar ao wi-fi. Instantes depois, seu programa começou a colher informações importantes do registro do sistema do laptop.

— O que você conseguiu, Gibson? — Jenn perguntou.

— O nome é James MacArthur Bradley. Tenho seu endereço residencial e o número do seu celular.

— Ótimo. Mande isso para Washington junto com a foto. Vamos ver se o senhor Bradley tem registro criminal — ela disse.

Eles vigiaram Bradley durante dez minutos tensos, torcendo em silêncio para que o sujeito fizesse alguma coisa. De quando em quando, o Homem de Cera parava de teclar e erguia a cabeça para olhar na direção das crianças que brincavam na grama. E umedecia os lábios com a língua enquanto as observava.

— O que ele está fazendo? — Hendricks indagou.

— Além de me dar calafrios? Não muito — Jenn respondeu.

— Tenho que concordar com isso.

— Esse cara pode dar mais calafrios que uma barata, mas isso não tem relevância se ele não acessar a ACG — Hendricks disse.

— Eu gostaria de ter boas notícias, mas não há nada muito empolgante aqui — Gibson comentou.

De súbito, o Homem de Cera fechou o laptop, enfiou-o em sua mochila e saiu andando rapidamente na direção da rua.

— Onde diabos ele está indo? — Jenn perguntou.

— Será que o assustamos?

— Não, não deve ter sido isso — ela disse. — Hendricks, ele vai virar a esquina na sua direção em três, dois, um...

— Certo, estou com ele — Hendricks avisou. — É, preciso concordar com vocês. Esse cara é sinistro. Está entrando em um Ford novo. Deu a partida. Eeeeeee... lá se vai ele.

— Que droga! — Jenn ralhou.

— De qualquer modo, eu peguei a placa e o modelo — Hendricks informou.

— Mas se esse for o nosso cara, então eu diria que fomos descobertos.

— E se não for? — Gibson perguntou.

— Então eu acho que ele precisou ir a algum lugar.

— Vamos segui-lo?

— Não — Jenn respondeu. — Não há nada que possamos fazer agora a esse respeito. Vamos manter nossa vigilância e considerar que ele não é o nosso alvo. Temos dados suficientes para investigá-lo mais tarde, se for necessário.

Diante disso, os três se concentraram em seu sofisticado trabalho de espionagem profissional, também conhecido no meio como *tédio torturante*. Por volta de quatro horas da tarde, a praça continuava movimentada, mas não acontecia nada digno de nota. Ninguém novo usando um aparelho habilitado para wi-fi havia aparecido num intervalo de meia hora. Gibson estava rastreando catorze usuários conectados ao wi-fi da biblioteca. Nove fora do prédio e cinco dentro. Do lado de fora, quatro deles tinham *tablets* ou leitores de livros digitais — duas mulheres brancas, um homem branco na faixa dos vinte anos e um afro-americano grisalho que devia ter pelo menos oitenta anos. Restavam cinco indivíduos do lado de fora com laptops, de diferentes sexos e etnias; três deles eram particularmente interessantes.

O primeiro era um homem baixo e muito forte de trinta e tantos anos. O registro de seu computador o identificava como Kirby Tate. Seu rosto absolutamente comum estava em total desproporção com seus ombros e seu peito, que eram enormes; era como se alguém tivesse colado o rosto de um menino em um corpo de homem. O resultado não era bonito de se ver, mas o sujeito parecia gostar, pois vestia um calção cáqui apertado e camiseta cavada vários números menor que o dele. Gibson conhecia o tipo — na verdade tinha servido com tipos como aquele. Caras que não abriam mão da camiseta colada nem debaixo de uma nevasca.

Tate estava sentado em uma mesa de piquenique perto da fonte e dividia seu tempo entre olhar com atenção para a tela do seu computador e para as garotas ao redor. Os óculos de sol do homem não podiam disfarçar os movimentos ostensivos da cabeça dele na direção das meninas.

O segundo era um homem hispânico na faixa dos quarenta anos, Daniel Espinosa. Calvo e grisalho nas têmporas, ele tinha a idade certa, mas pedófilos tendiam a perseguir suas presas dentro de seu próprio grupo étnico. Isso não o eliminava, mas também não o colocava no topo da lista. Tinha um rosto amigável e franco e conversava com um casal que estava na mesma mesa que ele.

O terceiro homem era Lawrence Kenney. Estava entrando na casa dos cinquenta anos e parecia que havia adquirido sua calça chino clara, seu suéter sem manga e seu imperdoável penteado tapa-buraco na mesma loja para obsessivos-compulsivos. Porém aquela figura que "bicava" o laptop, aparentemente gentil, inofensiva e um tanto patética, deixava Gibson incomodado. Ele não sabia dizer com exatidão por quê. Talvez fosse porque Kenney se sentava entre as pessoas, mas parecia se manter visivelmente afastado delas. Uma mulher empurrando um carrinho de bebê encostou de leve em Kenney, que ficou paralisado. Os olhos dele a perseguiram, olhos cheios de rancor, que causaram arrepios em Gibson. Mas ninguém podia ser enquadrado por provocar arrepios, calafrios ou coisas do tipo. Ainda se fosse uma ânsia de vômito, quem sabe?

Felizmente, Rilling poderia ligar nomes a rostos e checar os antecedentes de todos. Até lá, eles teriam de depender do velho e bom trabalho de investigação policial e de intuição.

Jenn e Hendricks começaram a falar sobre a sua lista de suspeitos e a analisá-los. Enquanto Gibson os ouvia, duas ideias passaram pela sua cabeça. A primeira: eles sabiam do que estavam falando. A segunda: ele não sabia e logo se viu incapaz de acompanhar a conversa. Grande parte do seu conhecimento sobre criminosos em série vinha de O Silêncio dos Inocentes e dos livros de Patricia Cornwell. O que ele na verdade conhecia eram computadores e as pessoas que os usavam. Gibson se perguntava se as mesmas técnicas usadas para traçar o perfil de assassinos e estupradores poderiam ser aplicadas aos hackers. Se ele conseguiria descobrir uma assinatura do invasor da ACG — e quem estaria por trás dela?

Na opinião de Gibson, Kenney era essa pessoa. A codificação do vírus era clara, precisa e exigia atenção a detalhes, características que se encaixavam no perfil de Kenney. Se o guarda-roupa de uma pessoa fosse um indício significativo, Kenney seria a melhor aposta. Mas era um indício muito fraco. Gibson conhecia vários programadores que se vestiam de maneira esquisita.

De qualquer maneira, ele precisava se lembrar de que aquilo estava fora do seu alcance. Abandonando a especulação, voltou ao trabalho de selecionar o lote de fotografias de carteiras de motorista que Mike Rilling lhe havia enviado de Washington. No intervalo de uma hora, ele identificou suas localizações do melhor modo que pôde.

Às 16h45, Gibson sentiu-se um tanto sonolento. Sentado no chão de pernas cruzadas, o queixo apoiado nas juntas dos dedos, ele não tirava os olhos do monitor que exibia os dados dos servidores da ACG. Sentia-se como alguém que esperava por um avião eternamente atrasado. Por isso a reação dele foi lenta quando seu celular vibrou no chão entre os seus joelhos. Só quando o telefone vibrou pela terceira vez ele olhou para o aparelho, viu a mensagem de texto e imediatamente saltou na direção do monitor. Uma enorme descarga de adrenalina tomou conta do seu corpo. Uma barra vermelha havia aparecido no monitor com uma mensagem de alerta. O vírus nos servidores da ACG estava recebendo novas instruções.

— Vocês viram? Também receberam uma mensagem de texto? — Hendricks perguntou.

— Eu recebi! Gibson, o que está acontecendo? — A voz de Jenn era uma mistura de excitação com fome de predador.

— O vírus está ativo. WR8TH está em contato com ele.

— Da biblioteca? — Jenn perguntou.

— Só um minuto — ele disse, escaneando a lista de tráfego de rede de saída da biblioteca. *Vamos lá, meu doce. Vamos.* Gibson correu o dedo pela tela do computador. E lá estava! Grande, lindo e culpado. Alguém no wi-fi da biblioteca estava se comunicando com o servidor de anúncios corrompido que era a estação de transmissão anônima do vírus. Era impossível que se tratasse de coincidência. Aquilo só podia significar uma coisa.

— O filho da puta está aqui! — Gibson disse. Na verdade, havia falado mais para si mesmo, mas como seus comunicadores estavam abertos a reação veio na mesma hora.

— Onde? — Jenn quis saber.

— Do lado de fora. Ele está na praça! — Gibson disse.

Ele olhou para o sinal de vídeo da praça. O cara que queriam agarrar estava ali em algum lugar. O sequestrador de Suzanne Lombard, e provavelmente o seu assassino, encontrava-se ali à vista de todos, tomando sol.

— Quem é? — Jenn estava quase gritando.

Por meio do endereço IP, Gibson chegou à foto da carteira de motorista. Procurou pelo nome no monitor, até que identificou o alvo.

— Peguei você! — Gibson disse com um sorriso.

21

TINSLEY ESTAVA SENTADO SOBRE A CAIXA DE MADEIRA QUE USAVA COMO banco provisório. Ele se encontrava ali desde antes de amanhecer e havia observado o sol se elevar sobre a biblioteca. Estava esperando que acontecesse... ou não. Era indiferente para ele.

Mais cedo naquela semana, ele havia procurado um escritório pequeno e desocupado onde pudesse se entrincheirar. Da janela do segundo andar, Tinsley tinha uma boa visão da biblioteca e da praça próxima. Naquela ocasião, a biblioteca e a praça estavam desertas, mas Tinsley queria tempo para que o vazio saturasse suas retinas e gravasse a paisagem nos olhos de sua mente. Mais tarde, quando estivesse cheia de gente, cada objeto surgiria claramente em seu cérebro, como uma mancha em um original imaculado.

O corretor que havia lhe mostrado a propriedade se queixara de que Tinsley era o primeiro que o procurava naquele mês para ver o imóvel. Tinsley tomou isso como um bom presságio e invadiu a propriedade. Ele a usava como base de operações, mas não havia vestígio nem sinal de que alguém tinha estado ali. Pretendia deixar aquela cidade sem causar o menor distúrbio. Tinsley ainda não tinha intenção de matar o corretor, mas havia ficado com o cartão do homem para o caso de mudar de ideia.

Tinsley piscou e o sol do meio-dia o saudou.

Tinsley piscou e o sol já ia desaparecendo no horizonte.

De acordo com o seu caro relógio, já fazia doze horas que ele estava sentado à janela. Seus olhos continuavam a acompanhar os confusos movimentos das figuras na praça. Nenhuma mudança relevante havia ocorrido. A mulher ainda estava no banco da praça. O homenzinho nervoso continuava em seu carro. O terceiro não estava em nenhum lugar visível, mas Tinsley confiava que Vaughn tivesse retornado ao hotel. Provavelmente teclando sem parar em um de seus computadorzinhos. Tecla, tecla, tecla.

Não deixava de ser irônico — os caçadores não faziam ideia de que eles próprios eram a caça. E nem imaginavam que se encontrassem a sua presa assinariam a própria sentença de morte. Isso não o impressionava, mas o levava a parar para pensar: ele mesmo saberia se estivesse sendo caçado? Não seria arrogância presumir que tinha absoluta vantagem? Esse pensamento o fez sorrir. Sem dúvida esse jogo seria complicado. Mandar um assassino atrás de um assassino; amarrar as pontas soltas. Difícil de acreditar, mas dentro do terreno do possível. Ele precisaria reajustar seus sentidos para não ser surpreendido por uma traição desse tipo.

De certo modo, contudo, ele ansiava por isso. Seu trabalho se mostrava cada vez mais rotineiro e a perspectiva de matá-los não lhe trazia nenhuma excitação. Hendricks não daria nem para a saída. Jenn Charles exigiria atenção e cuidado de sua parte, mas nada mais. Tinsley tinha um passado com Gibson Vaughn, mas isso não chegava a elevar seu espírito.

Essa possibilidade, porém, ainda parecia distante a essa altura. Sexta-feira era supostamente um dia crucial para eles e até agora, pelo visto, eles continuavam na mesma, sem nada de relevante.

Mas agora era melhor ir urinar e comer alguma coisa. Ele não sentia necessidade de fazer nenhuma dessas coisas, mas se seu relógio lhe informava que era hora de fazer isso, ele confiava sem hesitação.

O celular de Tinsley vibrou. Ele leu a mensagem de texto com fria curiosidade. Estava acontecendo. Ele voltou a olhar para a praça e não viu a mulher que até então estava sentada no banco. Ele identificou a figura dela deslocando-se na direção da fonte. Ela contornou vários grupos de pessoas nas mesas próximas à biblioteca e parou para encher sua garrafa de água em um bebedouro. O sujeito amargo ainda estava no carro, mas Tinsley pôde vê-lo conversando animadamente ao celular.

Sentiu-se curioso para ver o rosto da outra pessoa que ele deveria matar — o sujeito que o havia enganado tantos anos atrás. Esse era, no fim das contas, o seu alvo principal. Um antigo negócio inacabado. Ou ele havia matado o homem errado dez anos atrás ou havia existido um cúmplice que lhe passara despercebido. Como sempre, o tempo tinha se encarregado de dar a esse homem novamente a confiança necessária para voltar a se mostrar. Tinsley acertaria as contas com ele em breve.

Os demais seriam liquidados apenas por garantia.

ELES IAM FODER BONITO COM A VIDA DELE AGORA. O VICE-PRESIDENTE podia sentir isso. Lombard virou o pulso bruscamente para consultar o seu relógio: 18h47min. Fazia quase sete horas que ele estava olhando para as paredes em seu escritório na câmara do Senado.

Tudo por causa de um estúpido projeto de lei referente à imigração que já vegetava no Senado desde o início da primavera. E agora, como por milagre, dias antes das cruciais primárias na Califórnia, o Senado havia resolvido se reunir para colocar em votação o projeto. A presença de Lombard em Washington era necessária, pois ele era o vice-presidente.

O líder do partido majoritário lhe havia garantido que a votação aconteceria na primeira hora, por isso Lombard havia voado na primeira hora e chegado ao Capitólio às onze e meia para uma votação ao meio-dia. Com o horário de verão, ele estaria de volta a Dallas para várias aparições de campanha. Em vez disso, foi apanhado de surpresa por discursos protelatórios e todo tipo de tática de adiamento e uma votação final interrompida. Sua preocupação agora era que eles estendessem a votação até o dia seguinte; se isso acontecesse, ele só poderia voltar a Dallas no sábado à tarde, se tivesse sorte.

Isso não era coincidência nem obra do acaso. Não havia dúvida. Por experiência própria, Lombard sabia como funcionavam as coisas ali no Senado e podia imaginar o líder da coligação minoritária rindo dele em seu escritório. *Ok, aproveite enquanto pode*, Lombard pensou. Em seu primeiro mandato, ele se lembraria de tornar especialmente insuportável a vida política daquele idiota.

Ele consultou seu relógio mais uma vez. Jamais admitiria a ninguém, mas na verdade a campanha estava em boas mãos e poderia passar um dia sem sua presença. Fleming estava acuada e, se as informações sobre a contagem de votos valessem o que Lombard havia pagado por elas, a nomeação presidencial seria sua na próxima semana.

Não, o que o deixava realmente nervoso era a situação que se desenrolava na Pensilvânia. Uma mensagem cifrada enviada por Eskridge uma hora atrás indicava que Gibson Vaughn podia ter de fato encontrado o homem que havia levado a sua filha. Era uma coisa incompreensível, inexplicável; Lombard era capaz de compartimentar quase tudo, mas desta vez não conseguia se concentrar em mais nada a não ser nessa questão. Queria saber o que estava acontecendo e queria saber já.

Mas não podia fazer nada porque estava preso ali, cercado por ouvidos nos quais ele não confiava inteiramente e sem ter segurança para solicitar notícias recentes. Pela primeira vez em oito anos, ser vice-presidente dos Estados Unidos era um tremendo inconveniente   tinha todo o poder do mundo, mas não para influenciar na busca por sua própria filha.

— Senhor vice-presidente? — Um jovem assistente parou à porta de entrada do escritório.

— Sim? Eles estão prontos finalmente?

O assistente balançou a cabeça em uma negativa e olhou para o chão.

— O que houve agora? — Lombard quis saber.

— Outra emenda, senhor.

Lombard sentiu sua pressão sanguínea subir.

— Quanto tempo vai levar? — ele perguntou.

— Noventa minutos... talvez duas horas.

Lombard olhou para o relógio. Agora já não havia mais chance nenhuma de voltar para Dallas para o discurso. Precisava conversar com Reed e começar a fazer algumas mudanças para sábado.

— Feche a porta.

O assistente fez uma mesura e se foi. Lombard sentou-se a sua mesa, pegou o telefone e então o colocou de volta na base. Ficou ali parado por um bom tempo, olhando sombriamente para o aparelho.

22

GIBSON ENCOSTOU O TAURUS NA BEIRA DA ESTRADA. O FLUXO DE AUTOMÓVEIS estava próximo o suficiente para sacudir o carro. Ele ficou ali, com as mãos no volante, o motor ainda ligado. Estava a cinquenta quilômetros de Somerset. Tinha que ser suficiente. E se eles o tivessem seguido? Olhou pelo espelho retrovisor mais uma vez. Nada. Mas isso não bastava para deixá-lo tranquilo. Ele não poderia ver Hendricks a menos que Hendricks quisesse ser visto.

As últimas 36 horas haviam sido cruciais. WR8TH tinha sido enfim identificado: era Kirby Tate, o aprendiz de fisiculturista. O programa de Gibson havia funcionado muito bem, ligando diretamente o servidor de anúncios corrompido ao computador de Tate. Enquanto Rilling investigava o nome de Tate nas bases de dados estaduais e federais, Hendricks e Jenn seguiram Tate até sua casa. Na manhã seguinte, eles tinham noventa por cento de certeza de que haviam apanhado o cara certo; e no sábado à tarde, quando Rilling enviou o arquivo de Tate para Jenn e Hendricks, sua certeza subiu a quase cem por cento. George procurou o apoio dos seus contatos no FBI para apresentar seu caso contra Kirby Tate.

— Esse cara tem ficha criminal — Hendricks havia comentado. — Pegou cinco anos e meio em Frackville por cárcere privado. Deve ter sido nesse lugar que ele ficou marombado, porque na foto da ficha policial dele você só vê um bostinha bem magrinho.

— O que foi que ele fez? — Gibson perguntou.

— Foi apanhado com Trish Casper, uma menina de 11 anos, dentro do carro dele. Foi isso que ele fez.

— É um criminoso sexual fichado — Jenn acrescentou.

— E que criminoso. O irmãozinho da menina viu o carro deixando um supermercado e a mãe chamou a polícia. Quando os tiras pararam Tate, a menina estava amarrada na mala do carro. Seminua.

— Ele foi solto um ano e meio antes de Suzanne desaparecer.

— O mais triste nessa história é que esse monstro devia ter sido condenado por sequestro, cárcere privado e abuso de menor — disse Jenn.

— Que é um crime em primeiro grau — Hendricks observou.

— A pena dele seria de vinte anos.

— Mas a polícia se excedeu durante a prisão e espancou o cara quando ele já estava algemado — disse Hendricks.

— Quebraram o braço dele e deslocaram seu ombro. O advogado dele conseguiu fechar um acordo e no final ele foi condenado por sequestro. Pegou uma pena bem menor.

— E saiu da cadeia a tempo de atacar Suzanne — Gibson observou, entendendo a trágica sequência dos fatos.

— Nós o pegamos — Jenn disse.

No sábado à noite, enquanto Hendricks foi sondar a casa de Tate, Jenn e Gibson caminharam até o Summit Diner. Um casal triunfante de heróis. Jenn exibiu um lado mais leve de sua personalidade. Eles riram juntos, como velhos amigos, e falaram de histórias ocorridas na última semana como se elas tivessem acontecido há muito tempo. Gibson sentiu que pertencia a uma equipe pela primeira vez na vida e ambos brindaram com milk-shakes. Jenn estava calorosa e compreensiva e disse que sem Gibson eles não chegariam a lugar algum. George Abe até havia telefonado para lhe agradecer diretamente. Como era bom fazer parte de algo que de fato importava.

Depois de pagar a conta, Jenn soltou a bomba sobre Gibson: Abe queria que ele voltasse a Washington.

— Você precisa compreender que a sua presença colocará em risco a nossa credibilidade. O FBI não recebeu bem o fato de termos seguido adiante com isso sem nos reportar imediatamente a eles. Temos de agir de modo inquestionável com eles e ter alguém como você aqui vai tornar as coisas bem mais difíceis.

— Alguém como eu.

— Alguém com a sua história. O FBI não entende o quanto Suzanne é importante para você. Tudo o que eles enxergam é o seu passado com Lombard.

Gibson não estava disposto a engolir isso. Ele prometeu ficar fora do caminho. Mas teria prometido qualquer coisa. Como poderia ir para casa agora? Quando estavam tão perto?

— Veja, você operou um milagre aqui — Jenn disse. — Nós lhe devemos muito, mas você precisa nos deixar cuidar disso de agora em diante. Você quer que a gente pegue esse sujeito, não quer?

No estacionamento do *diner*, eles continuaram discutindo o assunto sem parar; suas vozes aumentaram e seus ânimos se inflamaram, até que o gerente saiu do restaurante e lhes disse para colocarem um fim na discussão. No quarto de Jenn, eles retomaram o assunto, disparando um contra o outro variações dos mesmos argumentos já debatidos. Por fim, exaustos, mergulharam no silêncio.

— Pelo amor de Deus, Gibson, vamos virar esta página! Você trabalhou bem. Uma vez apenas em sua vida, reconheça que é hora de sair de cena e deixe as coisas como estão.

Era um bom conselho, embora o ferisse. Embora ele não tivesse intenção de segui-lo. Não quando estava em jogo o destino de Ursa. Ele iria até o fim naquela busca, mesmo que tivesse de fazer isso sozinho. Eles poderiam ter de volta o seu dinheiro.

A certa altura, Gibson percebeu que nenhum argumento convenceria Jenn a ceder. Continuou falando em defesa da sua causa, mas fez isso apenas por fazer. Na ocasião que lhe pareceu apropriada, virou as costas, saiu e foi para o seu quarto fazer as malas. Pela manhã, Jenn tentou se aproximar e pôr fim ao desentendimento, mas ele a desprezou solenemente. Se não tivesse feito isso Jenn desconfiaria, e Gibson tinha de convencê-la de que ia embora para casa.

Gibson voltou a olhar pelo espelho retrovisor. Será que tinha conseguido enganá-los? Se tivesse, pior para eles, por acreditarem que o tirariam do páreo com algumas palavras amáveis. Ele fez um giro de 180 graus no volante e deu meia-volta com o carro na direção de Somerset.

Na direção de Ursa.

Hendricks tinha razão. A esperança era um câncer.

GIBSON FICOU OBSERVANDO ENQUANTO HENDRICKS TERMINAVA DE COLOCAR

todo o equipamento na parte traseira do Cherokee. O ex-policial bateu a porta do bagageiro e acendeu um cigarro. Instantes depois, Jenn saiu do escritório do gerente do hotel, fez um sinal a Hendricks para que se apressasse e entrou no carro pelo lado do passageiro. Hendricks atirou fora o cigarro não terminado, esmagou-o e se acomodou atrás do volante.

O Cherokee se pôs em movimento e ganhou a estrada, rumando para fora da cidade. Gibson se abaixou atrás do volante quando o carro passou por ele. Ele havia estacionado a poucas quadras de distância e os observara usando um binóculo que tinha encontrado no porta-luvas. Contudo, ainda se sentia exposto. Estava em um carro que eles conheciam e Hendricks era como um radar humano; as coisas dificilmente lhe escapavam. Gibson não se surpreenderia nem um pouco se os dois passassem ao seu lado e o pegassem no pulo. Na verdade até esperava que isso acontecesse. Porém Hendricks e Jenn passaram por ele sem nem olhar em sua direção. Ele esperou para ir atrás deles, mas não sabia nada sobre a arte de seguir um carro a distância. Hendricks o apanharia num piscar de olhos.

Gibson se sentou ereto, sentindo-se um idiota. Mas será que estava mesmo sendo um idiota? Algo lhe parecia muito errado. Ele supunha que Jenn e Hendricks fossem esperar quietinhos até que Abe viesse se encontrar com eles, e depois coordenariam as ações com os agentes federais. Então, aonde é que os dois estavam indo com tanta pressa?

Mas pressa não definia bem o que havia ali. Tinha mais a ver com o comportamento de Hendricks. Ele não estava exatamente com pressa, e sim se movimentando com um propósito. Era o modo como ele ia e vinha entre o quarto e o veículo, vencendo a distância a passos largos. Não como quem tinha um compromisso com horário marcado, mas como alguém que não tinha tempo a perder. Gibson se lembrou da preparação dos fuzileiros navais para uma iminente mobilização — checar o equipamento duas vezes, fazer um registro mental. Era a intensidade latente que se instalava nas pessoas antes que elas se envolvessem em algo grande.

Afinal, para onde é que os dois iam? Ele havia ido embora fazia quanto tempo? Uma hora e meia, no máximo? E nesse intervalo Jenn e Hendricks tinham arrumado tudo e partido. Os planos deles não haviam mudado depois da partida de Gibson; não, o plano era esse desde o início. Não tinha a menor dúvida disso.

Agora os acontecimentos da última noite começavam a fazer sentido. A camaradagem no *diner*. Jenn desempenhara bem o seu papel. Ela havia tentado domá-lo, apelando para a sua insegurança e sua vaidade. Jenn o havia levado para jantar e segurara a sua mão, entoando a doce melodia da vitória ao seu ouvido. Tudo para que ele retornasse a Washington pacificamente.

Qual era a primeira regra para se conquistar a obediência de uma pessoa? Descobrir do que ela precisa e dar-lhe um gostinho disso. Não o suficiente para saciá-la, mas o bastante para estimular o seu apetite. O bastante para levá-la a querer mais. A precisar de mais. Bem, do que ele realmente precisava? De respeito? De reconhecimento? De realização? Não foi com isso que Jenn o havia mimado na última noite no *diner*? Sim. Polindo o seu ego até fazê-lo brilhar. Jogando com sua lealdade a Suzanne e contando com isso para controlá-lo. Gibson olhou para o envelope sobre o banco do passageiro. Dentro dele havia dez mil dólares. Em dinheiro vivo. Um bônus da ACG por seu trabalho "inestimável". Era como se dissessem "Ei, isso vai ajudá-lo a engolir o seu remédio amargo".

Se esse havia sido o plano desde o começo — mandá-lo de volta para casa depois que achassem WR8TH —, a próxima pergunta era por quê. O que George Abe disse mesmo a ele quando o procurou? Algo sobre querer ter uma conversa séria com o sequestrador de Suzanne? Sim, algo sobre deixar as sobras para o FBI. Nesse caso, não faria sentido garantir que Gibson ficasse fora do caminho? Será que eles estavam de fato interessados em descobrir o paradeiro de Suzanne? Se não fosse esse o objetivo deles... então o que é que eles buscavam, afinal?

Mas o que Gibson iria fazer a respeito disso? Essa era a principal pergunta. Primeiro as coisas mais importantes. Ele dirigiu até uma agência de correio, enfiou mil dólares no bolso da calça e empacotou o resto do dinheiro. Enviou o pacote para Nicole com um bilhete. Se as coisas terminassem mal, pelo menos ela ficaria com o dinheiro. Ele saiu à rua e girou as chaves do carro na mão.

Que comecem os jogos.

Gibson sabia que não era capaz de seguir Hendricks, mas na verdade não precisava fazer isso. Na noite em que Hendricks esqueceu o celular sobre o capô do carro, Gibson aproveitou a oportunidade para fazer alguns melhoramentos pessoais. Os dados pessoais de Hendricks estavam codificados, claro, e por isso não podiam ser acessados com facilidade. Mas como Gibson não queria acesso aos dados, nem precisava disso, ele simplesmente os deixou de lado, desbloqueou o celular, instalou o programa que desejava e reiniciou o aparelho com os dados codificados de Hendricks.

Gibson ativou seu programa, usando agora o seu próprio celular, e esperou que o aplicativo acessasse as funções de GPS do celular de Hendricks. Quando terminou de carregar, um ponto vermelho apareceu no mapa do seu celular; movia-se de modo constante na direção norte, afastando-se do ponto verde que representava a localização de Gibson. Ele observou o ponto vermelho até que parasse de se mover. Expandindo o mapa com os dedos, Gibson encontrou um endereço e fez uma pesquisa para saber mais.

Era o endereço de uma área onde se alugavam unidades de armazenamento — ou seja, boxes para guardar pertences e mercadorias.

Localizada a vinte minutos de carro de Somerset, a Grafton Storage ficava em uma feia estrada de duas pistas que passava no meio de uma área florestal. O empreendimento surgiu à sua direita e foi a primeira estrutura que ele viu num raio de quilômetros. Gibson diminuiu a velocidade para olhar melhor.

A propriedade tomava cerca de dois acres e tinha um funcionamento muito simples: o lugar era rodeado por um muro de concreto com cerca de arame farpado no topo, um portão automático, um pequeno escritório na entrada e filas de depósitos idênticos, com portas dobráveis azuis idênticas. O que uma pessoa teria para guardar em um depósito alugado ali, no meio do nada, era um mistério para Gibson. Mas isso provavelmente explicava por que a Grafton Storage estava abandonada; e já fazia algum tempo, a julgar pelo seu estado.

Ele continuou dirigindo até encontrar um caminho de terra para manobrar e esconder o seu carro. Enquanto caminhava até a Grafton Storage, cerca de quatrocentos metros, não viu um único veículo passar. De perto, o falecido negócio de locação de depósitos parecia ainda mais arruinado: uma placa de "Vende-se" surrada pendia do portão, toda torta, e grossos tufos de grama cresciam através de fendas no asfalto rachado. A corrente grossa e o cadeado seriamente corroído que bloqueavam o portão davam a impressão de que não eram tocados havia pelo menos cem anos.

Será que o seu programa tinha falhado? Ele fechou e reiniciou o aplicativo que rastreava a localização de Hendricks. Mas o programa continuava mostrando Hendricks dentro da Grafton Storage. Gibson olhou para o cadeado mais de perto. Notou riscos no aço enferrujado na região da fechadura. Será que alguém tinha introduzido uma chave ali? E desde quando exatamente ele tinha se tornado um especialista em cadeados carcomidos?

Ele olhou a sua volta. Se Jenn e Hendricks estivessem de fato ali dentro, quem havia trancado o portão depois da entrada deles? Não fazia sentido, a menos que existisse outra entrada. Ou Hendricks tinha atirado o seu celular dentro dos muros para despistá-lo. Mas isso significaria que Hendricks sabia que estava sendo seguido.

Ou, ou, ou...

Gibson coçou a testa. As alternativas eram muitas; hora de começar a descartar algumas delas.

Ele ligou para o telefone de Hendricks. Tocou cinco ou seis vezes antes que Hendricks atendesse. E ele parecia bem irritado.

Bom.

— Oi — Gibson disse, dando à sua voz o tom mais idiota que conseguiu.

— Oi o quê? Eu já não terminei com você? Eu lembro que você foi embora. Isso não aconteceu? Eu me lembro de que aconteceu.

— Eu sei. Me desculpe. A Jenn está aí? Tenho uma pergunta, coisa rápida.

— Sabia que ela também tem celular? Eu não sou o secretário dela.

Gibson já ia se desculpar novamente, mas então ouviu a voz de Jenn na linha, soando apenas um pouco menos tensa que a do seu parceiro.

— Que foi?

— Eu não queria chatear vocês, pessoal, mas... Tudo bem se eu for direto para casa e levar o carro para a ACG pela manhã?

Ele podia até ver a expressão de tédio de Jenn e então começou a falar sobre ir ao jogo de futebol de Ellie naquela tarde. Ela o interrompeu e disse que não havia problema.

— George já está aí? — ele perguntou.

— Ainda não chegou.

— Acha mesmo que ele vai dormir nesse hotel meia-boca?

Jenn deu uma risada forçada. Parecia um riso vazio e cansado. Ela concordava que seria engraçado.

— Bem, mande umas fotos para mim. Porque eu vou querer ver.

Ela desligou sem responder nada.

Gibson ficou olhando para o telefone, perplexo. Então Jenn e Hendricks tinham se trancado dentro de um complexo de locação de depósitos abandonado. Localizado naquele absoluto fim de mundo. Como se isso já não fosse suficientemente estranho, havia outra coisa a ser explicada: de que maneira eles haviam entrado ali e trancado o portão depois? Quando ia começar a procurar uma segunda entrada, ele percebeu que uma parte do arame farpado tinha sido cortada a aproximadamente quinze metros do portão principal — um detalhe que não era possível avistar da estrada.

Gibson caminhou ao longo do muro, tateando sua superfície lisa. Em teoria, o buraco era largo o suficiente para uma pessoa passar, mas o muro tinha mais de três metros de altura; até alguém com experiência em escalar precisaria de um apoio para chegar ao topo. Como, por exemplo... uma escada.

Alguma coisa amarela no meio dos arbustos chamou sua atenção. Ele foi ver do que se tratava e por pouco não caiu de cara num pedaço de arame farpado jogado pelo caminho. O arame estava enrolado como uma cobra na grama alta, cruelmente afiado; e Gibson, que só viu o arame quando estava quase em cima dele, teve que se contorcer todo para evitá-lo. Ele perdeu o equilíbrio e, tropeçando para trás, prendeu o calcanhar em algo sólido e caiu de costas no chão pesadamente.

Ele ficou deitado ali, respirando fundo até que a dor passasse, e depois se sentou para conferir a escada nova em folha sobre a qual havia caído.

Mas que droga é essa? O que está acontecendo aqui?

Gibson ainda estava considerando aquela situação quando uma extensão de corda caiu sobre o muro, lançada do lado de dentro. A corda ficou balançando a meio metro do chão. Por um instante, Gibson ficou olhando para ela como um bobo, sem ação. Então se pôs de pé rápido e quase não teve tempo de se esconder atrás de uma árvore antes que Jenn surgisse no topo do muro e escorregasse pela corda até o chão.

Ele a viu destrancar o cadeado e abrir o portão. Hendricks saiu de dentro do complexo dirigindo o Cherokee. A parte de trás do automóvel estava vazia, o que significava que eles haviam descarregado o equipamento do lado de dentro da Grafton Storage. Isso levou Gibson a se perguntar o que havia nas outras mochilas pretas. E por onde Hendricks andava enquanto ele trabalhava no programa para a biblioteca.

Jenn tornou a trancar o portão e pela segunda vez naquele dia Gibson os observou enquanto se afastavam de carro. Ele considerou a possibilidade de pular o muro para fazer uma pequena inspeção, mas poderia levar uma semana para que descobrisse o que quer que fosse que eles haviam guardado ali dentro. Melhor vigiar os movimentos deles e ver aonde o levariam. Sacudiu a sujeira da roupa e caminhou de volta ao carro.

23

O PONTO VERMELHO CONDUZIU GIBSON NA DIREÇÃO LESTE ATRAVÉS DE
uma série de cidadezinhas de classe média baixa, uma mais inexpressiva que a outra.
Quando ele passou pela última delas, a noite começava a cair e o céu que se refletia
em seu espelho retrovisor era de um vermelho intenso. Ele diminuiu a velocidade
para checar seu celular — o ponto de Hendricks havia ficado imóvel por trinta minutos. Não estava longe agora.

Uma sinistra certeza acompanhava Gibson desde que havia deixado a Grafton
Storage; ele temia saber exatamente para onde Jenn e Hendricks se dirigiam. Esperava
estar errado, mas era a única coisa que fazia sentido em suas ações. De qualquer
maneira, não ia demorar a saber.

As casas pelo caminho escasseavam cada vez mais. Agora, a distância que separava uma casa da outra era de mais de cem metros. Ali não havia demarcação clara
entre as propriedades. Nada de cercas. Apenas espaços abertos e paisagem.

As propriedades podiam até ser grandes, mas as casas propriamente ditas não
passavam de ranchos modestos ou casinhas pré-fabricadas em blocos de concreto. Na
maioria das casas viam-se antenas parabólicas. Não havia muita coisa para se fazer à
noite na região a não ser ver televisão e navegar na internet. E levaria muito tempo até
que alguém se desse ao trabalho de montar uma estrutura de transmissão via cabo
naquele lugar perdido no mapa.

Em uma curva na estrada, ele avistou o Cherokee mais à frente, à esquerda.
Estava estacionado em uma entrada para carros coberta de cascalho ao lado de uma
velha caminhonete. Era impossível identificar a cor original da casa, que havia desbo-
tado horrivelmente; a parede parecia ter sido borrifada com sujeira e mingau velho.
Uma das janelas da frente estava quebrada e para substituí-la um forro de plástico foi
grampeado na abertura. O telhado de telha cinza era torto e defeituoso. Nada parecia
se salvar naquela casa. Uma poltrona marrom e amarela tinha sido enfiada debaixo de
um olmo, onde apodrecia miserável sobre a grama muito alta.

O que levaria uma pessoa a morar num lugar assim? Era deprimente pensar nisso. Ninguém escolheria morar assim.

Ele não avistou nenhum lugar onde pudesse estacionar sem ser visto e continuou dirigindo. Não viu ninguém no Cherokee; provavelmente os dois estavam dentro da casa.

Havia uma Igreja Batista a cerca de trezentos metros de distância. Pelo visto fazia um bom tempo que não se realizavam cultos ali. Nem mesmo Deus queria morar naquele lugar. Gibson entrou com o carro até os fundos da igreja, onde o Taurus não poderia ser visto da rua.

Ele pegou o binóculo e se agachou atrás de um muro baixo de tijolos a fim de observar e esperar. Verificou seu telefone celular, mas não havia sinal.

Passaram-se horas.

Era uma noite sem lua. Um vento muito forte rugiu ao sul, mas passou sem que uma gota de chuva caísse. Não havia postes de luz nas ruas; a única iluminação disponível vinha da lâmpada vacilante da varanda ou da tela de uma televisão brilhando através de uma janela. Porém, na casa onde o Cherokee estava estacionado a escuridão era total. Nem era possível saber se havia luzes ligadas dentro da casa, porque as venezianas estavam abaixadas. Era angustiante para ele imaginar o que se passava ali dentro.

Gibson avaliou os prós e os contras de deixar seu esconderijo e se aproximar da casa sorrateiramente. Pró: ele teria uma ideia muito melhor do que estava acontecendo no interior da residência. Contra: os dois tinham armas, ele, não. Se o vissem, não sabia ao certo que rumo as coisas tomariam. Não deixava de ser engraçado. Esta manhã ele estava preocupado apenas que eles o repreendessem. Que grande diferença num intervalo de apenas doze horas!

Gibson só conseguiu perceber alguma movimentação quando Hendricks ligou o Cherokee. As luzes do carro se acenderam e através do binóculo ele viu a silhueta de Jenn contra a luz do teto do utilitário. Ela obrigou alguém a sair da casa. Um capuz preto cobria a cabeça dessa terceira pessoa, que era um homem, a julgar pelos ombros largos e muito musculosos. Como os braços dele estavam amarrados atrás das costas, ela segurou-lhe a nuca e o empurrou apressada para dentro do carro, no assento de trás. Depois ela entrou na caminhonete estacionada na entrada e partiu logo atrás de Hendricks.

Gibson caiu sentado atrás do muro. Jenn e Hendricks não haviam chamado as autoridades. Pelo menos ainda não, mas ele tinha a impressão de que os agentes federais não estavam nos planos deles. O objetivo não era prender WR8TH e levá-lo a julgamento. Vingança era o objetivo. Por isso é que haviam despachado Gibson para casa. O que Calista Dauplaise tinha dito a Gibson em Georgetown? Que a pessoa responsável pelo desaparecimento de Suzanne Lombard iria pagar. Não, essas não foram suas palavras exatas. Calista disse que essa pessoa iria *sofrer*.

Nem George nem Calista deviam lealdade a Benjamin Lombard. A perda de Suzanne era algo difícil de suportar para os dois. Gibson percebeu isso nas vozes de ambos quando falaram dela. O vice-presidente não sabia nada sobre o assunto e Gibson duvidava que ele viesse a saber. Isso era entre George, Calista e o homem que raptara Suzanne.

Em que tipo de encrenca ele havia se metido? Até que ponto ele era culpado? Gibson seria capaz de provar que não sabia o que eles tinham planejado? E isso importava? Ele havia hackeado uma biblioteca pública... Com uma causa dessas, um promotor público faria picadinho dele. Sem mencionar os pagamentos em dinheiro que tinha recebido. Até isso passou de repente a parecer condenável.

Ele considerou suas alternativas. Entrar sem demora em contato com a polícia. Provavelmente era o que a maioria das pessoas faria, mas ele não tinha a menor intenção de voltar para a cadeia. Outra opção seria avisar Lombard. Dizer ao vice-presidente o que seu velho aliado político e chefe de segurança estava tramando. *É*, Gibson pensou, *Lombard me protegeria e lançaria sua vingança sobre todos os outros envolvidos.*

Depois que Jenn e Hendricks se foram, Gibson esperou dez minutos e caminhou até a casa. Quando entrou na passagem para carros, o cascalho sob seus pés fez um barulho que lhe pareceu ensurdecedor, como uma banda de rock se aquecendo para um show. A propriedade vizinha era um campo de futebol, mas nem por isso seus nervos se acalmaram.

A porta da frente estava trancada, assim como a dos fundos. Ele tentou cada uma das janelas, mas todas estavam firmemente fechadas também. Gibson respirou fundo. Voltou até a frente da casa e usou as chaves do carro para rasgar o forro de plástico que cobria o vidro quebrado da janela. Então ele enfiou o braço pela fenda, destrancou a janela e a abriu com cuidado.

A casa era um verdadeiro chiqueiro. A princípio, ele pensou que Jenn e Hendricks haviam emporcalhado o lugar, mas descartou essa possibilidade, pois logo notou que aquele era o trabalho de anos, não de algumas horas. Não quis correr o risco de acender as luzes, mas tinha um aplicativo de lanterna em seu celular e o usou para explorar um oceano de lixo, móveis quebrados e caixas de papelão vazias. Uma pilha de pelo menos quarenta guarda-chuvas. Um acordeão quebrado. Uma cabeça de veado fora da parede, olhando sem expressão para o teto.

A cozinha era pestilenta; essa era a palavra mais justa para defini-la. Que cheiro terrível. Jesus, alguém *morava* ali. Gibson não conseguiu reunir coragem para atravessar a porta para a cozinha e decidiu deixar isso para mais tarde. A única área limpa era um pequeno quarto que tinha sido convertido em sala de ginástica. Havia ali um aparelho para supino, pesos enferrujados e uma barra fixa. Vários espelhos tortos de corpo inteiro estavam lado a lado. Havia pilhas e pilhas de revistas de *fitness* encostadas do outro lado da parede: *Muscle & Fitness, Muscular Development, Natural Muscle, Planet Muscle...*

Gibson procurava algo pessoal, alguma coisa com um nome, que confirmasse o que no fundo ele já sabia. Ocorreu-lhe que as revistas de ginástica talvez tivessem o que ele buscava, mas todas elas tinham sido compradas em banca de revistas. Uma fotografia serviria, mas não havia nada pendurado nas paredes; aliás, aquele não parecia ser o tipo de casa onde se colocavam fotografias emolduradas nas paredes. No quarto não havia nada de útil. Gibson andou com dificuldade até a porta da frente e encontrou uma pilha de correspondências fechadas.

Ele segurou uma carta de cada vez na frente do celular, à procura de um nome. A maioria estava endereçada apenas "ao morador", mas Gibson acabou encontrando uma carta do Departamento de Administração Prisional da Pensilvânia. O nome era exatamente aquele que ele esperava encontrar: Kirby Tate.

O som de alguém mexendo na porta da frente o assustou. A maçaneta da porta estava somente a centímetros do seu rosto e Gibson ficou olhando estático, em total concentração, enquanto ela se movia para a frente e para trás. Ele não havia escutado carro nenhum parar na entrada da casa. E se fosse um vizinho fazendo uma visita? Será que Tate tinha amigos? Era mais provável que Jenn e Hendricks tivessem esquecido alguma coisa e retornado por causa disso. *Ou por sua causa*, uma voz sussurrou maldosa em sua cabeça.

Ele enfiou a carta em um bolso e se afastou da porta. Com o fator surpresa ao seu lado, ele levaria vantagem com um deles; mas se os dois tivessem voltado, então não teria chance. Gibson, porém, não estava disposto a esperar para descobrir. O som de metal contra metal ressoou no silêncio da casa, mas felizmente a porta não abriu. Ele se lembrou de uma pequena despensa perto da cozinha e escapuliu para lá, transpondo com cuidado as pilhas de lixo. E se tentassem matá-lo? As coisas poderiam chegar a esse ponto?

Ele passou para dentro da despensa, colou as costas na parede e escorregou para baixo até ficar agachado. Não podia manter a porta completamente fechada porque não havia maçaneta do lado de dentro. O local debaixo de seus pés estava úmido e cheirava a mijo. Ele pôs o celular no modo avião e ouviu a porta da frente se abrindo.

Pelo que Gibson conseguiu perceber, havia apenas um invasor. O intruso não se anunciou nem acendeu as luzes. Gibson ouviu a porta da frente se fechar silenciosa. Uma lanterna foi ligada e através da fenda da porta ele viu o feixe luminoso dançando de uma parede a outra. A pessoa que entrou se moveu pelo lugar com tanto cuidado que as tábuas do assoalho nem rangeram; ou ela conhecia excepcionalmente bem o lugar, ou então se tratava de um fantasma. Gibson podia ouvir seus passos, mas apenas porque estava bastante concentrado em ouvi-los. Um *flash* espocou. E então outro e mais outro. Fotografias. Alguém estava se deslocando pela casa e batendo fotos. Metodicamente fazendo um inventário de cada quarto. Será que pretendia fotografar despensas também?

Se a porta se abrisse, ele bateria no sujeito sem piedade. E continuaria batendo até que parasse de se mover. Porém, tinha receio de escorregar na sopa viscosa que estava sob seus pés. Moveu-se devagar, mudando os pés de lugar, procurando uma superfície seca para se firmar.

Gibson não achou que tivesse feito algum ruído e revelado a sua presença, mas redobrou a atenção quando as fotografias pararam. Um silêncio denso caiu sobre a casa. Ele segurou a respiração e esperou, com todos os sentidos em alerta. Era como se dois submarinos estivessem à espreita em águas profundas e escuras — um tentando ouvir o outro sem cometer o erro fatal de entregar sua posição.

Passaram-se alguns minutos. Gibson ouviu aqueles passos de fantasma recuarem até a entrada da casa. A porta se abriu e então se fechou devagar. Depois disso, silêncio.

Ele respirou fundo, mas não se moveu. Ali mesmo onde se encontrava, esperou por um tempo que lhe pareceu uma eternidade. Temia que o intruso pudesse retornar, ou pior, que não tivesse ido embora e quisesse enganá-lo para tirá-lo do seu esconderijo. Gibson se concentrou no esforço de escutar, até se convencer de que não havia mais ninguém na casa.

Gibson saiu furtivamente do seu esconderijo. Levou um grande susto quando, enganado pela escuridão, confundiu a cabeça de veado com a figura de um homem. Deixou escapar um grito esganiçado e então fechou a boca, envergonhado.

"Seja homem, cara."

Ele desabou em um sofá e esfregou as panturrilhas, sentindo cãibras por ter ficado agachado na despensa. Ativou seu aplicativo de lanterna e olhou em volta. Sem dúvida era naquele sofá que Kirby Tate passava a maior parte do seu tempo. Espalhados ao redor havia pratos sujos, recipientes de *fast-food* e revistas pornográficas. Centenas delas. Gibson nem sabia que revistas desse tipo ainda eram produzidas.

Ele deu uma risadinha silenciosa, mas parou quando um pensamento lhe ocorreu. Quem poderia saber que esse tipo de revista ainda existia? Um cara sem internet poderia. Não havia antena parabólica na propriedade. Isso significava que não havia televisão e, mais importante, que não se tinha acesso à internet ali.

Tinha de existir uma explicação. A pessoa responsável por hackear a ACG não poderia passar sem internet. Ele fez uma busca pela casa novamente. Desta vez, procurou também por qualquer coisa que se esperaria encontrar na casa de um conhecedor de computadores. Gibson não achou nada. Nada de equipamentos, nada de livros. Sem área de trabalho. Sem mídia de armazenamento. Nada além de lixo, material pornô e equipamento de ginástica. Se Kirby Tate fosse um *hacker*, então devia ser único, pois Gibson jamais havia topado com um *hacker* que conseguisse viver sem acesso ininterrupto à internet de alta velocidade.

Quando se passa muito tempo operando computadores, a internet passa a ser uma segunda casa. Um refúgio. Um lugar para compartilhar ideias, trocar fragmentos de código e encontrar pessoas que compartilham os seus interesses em aplicações extralegais de programação. Como alguém que vivia essa realidade conseguiria ficar sem a internet? Não que fosse impossível, afinal poderia existir uma exceção que confirmasse a regra. Mas seria provável? Mais do que nunca, Gibson estava certo de que Jenn e Hendricks — fosse o que fosse que pretendiam fazer em Grafton Storage — tinham agarrado o sujeito errado para isso. O que haviam encontrado no laptop de Kirby Tate não podia ter ido parar lá sem a ajuda de alguém.

Mas então quem é que o estava ajudando? Tate teria um parceiro?

Gibson se retirou da residência o mais silenciosamente que pôde. Em comparação com o interior da casa, parecia ser meio-dia do lado de fora. Não avistou ninguém na rua e se apressou de volta ao seu carro. Ele não ligou os faróis do carro até estar a muitos quilômetros de distância da casa de Tate.

IMÓVEL NA ESCURIDÃO DA CASA, TINSLEY SORRIU. ENTÃO VAUGHN ESTAVA

de volta. Uma informação das mais interessantes. Ele deveria estar em casa a essa altura. Bem, Vaughn aparentemente tinha outras ideias. Isso, porém, não mudaria nada. Na verdade até faria Tinsley economizar uma viagem a Washington. Agora todos os ovos estavam no mesmo cesto, como se costumava dizer.

Ele se sentou no sofá onde Vaughn havia estado. O homem do computador tinha descoberto alguma coisa. Tinsley pôde ver isso no rosto dele. Os dois haviam ficado tão próximos que Tinsley poderia tê-lo tocado se estendesse a mão. Ele podia apenas imaginar qual seria a reação de Vaughn se o visse. Mas Vaughn não o viu; eles jamais conseguiam vê-lo. Melhor assim, porque nao era ali que ele deveria morrer. Por ironia, aquele era o único lugar onde Vaughn estava a salvo.

Tinsley olhou para as revistas de sexo que Vaughn havia recolhido e examinado. Essas revistas haviam sussurrado algo a ele, mas o quê? E por que Vaughn voltara, afinal? Tinsley se sentiu incomodado, não gostava de lidar com dúvidas e incertezas. Mas não importava. Se Kirby Tate fosse o homem que havia fugido dele dez anos atrás, isso significava que o trabalho de Tinsley estava quase terminado.

24

JENN OBSERVAVA KIRBY TATE ATRAVÉS DE UMA BATERIA DE MONITORES.
Visto pela tela, Tate se assemelhava a uma figura fantasmagórica na escuridão do seu cárcere. Estava pendurado pelos pulsos, com os braços esticados. Tate lutava para equilibrar-se em pé na ponta dos dedos. Quando escorregava, seus ombros tinham de suportar todo o peso do seu corpo até que ele conseguisse se equilibrar sobre os pés outra vez. Ele estava ficando exausto. E era exatamente essa a intenção.

Ela podia sentir através das paredes a vibração causada pelo baixo da música ensurdecedora com que bombardeavam Tate sem cessar. Era de uma dessas bandas de metal pesado que acreditavam que qualquer coisa menos rápida que *trash metal* era música de elevador. Jenn ficava impressionada com o que as pessoas eram capazes de ouvir por vontade própria. Ela apenas sabia que essa era uma das bandas mais tocadas nas prisões secretas da CIA espalhadas ao redor do mundo.

Ela secou o suor na região dos olhos. Mesmo com a porta sanfonada aberta, o calor do sol transformava as unidades em verdadeiros fornos. Era muito pior para Tate. Por quanto tempo mais ela teria que aguentar aquilo caso Tate não entregasse os pontos com a rapidez que eles esperavam? Mas Jenn na verdade não se preocupava com isso. Ele cederia. Talvez tivessem que jogar realmente duro com ele, quem sabe até o limite, mas ela estava certa de que Tate não suportaria ir além disso.

Quando trabalhava na CIA, Jenn havia participado de mais interrogatórios avançados do que gostaria de se lembrar. Ela carregava cada uma dessas experiências consigo e isso lhe tirava a paz, não importava quão forte ela acreditasse ser. Sim, para Jenn tais atos haviam sido necessários, mas essa certeza não a ajudava a dormir à noite. Os interrogados eram homens de princípio e de fé. Seus princípios ela desprezava — princípios que haviam levado a crimes imperdoáveis. Mas não deixavam de ser princípios e a devoção desses homens inspirava nela algum respeito, mesmo que mínimo. Interrogar homens assim demandava tempo. Fazer um homem devoto romper com suas crenças era um processo muito demorado e era terrível testemunhar isso. E ser o único responsável tornava tudo ainda pior.

Kirby Tate, por outro lado, só acreditava em suas próprias necessidades. Ele não tinha princípios, apenas desejos repugnantes e macabros. Homens como ele entregavam os pontos rapidamente. Então Jenn não acreditava que a coisa demorasse. Ninguém esperava ver dureza e nervos de aço em um patético predador de crianças.

Ela bocejou e se espreguiçou. A noite havia sido longa. Olhou com inveja na direção de Hendricks, que dormia em um catre num canto. Jenn o acordaria dentro de duas horas e os dois voltariam a trabalhar em Tate.

Tate era um criminoso de carreira. Além do sequestro fracassado de Trish Casper, ele tinha uma longa ficha; vivia entrando e saindo da cadeia desde os 15 anos de idade. Com uma escola dessas, ele pensava que sabia como as coisas funcionavam. Que dominava as regras do jogo. Jenn sabia que ele confiava em sua habilidade de melhorar a situação e levar vantagem. Então, depois que caçaram Tate em sua casa, Jenn e Hendricks o fizeram acreditar que ele não estava mais nos Estados Unidos. Levaram-no a acreditar que estava longe de casa, muito longe, e que ninguém apareceria para resgatá-lo. Ele precisava entender o quanto antes que seu conceito de legalidade não se aplicava ali — nada de advogados, nem de direitos de Miranda*, nem de barganhas. Apenas respostas ou dor. Respostas ou dor.

Para criarem toda a ilusão, eles levaram Tate a uma pista de pouso pouco utilizada, enfiaram-no em um avião e o amarraram a um banco. Claro que o avião jamais saiu do hangar, mas na mente de Tate eles percorreram metade do mundo voando.

Hendricks era um engenheiro de som simplesmente perfeito. Ele havia simulado uma checagem pré-voo feita por uma tripulação. Jenn e Hendricks agiram como se estivessem realizando a transferência de um prisioneiro, tratando Tate com rispidez e dando-lhe ordens e instruções. Com um capuz enfiado na cabeça, Tate se debatia e se queixava, mas não podia falar com uma mordaça na boca. Hendricks deu-lhe um tapa na cabeça e mandou que se comportasse como um bom menino.

Antes de "levantar voo", eles o sedaram com gás, nada muito potente — apenas o suficiente para deixá-lo fora do ar por cinco minutos, e quando o acordaram o avião estava em "pleno ar". Era um efeito impressionante: a cabine zumbia como se o avião estivesse voando. Isso graças ao trabalho brilhante de Hendricks, que havia feito algumas modificações no trem de aterrissagem e pressurizado o interior. Jenn chegou até a sentir um estalo em seus ouvidos. Um "piloto" foi aos alto-falantes e fez alguns comunicados de praxe à cabine: velocidade, altitude, tempo de voo. Hendricks tinha

---

* Direito fundamental do acusado de permanecer em silêncio e não produzir prova contra si mesmo".

colocado debaixo do avião um grande *subwoofer*, que produzia um constante ruído de baixa frequência para simular os motores. Jenn e Hendricks conversavam entre si constantemente: ela desempenhava o papel de veterana e ele o de novato. Durante o "voo", Hendricks a bombardeou com perguntas sobre o destino deles e Jenn descreveu um cenário pavoroso, para desespero de Tate.

Eles proporcionaram essa *performance* a Tate durante trinta minutos, e então o sedaram de novo. Um pouco mais pesado desta vez. Fizeram isso para que quando ele acordasse, grogue e desorientado, fosse fácil convencê-lo de que estava de novo em terra firme e sendo carregado até um carro. O mesmo carro, a bem da verdade, mas com sons de vozes estrangeiras falando ao fundo ele não poderia saber disso. Tate choramingava e se lastimava com o capuz enfiado na cabeça.

Quando chegaram à Grafton Storage, Tate *estava totalmente convencido*. Jenn pôde perceber isso na voz dele. Além disso, em algum ponto da viagem ele havia molhado as calças.

Enquanto Gibson se mantinha ocupado escrevendo seu programa no quarto de hotel em Somerset, Hendricks convertia um dos depósitos abandonados do complexo da Grafton Storage num centro de comando improvisado. Eles tinham camas portáteis, uma chapa elétrica, comida e água. Um gerador portátil garantia o funcionamento dos monitores que eles usavam para vigiar o prisioneiro.

A cela de Kirby Tate era um boxe privativo de vinte metros quadrados, que Hendricks havia transformado em cárcere e sala de interrogatório. Ele tinha instalado cerca de arame e uma porta com cadeado na metade do boxe. Também passou um rolo de arame farpado ao longo da base. Um colchão de palha para o caso de Tate ganhar o direito de dormir. Um balde para o lixo.

Tudo calculadamente rudimentar.

Eles arrancaram Tate do veículo e o levaram até a cela aos empurrões. Penduraram-no enquanto ele soltava através da mordaça sons que pareciam cacarejos histéricos. Vestiram então macacões pretos e toucas ninja. Ocultando suas identidades, davam a Tate uma gota de esperança de que o soltariam se ele confessasse. Até mesmo Tate era esperto o bastante para saber que seria um homem morto se visse seus rostos.

Jenn arrancou fora o capuz de Tate e os olhos dele se encheram como se ele olhasse desesperado em todas as direções. Hendricks se encarregou de falar. Ela sentia que Tate responderia melhor a uma figura de autoridade masculina. Quem poderia saber que tipo de relacionamento humilhante Tate havia travado com mulheres.

Ela nutria certa preocupação a respeito de Hendricks. Seu parceiro tinha décadas de experiência com interrogatórios tradicionais e possuía instintos formidáveis. Mas o que faziam ali era inteiramente diferente. Jenn vinha lhe dando instruções sobre o processo havia algumas semanas; ele se saíra bem na teoria, mas as coisas eram bem diferentes na realidade.

Porém Jenn havia se preocupado à toa: Hendricks tinha talento natural para a coisa.

— Isso pode acabar agora mesmo, cara — Hendricks começou. — Depende só de você.

Tate tentou falar com a mordaça na boca, mas só conseguiu produzir inúteis e ridículos glu-glus.

— Você pensou mesmo que conseguiria se safar de tudo? Que nós não o pegaríamos? Pois se deu mal, filho. Esse é o fim da linha para você. Teve a chance de pular desse trem há muito tempo, mas agora está muito longe de casa.

Jenn puxou a mordaça da boca de Kirby com força.

— Eu quero um advogado — Tate exigiu.

Hendricks riu com vontade:

— Não há advogados no inferno, filho.

— Mas é ilegal! Eu exijo um advogado!

— Eu sou o seu advogado. Precisa de alguma coisa?

— Vocês não podem fazer isso — Tate choramingou. — Eu conheço os meus direitos!

— Não existe essa história de direitos aqui. Onde pensa que está, moleque?

Os olhos de Tate se arregalaram, cheios de pânico. Sua boca se mexia, mas em silêncio, como se ele ainda estivesse amordaçado.

— Escute bem o que vou dizer. Nós sabemos quem você é. Sabemos o que você fez. Só queremos ouvir da sua própria boca. Você mexeu com a filha do homem errado e vai pagar muito caro por isso. Faz alguma ideia do poder que esse homem tem? Das coisas que ele pode fazer? Acho que não, porque se você soubesse teria procurado alguma outra criança, não é? Bem, cara, agora já era. Não é possível voltar atrás; o que está feito, está feito. Tudo o que resta agora é isso, essa é a sua realidade e é nisso que você tem que se concentrar. Como serão as coisas pra você daqui por diante. Pense. Isso vai levar um longo tempo ou vai ser rápido? Cabe a você decidir. Mas o meu conselho é o seguinte: faça a sua parte para que a gente possa acabar depressa com isso. Porque você não vai querer que isso demore. Acredite em mim, você não vai.

— Juro por Deus, eu não sei do que vocês estão falando... Não sei do que estão falando!

Hendricks o esbofeteou. Não com força, mas o efeito foi poderoso. Tate se calou e olhou para cima com uma expressão de medo e tristeza.

— Esse tipo de conversa não vai livrar o seu pescoço — Hendricks disse. — Esse é o tipo de conversa que faz as coisas ficarem mais complicadas e mais longas.

— Eu juro — Tate disse choroso, olhando alternadamente para Jenn e para Hendricks. Mas não havia policiais bonzinhos ali.

— Nós lhe daremos um pouco de tempo para pensar bem — disse Hendricks com o dedo indicador em riste. — Rápido ou demorado. Está em suas mãos. Se disser a verdade, tudo vai ser rápido e sem dor. Mas se mentir para nós... Não vamos nos cansar de machucar você e vamos fazer isso sem pressa. Vai levar muito, muito tempo. Entendeu?

Tate não respondeu.

— Entendeu? — Hendricks urrou.

Tate fez que sim, estendendo a cabeça debilmente para o lado.

— Ótimo — disse Hendricks. — Então, fique aí pensando sobre o que falamos. Enquanto isso, vou jantar com a minha parceira. E não se esqueça: depende de você. Quando a gente voltar, vai nos contar tudo a respeito de Suzanne Lombard. Se não quiser que eu comece a fazer coisas bem feias com você. — Hendricks falou naturalmente, sem rodeios, como se estivesse escolhendo entre duas marcas de cerveja.

Hendricks fez um aceno para Jenn e eles deixaram Tate pendurado em sua cela. Tate ficou gritando depois que os dois se foram e continuou gritando ainda por muito tempo depois que eles fecharam a porta sanfonada do compartimento.

— Quem? — ele repetia várias vezes em altos brados. — Eu não conheço nenhuma Suzanne! Não sei quem é. Porra, cara, quem é essa Suzanne Lombard? Eu não sei, não conheço!

E permaneceu assim por um bom tempo.

Para Jenn, seria preferível ouvir o *trash metal* a ter que escutar a voz de Kirby Tate. Ele era tão convincente. Tão sincero e sem culpa. Teria cortado o seu coração se já não tivesse visto isso tantas vezes antes. A sala de interrogatório era a maior escola de teatro que já havia sido inventada. Eles se agarravam à mentira como se agarrassem um colete salva-vidas. Eram tão convincentes que Jenn às vezes se perguntava se eles estavam de fato convencidos da própria inocência. Em longo prazo, isso nunca fazia muita diferença. A única variável era o tempo que eles demoravam a perceber a mesma coisa. Ela checou o relógio e apertou um botão em seu console. Uma luz branca tomava toda a cela de Tate. O corpo dele se retraía e sua boca se contorcia num grito, como se a própria luz queimasse.

A música começou a tocar.

JENN E HENDRICKS SAÍRAM DA CELA DE TATE. O DIA ESTAVA CLARO. JENN baixou a porta sanfonada. Eles se livraram de seus macacões e toucas ninja. Os dois estavam banhados em suor. Ela observou Hendricks se afastar de cueca samba-canção e sapatos para ir fumar. Vestindo calça curta e sutiã esportivo, ela não estava em posição de reclamar. Já não ligavam muito para certas sutilezas sociais.

Ela retornou ao seu posto de comando e apanhou quatro garrafas de água de dentro de um refrigerador. Encontrou um lugar à sombra, apoiou as costas na parede e escorregou até o chão. Quando Hendricks voltou, ela lhe entregou uma garrafa.

— Que horas são? — ele perguntou.

— Que se fodam as horas, eu quero saber que *dia* é hoje.

Ele pegou seu celular e o levantou para que ela o visse.

— Não é possível que hoje seja quinta-feira — ela comentou.

Já fazia agora quatro dias que estavam pressionando Tate. Caminhavam a passos muito lentos e não concordavam completamente quanto aos progressos que vinham fazendo. Hendricks acreditava que as coisas iam bem. Jenn estava um tanto surpresa com a demora daquele processo. Não esperava ficar de mãos abanando após tanto tempo. O patético molestador de crianças tinha mais determinação do que ela imaginava. Não havia dúvida de que Tate havia aceitado o fato de que a sua situação era sem esperança. Ele agora sentia que sua vida estava nas mãos de Jenn e de Hendricks. A essa altura, seu jogo era admitir apenas o suficiente para deixá-los felizes sem se incriminar. Ele andava em círculos, mas a circunferência ficava menor a cada dia.

Nos primeiros dois dias, Tate havia se agarrado à conversa fiada de que nunca ouvira falar de Suzanne Lombard nem de seu sequestro. Era uma mentira estúpida e Hendricks aplicou-lhe uma pressão tão pesada que ele desistiu disso na terça-feira. Eles conseguiram arrancar dele uma história diferente. Tate era, na pior das hipóteses, obcecado pelo caso Suzanne Lombard e o conhecia nos mínimos detalhes. Mas até o momento ele não lhes revelara nada que não tivesse sido amplamente divulgado e insistia que não sabia nada sobre hackear a ACG.

— Quanto mais você pretende trabalhar nele hoje? — Hendricks perguntou.

— Ele precisa comer. Dormir. Já está começando a dizer coisas sem nexo.

Jenn concordou com um aceno. Hendricks tinha razão. Corriam o risco de subjugar Tate por completo, mas não de um modo produtivo. Ela teria de comunicar a George os acontecimentos. E George não ia gostar disso. Calista o pressionava para que obtivesse resultados. Sem mencionar que quanto mais tempo Jenn e Hendricks passassem ali, maiores as chances de serem descobertos. E isso não seria nada bom, para dizer o mínimo. O crime que Tate havia cometido não faria a menor diferença: se ela e Hendricks fossem apanhados com Tate, ficariam fora de circulação por um longo tempo.

O telefone de Hendricks zuniu na mão dele. Ele olhou para o aparelho, surpreso a princípio, e depois confuso e preocupado.

— Que foi? — Jenn perguntou.

— É o vírus de Vaughn.

— O que houve com ele?

— Está soando aqui, foi ativado.

DEITADO DE BARRIGA PARA BAIXO, GIBSON OBSERVAVA JENN E HENDRICKS

tirarem seus macacões idênticos. Ele estava em um ponto extremo da Grafton Storage, no teto de um boxe privativo que oferecia uma boa visão da pequena operação de Jenn e Hendricks. Ele não sabia o que estava acontecendo com Tate exatamente, mas não era algo difícil de imaginar. Gibson ficou um pouco perturbado ao vê-los usando toucas ninja. Kirby Tate era desprezível. Nenhuma dúvida quanto a isso. Mas não justificava os atos que estavam sendo praticados dentro daquela unidade de depósito, fossem eles quais fossem.

Se era assim, então por que não chamava a polícia? Porque talvez fosse um pouco tarde para fazer valer seus princípios morais. Ele podia não ter mergulhado na lama com Jenn e Hendricks, mas àquela altura não era menos culpado que eles. Quão longe deixaria que as coisas chegassem se isso permitisse descobrir o que Tate sabia? Qual era o limite?

Gibson sentiu seu celular vibrar e abaixou o binóculo. Estava esperando uma chamada da ACG em algum momento. Ele havia telefonado para a empresa na segunda-feira para perguntar se poderia ficar com o carro mais uma semana, mantendo sua farsa de que havia voltado a Washington. A assistente de George Abe havia respondido que Gibson logo receberia um retorno a respeito do assunto, mas desde então ninguém entrara em contato. Aparentemente a ACG tinha assuntos mais importantes a tratar.

Ele olhou para o seu telefone; não se tratava exatamente do que esperava. Era uma mensagem de texto, e da ACG, mas não tinha nada a ver com o carro — era originada pelo vírus que ele havia instalado nos arquivos da ACG.

O texto era uma série de dados que terminava com coordenadas GPS. As instruções de seu vírus original eram instalar-se no computador do *hacker*, rastrear suas pegadas e ligar para casa usando o GPS do computador hospedeiro. Mas não foi isso que aconteceu. Em vez disso, ele foi baixado e permaneceu inativo desde então. Foi por esse motivo que eles haviam tomado a decisão de vigiar a biblioteca.

De qualquer modo, o vírus original teria uma possibilidade muito remota de êxito direto; Gibson não se surpreendeu quando isso aconteceu. O alvo teria que abrir os arquivos da ACG em um computador conectado à internet. Mas o *hacker* fez o que Gibson teria feito: passar os arquivos para um lugar seguro e examiná-los em um computador independente.

Por isso, o fato de o vírus emitir o alerta enquanto Tate estava preso confirmava as suspeitas de Gibson. Seu vírus não poderia se ativar sozinho. Se ligou para casa agora, isso só podia significar uma coisa: alguém havia se conectado de propósito à internet. Kirby Tate estava descartado; impossível que fosse ele. Então, quem seria? Quem teria simplesmente soado o sino do almoço?

Gibson apontou seu binóculo de volta para Jenn e Hendricks, que pareciam engajados em uma discussão intensa. Hendricks estava apontando com irritação para o boxe onde Tate se encontrava preso. Jenn, com as mãos no topo da cabeça, dedos entrelaçados, tinha uma expressão de descrença no rosto.

Vocês também não esperavam receber essa mensagem de texto, não é?

Gibson fez um esforço para tentar entender o que estava acontecendo. Se o vírus tinha dado sinal de vida agora, então mais uma pessoa estava envolvida. Tate tinha um parceiro. Alguém que conhecia computadores e tinha ativado o vírus de Gibson por engano ou intencionalmente. Gibson tinha o palpite de que havia sido de propósito. Mas por quê?

Se tivesse sido de forma deliberada, então o parceiro sabia que Tate havia sido apanhado. Ativar o vírus poderia ser um sinal para levá-los para longe de Tate. Relutante ou incapaz de se arriscar chamando a polícia, o parceiro agora tentava anular as suspeitas que recaíam sobre Tate, salvando assim a sua vida. A ideia era fazer o inimigo pensar que havia agarrado o homem errado.

Mas fazer isso por Tate e expor a si mesmo? Não fazia sentido. Teriam de ser próximos demais para que o parceiro arriscasse o próprio pescoço para salvar Tate em vez de deixá-lo pagar sozinho e escapar. A menos que Tate não fosse parceiro dele, e sim um peão apenas. Nesse caso, o que wr8th estava planejando?

Gibson desistiu de calcular todas as possibilidades e voltou ao binóculo. Jenn e Hendricks haviam preparado um plano. Eles trancaram Tate em seu boxe como se fosse um móvel usado. Em meia hora, os dois estavam novamente vestidos com roupas normais. Saíram da Grafton do modo habitual: Jenn pulou o muro e abriu o portão para Hendricks sair com o carro.

Quando os dois se foram, Gibson desceu do telhado e correu para o lugar onde mantinham Tate encarcerado. Eles haviam trancado a unidade de Tate, mas não trancaram a unidade onde eles próprios ficavam. Gibson encontrou as chaves em um gancho dentro da porta sanfonada.

Ele se perguntou o que o esperava dentro do cárcere do criminoso. Torcia para que ainda restasse alguma coisa de Tate, ao menos o suficiente para lhe dar algumas respostas.

25

HENDRICKS PEGOU A RODOVIA PENSILVÂNIA NA DIREÇÃO DE PITTSBURGH.
Jenn examinava os registros em seu laptop, tentando entender o que havia acontecido
e esperando que não se arrependesse da decisão de enviar Gibson de volta a Washington. Sim, porque a experiência dele cairia como uma luva agora. Ela correu a língua
pela boca enquanto pensava. Hendricks estava calado. A possibilidade de que Tate
fosse o homem errado era horrível demais para se contemplar.

— Tate não é nenhum anjinho — Hendricks disse.

Jenn não respondeu e passou para outra página em seu laptop.

As coordenadas GPS fornecidas pelo vírus de Vaughn os conduziu a North
Huntingdon — um antigo e conhecido município nas proximidades de Pittsburgh.
Árvores antigas e suntuosas cobriam as ruas e a grama dos jardins era do mais vistoso
verde. Todas as garagens abrigavam automóveis de luxo.

— Só falta uma barraquinha de limonada para o cenário ficar perfeito — Hendricks comentou.

As coordenadas GPS os levaram até a rua Orange Lane, 1754, onde tinha uma ampla
casa de dois andares no estilo Tudor com molduras brancas. Um carro da polícia estava
estacionado na frente da casa e Hendricks continuou dirigindo. No final do quarteirão, ele
encostou ao meio-fio, ajustou seu espelho retrovisor e se recostou para observar.

— Essa é a casa? — Hendricks perguntou.

— De acordo com o vírus do Gibson, sim. — Ela ligou para Rilling e lhe pediu
que procurasse algumas informações sobre a propriedade.

Vinte minutos depois, um policial saiu da casa, seguido por um homem e uma
mulher. Ambos pareciam ter pouco mais de trinta anos de idade e mesmo à distância
era possível perceber que estavam infelizes. O homem trocou um aperto de mão com
o policial, e a mulher segurou o braço do marido. O casal permaneceu na varanda até
o policial partir em sua viatura. A mulher fez um aceno de despedida.

O celular de Jenn vibrou. Era uma mensagem de texto de Rilling. A casa pertencia a William e Katherine McKeogh. Ela mostrou a informação a Hendricks.

— O que você acha?

Hendricks esperou até que o casal entrasse na casa, deu a volta com o carro e estacionou na calçada diante da residência.

— Só tem uma maneira de descobrir — ele disse, saindo do automóvel.

Sentada em sua varanda, uma mulher idosa abaixou seu livro e acenou para Jenn. Ela retribuiu o cumprimento educadamente. Vizinhança amigável. Receptiva. Jenn seguiu Hendricks pela rua e subiu os degraus da entrada da rua Orange Lane, 1754. Hendricks tocou a campainha e se afastou da porta. Ele girou o pescoço como se estivesse se preparando para uma luta. Quando a mulher abriu a porta, Hendricks exibiu um sorriso caloroso e amigável que Jenn jamais havia visto antes.

— Em que posso ajudar? — Katherine McKeogh tinha um rosto amável e grandes olhos castanhos. Seu cabelo estava preso atrás com uma tiara com laço verde-esmeralda.

Hendricks retirou um cartão pessoal do bolso interno do casaco e o entregou a ela.

— Peço desculpa por incomodá-la em sua casa, senhora. Meu nome é Dan Hendricks. Esta é minha parceira, Jenn Charles. Nós gostaríamos de fazer algumas perguntas à senhora e ao seu marido.

— Vocês são investigadores? — ela perguntou, lendo o cartão dele.

— Não, senhora. ACG é uma empresa privada. Nós fomos contratados para prestar consultoria à polícia local e avaliar seus procedimentos.

— Ah. — Ela devolveu o cartão. — Mas um policial esteve aqui agora há pouco.

— Não somos a polícia, senhora. Estamos fazendo um trabalho de acompanhamento. É parte de uma iniciativa em toda a região para aperfeiçoar os serviços. Nós estávamos na área e pensamos em entrevistá-los, se fosse possível, enquanto vocês ainda se lembram bem dos acontecimentos.

— Ele foi bem legal. Eu não quero criar nenhum problema para ele.

Hendricks sorriu com amabilidade. Jenn começava a entender por que ele havia obtido um dos maiores índices de casos resolvidos do Departamento de Polícia de Los Angeles. A transformação dele chegava a ser perturbadora.

— Eu entendo completamente — disse Hendricks. — Não estamos aqui por causa dele exatamente nem por causa de nenhum outro policial. Nosso objetivo é buscar meios para melhorar e ampliar as interações entre o município e a comunidade.

— Kate? O que houve? — A voz de um homem soou de dentro da casa.

— Alguns investigadores com perguntas! — respondeu a mulher em voz alta.

— Nós não somos investigadores, senhora.

Instantes depois, um homem alto e magro usando bermuda e camisa polo se aproximou da porta.

— O que está acontecendo?

— Bill, essas pessoas querem conversar com a gente sobre o policial que registrou nossa denúncia de arrombamento — explicou a sra. McKeogh.

— Como vai, senhor? Eu me chamo Dan Hendricks e esta é minha parceira, Jenn Charles. — Ele estendeu a mão e Bill McKeogh o cumprimentou.

Hendricks olhou de viés para Jenn enquanto repetia sua conversa sobre prestar consultoria à polícia. Deixando claro que eles não eram detetives. Para Jenn, os McKeogh não convenciam como pedófilos sequestradores de crianças. Eles mal deviam ter vinte anos de idade na época do desaparecimento de Suzanne.

Os McKeogh se mostraram mais do que dispostos a ajudar. Munido de um bloco de notas, Hendricks produzia anotações enquanto fazia uma série de perguntas sobre o policial que os havia atendido: seu comportamento, sua eficiência, sua atenção a detalhes. Jenn colaborou na encenação, fazendo perguntas complementares para extrair dos moradores detalhes a respeito do arrombamento. Como a maioria das vítimas de crimes de menor gravidade, os McKeogh estavam ávidos para falar sobre o assunto.

Ao voltar do supermercado, a sra. McKeogh havia encontrado a porta dos fundos aberta. A porta tinha sido forçada. Ela chamou a polícia e avisou seu marido no escritório, que ficava apenas a dez minutos de distância. Ela esperou do lado de fora até que o (muito amável) policial chegasse. O (muito atencioso) policial confirmou que a porta de trás havia sido arrombada e vasculhou o porão e os andares superiores e então eles puderam entrar na casa de novo. Não pareceu que nada tivesse sido roubado, mas para confirmar isso seria necessário realizar uma busca mais cuidadosa. Os moradores não tinham muito dinheiro nem jóias caras dentro da casa.

— O policial disse que provavelmente eram só crianças.

— Por quê? — Jenn perguntou.

— Porque nada foi danificado dentro da nossa residência — respondeu o sr. McKeogh. — O policial nos explicou que na maioria dos roubos a preocupação principal dos meliantes é agir rápido, o que os faria saquear a casa. O policial disse que tudo aqui dentro deveria estar um desastre. Gavetas reviradas, quadros jogados pelo chão, móveis tombados: os ladrões vão arrastando tudo diante de si em busca de coisas de valor. Soubemos que em geral os danos são consideráveis.

— Então vocês não têm certeza se nada foi levado? — Hendricks perguntou.

— Não, não sabemos ao certo. Nós só começamos a checar.

— O policial nos deu seu cartão para entrarmos em contato com ele se percebermos que algo sumiu — disse o sr. McKeogh.

— Posso ver o cartão? — Jenn pediu.

O sr. McKeogh entregou o cartão, que Jenn devolveu depois de copiar as informações sobre o policial.

— E quanto aos equipamentos eletrônicos? Têm computadores na casa?

— Temos um aparelho de som e duas televisões. Minha mulher tem um laptop e nós temos um computador de mesa para as crianças.

— Não queremos as crianças bisbilhotando na internet quando não estamos olhando — a sra. McKeogh comentou.

— Então os seus computadores são protegidos por senha? — Hendricks perguntou.

— O meu é, mas o computador de mesa não. Por quê? — a sra. McKeogh quis saber. — Vocês acham que eles estavam atrás disso?

— Tudo é possível. Melhor verificar para não ter surpresas.

Katherine McKeogh foi imediatamente fazer a verificação. Retornou um minuto depois, balançando a cabeça numa negativa. O computador parecia normal.

— Importa-se que eu dê uma olhada rápida nele? — Jenn perguntou.

O computador ficava em uma pequena mesa de madeira na sala de estar. O monitor era um velho modelo CRT. A CPU ficava no chão ao lado da mesa; a tampa do painel frontal USB estava suspensa.

— A senhora se importa? — Jenn perguntou, indicando o teclado.

O computador estava em modo de espera. Jenn teclou a barra de espaço. O disco rígido foi acionado e o monitor se acendeu. Alguém havia digitado duas palavras em um documento do Word: "Terrance Musgrove".

Os McKeogh olharam um para o outro.

— Vocês o conhecem? — Jenn indagou.

— Não — disse o sr. McKeogh. — Bem, não exatamente.

— Nós compramos essa casa dele — Kate McKeogh disse.

— Do espólio dele — corrigiu o marido.

— Compramos a casa do espólio. É meio triste. Mas eu não conheço a história inteira — ela disse.

— Foi apenas a segunda casa que vimos. Nós oferecemos um valor baixo, imaginando que eles recusariam, mas aceitaram. Foi uma pechincha, para ser sincero. E assim fechamos o negócio. Em um mês tudo estava concluído. Nada como um vendedor motivado.

— Fazem ideia se houve algum motivo para isso? — Jenn perguntou.

— É um assunto delicado na vizinhança. Ninguém se dispõe realmente a falar sobre isso — a sra. McKeogh explicou. — Mas nós descobrimos mais tarde... Não é agradável sentir que você está levando vantagem com a desgraça de outra pessoa. Não é o tipo de coisa que você quer trazer para dentro da sua casa. É uma energia ruim.

Jenn olhou para o casal com expressão interrogativa.

— Ele se matou — disse por fim o sr. McKeogh.

— William! — Havia indignação na voz de Kate McKeogh.

— Bem, foi o que ele fez. Em algum lugar da casa. Por isso conseguimos um negócio tão vantajoso. A residência permaneceu vazia enquanto seus irmãos decidiam o que fazer.

— O que aconteceu com ele? — Hendricks perguntou.

— Isso eu não posso lhe dizer. A vizinhança não gosta de falar sobre o assunto. Foi simplesmente uma tragédia.

— E eu não quero saber — disse a sra. McKeogh com firmeza. — Ficou tudo no passado. Pode ter acontecido no quarto de um dos meus filhos. E como eu conseguiria lidar com isso? — Ela desligou o computador. — O que passou, passou.

Jenn sentiu seu celular vibrar. Afastou-se dos outros para verificar de que se tratava. Era uma mensagem de texto gerada automaticamente a partir da ACG, dizendo que o vírus de Vaughn estava *offline*. Ela acenou para Hendricks, que encerrou a entrevista com os McKeogh. Todos trocaram apertos de mão na porta da frente e Hendricks e Jenn começaram a descer o acesso para carros. Jenn mostrou a Hendricks a mensagem de texto.

Antes de chegar à calçada, porém, Jenn se voltou para o casal.

— Só mais uma coisa — ela disse. — Há quanto tempo vocês moram na casa?

— Em abril completaremos nove anos aqui — a sra. McKeogh respondeu.

— E a residência ficou vazia por quanto tempo?

— Por dois anos — disse o sr. McKeogh.

— Certo. Obrigada pela atenção.

De volta ao veículo, Jenn perguntou a Hendricks:

— De zero a dez, que nota você dá a isso no seu estranho critério de classificação?

— Estamos falando de quê? Do fato de alguém ter invadido uma casa aleatoriamente no Recanto Feliz da Vovó para baixar o vírus de Vaughn no computador de uma criança? Tudo isso em plena luz do dia?

— É, é disso que estamos falando.

— Nota onze.

— Mas eles não são suspeitos. Concorda?

— Aqueles dois? Claro que concordo.

— Por que fazer isso, então? Por que aqui?

— Talvez alguém esteja brincando com a gente. Para mostrar que é esperto demais para ser apanhado. Por isso nos faz dar voltas e nos coloca na direção errada.

— Acha mesmo que o cara só está querendo se exibir?

— É, eu acho que isso se encaixa na minha definição de ficar dando voltas em buscas inúteis.

— Não sei. E correr um risco desses? Arrombar uma casa? Nesta vizinhança e durante o dia? Tudo isso para quê? Para nos fazer perder algumas horas do nosso tempo? Não parece valer a pena.

— Talvez essa pessoa esteja produzindo um álibi para Tate. É possível que sejam dois os envolvidos.

— Disso nós sabemos. Dá pra fazer muita coisa com algumas horas do nosso tempo, sabe? — Jenn disse. — Mas temos de voltar para Grafton.

— Concordo. — Hendricks deu partida no motor, mas manteve o carro parado. Ele olhou para a parceira. — Certo. O que você pretende?

— Vou falar com a vizinha.

— A senhora idosa? Para quê?

— Preciso saber onde Terrance Musgrove se encaixa nessa história.

Quarenta minutos mais tarde, Jenn estava de volta ao carro.

— E aí, o que conseguiu? Quer dizer, além da receita de bolo de canela da boa senhora, é claro.

Jenn mostrou o dedo médio para ele enquanto pegava seu telefone e ligava para George. Ela explicou a situação ao chefe enquanto Hendricks escutava e esperava.

Quando ela terminou, George perguntou se precisavam de alguma coisa.

— Preciso que investiguem Terrance Musgrove. — Ela soletrou o nome e lhe passou o endereço na Orange Lane. — Dez anos atrás, aproximadamente.

Jenn se voltou para Hendricks.

— Em que região nós estamos?

— Westmoreland — Hendricks disse.

George disse que faria algumas ligações e facilitaria as coisas com a polícia local. Jenn passou a língua pelos dentes. Ou Tate contava com a ajuda de um parceiro ou eles haviam agarrado o sujeito errado. E se Tate fosse inocente... que Deus os ajudasse.

26

GIBSON PASSOU PARA DENTRO DO BOXE PRIVATIVO E DEPOIS BAIXOU A porta sanfonada. Foi saudado pelo cheiro de suor velho e de vômito em meio ao medonho calor. Ele ouviu movimentos atrás de uma cerca de arame que se estendia de lado a lado do recinto e cautelosamente se aproximou na penumbra.

Kirby Tate estava curvado em posição fetal sobre um colchão de palha. Apesar do calor opressivo, ele tremia. Com os olhos entreabertos, fitou Gibson com uma desconfiança selvagem. Gibson forçou um sorriso e ergueu uma garrafa de água, que estava molhada por fora em virtude do calor.

Tate passou a língua pelos lábios secos e rachados.

— Tome, pegue isso.

Tate se encolheu contra a parede como se Gibson o estivesse ameaçando com uma arma, e não lhe oferecendo bebida.

— Pegue isso — ele repetiu. — Está tudo bem.

Gibson abriu a garrafa e a colocou dentro da cerca de arame. Ela tombou e rolou devagar, salpicando o chão de concreto. Tate seguiu a garrafa com os olhos, calculando o risco. Tentando detectar a armadilha oculta ali. Então, subitamente, lançou-se para a frente sem se levantar, agarrou a garrafa e bebeu todo o conteúdo de um só gole. Quando a água acabou, ele voltou para o seu refúgio de palha.

Gibson pôs outra garrafa de água onde Tate pudesse enxergá-la bem.

— Continua com sede?

Tate fez que sim com a cabeça.

— Preciso lhe fazer algumas perguntas.

Tate ficou em silêncio.

— Não vou machucá-lo. Eu nem vou entrar aí. Só peço que chegue mais perto para que eu possa ver você. Eu lhe darei a água e nós conversaremos um pouco.

Tate se mexeu, mas permaneceu no mesmo lugar. Gibson tentou novamente. Com calma e paciência. Colocou a segunda garrafa de água dentro da cela improvisada e se sentou no chão, esperando parecer menos assustador.

Aos poucos, rastejando, Tate foi se aproximando de Gibson. Gibson precisava olhar o sujeito nos olhos. Tate pegou a garrafa e se sentou de pernas cruzadas no chão, estudando Gibson.

— Então os policiais bons aparecem sem máscara? — Kirby Tate disse.

— Quem está agindo com você? — Gibson perguntou sem rodeios.

— Quê?

— Quem é o seu parceiro?

— Não tem nenhum parceiro comigo, cara. Não tenho parceiro porque não fiz nada. Eu já disse isso para aqueles outros dois filhos da puta.

— Quer dizer que você virou um santo depois que pegaram você com aquela garota no seu porta-malas?

Uma estranha expressão se estampou no rosto de Tate. Um misto de vergonha, orgulho e mais alguma coisa que causou calafrios em Gibson.

— Tá bom, cara, eu vou ser bem sincero com você. Eu aprendi a minha lição. Não quero mais passar por isso, sabe? — Tate dessa vez sorriu. Uma versão desequilibrada de sorriso de um cidadão equilibrado.

— E aquela pornografia infantil em seu laptop?

O sorriso de Tate definhou.

— Não, isso não é nada. Qual é, cara? São só fotos, nada de mais. O lance é só na minha cabeça. Faço para ficar longe de problemas.

— Só para aliviar a pressão, não é?

— Isso, cara, é isso aí. A pressão. Daí... me ajuda a garantir que meu porta-malas fique sempre vazio, dá pra entender? — Tate piscou para ele.

Quando ouviu isso, Gibson pensou que fosse vomitar.

— Ei, tudo bem aí, cara? — Tate deu até uma risadinha. Tentando provocar Gibson um pouco.

— Nada, estou bem. — Gibson tentou sorrir. — Eu sei do que você está falando. Ficar longe de problemas é a coisa certa a se fazer.

— A coisa certa. Exato. É a coisa certa a se fazer — Tate repetiu, concordando.

— Agindo assim você beneficia as crianças. É por causa delas que faz isso, para protegê-las.

— Exato! — Tate balançou a cabeça com energia. — É exatamente o que estou fazendo. Eu não quero machucar ninguém nunca mais.

Tate se considerava um sujeito bom. Ele consumia pornografia infantil apenas para manter sob controle os seus impulsos ruins. Fazia isso pelo bem das crianças.

Sem dúvida.

Uma pessoa nunca pensa que ela própria seja ruim. Essa é uma eterna verdade da condição humana. Por mais repreensíveis que sejam seus atos, as pessoas sempre se convencem de que podem justificá-los.

— Então você estava na biblioteca por causa disso?

— É. Ele disse que a biblioteca fazia limpeza nos servidores às sextas-feiras, por isso era seguro. Ninguém nunca saberia.

— Limpeza nos servidores? — Isso não fazia sentido nenhum. Ninguém limpava servidores semanalmente, muito menos uma biblioteca pública.

— Sim. Ele é um profissional.

— Ele? Ele quem? — Gibson perguntou.

— Xi, sei lá. Um cara aí. Eu recebi uma carta um ano atrás. Bom, não foi uma carta. Ele colou uma mensagem na minha porta. Disse que era um "entusiasta" como eu. Que tinha me encontrado na internet em uma dessas listas de presos que cometeram crimes parecidos com os meus. Tinha minha foto, meu endereço. Explicou que estava entrando em contato com todos na área para saber se seria possível criar um pequeno grupo de "indivíduos com ideias semelhantes", nas palavras dele. Pareceu bem legal. *Indivíduos com ideias semelhantes.*

— Para quê?

— Para juntar nossos... você sabe... recursos.

— Trocar fotos?

— Fotos. Vídeos. Isso aí.

Gibson engoliu em seco. Pelo visto, alguém havia transformado o registro nacional de agressores sexuais em uma espécie de rede social para pedófilos.

— E esse sujeito lhe contou que a biblioteca limpava os seus servidores?

— É, ele disse que às sextas-feiras durante a limpeza você fica anônimo, daí pode baixar tudo o que quiser sem que ninguém perceba nada.

— Mas só às sextas.

— Só às sextas-feiras. O cara conhecia todo o esquema.

— Mas quem é ele afinal, Kirby?

— E eu vou saber, cara? Nunca nos encontramos.

— Sem essa...

— É sério. A gente tinha uma regra que não podia quebrar: todos deviam ficar anônimos para que ninguém dedurasse ninguém se desse alguma merda.

— Mas ele sabia quem *você* era.

— O quê?

— Bem, ele procurou você. Então ele sabia quem você era.

Isso evidentemente não havia ocorrido a Tate.

— Tá, mas eu não sabia quem ele era, então...

Gibson viu a estupidez de Tate entrar em colapso.

— Kirby, só seria anônimo se a identidade de todos fosse desconhecida.

— Ah. É, eu acho que sim. Mas ele era legal demais, sabe? — Tate estava começando a se dar conta do que tinha acontecido. — Ele me deu a maior força. Ele não me colocaria em encrenca.

— E veja só como você está agora.

Tate olhou para ele por um longo momento. Gibson não desviou o olhar. Quase podia ver as engrenagens funcionando na mente de Tate.

— Filho de uma puta! — Tate proferiu.

O grandalhão se levantou e caminhou pesadamente em círculos ao redor da cela, xingando. Gibson permitiu que Tate desabafasse até cair sentado de novo a sua frente.

— O que foi que ele disse a vocês sobre mim? Veja, a gente nem trocou muito material um com o outro.

— Não trocaram?

— Não, cara. Enviei algumas coisas para ele no início, mas ele nunca tinha nada para mim, então eu continuei enviando.

— E quanto aos outros membros do grupo?

— Não havia outros membros. Ele continuou tentando recrutar gente, mas não conseguiu ninguém disposto a participar do nosso esquema. Dizia que não encontrava caras com coragem suficiente. Dizia que nós éramos os únicos com visão e capacidade. Eu me ofereci para ajudar a recrutar, mas ele achava mais seguro fazer isso sozinho.

— Como você fazia para se comunicar com ele?

— No começo, por bilhetes. Depois arranjei um computador e a gente conversava por ele. Ei... Ele disse a vocês que eu peguei a garota Lombard, não é? Foi por isso que vocês, filhos da puta, me trouxeram de avião até esse fim de mundo aqui. Porque ele disse que fui eu!

Avião? Em meio à escuridão, Gibson torceu para que Tate não percebesse sua expressão de espanto. Um voo misterioso era algo definitivamente preocupante, mas não tinha tempo para considerar isso agora. Tinha de seguir em frente com o criminoso.

— Sim, foi o que ele nos disse.

— Bom, é mentira.

— Você tem internet na sua casa?

— Minha casa? Que nada. Eu não tenho porcaria nenhuma naquele cafofo.

— Por que não?

— Não posso pagar, cara. Quanto você acha que eu ganho? Eu, um ex-presidiário, condenado por molestar crianças? Ganho pouco. As pessoas não estão exatamente fazendo fila na minha porta para me contratar. Faço uns biscates para o meu tio. Um serviço temporário aqui e ali, mas é difícil. Então não dá nem pra pensar em antena parabólica e serviço de internet. Além do mais, para que eu precisaria de internet? Eu só preciso ir até a biblioteca para ter internet, então por que ia querer pagar por essa coisa?

— A internet oferece outras coisas, Kirby.

— Não dá, cara. Tem muita leitura. Que se foda. Arrebenta com a minha cabeça.

— Então por que você está protegendo esse cara?

— Mas não estou protegendo! Eu não sei quem ele é. Não tenho nada a ver com esse merda.

— Você hackeou a ACG para ele. Ou será que fez isso por vontade própria?

— Os seus amigos também vieram com esse papo. Cara, eu não fiz essa bosta.

— Pelo amor de Deus, Kirby. Estou tentando ajudar você aqui, mas tem que me dar alguma coisa. Sexta-feira, na biblioteca, você baixou uns dez megabytes de dados da ACG.

— Não, cara, não! Eu só baixei essas coisas que você já sabe, imagens e outras merdas. Não sei nem que porra é essa de ACG!

— Não minta para mim. Nós vigiamos você. Estava no seu computador.

— Acredite, cara, eu só comprei aquele computador dele para conseguir minhas fotos. Só por causa disso.

— Espere aí. Então ele lhe vendeu o computador?

— Sim. Eu ia comprar um usado, mas ele me disse para não fazer isso, que ele mesmo montaria um novo para mim. E faria alguns ajustes para a minha segurança.

Gibson fechou os olhos. Tate não tinha um benfeitor e também não tinha um cúmplice. Tudo o que ele tinha era alguém que o controlava como um fantoche. Era brilhante. Recrutar um pedófilo para integrar uma rede de pornografia infantil que não existia, montar um computador sob medida para ele e fazê-lo engolir uma historinha idiota sobre tardes perfeitas de sexta-feira.

— O quê? O que há? — Tate quis saber.

Gibson o ignorou. WR8TH havia preparado para si mesmo uma porta dos fundos no computador de Tate e o estava operando remotamente como se fosse um drone. WR8TH baixou dados da ACG através do computador de Tate, deixou uma cópia no disco rígido para que eles encontrassem e escapou sem problemas. Na ocasião, o verdadeiro WR8TH poderia estar a milhares de quilômetros de distância ou poderia estar próximo da mesa da praça.

Contudo, Gibson ainda não conseguia entender o que WR8TH ganhava com isso. Qual era o jogo dele, afinal? Por que ele apostaria a própria liberdade dez anos depois de se safar? O que era tão valioso para ele que o fazia correr o risco de ser capturado?

Fosse o que fosse, Gibson sabia que WR8TH ainda não havia encontrado o que queria. Isso ficou claro no momento em que o vírus de Gibson foi ativado quando ele estava no telhado pouco tempo antes. Não aconteceu por acidente, nem foi uma tentativa de proteger Tate. Tate não passava de um peão. A ativação do vírus significava que WR8TH ainda queria jogar. Gibson só precisava descobrir qual era o jogo para poder brincar também.

Ele se levantou para ir embora.

— Vamos lá, cara, eu sei que você descobriu alguma coisa!

Gibson passou para a cela de Tate as provisões que lhe restavam. Uma garrafa de água, uma barra de granola e uma maçã.

— Eu não fiz nada. Você sabe disso.

Gibson se virou para partir.

— *Nada* é mesmo uma palavra e tanto.

27

A OFICIAL DE POLÍCIA PATRICIA M. DANIELS NÃO ESTAVA EXATAMENTE
feliz em vê-los. Ela olhou para Jenn e para Hendricks de alto a baixo e voltou à sua
lenta e penosa digitação ao teclado.

— Nós geralmente lidamos com esse tipo de coisa por solicitação formal. Vocês
sabiam disso? Pois deveriam saber, afinal é um direito que vocês têm. Para nós, o
direito de saber é uma coisa bastante séria. Da maior importância — disse Patricia
sem tirar os olhos do teclado. — Nós temos um portal na internet para que o público
em geral, que no caso seriam vocês, possa apresentar suas solicitações *on-line*.

— Nós compreendemos isso.

— Existe um sistema, entendem? Eu tenho que tratar as pessoas de maneira correta — Patricia continuou. — Eu tenho uma pilha de solicitações aqui comigo. E eu
expliquei isso ao senhor Abe. Expliquei. Mas o senhor Abe, bem, ele não pode esperar, o grande senhor Abe precisa disso hoje mesmo. O mais rápido possível. Ele é tão
importante, então quem liga se existe ou não uma droga de sistema? E eu disse isso a
ele. Mas aí ele foi se entender com o Frank — ela disse, apontando o escritório do
chefe de polícia. — Cinco minutos depois, Frank veio aqui me dizer para deixar tudo
de lado e atender o seu pessoal.

— Nós ficamos realmente gratos por isso — Jenn disse.

Hendricks olhou a rua pela janela.

— Servir e proteger — disse Patricia.

A sala de registros ficava no subsolo, mas a mesa de Patricia ficava no segundo
andar.

— Tentaram me enfiar lá dentro com os registros, mas aquele lugar tem séculos
de poeira acumulada. Ninguém merece isso — ela comentou. — Eu falei isso pro
Frank. Eu disse a ele "tente ficar lá e vamos ver o que acontece com a sua asma".

Patricia tirou suas chaves de dentro de uma gaveta e se desvencilhou de sua
cadeira. Ela era rechonchuda como uma boneca russa. Patricia ajustou seu cinto e
seguiu na direção do subsolo com um andar lento e cambaio.

A sala de registros do subsolo era formada por fileiras de estantes de aço repletas de caixas etiquetadas. Patricia não estava mentindo a respeito da poeira. Absolutamente tudo estava coberto de pó. Estava escuro e as luminárias fluorescentes, elas próprias cheias de poeira, não ajudavam muito a enxergar.

Patricia explicou que todos os documentos que abrangiam os últimos cinco anos estavam armazenados eletronicamente. Havia planos para converter os documentos físicos que restavam, mas o município não tinha liberado fundos para contratar uma equipe especializada para realizar o trabalho. Patricia destrancou o portão de metal e os conduziu através de um corredor. Ela carregava um pedaço de papel com a informação do registro e o usava como um mapa do tesouro para se orientar. Patricia gerenciava uma operação bastante eficiente. Tudo estava encaixotado, etiquetado e organizado de modo profissional e ela logo encontrou o arquivo do caso.

— Trabalhei no Departamento de Polícia de Los Angeles por vinte anos. Esta é a melhor sala de registros que já vi — Hendricks disse.

— Obrigada. — Patricia abriu um largo sorriso de satisfação. — Por que não me disseram que eram policiais?

— Só eu. Ela era da CIA — Hendricks respondeu.

— CIA? Uau. Bem, não vamos guardar ressentimento dela por causa disso — Patricia brincou, dando uma leve cotovelada em Hendricks.

— É muito bom poder contar com a sua ajuda — Hendricks disse.

— E eu fico feliz por poder ajudar. Fiquei um pouco irritada porque quando o senhor Abe mencionou a palavra "suicídio" em seu telefonema eu pensei que ele estivesse falando sobre o caso Furst. E vocês sabem que não terei um caso tão recente até o próximo ano eventualmente.

— Furst? — O comentário da policial despertou a curiosidade de Hendricks.

— Evelyn Furst — Patricia disse, e quando percebeu que ainda não havia esclarecido a questão, acrescentou: — Doutora Evelyn Furst.

— Perdão, nós não ouvimos falar deste caso — Jenn explicou.

— Evelyn Furst? A diretora da faculdade de medicina na Universidade de Pittsburgh? — Mas eles não reagiram nem diante dessa pista e Patricia percebeu que não sabiam mesmo do que se tratava. — Bem, isso tem aparecido bastante no noticiário. Ela decidiu tirar a própria vida. Uma tragédia. Era uma mulher tão generosa. Fez muitas coisas boas. Por isso, quando ouvi "suicídio" logo pensei que vocês fossem repórteres procurando motivos para envergonhá-la. Se me permitem uma opinião, este é um país livre e isso devia incluir o direito a controlar a própria vida. Eu mesma jamais faria tal coisa, mas é uma questão de princípio.

— Assino embaixo de tudo o que você falou — Hendricks disse.

— Nossa, que horrível deve ter sido. De qualquer modo, nós viemos para verificar outro caso.

— Diga-me, Patricia, será que eu poderia conseguir uma cópia do arquivo Musgrove? — Hendricks perguntou.

— O arquivo todinho?

— Isso sem dúvida seria a salvação da nossa lavoura.

Patricia pareceu hesitante.

— Não sei, não. Eu não deveria — ela respondeu.

Hendricks pôs a mão no braço dela de maneira tranquilizadora.

— Eu compreendo — ele disse. — Mas eu lhe dou minha palavra: nós seremos discretos. E vou ficar devendo uma a você. Isso vai tirar o chefe da minha cola. Falando sinceramente, ele pode ser uma grande dor de cabeça.

Isso pareceu convencer Patricia e ela acabou concordando com relutância, não sem antes arrancar deles algumas promessas. Ela os conduziu de volta ao seu andar para fazer uma cópia do arquivo e depois o entregou aos dois com um pedido.

— Se precisarem de mais alguma coisa, entrem em contato direto comigo. Tudo bem? — Ela entregou seu cartão a Hendricks. — Você está certo sobre o seu chefe. O Frank ficou meio mal-humorado depois que falou com esse senhor Abe.

Eles prometeram que seguiriam as recomendações de Patricia e então se despediram.

— Vai ligar para ela? — Jenn perguntou com um sorrisinho depois que os dois saíram. — Ela ficou gamadona em você.

— Claro que vou. Assim que você ligar para o Vaughn.

O sorriso sumiu da boca de Jenn na hora.

— Como é?

— Você me ouviu. — Ele piscou para a parceira.

— Ei, pode me fazer um favor? Espere um pouco aqui. Vou até o carro pegar a minha arma e já volto para atirar no seu traseiro.

— Tá bom, claro que lhe faço esse favor, Rambo de saias. — Ele agitou o arquivo Musgrove no ar. — Que tal a gente parar para comer e ler isso?

Tudo bem para Jenn, contanto que não fossem a um daqueles *diners*. Depois de passar uma semana acompanhando a obsessão de Vaughn por refeições rápidas, parecia que todos os seus órgãos internos haviam sido mergulhados em gordura. Ela precisava de alguma coisa fresca e verde.

Enquanto eles caminhavam até um restaurante no fim da rua, Jenn imaginou Vaughn sentado naquele seu amado *diner*, o Nighthawk. Com dinheiro no bolso, livre e longe de toda aquela confusão em que estavam metidos. Isso a fez sorrir. Ele ainda não havia engolido o que Jenn tinha feito. Mesmo sendo um cara tão azedo, era dono de uma moralidade a toda prova, o que ela admirava. Em especial quando ele via alguém se ferrando bonito, como talvez, apenas talvez, Kirby Tate estava se ferrando agora. Houve um tempo em que esse tipo de coisa a incomodava também. Agora, porém, ela apenas via Tate como o refugo que inevitavelmente cercava o tipo de operação que eles estavam realizando. Jenn nem mesmo ligava para o fato de que não dava a mínima.

No restaurante, eles abriram o arquivo sobre a mesa, repartiram-no e o examinaram enquanto comiam. A história de Terrance Musgrove era triste. A julgar pela opinião geral, ele era um membro querido da comunidade, um garoto bom e esforçado que se formou e cursou a faculdade de veterinária. Jenn viu diversos relatos escritos testemunhando a disposição de Musgrove de fazer tudo o que estivesse ao seu alcance em benefício de um animal doente. Essa dedicação abriu caminho para que ele expandisse sua clínica ao longo dos anos, chegando a quatro filiais. Existiu a intenção de abrir franquias em âmbito nacional, mas essa ideia não saiu do papel. Mesmo assim, Musgrove havia se tornado um homem próspero e ele e sua mulher, Paula, viveram em Orange Road por dezoito anos com a filha, April.

Em resumo, Terrance Musgrove era um bom homem. Sua mulher era autora de dois livros infantis e, além disso, era uma pessoa muito comprometida com ações de caridade em sua comunidade. Sua filha havia estudado em escolas particulares e era uma nadadora exímia, que já participava de competições em nível nacional aos 11 anos de idade. Nas férias, a família ia esquiar no Wyoming todos os anos e tinham uma casa de veraneio a duas horas de distância do Lago Erie.

Jenn abaixou a pilha de papéis e pegou um pouco de sua salada.

— Meu Deus, isso é bem feio — Hendricks disse.

— O que você achou?

— Então, a filha deles, a April. Catorze anos de idade. Ela e a mãe estavam na casa de veraneio da família. Só as duas, mais ninguém.

— Na região do Lago Erie.

— Isso mesmo. Então a menina e a mãe estão sentadas em seu cais particular e a filha decide nadar. A polícia depois especula que a garota não percebeu o perigo.

— E?

— Foi atingida por um barco a motor. E atingida em cheio na cabeça

— O suficiente para matá-la?

— Não, mas foi um golpe demolidor. Ela se afogou. Mas fica ainda pior. A mãe entra em pânico, pula na água e sai nadando para salvar a filha, mas não é uma nadadora como a garota. E se afoga tentando salvá-la.

— Musgrove tem um álibi?

— Curioso, pois essa foi a primeira pergunta que me veio à cabeça também. Sim, o médico ficou em seu escritório o dia inteiro. De acordo com inúmeras testemunhas.

A polícia tentou encontrar alguma pista que o implicasse, mas nunca teve nenhuma razão para persegui-lo como um suspeito.

— E o suicídio dele? Quanto tempo depois ele cometeu suicídio?

— Não nos dois anos seguintes. Mas as pessoas próximas a ele disseram que depois da tragédia ele caiu em depressão e passou a beber. No final, o resultado foi triste. Alterações bruscas de humor, mudança de personalidade, a empresa declinando.

Jenn se recostou no assento e refletiu sobre o assunto.

— É uma história realmente triste, Jenn, mas eu ainda acho que estamos perdendo tempo aqui. O que um veterinário morto tem a ver conosco?

— Dê uma olhada na data — Jenn disse, dando um tapinha no relatório da autópsia.

Hendricks fez o que ela pediu e balançou a cabeça.

— É isso? Ele se matou dois meses depois do desaparecimento de Suzanne? Isso é abrangente demais, não acha?

— Eu acharia, sim, se alguém não nos tivesse levado até a velha casa dele e digitado seu nome em um computador.

— Qual é a sua teoria, então? Que Musgrove afunda na depressão? Perde a cabeça e começa a falar com Suzanne pela internet numa tentativa delirante de substituir sua filha; encontra-se com Suzanne, seduz a garota e depois a sequestra; e sabe Deus o que mais? Percebe o que fez quando já é tarde demais, e comete suicídio por não suportar a culpa?

— Na verdade é a melhor hipótese que temos até agora.

— Ah, você só pode estar brincando.

— Mas faz algum sentido. As duas garotas tinham 14 anos.

— Bem, em primeiro lugar: se Terrance Musgrove levou Suzanne, e Terrance Musgrove está morto, então qual é o papel de Kirby Tate nessa história toda? E em segundo lugar: quem invadiu a casa dos McKeogh hoje?

— Tá bom, eu não sei — Jenn admitiu. — Eu me sinto como se estivesse jogando pôquer com três cartas apenas.

— É, assim fica difícil ter uma boa mão — Hendricks concordou.

— O que nós estamos deixando escapar? — ela perguntou como se estivesse pensando alto.

Eles pagaram a conta e juntaram as partes do arquivo Musgrove. Uma fotografia chamou a atenção de Jenn. Era uma fotografia de cena de crime do suicídio de Musgrove. Terrance Musgrove havia se enforcado. Ela sentiu um calafrio na espinha. Hendricks viu a expressão dela mudar e olhou para a foto com curiosidade.

— O que foi?

— Não sei. Tenho que voltar para Grafton. Preciso do meu laptop. E...

Eles olharam um para o outro. Nenhum deles queria pronunciar o nome Kirby Tate.

— Bem, vamos lá. Você telefona para George ou quer que eu faça isso?

— Ele vai adorar, não vai? — ela disse.

— Eu não diria isso.

28

GIBSON SE SENTOU A UMA MESA À SOMBRA NA PRAÇA DA BIBLIOTECA
Carolyn Anthony. Era um alívio depois de ficar fechado em um depósito privativo.
Ele havia voltado à cena do crime na esperança de que isso o ajudasse a pensar, a ver
com mais clareza; mas o que poderia obter de útil em uma biblioteca e em seus arredores? A praça estava menos movimentada do que na última sexta-feira, quando se
deixou enganar. Quando se deixou envolver e apontou na direção de Tate.

Com que facilidade havia permitido que o enganassem!

Gibson olhou para as coordenadas GPS que o seu vírus havia enviado à ACG
como se elas pudessem falar com ele. Jenn e Hendricks sem dúvida tinham seguido
aquelas coordenadas. Talvez eles conseguissem apanhar WR8TH desprevenido, mas
Gibson não acreditava nessa possibilidade. WR8TH era extremamente cuidadoso. O
vírus de Gibson só havia sido ativado porque WR8TH quis que isso acontecesse. Mas
por que se revelar agora? Isso não jogava por terra todo o trabalho de manipular Tate?
A menos, é claro, que WR8TH não pudesse resistir — a menos que fosse arrogante a
ponto de querer exibir o brilho de sua genialidade. Sem dúvida Gibson já havia
conhecido *hackers* desse tipo. Ele próprio já tinha sido um *hacker* assim. Esse era exatamente o movimento que ele teria feito... quando tinha 15 anos de idade.

Um toque soou no laptop dele, e uma pequena janela de texto foi aberta no
canto da tela. Os pelos do braço de Gibson se eriçaram.

```
WR8TH: ouvi dizer q vc está procurando por mim
```

O texto estava escrito na linguagem abreviada e desleixada empregada com certa
frequência na internet. Parecia coisa de adolescente, mas Gibson preferiu não fazer
suposições. Conhecia programadores que já haviam passado dos cinquenta anos de
idade que escreviam desse modo *on-line*, regularmente. Pessoas que possuíam até
mestrado. Em alguns sites, o uso correto da gramática podia ser punido com o bani-
mento sumário.

GVaughn: Eu nem sei quem você é.

WR8TH: verdade. Mas vc sabe quem eu naum sou, neh???

GVaughn: Você não é Kirby Tate.

WR8TH: ooops

Gibson quase podia ouvir WR8TH rindo dele.

GVaughn: Você realmente fez o que quis com ele.

WR8TH: naum tenho pena daquele lixo. ele teve o q merecia

GVaughn: Isso foi bem cruel.

WR8TH: ele naum passa de 1 saco d lixo, mas naum encostei 1 dedo naquele miserável

GVaughn: Claro, você não armou pra ele nem nada, a gente sabe.

WR8TH: bravinho pq eu descobri seu programa?

GVaughn: Não, ele cumpriu seu objetivo.

WR8TH: só pq eu deixei

GVaughn: Por que você fez isso?

WR8TH: pq vc naum voltou para casa qdo eles mandaram?

GVaughn: Andou espionando a gente?

WR8TH: 1 pouquinho. responda a pergunta, pq ainda está aqui?

GVaughn: Suzanne.

WR8TH: idem

Gibson ficou olhando para a última linha de texto durante um minuto inteiro.

GVaughn: WR8TH. Você é mesmo quem parece ser? Você é o WR8TH?

WR8TH: culpado!

GVaughn: Não acredito em você. Acho que você não passa de um imitador usando o velho nick dele.

WR8TH: vc naum é tão burro. sabe q sou eu

GVaughn: Será que sei mesmo?

WR8TH: quem mais teria aquela fotografia???

GVaughn: Provavelmente é falsa. Assim como você.

WR8TH: pare de jogar comigo. tá perdendo tempo

GVaughn: Talvez seja a minha vez de perder tempo. Todos os seus jogos meio que me deixaram a fim de jogar.

Uma longa pausa se seguiu.

WR8TH: já acabou?

GVaughn: Por enquanto. Mas e então, foi você? Você levou Suzanne?

WR8TH: de certo modo... é mais complicado q isso

GVaughn: O que você quer dizer com "de certo modo"?

WR8TH: naum sou o q eles pensam q sou

GVaughn: E o que eles pensam que você é?

WR8TH: 1 pedófilo como tate. que eu a machuquei

GVaughn: E você não é?

WR8TH: naum, eu a amava

GVaughn: Você percebe que é um cara muito doente, não é?

WR8TH: naum é o q vc tá pensando

GVaughn: Certo, você a amava, tudo bem. Então onde ela está agora, Romeu?

'Novamente uma pausa longa. Gibson temeu ter pressionado demais WR8TH. Mas ele não conseguiu evitar. Ouvir aquele filho da puta falar de seu amor por Ursa foi demais para suportar. Porém ele precisava mantê-lo conversando.

GVaughn: Você ao menos se sente mal quando pensa no que aconteceu a ela?

WR8TH: todo dia, cara. toda droga de dia

GVaughn: Então onde ela está? Me diga. Você manteve todo esse suspense e nos deixou sem nada além de especulações. Nós fizemos o seu joguinho. Você provou o quanto é esperto. O que fez com Tate foi muito inteligente. Aplausos, aplausos. Mas agora já basta de preâmbulos. Chega de enrolação e vamos passar ao que interessa. A grande revelação. Não foi para isso que você voltou? Para encerrar a sua *performance* com alguma confissão tenebrosa? Então desabafe e alivie a sua alma de todo esse peso!

WR8TH: vc naum entendeu nada

GVaughn: Ou será que você está com saudade de toda aquela atenção? Apenas querendo causar um pouco mais de sofrimento às pessoas que a amavam?

WR8TH: EU A AMAVA!!!

GVaughn: Então onde ela está?

WR8TH: eu naum sei

GVaughn: O cacete que você não sabe, "WR8TH"!

WR8TH: juro por deus. eu achei q eles soubessem

GVaughn: Eles? Eles quem?

WR8TH: abe consulting group. por q acha q invadi o sistema deles?

GVaughn: Pensa que a ACG sabe onde está Suzanne?

WR8TH: pensava sim

GVaughn: E agora?

WR8TH: já naum sei mais

Gibson se reclinou na cadeira e ficou olhando fixamente para a tela.

WR8TH: ei, gibson, vc parece tão surpreso

Essa brincadeira estava irritando Gibson de verdade. Ele digitou golpeando com força as teclas.

GVaughn: Nossa, você sabe o meu nome. Que bom para você. Deve ter sido bem difícil achar essa informação no meio de todos aqueles arquivos que você pegou da ACG.

WR8TH: está brincando? como naum saber quem vc é? BrnChrOm. vc é uma lenda. Suzanne falava de vc o tempo todo

Isso fez Gibson balançar. Ursa falando sobre ele com seu sequestrador. Saber que ela havia pensado nele mesmo em tal situação. Ele sentiu uma enorme tristeza. Tristeza misturada com uma raiva renovada.

GVaughn: Ah, é mesmo? Ela contou que crescemos juntos, falou sobre nossas histórias enquanto você a torturava ou fazia sabe-se lá que merda asquerosa?

WR8TH: VÁ SE FODER, BABACA!!! eu a AMAVA! ela falou realmente essas coisas e falou muito sobre vc. contou q vc a chamava de Ursa e lia pra ela

GVaughn: Não quero ouvir isso de você.

WR8TH: contou o q vc fez com o pai dela. q vc deixou o cara maluco

GVaughn: Ele que se dane.

WR8TH: finalmente concordamos em alguma coisa haha

Gibson hesitou. Não sabia como responder a isso. WR8TH estava tramando algo.

WR8TH: pq vc está aqui?

GVaughn: Para descobrir o que aconteceu com Suzanne.

WR8TH: somos 2. eles querem me matar?

GVaughn: Eu não sei.

WR8TH: quer ouvir 1 coisa engraçada?

GVaughn: O quê?

WR8TH: eu acredito em vc. que idiota, hein?

GVaughn: É mesmo.

Eles teclavam cada vez mais rápido; as mensagens iam e vinham. Gibson batia nas teclas com vigor e quando se dava conta já havia terminado de escrever. Mas agora a resposta não veio. Ele ficou olhando para o cursor, esperando, e nada aconteceu. Ele xingou baixinho.

GVaughn: Ainda está aí?

Nada. Que droga, que droga! Desgraçado. Responda, seu demente miserável! *Espere aí... Como é?*

Gibson voltou o texto e releu o que WR8TH havia teclado: "você parece tão surpreso". *Parece* tão surpreso? O filho da mãe podia *vê-lo*. WR8TH estava ali! Observando-o da mesma maneira que eles haviam observado Tate. E agora outro detalhe ocorria a Gibson: WR8TH devia estar na rede da biblioteca também. De que outra maneira ele conseguiria entrar em um bate-papo *on-line* em seu laptop?

Gibson olhou a sua volta para ver quem mais estava na praça. Trocou olhares com um homem magro e alto, sentado duas mesas de distância a sua frente. Não tinha mais do que 25 anos. *Desmazelado* era a palavra que melhor o descrevia. Cabelo loiro longo e encaracolado que se lançava de sua cabeça em todas as direções, como se jamais tivesse sido apresentado a um pente na vida. Uma tentativa fracassada de deixar crescer barba havia resultado em longas costeletas falhas e um longo bigode que se curvava para baixo, mas não o suficiente para alcançar a espessa moita em seu queixo. Ele vestia uma camisa preta do Slipknot — uma banda de *heavy metal* que Gibson ouvia muito na corporação de fuzileiros. Os óculos escuros estilosos não podiam disfarçar os olhos grandes e amigáveis.

Olhos que também fitaram Gibson diretamente, sem se desviar.

GVaughn: WR8TH?

Gibson digitou essas palavras com hesitação, sem acreditar que pudesse ser ele. O homem sentado diante dele não devia passar de um menino quando Suzanne desapareceu.

O homem deu uma olhada em seu laptop, depois voltou a olhar para Gibson e fez um sinal afirmativo com a cabeça.

29

HENDRICKS DIMINUIU A VELOCIDADE QUANDO ENTROU NA GRAFTON STORAGE.

O portão estava escancarado.

A reação de Jenn foi imediata. Ela abriu a porta do passageiro e saiu enquanto o carro rodava lentamente portão adentro. Com a arma colada à perna, ela correu devagar ao lado do Cherokee, usando a porta aberta do veículo como proteção. A tranca havia sido arrebentada com um cortador de cadeados.

— O que você acha? — Jenn perguntou sem tirar os olhos do caminho à frente. — Polícia?

— A polícia não se anuncia dessa maneira. O portão estaria fechado para que entrássemos sem suspeitar. Então não é a polícia, é alguma outra coisa.

— De acordo. Vamos entrar.

Com expressão sombria no rosto, Hendricks fez que sim com a cabeça. Jenn fechou a porta do carro para que ele pudesse manobrar com mais facilidade e imediatamente buscou proteção atrás do Cherokee.

Uma vez do lado de dentro, Jenn tratou de fechar o portão. Por um lado, ela estava trancando os dois ali dentro com suas visitas inesperadas. Por outro lado, estava trancando suas visitas ali com ela e com Hendricks. E eles não demorariam a descobrir quem eram essas visitas.

Ela bateu na traseira do Cherokee e Hendricks continuou em frente devagar. Jenn se colocou numa posição em que pudesse se manter segura e ao mesmo tempo ter um bom campo de visão enquanto eles passavam pelos cruzamentos entre as construções do complexo. Por sorte, o sol do fim de tarde se localizava atrás deles. Isso ajudaria a contrabalançar a vantagem tática do inimigo em uma emboscada.

Eles abriram caminho até o boxe onde Tate se encontrava. Seguiram em marcha bem lenta, pois dessa maneira teriam chances bem maiores de identificar os sinais de uma armadilha. Contudo, Jenn concordava com Hendricks. Se fosse uma armadilha, o portão estaria fechado e eles não perceberiam até que fosse tarde demais. O portão aberto era um aviso, e quando os dois se aproximaram da cela de Tate, ela viu que a porta sanfonada estava suspensa.

Hendricks passou pela cela de Tate e Jenn deslizou do para-choque e foi se ocultar na extremidade mais próxima. Hendricks parou a cerca de dez metros de distância e voltou a pé, pelo lado oposto ao de Jenn. Ergueu três dedos no ar e Jenn fez um aceno com a cabeça. Sem emitir nenhum som, apenas movendo os lábios, ele fez: "Um, dois, três", e Jenn invadiu o lugar com a arma em punho, agachando-se e correndo os olhos por tudo. Hendricks entrou logo atrás dela e assim cada um cobriu uma metade do recinto.

Eles pararam de modo abrupto, baixando as armas frouxamente. A cela improvisada de Tate estava aberta. E Tate havia sumido.

Jenn deu um passo à frente e pisou em algo úmido. Ela olhou para baixo. Uma grande trilha de sangue saía da cela de Tate. Alguém havia sangrado dentro da cela. Onde quer que Tate estivesse agora, ele não tinha caminhado até lá.

— Bem, isso não estava nos planos — Hendricks disse, colocando a arma no coldre.

Jenn olhou para ele pensativa:

— Deixou a câmera ligada?

— Sim — ele respondeu.

— Então dê uma olhada no que aconteceu. Eu vou ligar para George.

— Você acha que deveríamos informar o que está acontecendo aqui?

— Não agora. Cheque as imagens.

— E depois?

— Vamos levantar acampamento e queimar o chão. Depois nós contaremos o que aconteceu aqui.

Jenn saiu do boxe e ligou para George. Caiu na caixa postal. Ela desligou e tornou a ligar. Caixa postal outra vez. Ela bufou. Desligou e telefonou para o número da Abe Consulting. Também caiu na caixa de correio. Jenn consultou seu relógio. A recepção ficava aberta até as cinco e meia; eram quase seis horas. Geralmente havia alguém no escritório. Ela tentou falar com Rilling, mas caiu em sua caixa de correio. Onde estava todo mundo? Voltou a ligar para George e deixou uma mensagem em tom drástico: "Ligue para mim!" Era o código para enviar a cavalaria.

Ela ouviu Hendricks gritar seu nome e encontrou-o na frente dos monitores.

— Você não vai gostar disso — Hendricks avisou.

— Bom, eu já não estava gostando mesmo.

Hendricks apertou o *play*. A princípio, via-se uma imagem estática de Tate em sua cela. Um minuto depois, a cela se iluminou e escureceu novamente, porque a porta sanfonada foi aberta e fechada. Gibson Vaughn apareceu no vídeo.

— Ah, não, isso só pode ser brincadeira...

— Eu lhe disse.

— Vaughn fez isso? Eu não acredito.

— Pois então observe — Hendricks disse.

Vaughn se sentou junto à cela. Depois de algum tempo, Tate se aproximou e se sentou perto dele e os dois homens conversaram por um longo tempo antes de Gibson sair. Jenn pagaria um bom dinheiro para saber o que os dois haviam conversado, mas o lugar estava preparado apenas com vídeo.

Hendricks avançou a gravação. O mostrador se adiantou noventa minutos. Nas cenas, ela viu a cela se iluminar, como se a porta tivesse sido aberta de novo. Hendricks recolocou a fita em sua velocidade normal e Jenn se inclinou para a frente. Tate se levantou e foi para a frente da cela. Ele parecia estar esperando alguém e seu rosto registrou primeiro surpresa e em seguida medo. O recém-chegado, quem quer que fosse ele, manteve-se fora do alcance da câmera. Tate começou a gesticular freneticamente, com as mãos erguidas, indicando rendição e obediência.

A primeira bala acertou o ombro de Tate e explodiu sua clavícula, fazendo-o torcer o corpo. Tate balançou para trás, tentando se endireitar, mas antes que conseguisse recuperar o equilíbrio foi atingido mais duas vezes e lançado ao chão. Com Tate caído no chão, o atirador continuou disparando. Jenn viu com horror o corpo de Tate ser crivado de balas. Ela contou pelo menos doze tiros. Houve uma pausa, durante a qual o atirador recarregou a arma para em seguida esvaziar mais um pente no corpo imóvel de Tate.

— Jesus!

Um minuto se passou. Um pedaço de fita preta foi colocado sobre a câmera. Hendricks aumentou a velocidade novamente; vinte minutos transcorreram até que a fita fosse retirada. E então, como em um passe de mágica, a cela de Tate estava aberta e seu corpo havia desaparecido.

Hendricks apertou *pause* e os dois ficaram olhando para a imagem congelada.

— Acredita nessa merda? — ele disse. — Acha que foi Vaughn? Ele pode ter invadido a casa dos McKeogh e disparado o vírus para nos atrair até lá. Então aproveitou a chance e veio dar cabo de Tate.

— Sem chance.

— Suzanne Lombard era uma questão pessoal para o cara — argumentou Hendricks. — Se ele acreditasse que Tate a pegou, não acha que ele seria capaz disso?

— Talvez. Mas Vaughn não se deixaria filmar para então retornar uma hora e meia mais tarde, cobrir a câmera e matar Tate. Não, nisso eu não acredito.

Hendricks pensou melhor e por fim acabou concordando, mal-humorado.

— É, acreditar que Vaughn fez isso seria fácil demais — ele comentou.

— Eu sei.

— Quem matou Tate então? O verdadeiro WR8TH?

Jenn não tinha a resposta para essa pergunta.

— O que George disse? — Hendricks quis saber.

— Ele não atende a droga do telefone.

— Que ótimo. E agora?

— Vamos destruir tudo. Jogar alvejante na cela e botar fogo. Apagar todos os vídeos de vigilância.

— E se precisarmos deles mais tarde?

— É um risco que teremos de correr.

30

GEORGE ABE APERTOU UM BOTÃO EM SEU VOLANTE E DESLIGOU O TELEFONE.
Instantes depois, o carro todo foi tomado pelo som de uma gravação ao vivo dos
Rolling Stones no *The Forum*, em Los Angeles, em 1975. Com seus brados e uivos sar-
cásticos, Jagger falava de uma dona muito bêbada em um bar. Foi a primeira turnê
dos Stones sem Mick Taylor, e Ronnie Wood, embora fosse um substituto à altura,
tinha seu próprio estilo e estava imprimindo esse estilo à guitarra de outro músico.
Embora adorasse esse show da banda, George precisava pensar. Ele desligou o som e
dirigiu em silêncio.

A conversa ao telefone com Calista não havia sido agradável. Ela estava impaciente, ansiosa e cada vez mais frustrada por causa do lento avanço dos trabalhos em
Somerset. Ela já sabia que o processo seria demorado; mas a morte de sua irmã mais
velha a havia abalado profundamente e Calista de fato não atravessava um bom
momento em sua vida.

Calista era próxima de sua irmã e tudo levava a crer que Evelyn Furst era o
último membro da família do qual se poderia dizer isso. Evelyn compartilhava da
paixão de Calista pelo legado da família e era uma pessoa ambiciosa e realizadora.
Calista se orgulhava muita da carreira de cirurgiã da irmã, bem como de seu cargo
de diretora da faculdade de medicina na Universidade de Pittsburgh. Evelyn havia
sido uma pioneira entre as mulheres, uma líder, e para Calista esse era o significado
de ser um Dauplaise.

Dizer que ninguém havia notado nada de errado não era exatamente verdade.
Ele conhecia Evelyn já fazia anos e ela parecia bem quando conversaram na festa de
aniversário de Catherine. Um pouco preocupada, talvez, mas sem sombra de dúvida
nada que indicasse possibilidade de suicídio. Porém, evidentemente, é impossível prever o efeito que terá sobre uma pessoa a perda do cônjuge. A nota de suicídio de Evelyn havia sido triste e chocante.

Calista tinha empregado um tom bastante dramático quando falou sobre estar
"sozinha no mundo". Para uma pessoa da importância de Calista, não seria uma tarefa

fácil estar sozinha no mundo. Calista, porém, sempre fizera clara distinção entre aqueles que respaldavam seus conceitos a respeito dos valores dos Dauplaise e aqueles que se escondiam na Flórida. Para Calista, Evelyn era uma das últimas que tinham carregado a tocha. Uma verdadeira Dauplaise. Evelyn só se interessava por resultados e não se preocupava com o tempo que demoraria para alcançá-los. E as coisas na Pensilvânia haviam se tornado definitivamente mais difíceis para quem pensava assim.

Calista também ficou muito zangada ao saber que George havia dispensado Gibson Vaughn da missão. No início, ela não queria que ele participasse, mas agora ela parecia pensar que a grande lentidão das coisas se devia à ausência dele. Ela continuava a expressar dúvidas a respeito da competência de Jenn e de Dan e insistia demais para que George assumisse tudo pessoalmente em Somerset.

George compreendia o que se passava com ela. Calista queria se agarrar a qualquer esperança, tentava controlar uma situação ainda muito incerta. Ela não estava familiarizada com o mundo da investigação e procurar por Suzanne dessa maneira a expunha a riscos consideráveis. Assim como os expunha a eles todos. Isso era um grande peso para George. Ele havia aprovado essas táticas quando Kirby Tate ainda era uma hipótese. Mas ele agora era um indivíduo, tinha de se perguntar se era justo pedir ao seu pessoal que seguisse em frente. Jenn e Dan eram leais. Quando tudo chegasse ao fim, George sabia que haveria um acerto de contas.

Seu celular vibrou — era uma mensagem de voz de Jenn. Ela havia ligado duas vezes enquanto ele conversava com Calista. A essa altura, Jenn e Dan já tinham examinado o arquivo Musgrove. George decidira não mencionar Musgrove a Calista até entender de que maneira ele se encaixava na investigação. Suscetível como estava, Calista poderia reagir muito mal a um acontecimento inesperado.

Um veículo utilitário preto o ultrapassou e entrou na frente de seu carro bruscamente. A velocidade do utilitário diminuiu e a luz de seus faróis estroboscópicos irrompeu, obrigando George a usar os freios para reduzir a velocidade também. Um segundo utilitário preto apareceu atrás do carro de George e ficou quase colado nele, bloqueando-o. O primeiro veículo disparou um breve som de sirene e sinalizou para que George encostasse. George seguiu as orientações e apertou um botão no volante. O carro perguntou para quem deveria telefonar.

— Jenn Charles — George disse, pronunciando as palavras com cuidado.

Enquanto o pequeno comboio parava no acostamento, o telefone tocou. Caiu na caixa postal e George disse uma simples palavra: "Meiji".

Ele desligou o telefone quando um agente alto usando um paletó escuro bateu em sua janela. Um segundo agente surgiu diante da porta do passageiro. As portas do segundo utilitário estavam abertas, mas os agentes permaneceram dentro dela. George desceu sua janela um pouco.

— FBI. Você é George Abe?

— Sim.

— Eu preciso que venha conosco, senhor.

— O que está acontecendo?

— Pensilvânia, senhor. Saia do carro, por favor. — O agente tentou abrir a porta, mas estava trancada. — Abra a porta, senhor.

— Estão me prendendo?

— Nós preferimos evitar isso se for possível.

George avaliou suas opções.

— Saia do carro, senhor.

— Dê-me um minuto — George disse.

— Saia do carro, senhor — o agente repetiu, agora com um tom de ameaça na voz.

Os outros agentes estavam fora do segundo utilitário agora. George podia sentir tudo escapando rapidamente de controle. Destravou a porta e o agente a abriu. George saiu e permitiu que o agente o revistasse.

— Ele está limpo — o agente disse ao seu parceiro no outro lado do carro.

O agente o conduziu na direção do utilitário à frente. Seu parceiro os seguiu, passando entre os para-choques dos dois veículos. George logo notou um considerável amassado no para-lama do utilitário esportivo. O FBI já não era mais o mesmo. Houve um tempo em que veículos do FBI com um amassado eram retirados de circulação e mandados para a oficina em vinte e quatro horas. Então George viu a placa do carro e seu sorriso desapareceu do rosto. O carro não tinha placas oficiais; elas nem mesmo eram de Washington ou da Virgínia; eram placas do Tennessee... Ele não tinha prestado atenção a esse detalhe enquanto parava o carro, pois estava tentando ligar para Jenn. Além disso, o agente não tinha mostrado suas credenciais. Aquela gente não era do FBI. Ele daria qualquer coisa pela arma escondida em seu porta-luvas, tão longe dele agora.

George diminuiu o passo e apalpou os bolsos de sua jaqueta esporte como se tivesse esquecido alguma coisa.

— Deixei meu celular no carro — ele disse e fez menção a voltar.

— Apenas entre no carro, senhor. — O homem o puxou pelo braço para contê-lo.

O homem esperava alguma resistência. Mas George não ofereceu nenhuma; em vez disso, tirou vantagem do puxão do agente para atingi-lo de surpresa, esmurrando-o bem sob o queixo. Foi um soco violento e se tivesse atingido o homem na garganta, como George pretendia, a traqueia dele teria sido esmagada. Mas George havia escorregado levemente no cascalho, o que tirou a precisão de seu golpe.

De qualquer maneira, o impacto lançou para trás a cabeça do homem, que soltou um patético gemido. George não podia correr, e mesmo que conseguisse dominar os dois adversários próximos, os outros dois do utilitário de trás o pegariam. George então decidiu usar a arma do homem. Sua única chance era pegá-la antes que o parceiro dele o alcançasse. George encontrou o suporte da arma e o soltou, girando para o lado ao mesmo tempo a fim de ter mais espaço para enfrentar o outro homem, que o atacaria a qualquer momento. George tentou levantar a arma, mas ela se enganchou na roupa do seu dono. Ele conseguiu soltar a pistola, mas então o outro inimigo já o havia alcançado.

A implacável descarga elétrica da arma de choque se espalhou pelo corpo de George.

JENN SE SENTOU NO BANCO DO PASSAGEIRO DO CHEROKEE. A FOTO DA CENA

do crime do suicídio de Terrance Musgrove havia ficado no para-brisa. Na confusão da descoberta do assassinato de Tate, Jenn tinha se esquecido completamente dessa foto.

Ela abriu seu laptop e procurou pela pasta com os antecedentes de Gibson que havia preparado antes de George abordá-lo para lhe oferecer trabalho. Clicou no arquivo intitulado "Duke Vaughn" e o vasculhou até encontrar a fotografia. Os olhos dela passavam da foto virtual à foto física sem cessar.

— Como isso é possível? — ela disse por fim, em voz alta.

Tratava-se de algo insignificante — um detalhe inexpressivo no canto inferior de cada uma das fotografias. Inexpressivo, a menos que as fotos fossem comparadas. Jenn desconfiou que sua memória estava lhe pregando uma peça ou que tudo não passasse de coincidência. Mas não era esse o caso, pois havia na verdade algo estranho ali. Pois eram iguais. Exatamente a mesma coisa. Como isso era possível?

Ela mostrou seu achado a Hendricks.

— *Como* isso é possível? — ele repetiu.

Ela não sabia, mas isso ligava Duke Vaughn aos acontecimentos em Somerset. Ligava-o ao sequestro de Suzanne Lombard.

Hendricks a fitou com expressão séria.

— Não contaremos isso a ninguém até descobrirmos o que significa.

— Nem mesmo para o Vaughn?

— Principalmente para o Vaughn.

Os dois voltaram ao trabalho, porque era paralisante pensar demais nesse assunto e eles não podiam se dar ao luxo de ficar ali um segundo a mais do que o necessário. E assim ficaram por algum tempo, cada qual se dedicando a sua parte no serviço, até que alguns xingamentos de Hendricks chamaram a atenção de Jenn. Ela conhecia todas as variações de voz do parceiro, mas desta vez percebeu um tom estranho na voz dele, um tom que nunca havia escutado antes. Ele parecia assustado. Jenn o encontrou parado bem em cima de sua bolsa de armas.

— Qual é o problema? — ela perguntou.

— Uma delas sumiu.

— O que foi que sumiu? Uma das armas?

— Uma das Glocks — ele respondeu num fio de voz, quase sussurrando. — E também dois carregadores.

— Mais alguma coisa?

— Não, mas não importa. Eu já perdi tudo o que precisava perder.

— O que quer dizer com isso?

— Eu estou nas mãos dele! Isso é o que quero dizer. Eu não conseguia entender por que ele levou o corpo de Tate em vez de largá-lo conosco. Mas agora eu vejo a razão.

— Merda!

— Merda é pouco. Eu atirei com aquela pistola milhares de vezes. Eu recarregava aqueles pentes. Eu limpava aquela arma. Minhas impressões estão em cada peça desmontável, em cada cartucho.

— E ele não deixou nenhum cartucho para trás...

— Não. Nem um. Eu procurei, chequei várias vezes e nada! Ele pegou todos. Isso significa que ele pode se livrar do corpo, plantar a arma e me envolver num assassinato. E pode fazer isso quando bem entender. Entende por que eu disse que estou nas mãos dele?

— Dele? E quem seria essa pessoa, afinal?

— Não faço ideia. Gibson. WR8TH. O que importa?

Tomado de ansiedade, Hendricks olhou para a parceira como uma criança à espera de uma palavra de conforto. Mas ela não encontrou nada que pudesse oferecer. Ela se perguntou o que George faria em tal situação. Becos sem saída eram a especialidade dele. Acontece que não conseguia encontrar seu chefe em lugar nenhum. Então, a pergunta na verdade era: o que *ela* faria?

— Aquele garoto e eu vamos ter uma conversinha — ele disse.

— Gibson não fez isso.

— Convença-me.

— Que tal isso? — Jenn indicou o sangue de Tate ainda na unidade de armazenamento. — Ele não faria isso, não é o estilo dele.

— Então por que ele não foi para casa, como deveria? Por que ele mentiu? Aquele papinho sobre ficar mais tempo com o carro? O Gibson estava aqui o tempo todo, Jenn! E aquela manobra com o computador na casa dos McKeogh? Isso não parece ser coisa dele?

— Pense um pouco nisso que acabou de dizer. Você está dizendo que Gibson acionou o vírus para nos tirar daqui e então veio para cá bater um papo com o Tate. Bem na frente da câmera, diga-se de passagem. Daí foi embora. Uma hora e meia mais tarde, Gibson volta para fuzilar Tate, dessa vez tomando o cuidado de ficar fora do alcance da câmera. E para se garantir, leva o corpo e rouba uma de nossas armas. Essa história faz sentido para você?

— Tudo bem, eu até posso estar enganado. Mas não vou sossegar até descobrir, isso eu garanto.

31

WR8TH SE SENTOU À MESA DE GIBSON. EM CARNE E OSSO, ALI ESTAVA O pedófilo mais procurado do mundo.

De perto, WR8TH parecia ainda mais jovem. Ele poderia passar facilmente por um estudante universitário. Tinha uma energia de menino e dificuldade para sentar-se sem se mexer. Em seus olhos castanhos fundos brilhava uma inteligência maliciosa. Mas havia linhas de preocupação bem marcadas na região em torno dos olhos e um tufo de seu cabelo ostentava um grisalho dissonante. Nervoso, WR8TH brincou com seus óculos enquanto Gibson o encarava. Ele pegou um maço de cigarros e começou a tirar um da embalagem, mas no meio do caminho mudou de ideia e o empurrou de volta.

— Melhor não — ele disse. — A senhora M. me mandaria para a cadeia.

— Senhora M.?

— Senhora Miller. — WR8TH fez um sinal com o polegar na direção da biblioteca. — Uma colega bibliotecária daqui. Bebe até cair na sala dela, mas que Deus tenha piedade de mim se eu fumar um cigarro aqui fora.

— Quê? Nossa, não pode ser! Você é o cara que cuida dos computadores — Gibson disse.

— Um criminoso.

— Cara, eu logo vi que o equipamento era bom demais para uma biblioteca pública. Você é funcionário público?

— Sim. Foi difícil esconder isso.

— Mas você fez um bom trabalho. Me enganou direitinho.

— Obrigado. — WR8TH parecia genuinamente satisfeito com o elogio. — Billy Casper — ele se apresentou.

Gibson apertou a mão dele mecanicamente. Havia algo de familiar no nome dele.

— É difícil de acreditar que você seja WR8TH. Quantos anos você tinha na época? Dezessete? Dezoito?

— Eu tinha dezesseis anos e cinco meses.

— E cinco meses?

— É, eu tinha acabado de tirar a minha carteira de motorista.

— Então é você o cara que todo mundo procurou durante todos esses anos? É o que está me dizendo?

— Acredite em mim, eu achava que o FBI vigiava todos os meus passos e que cairia sobre mim a qualquer momento. Como eu fiquei paranoico nos primeiros dois anos, cara! Você nem imagina. Eu achava que os nossos telefones estavam grampeados. Eu era o estudante mais estressado que o curso ginasial já tinha visto. Meus pais me convenceram a ir a um psicanalista. Pensei que fosse esquizofrênico ou coisa assim. Tipo: quem sou eu? WR8TH? Um fantasma? Casper? No final das contas, eles nunca vieram atrás de mim. Acho que não estavam procurando por um garoto de 16 anos.

— Onde está ela?

— Eu não sei.

— Vamos, diga. Onde ela está?

— Quantas vezes vou ter de repetir que *eu não sei*?

— Se estiver mentindo para mim...

— O quê? Vai me matar?

— Fácil — Gibson respondeu, surpreso ao perceber que tinha certeza de que faria isso.

Billy sorriu.

— Que bom, Gibson. Eu não estaria aqui se fosse diferente.

— Você a levou mesmo?

— Cara, não foi bem assim, eu não "levei" a Suzanne. É mais complicado que isso.

— Será que dá pra descomplicar um pouco?

— É claro. Será que podemos dar uma volta de carro?

— Para onde?

— Eu vou lhe mostrar. Mas não vou dizer a você, por isso não pergunte. Não quero que vá correndo dizer aos seus parceiros onde eu estou.

— Acho que você confia em mim. De qualquer maneira, eles não são mais meus parceiros.

— Pensa que sou algum idiota? Eu lhe disse o meu nome. Onde eu trabalho. Talvez isso seja tudo o que vocês têm até agora. — Os olhos de Billy faiscaram de impaciência. — Que tal me mostrar um pouco de reciprocidade, hein? Você não sabe do que eles são capazes.

— Na verdade, eu sei, sim.

— Na verdade, não sabe, não — Billy retrucou.

Gibson dirigiu para fora de Somerset, na direção norte. Quando se afastaram da biblioteca, Billy pareceu relaxar.

— Eu tenho uma arma. Queria que soubesse disso, Gibson.

Gibson o olhou de esguelha.

— Calma, eu não vou usar isso nem nada. A não ser que você apronte. Certo?

— Então não aponte isso para mim se não for usar. Certo?

— Você tem uma aí? Em sua mochila ou em outro lugar?

— Não. Eu não curto andar armado.

— Hein? Mas você foi um fuzileiro, cara.

— Eu não tive escolha.

— É verdade — Billy disse simplesmente. Ele olhou pela janela e sorriu.

— Do que você está rindo? — Gibson perguntou, olhando-o de esguelha de novo.

— Só estou mais aliviado, sabe? É cruel ter que carregar um segredo desses por dez longos anos. Devora você por dentro. Houve dias em que eu quis ser preso para que essa coisa terminasse de vez. Nem sei quantas vezes já pensei em postar a foto dela nas redes sociais e depois me sentar e observar enquanto todo mundo surtava. — Billy indicou uma direção à direita. — Vire aqui no farol.

— E por que não foi em frente?

— Como assim?

— Por que não postou? Podia ter feito anonimamente.

— Por causa do senhor Musgrove.

— Quem diabos é esse senhor Musgrove?

— Meu vizinho quando eu era adolescente.

Gibson esperou que ele falasse mais a respeito, mas Billy se fechou sob uma nuvem negra de ressentimento.

Eles seguiram viagem em silêncio. Gibson continuou estimulando-o a falar, mas não adiantou: Billy preferia apenas lhe mostrar tudo. Ele perguntou se poderia fumar. Gibson disse que o carro não era dele; ainda assim, Billy abriu a janela e tomou cuidado para manter sua fumaça longe do outro.

O que Billy Casper era, afinal? Sequestrador, mentiroso compulsivo, esquizofrênico? Apesar de tudo, Billy parecia ser um garoto decente. Gibson podia entender por que Ursa confiava em Billy o suficiente para ir encontrá-lo em Breezewood. O suficiente para entrar no carro dele. Gibson gostava de Billy Casper. Mas isso não o salvaria se ele tivesse feito algum mal a Ursa.

Viajaram na direção norte durante várias horas. Quando se aproximaram de seu destino, Billy começou a ficar agitado outra vez. Gibson escutou-o gemendo muito baixo, como se existissem engrenagens se movendo dentro dele. Billy parecia não perceber que fazia isso.

— Eu odeio voltar para cá — disse Billy.

Eles entraram em uma via estreita e sem acostamento que corria paralela ao Lago Erie. Era coberta de árvores dos dois lados, mas através das árvores e das longas estradas era possível ver casas caras na área do lago e as águas cintilando sob a luz do sol. Era uma linda e sossegada parte do mundo — e propositalmente rústica. Era incrível que um lugar assim ficasse a menos de uma hora da casa de Kirby Tate.

A maioria das propriedades não tinha caixas de correio nem nenhuma outra indicação. Perder-se ali seria bem fácil, mas Billy sabia exatamente onde eles estavam.

— Certo, vire à esquerda na próxima rua. Não, não nesta. Na próxima.

— O que é que eu vou encontrar à esquerda? Que lugar é esse? — Gibson perguntou.

— É a casa do senhor Musgrove. Quer dizer, não é mais, mas já foi um dia. Pertence à irmã dele agora. Ela mora em Saint Louis. Esteve aqui por duas semanas em junho. Provavelmente só vai voltar no ano que vem.

— E como você sabe disso?

— Eu sou o zelador.

— Quantos empregos você tem?

Gibson diminuiu a velocidade e entrou em uma rua acidentada e malconservada. Como muitas das propriedades nas redondezas, aquela tinha uma corrente entre colunas de madeira bloqueando o caminho. Billy saltou do carro, removeu a corrente, a jogou no chão e então voltou para o carro. Fileiras de árvores inclinadas se elevavam nos dois lados do caminho e quase não havia espaço suficiente para o carro passar.

— Se eu fosse você iria com calma por aqui. Tem um tipo de pedra grande nesse caminho. — Billy apontou para um lugar mais à frente.

Depois de rodarem vários metros, eles saíram do caminho entre as árvores e se depararam com uma grande casa de madeira de dois andares. Uma varanda ampla e aprazível sustentada por colunas brancas rodeava a casa. A pista irregular dava lugar a uma via de acesso circular de pedras brancas. Havia um olmo no centro do circuito. Uma grama bem aparada se estendia por ambos os lados da casa e desaparecia na direção do lago. À esquerda, havia lugares apropriados para estacionar, mas Gibson parou diante das escadas que levavam à varanda.

— Por que nós estamos aqui, Billy?

— Foi aqui que eu escondi Suzanne. Acho que o senhor Musgrove morreu por causa disso.

A angústia se estampou no rosto de Billy Casper. Ele saiu do carro e caminhou na direção do lago, de cabeça baixa. Gibson viu seus ombros balançarem de forma incontrolável; Billy estava chorando e soluçando. Gibson deixou que ele ganhasse distância, para dar-lhe alguma privacidade, e então o seguiu.

Billy se sentou em uma viga de madeira no final do píer. Gibson se sentou diante dele. Billy parecia ter recuperado o controle de suas emoções, mas então sua mente trouxe à tona alguma lembrança reprimida durante muito tempo e as lágrimas voltaram a correr.

— Eu não costumo chorar com facilidade — Billy disse, rindo e chorando ao mesmo tempo. Ele esfregou as mãos no rosto. — Que situação chata, não é?

— Não é fácil dizer certas coisas pela primeira vez.

Billy olhou para Gibson com gratidão e fez que sim com a cabeça.

— Quem é o senhor Musgrove?

— Cara, não existia um sujeito mais legal que ele. Você teria gostado dele. Falava com todo mundo de igual para igual, até mesmo com crianças. Costumávamos conversar sobre criação de *videogames*, ciência da computação. Coisas desse tipo. Nada era estranho para ele, tudo o interessava. Morávamos a duas casas de distância deles. Meus pais eram bons amigos deles. Minha mãe costumava correr com a senhora Musgrove algumas vezes por semana. Ginny e minha irmã eram assim. — Billy cruzou dois dedos da mão. — Pelo menos até que aconteceu o acidente.

Billy apontou para o lago e contou a Gibson que um barco havia atingido Ginny Musgrove e que sua mãe havia se afogado ao tentar salvá-la. Contou que isso tinha aniquilado Terrance Musgrove — como ele buscara refúgio na bebida e na revolta. Uma família destruída em questão de minutos.

— Depois da tragédia, ele só voltou a pisar neste lugar mais uma vez. Logo depois que aconteceu, com a polícia. Depois disso, foi como se esta casa não existisse.

— Por que ele não vendeu a propriedade?

— Sei lá. Talvez ele achasse mais fácil continuar pagando a hipoteca do que lidar com isso, creio eu. Ele ficou tão absolutamente devastado depois do que aconteceu. Mas desligou quase tudo aqui: telefone, eletricidade. Tudo, exceto gás e água.

— E Terrance o contratou para tomar conta do lugar?

— Bom, ele tinha um sujeito que cuidava disso, mas não deu certo. O cara deu uma festa aqui ou coisa parecida. Aí, o senhor Musgrove o demitiu. Então, depois que tirei minha carteira de motorista, o senhor Musgrove me contratou. Eu não era do tipo que promove festas, entende? Ele me pagava para vir até aqui uma vez por mês e verificar tudo, para ter certeza de que estava tudo bem. Disse-me que simplesmente não podia fazer isso. Por esse motivo, eu acreditei que este fosse um bom lugar para esconder Suzanne. Ninguém nunca vinha para cá além de mim.

— E você ainda toma conta dessa propriedade?

— Sim. Depois que ele morreu, a irmã dele decidiu me manter nessa função. Foi mais conveniente.

— Como foi que ele morreu?

— Cometeu suicídio. Como o seu pai.

A menção a seu pai o atingiu em cheio. Billy fez o comentário de modo tão natural, tão inesperado. Como um velho amigo teria feito. Isso reforçou a sensação de que Billy Casper acreditava que eles estivessem conectados por causa de Suzanne.

— Eu não quero falar sobre o meu pai.

— Ah, claro. Me desculpe por isso.

— Não faz mal. Mas se o senhor Musgrove cometeu suicídio, por que você disse que ele foi morto por sua causa?

— Porque não acredito que ele tenha se matado.

Eles andaram até a casa. Billy destrancou a porta dos fundos e eles entraram na cozinha. Era um ambiente claro e amplo, de cor amarela como a casca de um melão. Havia uma pequena ilha com duas pias e uma máquina lavadora de pratos. Billy apontou para uma mesa de madeira perto da janela.

— Reconhece?

Gibson olhou para a mesa. A fotografia de Ursa estava desbotada, mas era a mesma mesa.

— É esta? — ele perguntou.

— É, sim. Estava encostada naquela parede na época. Suze sentou-se bem ali. Naquela cadeira — Billy disse. — Exatamente naquela cadeira. Eu tirei a foto na noite em que chegamos aqui. Ela não queria que eu a tirasse. Ela estava tão cansada, cara. Mas ao mesmo tempo aliviada, sabe? Suzanne tinha comido mal nas últimas semanas. Estava magra demais, essa é a verdade. Mas continuava tão linda. A presença dela aqui era pura felicidade para mim! Nós estávamos juntos afinal.

Gibson percebeu a dor na voz de Billy e tentou reconstituir o momento em sua mente. Ursa sentada ali. Exausta. Billy excitado, como um cachorrinho, tirando uma fotografia dela.

Como acreditar que o então garoto Billy Casper, de 16 anos, havia tramado um dos mais famosos desaparecimentos da história dos Estados Unidos? Será que tudo se resumia mesmo a um casal de crianças escondidas numa casa de veraneio?

— Quanto tempo ela ficou aqui?

— Seis meses, duas semanas e um dia — Billy respondeu. — Ficávamos jogando Colonizadores de Catan. Não nos cansávamos de jogar.

— Colonizadores de quê?

— Catan, cara. Você nunca jogou Colonizadores? É um jogo de tabuleiro. É fantástico. Ela adorava. E jogava muito melhor que eu. Sempre acabava comigo.

Quem acreditaria nisso? Dois jovens escondidos, divertindo-se com jogos de tabuleiro, enquanto o FBI revirava todos os cantos do país à procura deles. No final das contas, as autoridades haviam errado em todas as hipóteses levantadas. Uma coisa era certa: se a história de Billy não fosse verdadeira, ele era o maior mentiroso do mundo. Ou o maior lunático do mundo. O fato é que Gibson não conseguira detectar o menor sinal de mentira na narrativa do jovem, por mais que tivesse tentado.

32

– A IRMÃ DO SENHOR MUSGROVE MANDOU REPINTAREM TUDO – BILLY

disse —, e praticamente foi só. Ela empacotou todos os objetos pessoais do senhor Musgrove, todas as coisas da família, e guardou no sótão. Por isso é que me dá nos nervos vir para cá. Você entende? São os mesmos móveis, o lugar é o mesmo, mas as fotografias são de outras pessoas. Como se os Musgrove fossem apenas uma camada de poeira e alguém pegasse um pano e limpasse essa poeira. Mas a vida é assim mesmo, não é? Você pensa que um lugar pertence a você, mas não pertence. A gente só ocupa espaço. Um dia alguém vai chegar e empacotar as suas coisas também, como se você nunca tivesse existido. Cara, eu odeio ter que vir para cá.

— Então por que vem? Você poderia parar de vir.

— Não posso. — Billy suspirou. — Foi aqui que eu a perdi.

Isso fazia muito sentido para Gibson. Na cozinha da casa, Billy contou a história que havia esperado dez anos para contar. Ele vinha evitando o assunto e desconversando desde que haviam se encontrado na biblioteca; mas agora ele havia resolvido desabafar. E desabafou.

Billy Casper, vulgo WR8TH, havia conhecido Suzanne em uma sala de bate-papo. Era verdade. Mas ele era um garoto de 16 anos, não um pedófilo de meia-idade como o FBI havia teorizado. De acordo com Billy, eles conversavam todas as noites durante horas. Em algumas dessas noites, ele chegou a adormecer diante do computador. Suzanne não queria revelar quem ela era; dizia apenas que seu pai era importante e que ajudá-la seria arriscado para Billy.

— Eu nem sabia o sobrenome dela antes de ela vir para cá. Eu juro.

— Você a teria ajudado se soubesse?

— Sem dúvida — Billy afirmou sem hesitar. Depois de refletir por um instante sobre a questão, ele balançou a cabeça enfaticamente em sinal de confirmação absoluta. — Sem nenhuma dúvida.

Quando decidiram seguir adiante com seus planos, os dois passaram semanas traçando uma rota que evitasse áreas bem guardadas ou com muitas câmeras de vigilância. Billy lhe deu dicas para que ela passasse pela polícia sem ser notada. E a instruiu sobre o que dizer caso alguém achasse estranho ver uma jovem de 14 anos viajando sozinha.

— E Suze tinha quase 15 anos — Billy disse em tom de justificativa. — Eu mesmo tinha 15 anos quando começamos a conversar. Nossa diferença de idade era de apenas um ano. Portanto, não havia nada de estranho, não acha? Nós nunca transamos nem nada disso. Nós nos beijamos algumas vezes, e nada mais. Ela era minha amiga.

— Ela era minha amiga também.

— Eu sei — Billy disse. — É por isso que você está aqui.

— E o que foi aquilo no posto de gasolina?

— O quê? Quando ela se deixou filmar pela câmera?

— Você não sabia que ela ia fazer isso?

— Está brincando? Não, não mesmo. Só fiquei sabendo quando começou a aparecer no noticiário.

— Falou com ela sobre o assunto?

— Se falei? Foi por causa disso que brigamos pela primeira e última vez. Ela me disse que foi por acaso, mas não acreditei nem por um segundo. Ela sabia o que estava fazendo.

— E ela estava fazendo o quê?

— Enviando uma mensagem, cara.

— Para quem?

— Essa resposta eu não tenho. Tudo o que sei é que não foi uma mensagem positiva. Você notou os olhos dela? Ela olhou direto para a câmera e só faltou mostrar o dedo. Eu só lamento que ela tenha decidido fazer isso justo no meu quintal. Ela acabou colocando a Pensilvânia no radar dos agentes federais. Quando eles exibiram as imagens da câmera de segurança, eu tive certeza de que o casal da bomba de gasolina tinha visto o meu carro. Sempre que alguém batia na porta eu pensava que eram os federais prestes a invadirem minha casa e algemarem toda a minha família. Pode imaginar uma situação dessas?

— Eles não bateriam na porta.

— Bem, a pior parte foi que minha mãe ficou obcecada pelo caso — Billy relatou. — Só se falava nisso nos noticiários e ela acompanhava tudo sem parar, o dia inteiro. Eu estava sentado bem ao lado da minha mãe quando o caso veio a público pela primeira vez. Eles mostraram a fita de segurança e no final congelaram a imagem do rosto de Suze. Eu nunca cheguei tão perto de morrer de ataque cardíaco. Derramei suco de uva por todo o carpete. Minha mãe achou que eu tivesse surtado por causa da minha irmã, do que havia acontecido à minha irmã. Eu só dizia "É, é sim, é isso". Minha mãe caiu no choro e ficou dizendo que estava tudo bem. Que a culpa não era minha. E me abraçou com tanta força! Eu me senti um bosta, mas não queria que ela soubesse que eu era o cara procurado.

— O que aconteceu com a sua irmã?

Billy deu um sorriso sem graça, como se não estivesse muito disposto a tocar no assunto.

— Por que acha que eu lhes entreguei Kirby Tate embrulhado para presente?

Gibson arregalou os olhos, cobrindo a boca com as costas da mão.

— Casper? Era a sua irmã presa no carro de Tate? Trish Casper era sua irmã?

Billy acenou que sim com a cabeça. A raiva tomou conta da face do jovem como se fosse uma máscara.

— Nós estávamos do lado de fora do supermercado, eu e a Trish. Esperando a mamãe. Ela havia esquecido a pipoca. Minha mãe sempre esquecia alguma coisa. O filho da puta do Tate apareceu do nada bem na nossa frente, pegou Trish pela mão e simplesmente saiu andando com ela. Sabe o que ele me disse?

Gibson balançou a cabeça numa negativa.

— Ele disse: "Trago a menina de volta rapidinho". E sorriu para mim, como se fosse o nosso pequeno segredo. Fiquei confuso e então ele falou: "Sua mãe sabe, está tudo bem". E eu fiquei ali parado feito um idiota e deixei que ele a levasse.

— Ei, você era apenas uma criança.

— Pois é, mas agora não sou mais. E o que se costuma dizer sobre vingança? É mesmo verdade. Você espera dez anos; eles nunca veem você chegando. Foi tão fácil. Ele é um pervertido muito, muito burro.

— Meu Deus, Billy.

— Não importa, cara. Quero mais é que ele se foda inteiro. Por causa do que ele fez, minha irmã ainda toma remédios controlados, ansiolíticos. Ela tem fobias de todos os tipos e algumas delas os médicos não conseguem nem identificar. Ela não suporta ambientes abertos, não sai ao ar livre. Não consegue lidar com estranhos. Não pode comprar nem sua própria comida. No ano passado, deixei cair um copo na cozinha e ela gritou sem parar durante cinco minutos. Ela nunca teve um emprego regular. — Os olhos de Billy pareciam distantes. — É, Tate devia ter ficado na cadeia... onde ele estava seguro.

Gibson olhou bem para Casper. Mesmo agora, ele tinha dificuldade em acreditar que Billy Casper estava por trás do desaparecimento de Suzanne ou da invasão aos computadores da ACG. Simplesmente porque Billy parecia tão amável. Um tanto ingênuo até. Quando o ouviu falando sobre Tate, porém, Gibson enfim conseguiu ver. Viu o ódio e a inteligência calculista que se escondiam nos olhos gentis de Billy.

— Por quanto tempo você disse que a manteve aqui?

— Eu não a mantive em lugar nenhum. Quantas vezes vou ter de repetir isso? Ela ficou aqui por seis meses. Por vontade própria. Eu viajava para cá nos finais de semana e depois da escola, quando dava para descolar uma justificativa. Era uma distância enorme, então não era nada fácil ficar por muito tempo. Inventei um emprego. Inventei amigos. Costurava uma mentira em outra. Mas ela ficou aqui a maior parte do tempo. Era bem difícil saber que ela estava sozinha. Mas Suze parecia gostar. Ela lia muito. De certa maneira, acho até que ela precisava disso. De tempo para pensar. Suzanne sempre ficava feliz por me ver, mas nunca demonstrou tristeza quando eu tinha de ir embora. Entende?

Gibson fez que sim com a cabeça.

— Eu juro por Deus, eu passava metade do dia dentro do carro. Eu não podia ficar voltando ao mesmo supermercado ou à mesma farmácia. — Essas lembranças fizeram Billy rir. — Eu dirigia por toda a Pensilvânia para não levantar suspeitas. Para que as pessoas não se perguntassem por que um garoto de 16 anos estava comprando vitaminas para grávidas.

Gibson agarrou Billy pela garganta com uma das mãos e o empurrou para baixo, batendo a cabeça dele contra o balcão da cozinha e segurando-o assim. Enfim a mentira pela qual ele esperava.

— O que aconteceu com aquele seu papo sobre não ter sexo? Hein?

— Quê? Não, cara! Nós jamais fizemos sexo! — Billy engasgou quando a mão de Gibson se fechou com mais força em torno de sua garganta. — Ela já estava grávida quando chegou aqui! Por que acha que ela fugiu?

Foi como se um raio tivesse atingido a cabeça de Gibson, dividindo-a ao meio. De repente, parecia que todas as suas opiniões e hipóteses tinham sido atiradas sem a menor cerimônia dentro de um caminhão de lixo e trituradas. E se deu conta de que as suposições de todos com relação a Suzanne estavam completamente erradas. Ele soltou Billy e recuou.

— Me desculpe — Gibson disse. — Preciso de um trago.

Billy massageou a garganta, mas não se moveu.

— Deve ter cerveja na geladeira.

Gibson encontrou algumas cervejas no fundo da geladeira. Apanhou duas e ofereceu uma a Billy. Mas Billy não a pegou. Gibson abriu as duas garrafas e voltou a estender uma para Billy.

— Me desculpe, está bem?   ele disse novamente.

A hostilidade nos olhos de Billy então cedeu e ele se tranquilizou. Pegou a cerveja e os dois homens beberam em silêncio na cozinha.

— Quem era o pai?

— Um garoto qualquer da cidade dela, chamado Tom.

— O que ela lhe disse sobre esse sujeito?

— Quase nada. Apenas comentários gerais. Ela sempre mudava de assunto bem rápido. Se quer saber, no início eu suspeitei que você fosse o pai.

— Eu?

— Sim. Ela falava em você o tempo inteiro, sabe? Imaginei que Suze tivesse inventado essa história de namorado para proteger você.

— Bem, não fui eu.

— Eu sei. Sei muito bem. Você já estava no xadrez. Os cálculos não fechavam.

— Quer ouvir uma coisa engraçada?

— O quê?

— As autoridades desconfiavam que você fosse Tom B.

— Quem dera eu fosse mesmo — Billy disse baixinho.

Um silêncio fúnebre se instalou entre os dois.

— Ursa estava... Ela estava zangada comigo? — Gibson perguntou por fim.

— Está brincando? Ela não parava de pensar em um modo de entrar em contato com você. Eu dizia: "Ei, você pirou? Ele está sendo julgado. O mundo inteiro está atrás de você e mesmo assim quer correr o risco de enviar mensagens secretas a um camarada na prisão?". — Billy levantou as mãos. — Sem ofensas, é claro.

— Sem problema — Gibson respondeu, balançando a mão no ar.

— Por que ela deveria estar brava com você?

— Porque eu prejudiquei o pai dela.

— Que nada, cara. Ela era louca por você. Até me deixava com ciúme. Você está cansado de saber que ela o adorava. Além do mais, a Suzanne não era exatamente a maior fã do papai dela.

— Sério? — Esse era um detalhe do qual Gibson não se recordava. — Acha que Lombard sabia que ela estava grávida?

— Não, acho que não. Quando Suze fugiu ainda não dava para perceber. Mas sei que ela morria de medo do que ele faria se descobrisse. Medo de que ele perdesse a cabeça. Parece que o cara não tinha um gênio muito bom. Suzanne dizia que o pai só se importava com sua carreira. Não sabia o que aconteceria com seu bebê se ele descobrisse que ela estava grávida. Por isso ela teve de fugir dele.

Gibson ponderou com cuidado aquelas últimas revelações. Ursa ficou grávida do namorado, o desconhecido Tom B., e decidiu fugir de casa porque temia a reação de seu pai caso ele descobrisse. Essa parte era plausível. Mas por que Ursa havia pedido ajuda a Billy e não ao seu namorado, o Tom B.? Será que Tom pelo menos sabia que era pai? Ou ele não apareceu justamente por saber disso?

— Bem, e onde eles estão agora? Onde foi parar Suzanne? E onde está o bebê?

— Eu não sei.

— Sem essa, Billy. Você me contou uma história e tanto, mas precisa de um final melhor.

Billy foi até a geladeira, pegou outra cerveja e a bebeu de um só gole, de costas para Gibson. Depois colocou a garrafa vazia sobre o balcão e pegou outra. Virou-se então de novo para Gibson e o encarou. Havia novamente hostilidade em seu olhar.

— Escute, se eu soubesse o que aconteceu com Suze, acha que você estaria aqui agora? Por que eu precisaria de você se eu soubesse? Eu não correria o risco de me expor, não arriscaria a minha vida hackeando a ACG só para que a gente pudesse desfrutar desse lindo momento. Fiz isso porque não sei o que aconteceu com ela e isso está me *matando*. Eu a amava, cara, mas falhei com ela. Não fui capaz de tomar conta dela como prometi que faria. E o bebê... Havia algo de errado, alguma coisa não ia bem. No último mês, a Suze andava sempre agitada. Ela tentou esconder, mas havia sangue. Ela não podia sair daqui. Eu ficava doente por ter que deixá-la sozinha. Queria levá-la a um hospital. Eu implorei tantas vezes que fôssemos para um hospital, mas ela era tão teimosa!

Billy agora estava chorando.

— Eu dei a ela um celular descartável para que me ligasse em casos de emergência. Certa noite, eu recebi uma mensagem. — Billy respirou fundo, tentando se recompor. Quando voltou a falar, estava quase sussurrando: — A voz dela estava tão fraca. Ela disse que me amava e que sentia muito. "Eles prometeram me ajudar", foi o que ela disse. E nada mais. Eu liguei para ela, mas o telefone tocava, tocava e Suze não atendia. Percebe o que aconteceu? Eu não podia ajudá-la, então ela procurou alguém que poderia. Daí eles vieram e a levaram embora. Para onde a levaram? Não faço a menor ideia, cara, mas para casa é que não foi. Certo? Eu alimentei a esperança de ver no noticiário algo do tipo: "garota desaparecida volta para a sua família". Mas dez anos se passaram e nada. Eu daria tudo para saber onde ela está!

— Acha que George Abe a encontrou e a levou?

— Na minha opinião, isso é possível. Talvez ela tenha entrado em contato com o pai, que por sua vez pode ter enviado seus homens para cuidar de tudo. Fazer o serviço sujo. Para evitar que ela o envergonhasse. Olhe, eu sei que isso parece loucura, mas você ficaria impressionado com as merdas paranoicas que eu imaginei nos últimos dez anos.

— É, essa é uma paranoia das boas.

— Pois espere só até ouvir isto: Suze me enviou a mensagem na mesma noite em que o senhor Musgrove "cometeu suicídio". Depois que recebi a mensagem dela eu dirigi até aqui e ela já não estava mais. Quando voltei para casa, umas cinco horas depois de ter partido, minha rua estava cheia de carros da polícia, um caminhão de bombeiro e uma ambulância. Eles estavam retirando o senhor Musgrove dentro de um saco.

— Acredita que isso tem ligação com o caso?

— Eu acho que Suze se recusou a me delatar. E eles acabaram presumindo que o senhor Musgrove a havia raptado, já que a propriedade era dele.

— Então você desconfia que Benjamin Lombard mandou matar seu vizinho para evitar um escândalo político? Vamos com calma, Billy. Você anda vendo filmes demais.

— Será?

— E você acha que esse misterioso "eles" era George Abe?

— Era apenas uma suspeita.

— E você invadiu os computadores da ACG para saber se George estava escondendo algo?

— Era o melhor lugar para começar. Eu não sou louco o suficiente para hackear o vice-presidente.

— Ele não era vice-presidente.

— Eu sei. Relaxe, eu só estou tirando onda. Mas é isso, eu apostei minhas fichas na ACG. Lancei a isca para ver o que conseguia apanhar. Algo que me fornecesse ao menos alguma direção, algum esclarecimento. Mas George Abe não tem nada, nenhuma informação além das que todos conhecem. Ele está procurando por ela, assim como nós. Eu devia ter deixado para lá, devia ter parado. Eu sabia que eles acabariam trazendo alguém que me descobriria.

— Nós não encontramos você, Billy. Você quis ser encontrado.

— É, mas foi você.

— Do que está falando?

— Bem... Lembra-se do dia em que você correu até a biblioteca? Pois eu o reconheci imediatamente. Eu estava ali, no meu carro, usando o wi-fi da biblioteca. Olho pela janela e vejo nada mais, nada menos que Gibson Vaughn! BrnChr0m, a lenda.

— Ah, você só pode estar tirando onda com a minha cara de novo!

Billy deu um sorrisinho irreverente.

— E quando o vi ali, tive a sensação de que poderia contar com você.

— Você não me conhece.

— Não, mas Suzanne o conhece. Ela confiava em você e isso basta para mim.

— Sabe o risco que corre expondo-se assim, não é?

— Acho que sim. Mas eu estou cansado, cara. Simplesmente cansado de me esconder. Não quero mais sentir esse medo. Isso tem que acabar, de um modo ou de outro.

— Ainda a ama, não é? — Gibson disse.

— E você não?

— Não da mesma maneira que você, mas amo, sim. Deixar de amá-la é impossível.

— Amém — Billy disse. — Venha comigo. Quero lhe mostrar uma coisa.

33

"*MEIJI.*"

Jenn mostrou para Hendricks a mensagem de voz de George. Eles olharam um para o outro. Jenn tocou a mensagem de novo, escutando com atenção em busca de alguma nuance que pudesse ter lhe escapado nas primeiras cinco vezes que a havia escutado. Não encontrou nada oculto na voz dele, mas o significado da mensagem era claro. Significava que George estava encrencado e, consequentemente, eles também. Significava que precisavam ir para um lugar seguro e não chamar a atenção. Que não deviam bancar os heróis. Que não deviam procurar por ele nem tentar fazer contato. Quando a situação voltasse ao normal receberiam um sinal de George; até lá, eles teriam de esperar.

— O que você acha? — ela perguntou.

— Acho que odeio a Pensilvânia.

— E quanto a George?

— Provavelmente ama a Pensilvânia.

— Hendricks! O que nós vamos fazer?

— Dar o fora daqui. O que pode haver de errado nisso?

Não deixava de ser um bom argumento.

Eles passaram o restante do dia e a noite inteira eliminando os indícios de sua presença na Grafton Storage. Hendricks usou água sanitária para limpar a unidade onde haviam mantido Tate prisioneiro. Jenn fez novo levantamento do equipamento, a fim de descobrir se o penetra desconhecido havia levado mais do que apenas a arma.

Unidades de estocagem vazias raramente pegavam fogo, por isso eles teriam de montar um cenário aceitável. O incidente não receberia muita atenção, a menos que o corpo de bombeiros tivesse um motivo muito bom para investigar. Hendricks maquiou o lugar para fazer parecer que um andarilho havia invadido a unidade e estupidamente tentado acender uma fogueira ali dentro. Quando enfim ficou satisfeito com a cena, Hendricks riscou o fósforo e deixou que as chamas prosseguissem com o trabalho que ele havia começado.

Jenn já estava no carro quando ele se instalou atrás do volante.

— Eu costumava gostar das sextas-feiras — ele disse.

— Hoje é sexta mesmo? — Jenn fez as contas mentalmente. — Mas que porra de semana.

— Alguma novidade sobre George?

Ela fez que não com a cabeça.

— Inferno.

— E isso não é tudo. Prepare-se, porque você não vai gostar disso.

— O que foi?

— Os telefones da ACG estão desligados — ela disse.

— Jenn... Isso não faz parte do protocolo.

— Eu sei.

— Mas espere aí. Todas as linhas estão assim?

— Todas elas.

— E as nossas linhas diretas?

— Todas elas.

— Isso não é nada bom.

— Eu avisei que você não ia gostar.

Hendricks ficou em silêncio, digerindo as implicações daquilo. Jenn o observou enquanto ele pensava. Eles haviam sequestrado um homem, arrancando-o de dentro de sua própria casa. Depois o interrogaram violentamente em um boxe de locação num depósito abandonado e agora o homem estava morto. O atirador se deu ao luxo de levar uma das armas de Hendricks e poderia incriminá-lo pelo assassinato. George Abe havia apertado o botão do pânico, indicando que seus problemas não eram nada pequenos. Para completar, em algum momento nas últimas vinte e quatro horas os telefones da ACG tinham sido todos desligados.

Eles estavam por sua própria conta e tateando no escuro.

Agora havia muito mais em jogo do que um emprego. Hendricks teria de tomar sua própria decisão e Jenn o deixaria à vontade para escolher. Ela já havia feito a sua escolha.

— Atacar ou correr — ele disse. — Eis a questão.

— Sim, é mesmo.

— Correr é tentador.

— De acordo.

— Não sei, não. Estou meio velho para começar a correr — ele disse. — Eu precisaria comprar aqueles tênis medonhos e aqueles shortinhos moles. Eu não sou o tipo de negro que usa essas merdas.

— E outra, essas suas pernas finas não ajudariam muito.

Os dois ficaram em silêncio, olhando pela janela.

— Então tá. Próximo passo? — ele perguntou.

— Procurar Gibson Vaughn.

— É, eu queria mesmo fazer uma visitinha ao nosso amigo — Hendricks disse. — Onde ele está?

Jenn lhe mostrou o lugar em seu mapa.

— Por que eu deveria conhecer esse endereço?

— Você não vai acreditar quando eu lhe disser.

— A essa altura do campeonato, se me dissesse que é o *bunker* de Hitler eu acreditaria.

— É a velha casa de veraneio de Terrance Musgrove.

— Ah, que maravilha — ele respondeu. — Mas, para ser sincero, eu preferia que meu palpite sobre o *bunker* estivesse certo.

— Eu também — Jenn disse.

QUANDO RECOBROU A CONSCIÊNCIA, GEORGE ESTAVA EM UMA CADEIRA DE

madeira, com a cabeça apoiada sobre uma mesa de ferro. Seus pulsos estavam algemados a uma grossa barra de metal no centro da mesa. Ele sentiu a superfície fria do tampo da mesa contra o seu rosto e ergueu as costas com raiva. Sua cadeira oscilou como se alguém a tivesse desparafusado intencionalmente, afrouxando suas pernas.

Não havia muito para se ver ali; o lugar era uma sala de interrogatório padrão de três por dois metros e meio, de bloco de concreto. O zumbido instável e o brilho da lâmpada fluorescente faziam a cabeça de George pulsar. Sua garganta estava muito seca e as suas costas doloridas e machucadas. A julgar pela fome que sentia, devia ter ficado pelo menos doze horas desacordado; isso significava que talvez já fosse... sexta de manhã, talvez?

George conferiu sua aparência olhando-se no espelho amplo instalado na parede. Dadas as circunstâncias, até que não parecia tão mal. Não haviam quebrado suas costelas no processo. Quanta gentileza da parte de seu anfitrião. Sua gravata estava torta e ele se irritou por não poder arrumá-la.

Uma porta se abriu a sua esquerda. Um homem entrou e se sentou diante de George. Ele colocou um copo e um jarro de água na mesa. A água estava fria e a jarra ficou embaçada.

George deu uma boa olhada no homem. Era um pau-mandado bem barbeado enfiado em um paletó trivial. Eles se encararam como dois ex-amigos que se esbarram por acaso andando na rua. Essa seria a deixa para que George explodisse indignado, exigisse um advogado, fizesse ameaças enfáticas do tipo: "Você sabe com quem está falando?". Estava sedento, mas não pediu um copo d'água. Ele tinha perguntas a fazer, mas o paletó era barato demais para ter as respostas certas.

— Nós não podemos apenas ir direto ao que interessa? Titus está aí? — George moveu a cabeça na direção do espelho.

Desta vez, as sobrancelhas do pau-mandado se levantaram um pouco. George olhou diretamente para o espelho.

— Titus? Toda esta encenação é mesmo necessária?

O pau-mandado abaixou a cabeça na direção da mesa e escutou as instruções que lhe chegavam através do seu fone de ouvido. Ele se levantou e saiu do recinto sem dizer uma palavra.

George esperou.

A porta se abriu. Um homem baixo e atarracado entrou. Ele era apenas alguns anos mais velho que George, mas tinha passado esses anos ao ar livre em alguns dos lugares mais inclementes da Terra. O sol e os elementos lhe haviam crestado a pele e a face do homem, marcada por sulcos profundos, parecia palha de aço. Seus escassos cabelos eram grisalhos. Uma tremenda cicatriz começava em sua orelha esquerda, descia pelo queixo e desaparecia no colarinho da sua camisa. Um suvenir de Tikrit. Sua mão esquerda não tinha os dedos anular e mindinho. Não se sabia ao certo quantos tiros ele já levara, mas histórias a respeito corriam de boca em boca e George acreditava que Titus apreciava isso. O coronel Titus Stonewall Eskridge Jr., fundador e presidente da Cold Harbor, estava no ramo da criação de mitos.

— George. — Titus se sentou na cadeira que o outro homem havia ocupado.

— Titus.

Os dois se avaliaram mutuamente. A ligação de Eskridge com Lombard datava de décadas. George não gostava de Eskridge no passado e nada do que tinha ouvido no decorrer dos anos o havia convencido a reconsiderar.

A Cold Harbor era uma empresa militar privada de porte médio situada em Mechanicsville, na Virgínia. Seu nome havia sido inspirado em uma batalha particularmente sangrenta ocorrida durante a Guerra de Secessão, que impôs terríveis baixas às tropas do general Ulysses S. Grant. Incapaz de competir com as empresas maiores pelos contratos mais valiosos, a Cold Harbor conquistou seu espaço construindo uma reputação de organização que dava conta do serviço — qualquer que fosse o serviço.

Algumas vezes o que importava não era o tamanho, e sim a brutalidade.

Titus forçou um sorriso.

— Certo, você me deixou curioso. Como soube que eu estava ali atrás? Está assustando a minha equipe, Obi-Wan. Foi algum dos meus rapazes? Será que resolveram falar quando deveriam escutar?

— Não — George respondeu. — Foi apenas um palpite.

— Mas onde estão as minhas maneiras? Você deve estar morrendo de sede — Titus disse, colocando água no copo. Depois ele empurrou o copo, deixando-o a centímetros de George. — Foi um dos meus rapazes?

— Não. Não foi difícil adivinhar. Por incrível que pareça, eu não tenho muitos inimigos.

— Eu não sou seu inimigo — Titus disse.

— Não era — George corrigiu.

— Exato. Não era.

— Quem foi o maior doador para as campanhas de Lombard ao Senado?

Titus não respondeu.

— Nas contratações de fornecedores militares, quem favoreceu a Cold Harbor diante de concorrentes como a Blackwater e a KBR? A matemática aqui não é nada complicada. Quando Lombard precisa tirar alguém do caminho, quem será que ele vai chamar?

— Suponho que eu esteja aqui para isso. — Titus exibiu seu afável sorriso bonachão. Para mostrar que eram só dois amigos jogando conversa fora. — Nada mal, George. Você sempre foi um cara astuto. Não lá muito prático, mas astuto. Você mandou um dos meus para o hospital.

— Então eu acho que falhei.

— Não mesmo. O infeliz vai falar fofo durante um bom tempo. Pelo visto você não perdeu o jeito, mesmo sentado atrás de uma mesa.

— Muito generoso da sua parte, mas se apenas um dos seus rapazes está no hospital e eu estou preso a esta mesa, tenho sérios motivos para acreditar que talvez tenha perdido o jeito, sim.

— Eu admiro um homem que é capaz de avaliar os próprios erros.

Titus empurrou o copo d'água para mais perto de George. Mas George não pediu que lhe removessem as algemas para que pudesse beber.

— Já parou para pensar por que Lombard chamou você e não o FBI?

— Eu não ligo — Titus respondeu, levantando os ombros. — O cara vai ser presidente.

— Se isso acontecer, você vai ganhar uma fortuna.

— Outra fortuna — Titus disse com um sorriso sarcástico. — Para fazer companhia à primeira, que tem se sentido solitária.

— Ele está aqui?

— O vice-presidente? Rodeado pelo Serviço Secreto? Essa é boa.

— Ser um servidor público tem seus inconvenientes — George comentou.

— Isso nunca me atraiu nem um pouco.

— O que ele quer, afinal?

— Ele quer ser presidente. Mas, nesse momento, ele também quer muito saber o que você anda fazendo com a Abe Consulting Group.

— O que você quer dizer com isso?

— Nem comece — Titus disse com ar cansado. — Não faça esse jogo comigo, George. Já sabe aonde isso vai nos levar, não sabe?

MIKE RILLING ESTAVA DESEMPREGADO FAZIA DOZE HORAS. JUNTAMENTE

com todos os funcionários da ACG, ele havia sido demitido por e-mail às onze da noite da quinta-feira. Sem aviso. Sem entrevista de desligamento. Nada. Um massacre — a companhia inteira havia cessado os trabalhos sem aviso. Todos os seus colegas de trabalho haviam recebido o mesmo e-mail explicando que problemas financeiros inesperados tinham forçado a ACG a fechar as portas de modo definitivo.

Era uma traição. Não da companhia — Mike não ligava a mínima para ela —, mas de George particularmente. O que havia acontecido com todo aquele discurso perfeito dele sobre integridade, sobre fazer as coisas da maneira correta? Isso só provava que George Abe não passava de um grande hipócrita.

Isso reforçava a decisão de Mike de fornecer informações ao vice-presidente. Tratava-se da filha do homem, afinal de contas. Para Mike, Benjamin Lombard tinha o direito de ser informado dos acontecimentos. Ele de fato não achava que tanto segredo fosse necessário. Encontrar o demente que havia raptado sua filha era uma coisa boa. O vice-presidente ficaria grato.

Jenn Charles ia ficar uma fera. Bem, ela teria de esperar a sua vez. Ele tinha algumas coisinhas a dizer a George Abe.

A ferocidade de suas emoções o surpreendeu. Mike não gostava de admitir isso, nem a si mesmo, mas tinha um certo sentimento de gratidão e mesmo de lealdade por George. Ele admirava George. Então, depois de seis ou sete cervejas, ele se encheu de coragem e ligou para George a fim de compartilhar um pouco do que estava sentindo. George, porém, não atendeu. Mike continuou ligando e George continuou ignorando-o. Não lhe deu nenhuma resposta.

Covarde.

Mas George não iria se safar dessa com tanta facilidade. Mike apreciara o valor da indenização que havia recebido — era generoso —, mas não se tratava de dinheiro absolutamente. O que estava em jogo eram princípios. Ele estava na empresa desde o início, e você não manda um cara embora depois de sete anos. Não sem algum tipo de explicação.

Quando Mike estava subindo de elevador até o seu andar, sua determinação sumiu. Na última noite, ele havia preparado um sermão infernal para São George

Abe, mas agora a ideia de confrontar seu ex-chefe parecia assustadora. George tinha aquele modo imperturbável e condescendente de falar e sua perícia na conversação fazia Mike se sentir idiota rapidamente.

Mike saiu do elevador e caminhou até a Abe Consulting Group. As portas estavam abertas e escoradas com calços, o que não era normal.

A recepção estava vazia. De súbito, Mike parou de andar. O lugar estava completamente vazio, e não só porque não havia ninguém. Estava *literalmente* vazio. Tudo tinha sumido: poltronas, cadeiras, mesas, luminárias, obras de arte... tudo. Não sobraram nem os pregos do carpete. Mike foi de sala em sala, mas viu o mesmo cenário em toda parte. Até o escritório de George havia sido esvaziado por completo. Era inacreditável. Às sete da tarde da noite anterior, quando ele havia deixado a empresa, tudo estava normal. E agora parecia que a Abe Consulting, como um bando de ciganos, tinha levantado acampamento e fugido na calada da noite, sem deixar nenhum vestígio de que havia estado ali um dia.

O celular de Mike tocou. Ele verificou o número, mas não havia nenhum. Não estava bloqueado; a tela estava simplesmente em branco. Chamadas desse tipo sempre lhe davam nos nervos. Era como se viessem de lugar nenhum. Uma voz familiar soou na linha, implacável e mecânica.

— Eu não sei — Mike disse. — Não sei. Acabou-se, não existe mais... É, eu estou bem aqui no local. O lugar está vazio... Eu não sei! O que mais eu posso dizer? Ele não me contou nada. Não chegava a confiar em mim.

Nenhuma resposta veio do outro lado da linha. Quando retornou, a voz passou a enumerar instruções. Mike desligou e percebeu que estava suando. Tinha medo de dizer não, e não sabia ao certo o que lhe aconteceria se fizesse isso.

Ele desejou que George estivesse ali para lhe dizer o que fazer.

GIBSON DORMIU ATÉ QUE O SOL DA MANHÃ DESLIZASSE PELO CHÃO E alcançasse os seus olhos. Ele rolou para o lado e endireitou o corpo para ficar sentado no sofá. Billy estava no andar de cima, em um dos quartos. Eles tinham conversado até cansar e, sem chegar a nenhuma conclusão, deram a noite por encerrada. Gibson viu em seu celular que eram mais de dez horas. Ele nem se lembrava da última vez em que havia dormido até essa hora. E em um sofá. Mas depois de quatro dias no banco de trás de um carro, um velho sofá parecia bom demais para ser verdade.

A essa altura, ele já não duvidava mais da história de Billy.

Billy não estava brincando quando disse que o sótão era um relicário da família de Terrance Musgrove. Ele o havia mostrado a Gibson na noite passada. Fileiras de caixas cuidadosamente empilhadas recobriam as paredes, todas etiquetadas — "Retratos da Sala de Estar", "Escritório 1", "Escritório 2", "Artigos Variados do Banheiro Principal" etc. Era como se esperassem o retorno dos Musgrove e quisessem garantir que eles encontrariam sem dificuldade o seu *shampoo*.

Billy havia se dirigido direto para uma fileira de caixas intitulada "Quarto de Ginny".

— Suzanne ficou no quarto de Ginny. Ainda estava cheio de coisas de menina, então eu imaginei que ela se sentiria mais confortável. Só achei que ela fosse se incomodar um pouco com o fato de dormir na cama de uma garota morta, mas Suze disse que isso não a perturbava.

Billy então revirou uma das caixas e retirou dela a bolsa Hello Kitty, entregando-a a Gibson.

— Não pode ser. Você só pode estar brincando! — Gibson disse.

— Eu lhe disse que tinha algo para lhe mostrar.

— A irmã de Musgrove não percebeu nada?

— Uma bolsa de menina em um quarto de menina? Não mesmo. Já ouviu falar na arte de esconder uma coisa diante do nariz de todos?

— E isto simplesmente esteve aqui todo esse tempo?

— Mostre-me um lugar melhor para um cara solteiro na casa dos vinte anos guardar uma bolsa de criança.

Eles levaram a caixa para o andar de baixo e Billy observou enquanto Gibson a abria e colocava todo o seu conteúdo sobre a mesa de centro — pó compacto, escova de cabelo, um estojo de joias, um velho iPod de primeira geração, fones de ouvido, um par de camisetas, algumas roupas íntimas, uma calça jeans. O livro *A Sociedade do Anel*, edição de capa dura, que Gibson havia lido para ela tanto tempo atrás. E um boné surrado de beisebol do Philadelphia Phillies.

Agora que tinha acabado de acordar, Gibson teria a oportunidade de examinar ainda melhor o boné, à luz do dia. Sentado no sofá, ele esfregou o rosto para espantar o sono e estendeu a mão para pegar o boné, tocando-o com delicadeza, como se fosse uma relíquia antiga de família. O boné lhe causava calafrios, mais até do que a bolsa. Ele o girou na mão e, provavelmente pela centésima vez desde a noite passada, verificou o revestimento interno. Liam-se, em tinta preta já desbotada, as iniciais "S. D. L." — Suzanne Davis Lombard. O contorno da letra L era uma marca distintiva de Suzanne. Sim, tratava-se do boné dela, sem dúvida.

Agora, com a claridade do sol da manhã, algo lhe chamou a atenção no revestimento. Com o passar do tempo, o suor costumava manchar o revestimento de um boné de beisebol, sobretudo na região da testa. Mas o forro do boné de Ursa parecia estar como novo, embora o restante do boné estivesse bastante gasto pelo uso. O logo dos Phillies estava desgastado e desfiado. A costura estava se desfazendo e faltava o botão no topo do item. Como se danifica um boné dessa maneira a não ser usando-o?

E lá estava a fotografia instantânea. Billy a havia mostrado a ele na última noite, mas a foto ainda não lhe parecia real. Talvez ele simplesmente não quisesse que fosse real. Na fotografia, Ursa estava deitada no sofá onde Gibson havia dormido. Enrolada em um felpudo roupão de banho azul, com um livro aberto sobre a barriga. E era mesmo uma barriga, porque na foto Ursa estava visivelmente grávida. Parecia cansada, mas mais feliz do que na fotografia que Billy havia tirado na noite em que ela chegara. Gibson não conseguiu olhar para a imagem durante muito tempo. Ver a gravidez dela com seus próprios olhos a tornava real.

Billy, ainda sonolento, desceu a escada pesadamente e foi para a cozinha beber um copo d'água.

— Eu vou voltar para a cama — Billy avisou após sair da cozinha.

— Ei, só uma pergunta. Você já viu Suzanne usar essa coisa?

— Só na noite em que eu a trouxe para cá. Foi a única vez. Ela não era o tipo de garota que usa boné de beisebol.

— Então por que ele está tão detonado assim?

— Bom, essa era a Suze. Ela se sentava e ficava arrancando os pontos de costura como se não houvesse amanhã. Você já viu um cachorro abocanhando um brinquedo de pelúcia? Suze era assim com esse boné.

Billy o deixou sozinho com seus pensamentos.

Gibson franziu a sobrancelha. *O que é que eu estou perdendo, Ursa?* Se ela era mesmo uma menina que odiava beisebol, como diziam os seus pais, o que fazia então com um boné dos Phillies que ambos juraram não ser dela? Ela provavelmente havia comprado o boné na estrada para esconder o rosto. Isso fazia sentido, explicaria por que ele parecia não ter sido usado. Mas se ela o tivesse usado apenas aquela vez, por que se importaria em colocar suas iniciais no revestimento? As pessoas só fazem isso com as coisas que não querem perder.

O que Billy tinha dito sobre o vídeo de segurança no posto de gasolina? O modo como Ursa havia olhado para a câmera... aquele "vá se foder" dirigido a alguém? Será que o boné fazia parte da mensagem? Isso havia torturado Gibson por tanto tempo que ele esperava ver, tocar, descobrir alguma coisa. Contudo, ele permanecia de mãos abanando.

Com essas indagações pululando em sua mente, ele se levantou com dificuldade, apanhou o boné e o livro e foi fazer uma visita à cozinha. Não havia muito ali para se comer e ele foi obrigado a se contentar com duas velhas compotas de pêssego. Sentou-se na varanda de trás com o livro de Ursa, a fruta e um garfo. O lago estava agitado nessa manhã e ele observou as ondas lançando-se em diagonal na direção da margem. E pensou em Ursa.

Ursa lendo em sua banqueta. O modo como ela bebia chá, como sua mãe, segurando a xícara com as duas mãos e soprando o líquido delicadamente enquanto contemplava a paisagem lá fora pela janela. Gibson aproximou o livro do nariz, esperando captar um cheiro que lhe trouxesse lembranças mais profundas da infância; mas era apenas um velho livro. Ele folheou o exemplar e comeu os pêssegos da compota.

Do princípio ao fim, as margens estavam repletas de notas que haviam sido escritas desde que ele terminara de ler para Suzanne. Na noite passada, Billy havia mostrado a Gibson as anotações nas margens; Billy tinha admitido que certa noite, embriagado, jurou ler o livro e as anotações dela de cabo a rabo na esperança de encontrar alguma pista sobre o que teria acontecido a Suzanne. Porém ele havia desistido na página cinquenta. Eram apenas coisas de criança, segundo Billy.

— Algumas falavam do universo e essas merdas. Sei lá, é profundo demais pra mim.

Gibson abriu a primeira página e começou a ler.

As anotações de Suzanne haviam sido escritas em letras precisas e diminutas; não obedeciam nenhuma ordem específica, nem cronologia perceptível. Pareciam ter sido escritas ao longo de vários anos — com canetas de diferentes cores -, e alguns trechos estavam mais desbotados que outros. Alguns trechos eram realmente sobre *A Sociedade do Anel*, mas eram muito poucos, a minoria na verdade. A maior parte eram fragmentos de letras de músicas, frases de filmes, elogios e críticas a isso ou aquilo, observações casuais. Tratava-se das reflexões cheias de vivacidade de uma menina precoce. Ele podia imaginar Ellie fazendo algo parecido dentro de alguns poucos anos; porém, tendo em vista o tamanho da letra de sua filha, seriam necessárias margens bem maiores.

Gibson leu devagar algumas páginas, mas acabou ficando impaciente e começou a passar pelas páginas com rapidez, tentando detectar algo significativo. Virando folha após folha, ele avançou por dez páginas e logo já eram vinte. Até então, várias cores já haviam desfilado diante dele: azul, rosa, verde, vermelho. De repente algo lhe ocorreu e ele parou.

Laranja.

Uma lembrança fez Gibson sentir um frio no estômago. Algo que Ursa havia perguntado a ele muito tempo atrás. Na ocasião, Gibson estava na cozinha da casa em Pamsrest. A sra. Lombard estava fazendo para ele um sanduíche de queijo grelhado e ele estava lendo uma revista em quadrinhos. Subitamente Ursa surgiu ao lado dele, toda esbaforida.

— Gib-son. Gib-son.

— Um-hum — ele disse distraído.

— Son! Eu preciso perguntar uma coisa.

Ele parou de ler e olhou para a garota.

— O que foi?

— Qual é a sua cor favorita?

Ele respondeu que era laranja — por causa do time do Orioles.

— Tá bom — ela disse com uma expressão séria no rosto. — A sua cor é o laranja, certo?

Como se ele soubesse perfeitamente do que se tratava aquilo.

— É, é isso mesmo, a minha cor é laranja.

— Não se esqueça disso — ela disse em voz baixa.

Quantos anos eles tinham nessa época? Não conseguia se lembrar. Ele voltou diversas páginas, até que viu tinta de caneta laranja.

— Sun. — *Son*. Laranja era a sua cor. Ele foi tomado por uma terrível torrente de emoções. Arrependimento. Culpa. Anseio. Ele enfiou a cabeça entre os joelhos e chorou. Deus, como sentia saudade dela!

Durante mais uma hora, ele continuou voltando as páginas do livro e leu todos os trechos que encontrou escritos na cor de laranja. Quase todos eram pensamentos de uma garotinha.

Sun, você gosta de suco de uva? Eu gosto.
Sun, eu queria que todos fossem para casa, menos você.
Sun, me ensine a arrotar.

As anotações eram todas mais ou menos assim. Algumas engraçadas. Algumas melancólicas. Então ele encontrou, escondida no meio do livro, uma anotação diferente das outras endereçadas a ele — mais longa e com uma escrita mais adulta.

Sun, o funeral foi hoje. Eu sinto tanto. Espero que você esteja bem. Eles não me deixaram ir. Eu quis ir para vê-lo. Nós ainda somos amigos? Se não formos mais, eu vou entender. Mas tenho saudade de você. (389)

Com apreensão, quase com medo, ele abriu o livro na página 389. As margens estavam vazias, exceto por uma nota simples que havia sido escrita com duas canetas de cor de laranja diferentes, e em duas épocas distintas, com um intervalo de vários anos entre elas. Na primeira metade, lia-se:

Sun, me desculpe por ter arruinado o jogo. Não fique bravo comigo.

Então, com a outra caneta, o trecho escrito sabe-se lá quanto tempo depois:

Eu devia ter lhe contado a respeito do jogo. Quis contar a você centenas de vezes. Eu estava tão zangada com você por não perceber. Sinto muito. Eu espero que possa lhe contar agora. Há um lago aqui. Não é tão belo quanto Pamsrest, mas nós podemos nos sentar perto da água e eu lhe contarei tudo. Eu desejo isso mais do que qualquer outra coisa na vida. Tomara que você não tenha ido embora. Espero que não me culpe.

Ele fechou o livro com força. Culpá-la por que? Uma lembrança emergiu das profundezas de sua mente e sua feia coluna vertebral de réptil quase chegou à superfície antes de mergulhar vigorosamente para longe de Gibson. Ele fechou os olhos, com medo de atraí-la outra vez, mas sabendo que seria preciso fazer isso.

O jogo. Mas qual jogo seria? Duke o havia levado a centenas de jogos. Será que Ursa tinha ido com eles em algum desses jogos? Talvez. A única coisa de que ele se lembrava era de Ursa agindo como um moleque malcriado, coisa que não era do feitio dela, de modo nenhum. Não, havia mais. A lembrança veio à tona e seus olhos eram imensos e ferozes; eles se fincaram em Gibson, desafiando-o a ignorá-los.

Eles haviam feito uma viagem para ver o jogo dos Orioles. Com qual adversário mesmo? Gibson não conseguia se lembrar. Os Red Sox, talvez? Muito provavelmente. A princípio apenas ele e Duke iriam, mas o senador soube que viajariam para assistir à partida e se convidou para ir também, e acabou levando Ursa junto. A mulher de Lombard estava fora da cidade, então eram apenas dois pais levando seus filhos a um jogo de beisebol... com uma equipe de segurança seguindo-os de modo discreto. Metade era passeio de família, metade era teatro político. Mas então Ursa mostrou um comportamento péssimo no estádio de beisebol e eles perderam a maior parte do jogo.

Não, não foi exatamente assim. Os problemas começaram a aparecer mais cedo.

Gibson se concentrou para reconstituir os acontecimentos daquele dia e lembrou que Ursa havia se mostrado muito mal-humorada. Retraída. E viajar na companhia dela para Baltimore foi um absoluto pesadelo. Ninguém escapou da hostilidade dela. Ela chutava o banco do passageiro a sua frente. Fechava a cara para todos os que olhavam para ela. Naquele momento, Suzanne não lembrava em nada a garotinha alegre e cheia de vida com quem Gibson havia crescido. Ela não lhe deu resposta quando ele perguntou o que havia de errado. Aquilo jamais tinha acontecido antes. Duke, que sempre a fazia sorrir, não havia conseguido dela nada além de um silêncio tristonho.

Gibson se recordava da frustração de Lombard e do seu enorme esforço para aproveitar o passeio a qualquer custo. Na metade do caminho, Duke sugeriu que desistissem do passeio e voltassem, mas o senador recusou. O passeio havia se tornado uma pantomima de rostos alegres e todos ficaram um pouco tensos por ter de congelar uma falsa expressão de felicidade no rosto.

Quando chegaram ao estádio de beisebol, ninguém parecia mais muito empolgado com o jogo. O lugar estava lotado, por isso ele só percebeu que Ursa estava chorando quando ocuparam os seus assentos. Até então, Gibson só tinha visto uma criança birrenta e deslocada, mas agora ele percebia que ela não estava apenas irritada; ela estava amedrontada.

Eu estava tão zangada com você por não perceber.

O que é que ele não havia percebido?

Quando eles se sentaram, uma jogada no campo fez a multidão vibrar de pé. Gibson, na ponta do corredor, virou-se para ver e quando olhou para trás viu Ursa chorando. Agachado, Duke quis confortá-la, mas Ursa se encolheu mais ainda, choramingando inconsolável.

Gibson teve uma sensação sinistra quando começou a se lembrar do que aconteceu em seguida.

Lombard agarrou a mão da filha e se afastou dali com ela, subindo para outra parte do estádio. Duke apenas ficou parado ali, observando-os enquanto se distanciavam, com uma expressão cansada e preocupada. O que havia acontecido naquele estádio? O que Gibson estava deixando escapar? Durante todos aqueles anos, Gibson acreditara que seu pai tinha se matado por ter cometido fraude. Foi um grande alívio quando Calista Dauplaise lhe revelou que o próprio Lombard havia cometido o crime. Isso, porém, fazia surgir uma nova e desagradável dúvida: *O que* havia levado Duke Vaughn a se suicidar?

Seu telefone vibrou. Ele o apanhou, feliz por voltar a atenção para outra direção. Ele verificou o número antes de atender.

— Olá, Jenn.

— Oi, Gibson. Como estão as coisas na Virgínia?

— Uma maravilha! Você devia vir me visitar.

— Eu estava pensando a mesma coisa.

— Mesmo? Sentiu a minha falta?

— Você andou ocupado.

— Vocês também — Gibson respondeu.

— Precisamos conversar. Você meteu a gente em uma bela encrenca.

— Eu? Eu os meti em encrenca? Eu participei com vocês do sequestro e da tortura de um cidadão americano? Não, eu não participei. Então, vocês que se fodam com a sua encrenca.

— Tate está morto, Gibson. Alguém o matou.

Gibson abaixou o telefone e praguejou baixinho. Por essa ele não esperava. Tate, assassinado? Ele levou o celular ao ouvido mais uma vez.

— Alguém?

— Sim. Então, como eu já disse, nós precisamos conversar.

— Exatamente em qual unidade de armazenamento podemos nos encontrar?

— Escute, nós teremos tempo para isso mais tarde. Talvez você esteja certo. Mas não agora. Neste momento, precisamos trocar informações, porque tem alguma coisa acontecendo. E não é nada boa para nós, seja lá o que for.

— Não sei, não, Jenn. Prefiro deixar que você e Hendricks descubram sozinhos do que se trata. Vamos ver se vocês vão gostar.

— Eu compreendo o seu ponto, mas o fato é que nós estamos aqui. E você terá de conversar conosco. Eu gostaria que fosse amigavelmente.

— O que você quer dizer com "aqui"?

— Estamos na casa de veraneio de Musgrove. No acesso à garagem. Nós não vamos prendê-lo; só queremos conversar.

Gibson se levantou rápido.

— Eu não acho que seja uma boa ideia — ele disse.

— Boa ideia ou não, estamos a caminho. Não faça nenhuma bobagem — Jenn avisou, e desligou o telefone.

— QUEM ESTÁ AÍ? — BILLY PAROU NA PORTA DE ENTRADA ATRÁS DE GIBSON, com a arma balançando em sua mão. — Você disse a eles onde estávamos?

— Não. Mas eles nos encontraram.

Gibson se levantou e deu um passo na direção de Billy, que ergueu a arma e a apontou para ele. Gibson parou de imediato, levantando as mãos.

— Eu não sei como eles nos encontraram. Só sei que querem conversar, apenas conversar.

— Conversar, é? Aposto que sim!

Os dois ouviram ao mesmo tempo o carro se aproximando pelo acesso da garagem. Com um olhar hostil, ele virava a cabeça abruptamente de um lado para o outro, como um animal farejando o perigo.

— Billy, não faça isso!

Mas Billy não tinha a menor disposição para ouvir ninguém. Ele se virou e voltou correndo para a casa. Gibson também correu, mas virou à esquerda e atravessou depressa a varanda da frente, com o corpo abaixado e desviando-se dos móveis. Mais adiante, o Cherokee saiu do meio das árvores e começou a seguir pela garagem circular.

Billy saiu bruscamente pela porta da frente. Começou a agitar a arma de forma frenética na direção do Cherokee, que freou na mesma hora. Billy não fez questão de se proteger, dominado pelo medo e pela raiva — aos prantos, gritava para que eles voltassem, fossem embora e o deixassem em paz. Hendricks respondeu aos brados, mandando que Billy baixasse a pistola; mas Billy, dominado pelo pânico, não escutou.

Gibson se aproximou mais de onde Billy estava. Precisava fazer algo antes que alguém se machucasse. De repente, num rasgo de lucidez, ele percebeu que acreditava em Billy. Acreditava em toda aquela história absurda. Mais que isso: ele gostava de Billy. Não podia suportar a ideia de vê-lo ferido.

Jenn e Hendricks diminuíram a distância e ficaram a apenas uns cinco metros da varanda. Todos gritavam. Hendricks se deslocou para a esquerda, tentando chamar a atenção de Billy. O rapaz, contudo, estava cada vez mais apavorado; apontava a arma ora para um inimigo, ora para o outro. Saliva escorria de sua boca.

Percebendo a oportunidade, Gibson se lançou contra Billy, atingindo suas costelas com o ombro. Os dois caíram sobre uma cadeira de vime, fazendo um grande barulho. A arma se soltou da mão do jovem e escorregou pelo chão da varanda. Billy tentou resistir e lutar, mas Gibson era bem mais forte e logo o subjugou completamente.

— Fique calmo, Billy. Acalme-se. Tudo vai ficar bem.

Mas isso não pareceu convencer Billy, que ainda tentou escapulir algumas vezes.

— Gibson! Jogue a sua arma por cima da cerca! — Jenn bradou.

— Eu não tenho arma, sua idiota. E estou com as mãos meio ocupadas agora! Que tal se um de vocês me desse uma ajuda aqui?

BENJAMIN LOMBARD RABISCOU ALGUMAS NOTAS NA MARGEM DE SEU

discurso de agradecimento. A convenção aconteceria dentro de semanas e a disputa continuava longe de ser decidida, mas fazer alterações no discurso ajudava-o a esquecer um pouco o que estava acontecendo na Virgínia e na Pensilvânia. Como de costume, George Abe, aquele filho da puta, seguia em frente com a sua cruzada particular.

De alguma maneira, o astuto verme desprezível havia colocado em prática o desmantelamento da sua empresa minutos antes de ser parado em seu carro. Quando o pessoal de Titus chegou ao local, não havia sobrado um lápis sequer para contar a história. A Abe Consulting havia sido varrida da face da Terra. Bem ao estilo de Abe. Negar também era costume dele. Num desempenho convincente, George afirmou que ninguém estava mais surpreso do que ele. Mesmo depois de o capanga de Titus tê-lo espancado até cansar.

Lombard olhou para o monitor; George ainda estava curvado sobre a mesa de interrogatório na Cold Harbor. Titus era um sujeito ruim como o diabo, disso não restava dúvida, mas Lombard já começava a duvidar de que ele fosse capaz de obter algum resultado em tempo hábil. Conhecia George bem o suficiente para saber que seria necessário muito mais do que quebrar-lhe algumas costelas para forçá-lo a trair seu pessoal.

Felizmente, Lombard tinha uma pessoa dentro da ACG que lhes passava informações atualizadas; foi assim que eles tomaram conhecimento da operação na Pensilvânia. Pena que Lombard não pudesse estar lá para ouvir pessoalmente o que George tinha a dizer. Uma coisa dessas seria impossível, é claro. Toda a operação de Titus era bastante ilegal, e isso significava que Lombard ficaria bem quieto em seu canto, assistindo ao lento fim de George em um monitor de vinte e sete polegadas.

Maldito George Abe. Lombard poderia ter pedido ajuda ao FBI, mas não confiava em Brant, aquele caipira do Bureau, para manter tudo em silêncio. Bem, o que estava feito não tinha volta; de mais a mais, já estava quase na hora de George desfrutar de outro *round* com o capanga grandalhão de Titus.

Uma batida soou na porta de seu escritório. Lombard apagou o monitor e mandou que entrassem. Um Leland Reed mal-humorado entrou, trazendo na mão um telefone. Benjamin não gostava de ver Reed exibindo sua ansiedade de modo tão evidente. Para aquele tipo de trabalho, ele precisava de uma pessoa que tivesse frieza e soubesse ocultar seus sentimentos sob uma máscara de indiferença. Lombard perguntou o que ele queria.

— Tenho uma ligação de Calista Dauplaise para você.

Benjamin reagiu com naturalidade, como se estivesse esperando a ligação. Mas não esperava. Na verdade, ele não ficaria mais surpreso se Reed tivesse dito que Abraham Lincoln estava na linha. *Calista Dauplaise?* Ele jamais poderia ter sequer sonhado que receberia um telefonema daquela velha bruxa.

— Ela não foi uma das suas doadoras da época da Virgínia? — Reed perguntou.

— Ela parece bastante disposta a se juntar a nós, mas quer falar direto com você. — Reed estava alerta o suficiente para saber quem ela era, mas era muito astuto para se fazer de bobo. — Quer que eu a dispense?

Ainda durante as primárias, Lombard havia recebido sondagens de doadores imprevistos, mas esse contato era algo inteiramente diferente. Calista não lhe daria um tostão para pagar um mictório no inferno. E ela aparecia justamente agora. Até que ponto ela estaria envolvida com a Abe Consulting?

Lombard moveu impaciente os dedos no ar, gesticulando para que Reed lhe passasse o telefone, e depois o mandou para fora.

— Olá, Calista.

— Benjamin.

— Bem, Leland me contou que você encontrou Jesus e quer ajudar os Estados Unidos a elegerem o sujeito certo.

— Sim, acho que é mais ou menos isso.

Os dois começaram a rir, mas seria um erro pensar que ela achava a situação engraçada. Assim como seria um erro pensar que uma hiena está sorrindo quando mostra os dentes.

— O que você quer?

— Como está George? — ela perguntou.

— Não sei do que você está falando.

— Benjamin, George está em seu poder. E provavelmente Mike Rilling também.

— Você está fazendo acusações bastante sérias.

— Se você ainda espera ser presidente, cale a boca e me escute com atenção.

Ninguém mandava Benjamin Lombard calar a boca desde seu primeiro ano de faculdade. E ele tinha catorze anos na última vez em que havia de fato calado a boca quando lhe mandaram. Mas assim que Calista começou a falar, a boca de Lombard se fechou e permaneceu fechada até que ela tivesse terminado.

HENDRICKS ALGEMOU BILLY A UMA PRIVADA, COM OS BRAÇOS EM VOLTA

dela, como se estivessem apaixonados. Depois avisou que enfiaria a cabeça de Billy ali dentro se ele fizesse algum barulho.

— E se eu tiver que fazer isso, você vai precisar de um encanador pra tirar sua cabeça dali.

De qualquer modo, pelo menos por enquanto Billy estava ileso. Gibson tentou argumentar que nada disso era necessário, mas Hendricks não tinha a menor disposição para concessões.

— Não abuse da sorte, Gibson! Porque você está bem perto de se juntar a ele.

Gibson levou para Billy uma almofada da sala de estar, para deixá-lo mais confortável. Billy aceitou a oferta em silêncio; não dizia uma palavra desde que Gibson o havia derrubado. Ele ficou olhando pensativo para o chão do banheiro.

Gibson deixou Billy no banheiro e se juntou aos antigos colegas na cozinha. Eles se sentaram em torno da mesa, olhando um para o outro. Não era a mais animada das reuniões. Por outro lado, ninguém estava apontando uma arma para ele. Jenn parecia ser a mais amigável dos dois. Hendricks, por sua vez, estava bem mais difícil do que o habitual.

— Por que você voltou? — ela perguntou a Gibson.

— Por que vocês me dispensaram?

— Responda o que lhe perguntei, Gibson!

— Eu tive dúvidas.

— Sobre o quê?

— Sobre vocês. E sobre Tate. Não foi ele.

— Bom, infelizmente é tarde demais para isso agora. — Hendricks contou que eles haviam voltado da casa de Musgrove, depois de rastrear o vírus de Gibson e o retorno a Grafton Storage. O sangue. O corpo desaparecido. Hendricks olhou para o corredor, na direção de Billy. Gibson percebeu algo no olhar dele. Tinha certeza de que Hendricks estava calculando o envolvimento de Billy naquilo. Tentando decidir se era ele o assassino de Tate.

— Não foi ele — Gibson disse.

— Não? Muito bem. Então só resta você.

— Acham que eu matei Tate?

— Vai negar que esteve lá?

— Não. Vocês acham que eu o matei?

Hendricks o encarou com uma expressão hostil.

— Não. Não achamos — Jenn disse. — Mas isso nos deixa com poucos suspeitos viáveis.

— Na verdade, só nos deixa um suspeito, o nosso amigo lá na privada — Hendricks disse. — Ele admitiu que nos atraiu para a casa de Musgrove com o truque do vírus. E enquanto estávamos fora, correndo atrás dos nossos próprios rabos, Kirby Tate acabou morto. Mas mesmo assim você acredita que esse sujeito não tem nada a ver com a história.

— Billy não fez isso. Acreditem em mim. — Gibson fez o possível para defender Billy e contou a eles quase tudo o que havia descoberto recentemente. Contou aos dois que Billy havia arriscado o próprio pescoço para ajudar Suzanne e para protegê-la dez anos atrás. Jenn e Hendricks ficaram em total silêncio quando ele lhes mostrou a bolsa da Hello Kitty e despejou seu conteúdo sobre a mesa da cozinha. Hendricks examinou com cuidado o boné de beisebol. Gibson ainda não se sentia preparado para revelar suas dúvidas a respeito do boné. Ele viu Jenn pegar o livro e folheá-lo.

— O que são essas notas todas?

— Só coisas de menina adolescente — Gibson respondeu.

— Bem, vamos lá. O que você sabe realmente sobre esse cara? — Hendricks disse. — Ele tinha a bolsa e o boné. Ele enviou a fotografia para a ACG. Vamos então considerar que Suzanne esteve aqui. Mas o Romeu ali no banheiro tem alguma prova de que Suzanne estava grávida?

Gibson lhes mostrou a fotografia. Hendricks pareceu indiferente, mas Jenn ficou olhando para a foto enquanto seu parceiro prosseguia com o interrogatório.

— E ele tem alguma prova de que não era dele?

— Não — Gibson respondeu.

— Nem pode provar que Musgrove não se suicidou?

— Não.

Jenn pigarreou. Hendricks dirigiu a ela um olhar que Gibson não soube interpretar.

— Mas mesmo assim você acredita nele — Hendricks disse. — Acredita que foi por pura bondade que ele ajudou Suzanne. Ajudou uma garota grávida de outro homem. Então, *alguém* de repente apareceu, levou-a embora e matou o vizinho dele. Você acredita nesse devaneio, mas não acredita que o cara que hackeou a ACG, armou para nós e entregou-nos o Tate para se vingar pelo sequestro de sua irmã tenha algo a ver com o rio de sangue que eu tive de limpar na noite passada?

— Pelo amor de Deus, Hendricks. Aquele cara por acaso parece alguém capaz de passar fogo em outra pessoa a sangue frio?

— E com que se parece uma pessoa capaz de fazer isso?

— Não foi ele.

A boca de Hendricks se curvou numa expressão de desdém.

— Bem, ou foi você ou foi ele, Gibson. Não posso provar que foi ele, mas você eu sei que esteve lá.

— E você, não esteve? — Gibson retrucou.

Os dois homens se encararam ostensivamente. Gibson o fitou sem piscar, sem mover um músculo sequer. Ficaram assim durante algum tempo. Então, de repente, Hendricks bufou e desviou o olhar.

— George acha que eu sou o responsável por isso? — Gibson perguntou.

Jenn e Hendricks olharam um para o outro.

— O quê?

— Contou a ele sobre Meiji? — Hendricks disse.

— Meiji? Mas do que é que vocês estão falando?

JENN SENTOU-SE SOZINHA NA COZINHA ENQUANTO HENDRICKS TIRAVA

uma soneca num dos quartos. Ela sentia inveja de sua capacidade de separar as coisas. Nenhum dos dois havia dormido mais de uma hora nos últimos dois dias, mas ela não conseguia manter os olhos fechados. Simplesmente havia variáveis demais e pouquíssimas constantes. Ela sabia que não conseguiria manter Hendricks sob controle por muito tempo. Apesar dos esforços de Gibson, Hendricks ainda via Billy Casper como o assassino de Tate e ela não estava conseguindo conceber uma teoria que não envolvesse Gibson.

O celular dela tocou. Era Mike Rilling.

— Mike?

— Jenn, é você?

— E quem mais seria?

— Não sei. É que as coisas andam meio bizarras, não acha?

Mike não parecia bem. Ele às vezes agia como um menino chorão, mas agora Jenn parecia ter um refeitório escolar inteiro soando em seus ouvidos.

— Vai ficar tudo bem. Você está no escritório? Por que os telefones estão desligados?

Mike contou a ela.

— A Abe Consulting sumiu? O que você quer dizer com isso, Mike?

— Quero dizer isso mesmo, que desapareceu. Sumiu no ar. Do dia para a noite. — Mike descreveu a situação que encontrou nos escritórios da empresa. — Levaram tudo, esvaziaram todo o lugar. Só sobraram os rodapés.

— E George, onde foi parar?

— Preso. Está em poder do Bureau. É um desastre total.

Então era *mesmo* o FBI. Pelo menos agora ela sabia por que George havia soado o alarme. Mas Meiji também era um comando que desencadeava o desmantelamento dos escritórios? Se era, Jenn não fazia a menor ideia disso.

— Onde eles estão mantendo George?

— Não sei. O próprio George não sabe, para dizer a verdade. Nós conversamos bem rápido por telefone.

— Você falou com ele? — Jenn se projetou para a frente no assento.

— É, os agentes deixaram que ele fizesse uma ligação. Ele não parecia nada bem. Os agentes querem tudo o que nós temos sobre Suzanne Lombard e querem já, ou vão cair com tudo em cima de George.

— Jesus!

— Ele vai me ligar outra vez dentro de uma hora. O que nós temos?

Jenn passou a língua pelos dentes, esforçando-se para se concentrar.

— Mike, tem como anotar o que vou lhe dizer?

36

SENTADO NA BEIRADA DA BANHEIRA, SEGURANDO UMA LATA DE ATUM, GIBSON alimentou Billy com paciência. Hendricks tinha se recusado a soltá-lo das algemas, então o processo de alimentar o jovem era lento e complicado. Billy ainda não havia pedido para se aliviar, mas em algum momento ele precisaria fazer suas necessidades e Gibson não tinha boas expectativas a respeito disso. Billy estava tentando cooperar, mas continuava visivelmente amedrontado e zangado. Estar algemado a uma privada tornava tudo ainda mais indigno para ele.

— Eu me sinto como uma criança — Billy disse.

— É, mas isso faz de mim o seu papai e eu não acho isso legal.

Billy sorriu ligeiramente e em seguida voltou a ficar sério.

— Eles vão me matar?

— Para isso teriam de me matar antes — Gibson respondeu.

— E eu deveria me sentir aliviado por saber que você vai morrer alguns segundos antes de mim?

Foi a vez de Gibson dar uma risadinha acanhada.

— Bem, eu precisava tentar, não é? — Gibson gracejou. Mas sua tentativa de fazer humor não estava ajudando.

— Cara, você tem de me tirar daqui.

— Estou trabalhando nisso.

— É mesmo? Então trabalhe mais rápido, tá bom? Olhe só a minha situação. O cara me deixou algemado a um vaso sanitário!

Gibson não havia conversado com Jenn nem com Hendricks desde o seu interrogatório pela manhã. Todos eles estavam entregando os pontos, portanto se manterem afastados e dar tempo uns aos outros para que se acalmassem e refletissem, pelo menos durante algumas horas, parecia prudente. Correr o risco de ser incriminado pelo assassinato de Kirby Tate estava deixando Hendricks cada vez mais impaciente, e pela primeira vez Gibson se identificava com ele. Bem, só um pouco. Mas se

Hendricks encostasse um dedo em Billy, Gibson iria agir. A lembrança da cela de Kirby Tate continuava nítida demais.

À tarde, Jenn e Hendricks tinham passado um bom tempo tratando com Mike Rilling. Aparentemente George estava em poder do FBI e os três estavam tentando negociar um acordo para a libertação do chefe — informação em troca de liberdade.

Para se afastar de tudo isso, Gibson havia se escondido no quarto de Ginny Musgrove, onde Ursa passara a maior parte do tempo. Sentado com as costas apoiadas na porta do quarto, Gibson leu mais algumas das anotações de Suzanne no livro *A Sociedade do Anel*. Ele procurava uma pista qualquer que indicasse o envolvimento de seu pai no caso e ao mesmo tempo tinha medo de encontrar essa pista. Seria possível que Ursa estivesse fugindo de... Duke? E teria sido essa a causa do suicídio de seu pai? Gibson não tinha certeza se conseguiria suportar a verdade.

E agora estava ali, ao lado de Billy, dando-lhe comida e tentando tranquilizá-lo. Gibson olhou bem para o rosto de Billy. Seus olhos infantis, os pés de galinha prematuros, o topete grisalho no meio da sua cabeleira loira despenteada. Ninguém era perfeito, mas não seria exagero dizer que Billy Casper havia sido um anjo na vida de Suzanne. Billy colocou sua cabeça a prêmio por ela uma vez e agora fazia a mesma coisa novamente — correndo um risco enorme para encontrá-la, aventurando-se a hackear a ACG, mesmo com pouquíssimas chances de sucesso. Era bem mais do que o próprio Gibson jamais havia feito, e isso o envergonhava.

— Posso lhe fazer uma pergunta?

— Pode mandar — disse Billy, descansando a cabeça no travesseiro.

— Por quanto tempo você e Suzanne conversaram *on-line*?

— Quase um ano.

— Em que momento ela começou a falar em fugir?

— Desde o início, cara.

Por quê?

— Por causa do bebê. Eu já lhe disse isso.

— Não. Você disse que ela não aparentava estar grávida quando chegou aqui. Isso significa que ela havia engravidado fazia bem pouco tempo. Então, por que ela pensava em fugir antes disso?

Billy respondeu que não sabia, que não havia realmente levado isso em conta.

Gibson abriu o livro de Ursa e leu a passagem sobre o jogo de beisebol.

— O que é isso? — Billy perguntou.

O som de um veículo se aproximando pela garagem os interrompeu. Gibson pôs o livro na pia e se levantou para olhar pela pequena janela do banheiro. Billy o observou com os olhos arregalados.

Luzes de faróis poderosos romperam a escuridão do pequeno bosque. Gibson gritou para Jenn e Hendricks que tinham companhia, mas os dois já estavam a caminho do banheiro. Jenn apagava as luzes por onde passava.

— O que você consegue ver aí? — ela perguntou assim que chegou ao banheiro.

— Faróis. Foi isso que você combinou com os agentes?

— Não — Jenn respondeu. — Fique com ele. Se vir alguma coisa, avise a gente.

Ela apagou a luz do banheiro e os deixou no escuro.

Um grande veículo utilitário preto saiu do meio das árvores, fez uma leve curva para a esquerda e então parou. Um segundo utilitário, com os faróis apagados, parou ao lado do primeiro. Juntos eles bloqueavam a saída para a estrada principal. Como um locutor de futebol, Gibson transmitia todas essas etapas em voz alta para Jenn.

Os dois carros ligaram seus faróis dianteiros, iluminando os fundos da casa com uma ofuscante luz branca. Gibson teve que desviar o olhar, mas não sem antes ver as luzes vermelhas e azuis dos veículos sob as árvores. Não era necessário tudo isso para fechar um acordo.

Em meio ao ruído contínuo do motor girando em ponto morto, eles ouviram as portas dos carros se abrirem, mas não se fecharem. Passos ressoaram no cascalho. Gibson espiou cautelosamente pela janela. Dois vultos se aproximaram, recortados contra o jorro de luz dos faróis, que projetava longas sombras distorcidas. Havia mais homens atrás deles perto dos veículos, mas Gibson não podia determinar quantos eram.

Uma voz rouca e acentuada bradou que eles eram do FBI. Havia um certo sotaque do Kentucky nessa voz.

— Jenn Charles e Daniel Hendricks! Saiam da casa! Temos ordens de prisão para vocês!

Um angustiante minuto se passou. Ele podia ouvir Jenn e Hendricks conversando num tom de voz abafado. Billy estava batendo de leve a cabeça contra o vaso sanitário. Gibson se abaixou e colocou a mão na parte de trás da cabeça de Billy para mantê-lo parado. O agente gritou as instruções outra vez.

Desta vez menos cordialmente, como se isso fosse possível.

A MÃO DE ALGUÉM PUXOU O CAPUZ DA CABEÇA DE GEORGE ABE E ELE SE VIU

ajoelhado em uma escarpa enlameada voltada para um vale que se estendia na direção sul. O céu noturno brilhava cheio de estrelas. Viver na cidade praticamente equivalia a renunciar à visão de um céu assim. Por que uma pessoa só percebia essas coisas nos momentos mais difíceis de sua vida?

Ele girou a cabeça, tentando soltar a musculatura do pescoço. Suas mãos estavam algemadas atrás das costas; seus braços estavam presos com braçadeiras logo acima dos cotovelos, o que forçava seus ombros para trás dolorosamente. Por mais que tentasse, ele não conseguia encontrar uma posição que aliviasse a tensão sobre suas costas e seus braços começavam a ficar dormentes.

Seu interrogador lhe havia feito apenas duas perguntas: Onde estão Charles e Hendricks? O que aconteceu com a Abe Consulting Group? As perguntas foram feitas de vários modos, um mais cruel do que o outro, mas isso não fez diferença. A primeira ele não responderia de jeito nenhum. Sob circunstância alguma. George morreria antes de entregar o seu pessoal. Quanto à segunda, George não sabia do que eles estavam falando. Alguma coisa sobre os seus escritórios terem sido desmantelados e esvaziados. Parecia uma insanidade, provavelmente um estratagema qualquer para fazê-lo falar. Mergulhado em sangue e dor, ele lutou para manter sua mente focada.

O segundo *round* do "interrogatório" reservava para George um espancamento particularmente brutal. O capanga de Titus fez um serviço completo. O olho direito de George parecia solto na órbita e seu nariz estava sem dúvida quebrado. Havia sangue seco no queixo e na parte da frente da camisa. O torturador era destro e as costelas inferiores do lado esquerdo de George pareciam pulverizadas debaixo dos músculos.

Quando eles voltaram para a terceira sessão, George se preparou para o pior; porém, para a sua surpresa, eles enfiaram um capuz em sua cabeça e o levaram para o lugar onde agora se encontrava.

Haviam-no jogado na parte de trás de uma picape como se ele fosse um pedaço de carne e então o transportaram por uma estrada tortuosa e acidentada. Quando chegaram ao topo da estrada, George foi arrancado do veículo e forçado a se ajoelhar ali, na escuridão. Na verdade, ele estava aliviado com a mudança de cenário. Não que tivesse a menor ilusão de que as suas chances fossem melhorar.

Titus provavelmente havia conseguido o que procurava de alguma outra maneira, o que não era nada bom para Jenn e Dan. Pelo menos Gibson Vaughn estava em segurança, afastado das investigações, embora George não acreditasse que isso fizesse muita diferença. Benjamin não estava brincando e não parecia disposto a deixar pontas soltas.

Uma pessoa com um capuz na cabeça foi jogada na lama ao lado de George. O capuz foi retirado para revelar um Mike Rilling horrorizado. Ele estava algemado, porém não parecia ferido.

Mike deu uma boa olhada em George sob a luz da lua.

— George?

— O que você está fazendo aqui?

Mike balançou a cabeça sem dizer nada.

— Michael... O que você faz aqui? O que disse a eles?

— Está tudo bem — Mike disse, hesitante. — Eu resolvi a situação.

— O que foi que você fez, Michael?

— Eles só queriam conversar com Jenn e com Dan. Para resolver tudo pacificamente.

— Você está vendo alguma coisa pacífica aqui?

Mike não conseguiu olhar para George.

— O que você disse a eles? — George perguntou.

Mas Mike não teve a chance de responder. Um tiro soou subitamente, ecoando através do vale. Mike desabou na lama para não mais se mover. George observou impotente a sua morte quase instantânea.

Furioso, George grunhiu e tentou se levantar. Seu captor bateu com o cano da arma na cabeça dele e o manteve de joelhos no chão, segurando-o com força pelo ombro. George soltou o ar lentamente e olhou para o céu estrelado, sabendo que não ouviria o tiro que o mataria.

— Ridge, qual é a sua situação? Câmbio — uma voz soou através de um rádio.

— Um de dois. Câmbio.

— Quem? Câmbio.

— Rilling. Câmbio.

— Certo, aguarde até a liberação. Câmbio.

— Aguardando, Roger. Câmbio.

Os dois homens deixaram George ajoelhado no chão. Ele abaixou a cabeça e os observou por sobre os ombros. Ambos caminharam de volta para a picape e se encostaram ao para-lama dianteiro. Um rádio que estava sobre o capô transmitiu algo que George não pôde ouvir claramente, por causa da distância em que se encontrava, mas tinha o ritmo truncado e a estática de um rádio da polícia. Os dois assassinos conversavam usando grunhidos monossilábicos e ouviam a transmissão como se acompanhassem um jogo de futebol.

Depois de algum tempo, outro veículo surgiu na estrada. Ele parou, uma das portas se abriu e então foi fechada. Depois de uma rápida conversa, o recém-chegado ordenou que os dois homens partissem. George ouviu alguém dizer: "Muito bom, senhores". Era Titus.

A picape se foi. Quando o som de seu motor já não podia mais ser ouvido, outra porta de carro se abriu e se fechou. Atrás dele, George podia ouvir Titus falando com uma mulher. George Abe olhava com desespero para Mike Rilling, cujo sangue já se esvaía entre a lama e a poeira. Pobre tolo.

O som de passos deixou George tenso. Titus apareceu diante dele. Pôs no chão uma cadeira dobrável e se foi sem dizer uma palavra a George, sem nem mesmo lhe dirigir um olhar.

— Procure ser breve — Titus disse antes de se retirar.

— Vou demorar aqui o tempo que eu bem entender, senhor Eskridge. — Calista Dauplaise sentou-se na cadeira. — Olá, George.

JENN ABRIU A PORTA DA FRENTE, UM POUCO APENAS, E PASSOU PARA A

varanda. Ela protegeu os olhos com a mão. As malditas luzes eram muito fortes. Hendricks encontrava-se no vão da porta, escondido, com a arma na mão.

— No chão! — o agente gritou. — Com os dedos entrelaçados atrás da cabeça.

— Quero ver as suas credenciais — Jenn respondeu, também gritando.

— Deite-se no chão, senhora. Obedeça para que possamos conversar.

— Não até que mostre as suas credenciais!

Os dois agentes confabularam por alguns instantes e então começaram a andar na direção da varanda. O que estava mais atrás afastou o paletó para o lado e levou a mão à cintura. Um instrutor de Jenn costumava chamar esses momentos de "situação delicada". E eles tinham o péssimo hábito de se descontrolar diante das coisas mais insignificantes.

O agente que estava à frente levava suas credenciais em uma corrente ao redor do pescoço e as exibiu para Jenn enquanto ambos se aproximavam. Como se ela pudesse enxergá-las de onde estava. A intenção do agente era que Jenn mantivesse a atenção nele e não em seu parceiro, o agente que se movimentava sorrateiramente atrás dele. Como um mágico, que faz o espectador prestar atenção em uma de suas mãos enquanto a outra mão trabalha sem ser vista. Se o agente mais recuado conseguisse avançar sem ser visto por Jenn, então ficaria em posição privilegiada.

Os olhos de Jenn haviam se ajustado à claridade o suficiente para que ela pudesse vislumbrar as silhuetas de pelo menos outros cinco agentes de prontidão atrás das portas abertas dos utilitários. Mais um agente deslocava-se à sua esquerda, flanqueando-a a uma distância de cerca de trinta metros. Isso o deixava quase em condições de atirar; ele precisaria avançar mais para reduzir a distância. A menos que os homens posicionados atrás tivessem fuzis. Se tivessem, e se a coisa toda terminasse em tiroteio, então a casa seria transformada em uma galeria de tiro e eles todos ali dentro não passariam de alvos.

A situação era muito delicada.

O primeiro agente avançou até o carro de Gibson, que ainda estava estacionado na frente da escada da varanda. Protegendo-se atrás do carro, ele levantou seu distintivo para que ela o visse. Se fosse uma falsificação, sem dúvida seria das melhores. Jenn deu um tapa na parte de trás de sua perna uma vez e ouviu Hendricks xingar baixinho.

— Satisfeita? — o agente disse. — Agora me responda: você é Jenn Charles?

Ela fez que sim com a cabeça.

— Dan Hendricks está com você? Ele está na casa?

No instante em que ela ia responder que sim, o brilho de algo metálico chamou-lhe a atenção. O paletó do agente se abriu por um momento, quando ele soltou o distintivo sobre o peito, permitindo que Jenn visse sua arma secundária — e constatasse que era da cor errada.

Movendo-se com muita cautela, Jenn avançou e desceu a escada na direção do agente — puxando a arma e caminhando num movimento claro. No terceiro degrau, sua arma já estava completamente à mostra. Sem se mover, e ainda apontando a sua arma inutilmente para o chão, o agente olhou fixo para a arma de Jenn. Os dois se encararam por alguns instantes sem nem se atrever a piscar.

O parceiro dele se moveu um passo para o lado esquerdo de Jenn, tentando encontrar um bom ângulo para fazer pontaria. Jenn, por sua vez, deslocou-se para a direita a fim de evitá-lo. Ele agora teria de disparar por cima do capô do carro, o que lhe tirava a possibilidade de um bom tiro. Jenn rezava para que Hendricks estivesse lhe dando cobertura e tivesse um bom campo de visão para atirar se houvesse confronto. Os agentes nos utilitários ergueram os fuzis e os apontaram para a casa.

— Diga aos seus rapazes para ficarem frios — ela disse ao primeiro agente. — Porque se eles não ficarem vão comprometer toda a sua missão

O agente concordou com um aceno de cabeça e gritou mandando seus homens ficarem onde estavam.

— Não é a primeira vez que apontam uma arma para você, não é?

Ele balançou a cabeça numa negativa.

— Logo se vê. Com a maioria dos caras é assim, começam a surtar quando você aponta uma arma para eles. Mas você não. Você é uma pedra de gelo. Eu admiro isso. De verdade. Então por que não me diz quem são vocês realmente, para que a gente possa colocar um fim nisso?

— Somos o FBI, senhora. Agora, ponha a arma no chão!

— Nada disso, eu gosto dessa arma. Eu atiro com esse tipo de arma desde que tinha oito anos de idade. Por enquanto ela fica onde está.

— FBI! — o homem insistiu.

— Que arma é essa na sua mão, "agente"? É uma Glock 23?

O agente abaixou a cabeça para olhar a arma. Quando voltou a olhar para cima, mostrou nervosismo pela primeira vez.

— Não — Jenn respondeu por ele. — Eu diria que é uma Colt 1911 cromada.

Com ar triste, o agente fez que sim com a cabeça.

— Você sabe quem costuma andar com uma 1911 cromada? Caras cheios de complexo por terem pinto pequeno. E você sabe quem *não* anda com uma arma assim? Caras do Bureau. Eles não têm essas armas e jamais terão. Então vamos lá, diga de uma vez quem vocês são. E se me disser de novo que é do FBI, vou mandar bala e furar esse seu distintivo como se fosse uma passagem de trem!

37

QUANDO GEORGE ABE TINHA CATORZE ANOS, SEU PAI COMEÇOU A LEVÁ-LO
para reuniões de negócios. George se sentava em um canto em silêncio e prestava atenção. Mais tarde, seu pai lhe fazia perguntas sobre os detalhes do evento. George podia fazer perguntas se desejasse e seu pai lhe explicava suas táticas. Desse modo, George aprendeu os princípios da negociação e a arte de analisar situações. Um dos princípios de seu pai era nunca fazer uma pergunta a menos que fosse absolutamente necessário.

— Espere — seu pai o havia prevenido. — Faça a pergunta a você mesmo antes de qualquer coisa. Espere. Pense. Muitas vezes as respostas aparecerão para você.

George observou Calista, procurando entender o significado da presença dela ali. Imaginando até que ponto ela o havia traído e em que momento a traição havia começado. Escondendo a sua raiva e o seu profundo medo por seu pessoal, que, agora ele sabia, corria um terrível perigo. Ele não permitiria que as suas aflições se tornassem mais uma arma na mão do inimigo.

— Ah, George, poupe-me da sua pose de samurai meditativo. Não temos tempo para isso.

— E para que nós temos tempo?

— Para algumas perguntas, talvez.

— Então comece a perguntar.

Calista sorriu.

— Eu admiro isso em você. Essa serenidade asiática que você ostenta como um emblema de honra.

— Eu ainda tenho muito a aprender com você, não resta dúvida.

— Sim, eu acho que tem.

— Pelo menos agora eu sei o que aconteceu com a minha empresa.

— Ah, sim, é mesmo. Consultei meus advogados e nós achamos prudente liquidar a Abe Consulting Group e deduzir isso como uma perda. Para fins tributários, você sabe.

— Claro. E estou impressionado. Isso provavelmente exigiu planejamento.

— Anos de planejamento — ela disse.

Anos? O que estava acontecendo? O que exatamente Calista vinha planejando?

— E então, como vai Benjamin? — ele perguntou.

O rosto dela ganhou uma expressão diferente, como o de uma atriz que esquece sua fala e precisa recorrer a uma pista.

— Nas últimas horas, Benjamin e eu chegamos a um acordo.

— Sobre Suzanne?

— Sobre muitas coisas, George.

— E você acha isso razoável?

— Desta vez, as coisas serão diferentes. Ele e eu nos entendemos.

George mal conseguia acreditar no que estava ouvindo.

— O que vocês querem, Calista?

— Que Benjamin se torne presidente.

— E o que é que você ganha com isso?

— Tudo o que a minha família conquistou.

— E eu? Vou terminar como Michael? Foi isso que conquistei?

— Michael? Mas quem diabos é Michael?

— O homem jogado ali! — George berrou, sucumbindo finalmente à raiva. — O homem que os seus amigos acabaram de liquidar como se fosse um mosquito!

Calista olhou para o corpo sem vida como se o tivesse notado pela primeira vez.

— Isso era inevitável.

— E Jenn Charles? Dan Hendricks? Gibson Vaughn? São assassinatos "inevitáveis"?

— É um mundo imperfeito, George. Evelyn compreendeu isso.

Evelyn Furst? Que tipo de mulher horrível era Calista?

— O que foi que você fez?

— Bem, assim são as coisas. — Ela desviou o olhar. — Sacrifícios precisam ser feitos.

— Meu Deus, a sua própria irmã! E quanto à ação na Pensilvânia? Suzanne?

— Suzanne não está na Pensilvânia.

Por um instante ele interpretou as palavras dela como derrotismo. Achou que ela tivesse desistido de procurar Suzanne. Mas logo percebeu que não se tratava disso.

— Onde ela está?

Titus voltou e sussurrou alguma coisa ao ouvido de Calista. Enquanto o ouvia, Calista não tirou os olhos de George.

— Bem, receio que o nosso tempo tenha acabado — ela avisou.

— Onde ela está? — ele gritou. — Responda!

— Chega! — ela repreendeu bruscamente, recuperando em seguida seu auto-controle. — Já basta. Acho que nós terminamos aqui.

— Entendi. E eu sou a sua última ponta solta?

— Não a última ainda — Calista disse e ergueu a mão no ar. Titus lhe entregou um rádio. Ela aumentou o volume e acomodou o rádio sobre o joelho. Era o canal de comunicação de uma equipe tática da Cold Harbor.

— Jenn Charles e Daniel Hendricks! Saiam da casa! Temos ordens de prisão para vocês! — Era a voz de um agente da Cold Harbor transmitida pelo rádio.

— Nós temos uma mulher branca na varanda — disse um membro da equipe.

— É a Charles? — perguntou um segundo membro.

— Aguarde.

George prendeu a respiração. Era possível ouvir ao fundo vozes de pessoas conversando sem parar.

— Positivo. Confirmação visual do inimigo. É a Charles.

Calista então olhou para George.

— Agora está bem perto de ser a última ponta solta.

ESCONDIDO NO MEIO DAS ÁRVORES DO PEQUENO BOSQUE, FRED TINSLEY

apoiou um joelho no chão e observou com crescente irritação o impasse que se instalava entre Charles e os sete homens dos utilitários pretos. Durante o dia inteiro, ele havia ficado ali, à espera de que a noite caísse para que pudesse entrar na casa.

Então, de súbito, aqueles homens apareceram impondo-se como uma força repressiva, numa operação coordenada, furiosos e barulhentos. Charles não acreditava que eles fossem do FBI. De qualquer maneira, Tinsley não se importava. Fossem quem fossem, Tinsley não podia deixar que atrapalhassem seus planos. Ele precisava de pelo menos um dos três dentro daquela casa. Precisava de um deles vivo. Temporariamente. Havia perguntas que necessitavam de resposta. Gibson Vaughn, se fosse possível. Ele parecia estar um passo à frente dos outros dois e Tinsley queria saber o que Vaughn tinha a oferecer.

Tinsley avaliou o campo de batalha. Se entrasse em uma troca de tiros direta, seria o seu fim. Isso era indiscutível. Sua Sig Sauer era uma arma excelente, mas estava longe de ser o suficiente para enfrentar sete homens treinados. Cinco deles com fuzis de assalto.

Porém ele sabia como neutralizar a vantagem do adversário.

Erguendo-se em meio à escuridão, Tinsley avançou bem junto à fileira de árvores, saindo furtivamente da proteção delas a alguns passos do utilitário mais recuado. Havia um homem posicionado atrás de uma porta aberta em cada lado do veículo. O ruído do motor encobriu os passos de Tinsley no cascalho de pedra branca do caminho. Os homens tinham sua atenção e seus fuzis voltados para a confrontação com Jenn Charles, o que favorecia Tinsley.

Tinsley atingiu o primeiro homem com um único e ágil golpe de faca. O sangue respingou na janela. Ele desceu o homem até o chão, posicionando-o sentado para morrer.

Através das portas abertas do carro, Tinsley olhou para o outro homem, que também o viu no mesmo instante. Por um breve momento, eles se encararam. De súbito, o homem girou o corpo, tentando apontar o fuzil para usá-lo, mas não era fácil fazer isso no espaço estreito entre a porta e o veículo.

Tinsley abaixou a faca e perguntou as horas.

— O quê? — O homem perguntou, como se não tivesse escutado Tinsley direito.

Era uma pergunta estranha naquelas circunstâncias e essa estranheza fez o homem se distrair por uma fração de segundo. Foi o suficiente. Tinsley atirou no pescoço dele. Sua arma, dotada de silenciador, produziu um baque quase imperceptível dentro do utilitário e o homem tombou, agarrando o que restava de sua garganta.

Tinsley checou o lugar a sua volta para saber se a altercação havia atraído atenção indesejada, mas todos os olhos permaneciam voltados para o enfrentamento que se desenrolava na varanda. A situação estava muito tensa. Bastava um movimento errado para que eles começassem a se matar uns aos outros. Era preciso providenciar esse movimento errado. Tinsley pegou o fuzil de um dos mortos, mirou acima da cabeça de Jenn Charles e disparou várias vezes.

O efeito foi instantâneo.

Charles foi a primeira a reagir. Ela se jogou no chão, atirando ao mesmo tempo duas vezes contra o homem que insistia ser do FBI. Ele caiu para trás e ficou no chão. Seu parceiro respondeu ao fogo, mas Charles havia desaparecido atrás do carro. Tiros foram disparados de dentro da casa, pela porta aberta, e o segundo homem se lançou ao solo e se arrastou até onde estava seu parceiro caído.

Disparos de armas automáticas começaram a pipocar por todos os lados. Todos os fuzis tinham silenciador e, julgando pelo som, estavam carregados com munição subsonica. Jenn Charles estava certa. Aqueles homens não eram do FBI.

O carro atrás do qual Charles estava escondida explodiu em uma confusão pirotécnica de vidro quebrado e fragmentos metálicos. Projéteis atingiram a casa e muitos atingiram a porta da frente, danificando-a bastante. Tinsley ouviu um homem gritar de dor.

Tinsley viu o homem caído ser resgatado pelo parceiro, que o havia alcançado atrás do carro e agora o puxava pelo colarinho, arrastando-o com dificuldade para trás de um grande olmo no centro do acesso circular. Charles respondeu aos disparos da melhor maneira que pôde, mas estava praticamente sitiada. Não se notava mais nenhum movimento dentro da casa. Tinsley se perguntou se Jenn Charles havia se sacrificado a fim de ganhar tempo para que seus amigos escapassem.

Essa ideia não o agradava.

Então, um movimento atraiu a atenção de Tinsley: ele percebeu que tinha sido descoberto pelo homem que dava cobertura a Jenn Charles. Logo balas começaram a passar zunindo por Tinsley, que se jogou dentro do utilitário, arrastando-se entre os assentos enquanto a porta blindada recebia uma saraivada de balas. Ele se deteve ao ouvir o ruído do motor e soube então o que faria. Afundando-se no assento e mantendo-se oculto abaixo do para-brisa, ele colocou o câmbio na posição "dirigir" e pisou no acelerador. O utilitário se arremessou à frente. Projéteis se chocavam pesadamente contra o bloco do motor. Círculos brancos do tamanho de queimaduras de cigarro estouravam no para-brisa sobre a cabeça de Tinsley. Ele segurou o acelerador no fundo.

O utilitário atingiu em cheio o atirador, com um impacto tremendo, e o arrastou na direção do bosque. O carro só parou quando bateu em três árvores simultaneamente, numa colisão que fez o eixo de roda traseira se levantar do chão.

Com o nariz sangrando e o joelho direito ferido, Tinsley já havia desaparecido no meio das árvores antes de o *airbag* esvaziar.

AS BALAS ABRIRAM BURACOS NAS PAREDES SOBRE A CABEÇA DE GIBSON.

Ele tropeçou para trás e caiu no chão, protegendo-se atrás da banheira.

Billy estava tomado de pavor, abraçando o vaso sanitário como se fosse uma boia salva-vidas. Gibson se arrastou até Billy e o empurrou com força, deslocando-o para outra posição, de modo que o vaso sanitário ficasse entre ele e os tiros. Isso e a banheira dariam aos dois alguma proteção temporária, mas ele precisava tirar Billy dali.

Billy implorou a Gibson que não o abandonasse.

— Eu já volto — Gibson prometeu.

Agachado, ele andou para fora do banheiro com cuidado. O corredor estava coberto de escombros e vidro quebrado. Ele atravessou a sala correndo e foi até a porta da frente. Hendricks estava estendido no chão. Aparentemente a porta da frente havia acertado Hendricks na testa, rasgando a pele desde o alto do nariz até a linha do cabelo. O ferimento sangrava bastante. Gibson checou a pulsação dele — parecia forte e regular.

Ele arrastou Hendricks para longe da porta aberta e o revistou. Havia um chaveiro pesado no bolso de trás da calça. Gibson apanhou as chaves e o revólver de Hendricks e voltou para o banheiro movimentando-se bem abaixado. Então ele procurou a chave, abriu as algemas e fez sinal para que Billy o seguisse.

Juntos, eles engatinharam pelo corredor até onde Hendricks se encontrava. Os disparos das armas automáticas tinham diminuído, tornando-se mais calculados. Uma colisão estrondosa aconteceu longe da casa. O sistema de alarme do carro disparou. Gibson demorou um instante para perceber que a batida havia feito o tiroteio cessar momentaneamente.

Ele gesticulou para Billy, indicando-lhe que levasse Hendricks mais para dentro da casa.

Gibson olhou para fora, pela porta escancarada, tentando enxergar na escuridão. Uma bala passou bem perto de sua orelha. Um dos utilitários havia saído do meio das árvores. Os faróis dianteiros do outro utilitário tinham sido destruídos por tiros. Ele podia ver Jenn agachada atrás do carro, mas ninguém mais. Billy disse alguma coisa atrás dele.

— O quê?

— Holofotes — Billy repetiu.

Gibson apontou para um painel de interruptores de luz ao lado dele. Billy fez que sim com a cabeça.

Não era má ideia. Ele deu algumas pancadas no batente da porta para chamar a atenção de Jenn. Ambos fizeram contato visual. Gibson mostrou a ela a arma, indicou por meio de gestos que Jenn fosse até ele e então ergueu três dedos no ar. Com um aceno ela comunicou que estava pronta. Gibson começou a contagem, baixando um dedo de cada vez. Quando baixou o último dedo, ele acionou todos os interruptores ao mesmo tempo. Poderosas lâmpadas halógenas iluminaram o acesso à garagem com uma claridade tão forte quanto a do meio-dia. Isso permitiu que Gibson visse dois homens atrás do utilitário e um terceiro atrás do olmo no trecho circular do acesso, ajoelhado ao lado de um corpo.

Onde estavam os outros?

Quando as luzes se acenderam, Jenn se levantou e correu para a casa. Gibson esvaziou a arma de Hendricks contra o inimigo para dar cobertura à parceira. Assim que Jenn se lançou para dentro da casa ele chutou a porta, fechando-a.

O inimigo começou a disparar contra os holofotes e os destruiu, e a escuridão caiu novamente sobre o lugar.

Todos foram para um lugar da casa bem afastado da entrada, para um ponto que lhes oferecia mais segurança; então se reagruparam, agachados ao redor de Hendricks. Jenn tomou a iniciativa de ajudar seu parceiro a se sentar enquanto se recuperava. Ela fez um resumo dos últimos acontecimentos a Hendricks enquanto ele tentava aclarar a mente e limpar o sangue em seus olhos. Gibson estendeu-lhe a arma de volta.

Passos ressoaram na varanda e alguma coisa sólida bateu no chão da sala de estar. Jenn percebeu do que se tratava.

— Abram a boca, protejam olhos e ouvidos! — ela avisou.

Hendricks reagiu no mesmo instante. Gibson e Jenn enfiaram a cabeça entre os joelhos. Gibson gritou para Billy, que olhou para ele em completa confusão.

A granada de luz explodiu na entrada da casa, mas Gibson ainda sentia a mudança da pressão atmosférica em seu crânio. Era como um alarme de carro pressionado contra o seu ouvido. Ele mal podia ver e ouvir. Billy havia levado a pior e estava se contorcendo de dor quando o tiroteio começou.

COM AS MÃOS NOS QUADRIS, TITUS OLHAVA PARA O RÁDIO COMO SE
pudesse ver o que estava acontecendo. Calista, com o cenho franzido, perguntava: "O que está havendo? O que está havendo?".

Porém ninguém lhe deu uma resposta.

O rádio transmitiu o caos da fuzilaria. Era difícil para George avaliar a situação. Agentes da Cold Harbor haviam sido alvejados. Disso ele tinha certeza. Em desespero, um deles gritava coisas incoerentes, implorando por sua vida. Caos total. Ele não pôde deixar de sorrir. Jenn Charles e Dan Hendricks venderiam muito caro a sua derrota.

Todos ouviram pelo rádio quando duas detonações ocorreram simultaneamente. De súbito, toda a cor desapareceu do rosto de Calista, que ficou pálida como cera.

— Granadas de luz. — Titus começou a andar de um lado para o outro, praguejando em voz baixa ao perceber que a batalha havia se deslocado para dentro da casa.

A Cold Harbor estava perdendo o controle das ações.

— Tem alguém aqui! Atire nele! Atire logo nele! Mas o q... — A voz foi sufocada por um horrível som gutural. Depois disso, não se ouviu mais nada de compreensível.

— Tinsley — Calista sussurrou para si mesma. — Ah, meu Deus! — Ela pegou o telefone e começou a digitar freneticamente.

Titus agarrou o rádio e exigiu que alguém lhe reportasse a situação.

— Qual é a situação agora? Informem imediatamente! Câmbio!

Titus notou o olhar de George e não gostou do que viu. Ele puxou sua arma secundária, aproximou-se de George e apontou a arma para o rosto dele.

— Não — Calista disse.

Titus olhou para Calista.

— O quê?

— Podemos precisar dele.

— O plano era que n...

— O plano era que a sua equipe fosse competente para realizar o trabalho — Calista interrompeu-o. — Agora eu preciso de um novo plano.

38

APENAS DEPOIS DE TER RODADO CERCA DE CINQUENTA QUILÔMETROS, GIBSON diminuiu a velocidade, passando para cem quilômetros por hora. Ele dirigia com um olho na estrada à frente e outro atrás, observando com cuidado a escuridão para não ser surpreendido caso alguém os tivesse seguido. Seus ouvidos ainda estavam zumbindo.

O boné do Phillies estava enfiado na cabeça de Gibson. Foi o lugar mais seguro que ele conseguiu encontrar para o boné no meio da confusão, mas agora lhe parecia estranhamente agradável usá-lo. No meio do caos, ele conseguira escapar levando consigo também o livro de Ursa. A arma de Billy estava sob a perna direita de Gibson. Gibson ainda não acreditava que tivesse se safado sem levar um tiro. Ele praticamente havia servido de alvo móvel.

Ele não sabia ao certo se Jenn ou Hendricks estavam vivos. Os três tinham se separado durante o tiroteio. Os dois provavelmente haviam sido capturados ou mortos. Gibson não gostou nada da ideia de deixá-los lá, mas Billy recebera uma bala no estômago e precisava de um hospital. Gibson havia carregado Billy do interior da casa até o carro, esperando, a cada passo vacilante, levar um tiro; mas isso não aconteceu e eles conseguiram alcançar o veículo.

Gibson dirigiu para fora da propriedade e encontrou um posto de gasolina abandonado, que parecia já ter fechado fazia anos. Ele desligou o carro, mas deixou as chaves de Hendricks penduradas na ignição. Sentado à sombra da cobertura do posto, olhou para trás, na direção da estrada que haviam acabado de percorrer, e ouviu a respiração aflita de Billy.

Sob a luz turva dos postes de iluminação, Gibson podia ver o rosto de Billy, pálido e molhado de suor. Billy tossiu e expeliu sobre o próprio queixo o que parecia ser piche. Gibson limpou o rosto dele e viu que a camisa e as calças do rapaz estavam empapadas de sangue. Billy murmurou palavras desconexas. Ele ora perdia ora recuperava a consciência desde a louca fuga daquela casa, mas ainda não havia pronunciado nada que fizesse sentido.

Ele tinha de levar Billy a um hospital, mas antes precisava saber se não haviam sido seguidos. O painel de instrumentos emitiu um irritante aviso sonoro quando Gibson abriu a porta do carro. Billy então ergueu a mão e o agarrou pelo pulso.

— Você sabe para onde está indo? — Billy perguntou.

— É, eu tenho a impressão que sim.

— Eu sei que você vai chegar ao fundo disso. Posso lhe pedir uma coisa?

— Mas é claro.

— Quando a encontrar, pode contar a ela o que eu fiz?

— Ei, espere aí. Não comece a fazer drama agora. Assim que for seguro, vou levá-lo a um hospital. Você está bem vivo e vai continuar assim.

— Estou feliz por ter conhecido você. Foi muito bom conversar com alguém.

— O privilégio foi meu, Billy. Agora fique quieto e aguente firme. Eu vou voltar o mais rápido que puder.

— Certo. — Billy sorriu apesar da dor.

Firmando o boné em sua cabeça, Gibson começou a caminhar. Não via ninguém, mas nem por isso se sentia seguro. Quanto tempo mais ele poderia esperar? Billy precisava de um médico.

Ele pegou seu celular. Usá-lo era arriscado; havia a possibilidade de Jenn e Hendricks terem usado seu celular para segui-lo até a casa de veraneio, mas ele não tinha alternativa. Ele inicializou o aparelho e andou pelo estacionamento à procura de um sinal melhor. Se Hendricks estivesse ali ele já saberia aonde ir, mas Gibson tinha de dar uma busca para localizar o hospital mais próximo. Encontrou um a cerca de treze quilômetros dali, memorizou a rota e depois fez a ligação que não queria ter de fazer. Não queria deixar Nicole assustada sem necessidade, mas isso agora era inevitável.

— O calor daqui é medonho, você nem faz ideia — Gibson disse quando ela atendeu.

— Que tal repetir? — Nicole pediu.

— O calor daqui é medonho, você nem faz ideia.

— De quanto calor estamos falando?

— Quarenta e três.

— E o que vai fazer a respeito? — ela perguntou.

— Achar uma sombra.

Ela ficou em silêncio por um momento, e então disse:

— Bem, tente ficar frio.

— Diga a ela que eu a amo.

Nicole desligou sem dizer mais nada.

Esse era o velho código que tinham desde os tempos em que ele servia no Corpo de Fuzileiros Navais. Significava que uma ameaça terrorista pairava sobre Washington, D.C., e ela precisava se colocar em segurança.

Nicole levaria Ellie para o alojamento de caça de seu tio na Virgínia Ocidental. Ela deveria se colocar a caminho de lá em menos de quinze minutos e permanecer incomunicável até que tivesse notícias dele. Gibson jamais havia recorrido a esse procedimento quando estava em serviço. Era um grande alívio constatar que Nicole ainda o respeitava o bastante para confiar nele e não fazer perguntas. Por outro lado, Gibson sabia que se sobrevivesse àquela situação teria muitas explicações a dar à mãe de sua filha.

A estrada continuava deserta em ambas as direções. Ele fez outra ligação. Era um número que ele não discava fazia aproximadamente uma década; mesmo depois de tanto tempo, seus dedos digitaram os números sem dificuldade. Ele rezou para que tudo desse certo.

Um garoto atendeu. Gibson lhe pediu que chamasse sua tia. O menino largou o telefone bruscamente e saiu correndo e gritando: "Mamãe!".

Uma mulher atendeu. Era a tia de Gibson; ele reconheceu no mesmo instante seu jeito de falar.

— Olá, Miranda.

— Gibson? É você?

Eles conversaram por alguns minutos. Gibson disse a ela que precisava de uma coisa. Miranda não sabia com certeza se ainda tinha o que ele queria, mas prometeu verificar.

— Se eu ainda tiver isso, então só pode estar em um lugar — ela disse.

Eles combinaram um horário e um lugar para se encontrarem. Gibson agradeceu e desligou. A conversa com sua tia havia sido até mais proveitosa do que ele esperava. Tentou ligar para Jenn, mas caiu na caixa postal. Considerou deixar uma mensagem, mas existia a possibilidade de terem confiscado o celular dela. Por fim, resolveu desligar o telefone, tirar o chip e destruir o aparelho num canto do posto de gasolina. Se já não tivesse sido rastreado, logo seria.

De qualquer modo, para quem mais Gibson haveria de ligar? Não havia restado mais ninguém.

Caminhou de volta para o Cherokee, calculando a distância de carro até Charlottesville. À noite ele poderia dirigir sem ser notado, mas quando chegasse o dia os buracos de bala no veículo certamente levantariam suspeitas. A porta do passageiro estava aberta; Billy havia sumido. Pegadas de sangue cruzavam o estacionamento e desapareciam nos limites do matagal que ladeava o posto. Depois de dez metros, Gibson perdeu a pista. Ele chamou por Billy na escuridão. E nada — nem mesmo o som do vento.

Gibson logo se deu conta de que não poderia saber com certeza qual direção Billy havia tomado. Ele percorreu o matagal no escuro, gritando o nome de Billy na noite sossegada.

Depois de algum tempo, voltou para o Cherokee. Uma coisa era certa: um homem tinha o direito de escolher o próprio caminho. Billy havia feito sua escolha e Gibson teria de aceitar isso.

A escolha de Gibson era Charlottesville.

39

QUANDO O DIA NASCEU, GIBSON PAROU NUM HOTEL QUE ANUNCIAVA TER

"Quartos Limpos" em uma placa pintada a mão. Ele estacionou nos fundos, longe da estrada principal, e pediu um quarto. Pagou em dinheiro por duas noites, embora só pretendesse ficar ali até o anoitecer. Abriu a água da banheira e colocou dentro dela a sua roupa para remover o sangue, pisoteando a roupa como se estivesse realizando o ritual de pisar em uvas, até que o sangue saísse delas e escorresse pelo ralo. Depois foi tomar banho e ficou sob a água quente por um longo e reconfortante tempo.

Gibson foi para a cama e caiu no sono. Quando a necessidade de urinar o fez levantar, ele pendurou suas roupas para secar na barra de segurança do banheiro. Quando acordou definitivamente, já era quase fim de tarde. Ele se sentia como se tivesse dormido por cinco minutos, não por dez horas. Tomou outra ducha a fim de despertar de vez e então vestiu suas roupas. Elas estavam mais apresentáveis, embora as manchas de sangue ainda fossem visíveis. Resolveu virar a camisa ao contrário. Isso ajudou a disfarçar as manchas. Agora ele só parecia um idiota.

Depois de rodar por pouco mais de um quilômetro, ele parou em uma loja de roupas num pequeno shopping center à beira da estrada. Comprou uma calça jeans e duas camisas. Vestiu a roupa nova fora da loja e jogou no lixo a antiga. Em uma loja de ferragens, Gibson comprou um martelo. Então dirigiu até encontrar um ponto isolado em um desvio da estrada. Martelou os buracos de bala na lateral do Cherokee. As marcas de bala se transformaram em coisa bem pior quando ele terminou; mas pelo menos já não pareciam mais ser buracos de bala.

Gibson não visitava Charlottesville fazia dez anos. Durante esse tempo, a cidade havia mudado, mas ao mesmo tempo não tinha mudado nem um pouco. Pelo menos não nas coisas que importavam. Acima de tudo, continuava sendo uma cidade universitária. Claramente sulista e orgulhosa de sua herança e de suas tradições, era também jovem, vibrante e tranquila — o melhor dos dois mundos, na opinião de Gibson. Ele entrou na cidade pela Rodovia 29, que se tornava a Emmet Street quando cruzava a Rodovia 250. A universidade apareceu para saudá-lo. Novos prédios figuravam no campus, mas mesmo assim tudo lhe era familiar. A vontade de Gibson era estacionar e passear por seus lugares preferidos no campus, mas parte dele também queria dar meia-volta e cair fora dali. Não que ele tivesse tomado a decisão de jamais voltar; mas, de alguma maneira, ele sempre encontrava um motivo para ficar longe dali.

Distraído por suas lembranças, Gibson perdeu o ponto de entrada na University Avenue. Em vez de fazer o retorno, ele contornou a Jefferson Park Avenue e pegou a West Main. Era época de férias escolares e, como acontecia nos verões da infância de Gibson, Charlottesville estava repousando, esgotada após um longo ano escolar e tentando se recuperar antes que vinte mil estudantes começassem a retornar dentro de poucas semanas.

Os tijolos brancos da parede externa do Blue Moon Diner apareceram à direita de Gibson mais rápido do que ele se lembrava. Ele entrou no estreito estacionamento ao lado do prédio, parou o carro e ficou ali sentado por um minuto, em meio à escuridão opressiva.

Ele não se encontrava com sua tia desde a época do julgamento. Miranda havia tomado conta dele depois da morte de seu pai e era correto dizer que ele não tinha sido um garoto agradecido. Ela havia sido mais do que compreensiva com Gibson — com sua mente atormentada e seu mau comportamento —, como apenas uma mãe que já tinha criado filhos adolescentes poderia ser. E foi com uma batida do FBI na casa de Miranda que Gibson retribuiu a generosidade e o carinho dela.

Durante o julgamento, o contato com sua tia foi reservado e frio. Miranda não merecia que ele a culpasse por isso, mas mesmo assim ele, jovem e cheio de raiva, guardou ressentimento dela.

As despesas do processo consumiram os bens de seu pai e a última vez que sua tia lhe enviou correspondência foi para tratar da casa de seu pai, que havia sido vendida. Levou tempo para aparecer um comprador. Gibson estava a ponto de se graduar no centro de treinamento de Parris Island quando o envelope chegou — branco, simples, com um cheque dentro. Não havia nenhuma mensagem e ele não achou necessário responder. Por fim, ele usou o dinheiro como entrada no pagamento da casa onde Nicole e Ellie moravam agora.

Ele não sabia o que esperar do encontro e percebeu que praticamente só tinha lembranças de infância de sua tia. Não sabia que tipo de pessoa ela era. Ela era apenas a tia Miranda, que havia cuidado dele e providenciado para que ele não passasse fome enquanto Duke estivesse fora da cidade. Apesar dos pesares, Gibson refletiu: Miranda havia feito por ele mais do que qualquer outra pessoa faria. Ele tinha perdido um pai, mas ela havia perdido um irmão. Gibson não fazia ideia de quanto Duke Vaughn significava para a sua irmã. Se dependesse de Gibson, ele teria se mantido longe de Charlottesville e aquele encontro jamais aconteceria.

O Blue Moon Diner já não era o mesmo. Isso não deveria surpreendê-lo, mas foi o que aconteceu. Dez anos se haviam passado, mais até, e a administração havia mudado mais de uma vez. O lugar o fez sentir tristeza, e isso o surpreendeu.

Uma jovem mulher branca com os braços tatuados de cima a baixo tocou-o de leve no ombro e lhe disse para se sentar em qualquer lugar. Ele escolheu um compartimento situado de frente para a entrada, para que pudesse ver quando Miranda passasse pela porta da frente.

Gibson considerou que os novos proprietários haviam feito um bom trabalho e mantido a essência do lugar, mas seu pai sem dúvida teria demonstrado desdém pela maioria das mudanças.

Duke Vaughn era progressista em vários âmbitos, mas em algumas áreas, como os seus *diners*, ele era irritantemente conservador. Discos e cervejas não tinham vez nos *diners* norte-americanos da escola de Duke Vaughn. O quadro de avisos com a programação dos cantores do horário noturno teria arrancado dele um resmungo: "*Diners* não têm cantores!", ele podia ouvir seu pai reclamando. E o cardápio, com pratos como o Mountain Trout Club e o Tandoori Chicken Sandwich, certamente pareceria ridículo para Duke Vaughn.

O Mountain parecia bem interessante. Ele devolveu o cardápio à garçonete.

Seus pensamentos se voltaram para Billy, Hendricks e Jenn. O que havia acontecido com eles? Estariam vivos ou mortos? George Abe; Kirby Tate e Terrance Musgrove. Tantas vidas ligadas pelo mistério indecifrável de uma garota desaparecida. Para ele, porém, seu pai também estava envolvido nesse mistério. Gibson sabia muito bem que não era seguro, mas tinha de encontrar respostas antes de decidir os rumos que tomaria. Gibson preferia descobrir a verdade — por mais pavorosa que pudesse ser — do que ser atormentado pela dúvida, que o acabaria enlouquecendo. O que havia levado seu pai a cometer suicídio? Gibson podia sentir os dedos nebulosos da sua suspeita se fecharem com força cada vez maior.

Ele torcia para que Miranda tivesse guardado aquilo.

Miranda Davis surgiu na porta de entrada. Gibson se levantou para cumprimentá-la, um tanto sem jeito. Mas Miranda não hesitou; adiantou-se e deu um forte abraço no sobrinho. Ele retribuiu e os olhos de ambos estavam marejados quando se separaram.

Os anos não pareciam ter passado para sua tia. Ela havia envelhecido, é claro, mas continuava com a mesma vitalidade. Sua compleição alta e magra, fortalecida por anos de corrida, incluindo seis maratonas, não havia mudado quase nada. Apenas o seu cabelo parecia bem diferente.

— Gostei do seu cabelo — ele disse.

— Ah, eu detesto cabelo grisalho. Bill acha que fico bonita com cabelo ruivo.

Bill e ela eram casados fazia trinta e poucos anos. Bill, até onde Gibson se lembrava, só abria a boca para falar sobre dois assuntos: as competições esportivas na Universidade da Virgínia e a sua adorada mulher.

— Ele tem razão, você fica muito bem assim.

Miranda agitou a mão no ar, aceitando o elogio com graciosa naturalidade.

— Ei, não sei se fico tão bem assim como vocês dizem, mas obrigada. E você, Gibson, meu Deus... Olhe só para você! Um homem feito! Jesus, faz tanto tempo. — Ela silenciou por um instante. — Tudo por minha culpa.

— Nada disso — Gibson respondeu, surpreso com a veemência em seu tom de voz. — Eu era um merda.

— Você era um menino — ela corrigiu. — Eu era a adulta na história. Eu devia ter agido como tal.

— Eu sinto muito — Gibson disse.

Ela cobriu a mão dele com as suas.

— Fiquei muito contente por você ter telefonado.

— Eu também.

— Você está na cidade há quanto tempo? Bill adoraria vê-lo.

Gibson explicou que iria partir naquela mesma noite. Miranda ficou desapontada e ele prometeu que lhes faria uma visita quando tivesse tempo.

— Eu tenho uma filha. — Ele contou a Miranda sobre Ellie e Nicole. Miranda fez perguntas e Gibson colocou-a a par de sua vida da melhor maneira que pôde, tentando dar um tom otimista à sua narrativa. Ficou surpreso ao constatar que havia tantas coisas boas a serem ditas e que era muito bom ter alguém que desejasse ouvi-las.

— Espero que eu possa vê-la um dia — Miranda disse.

Ele prometeu que traria a filha a Charlottesville em breve. Isso provocou uma nova rodada de lágrimas e autocrítica. Em meio às lágrimas, ela sorriu.

— Bill sempre diz que eu choro por qualquer coisa. Acho que é verdade. Ah! Eu trouxe o que você pediu. Já ia me esquecendo, que cabeça a minha. Eu encontrei.

Ela vasculhou a bolsa e tirou dela um pequeno busto de mármore de James Madison e depois o colocou sobre a mesa. Duke o havia comprado em uma venda de garagem quando era aluno de graduação na Universidade da Virgínia. Seu pai dizia que o objeto havia sido sua primeira "aquisição importante" e o deixou em um ponto privilegiado de sua mesa até o dia da sua morte.

Eles conversaram por mais alguns minutos e Miranda sorria alegre, mesmo quando Gibson a acompanhou até a saída e os dois se abraçaram mais uma vez.

— Você se parece muito com seu pai, sabia? Principalmente os olhos. Tem os olhos dele.

Quando retornou à mesa, sua comida o esperava. Ele empurrou o prato para o lado, sem tocar nele, e segurou a estátua nas mãos, sentindo seu peso. Virando-o ao contrário, procurou pela reentrância que havia no pedestal. Seu polegar a encontrou e abriu a chapa que ocultava o vão no pedestal. Projetado originalmente para anotações e coisas do tipo, o vão era grande o suficiente para esconder um pen-drive. Gibson teve uma agradável surpresa quando o pen-drive caiu na palma de sua mão.

Duke Vaughn havia mantido um diário desde os seus tempos de universitário. Ele levava seu próprio destino a sério e afirmava que o diário seria útil quando chegasse a hora de escrever suas memórias. Embora Duke o mencionasse com frequência, ninguém jamais havia lido uma palavra dele e por isso o "diário" tinha se tornado apenas uma lenda na família.

Gibson havia visto seu pai passar dados do computador para o pen-drive e escondê-lo dentro da estátua um milhão de vezes. Depois da sua prisão, o FBI confiscou o computador de seu pai, que continha evidências incriminatórias mais do que suficientes para destruir a reputação de Duke. O computador jamais havia sido devolvido e muito provavelmente o pen-drive era a última cópia que restava dos registros escritos de Duke Vaughn.

Ele plugou o pen-drive no seu laptop.

Apareceu em sua tela uma pasta com o título "CONFIDENCIAL". Que sutil. Uma janela surgiu, indicando-lhe que digitasse a senha. No início da sua trajetória com computadores e criptografia, o primeiro desafio de Gibson havia sido seu pai. A primeira senha que ele hackeou. Seu primeiro ato criminoso. Seu segundo, na verdade, se fosse levada em conta a ocasião em que a polícia o abordou por dirigir quando era criança. Gibson digitou a senha e a janela desapareceu.

A pasta continha mais de trinta arquivos, cada qual nomeado com o ano em que havia sido escrito. O mais antigo datava do final da década de 1970. No total, eles cobriam a vida de Duke Vaughn desde a universidade até o seu "suicídio", passando por sua trajetória na política; ao todo somavam mais de dois milhões de palavras. Algumas entradas eram incrivelmente curtas: "7 de outubro de 1987 — Eu odeio pedir votos. Simplesmente odeio", seu pai havia escrito sobre uma viagem de campanha. Outros textos eram bem mais sérios e tomavam muitas páginas. A escrita era perspicaz e articulada. Política era um tema bastante presente nos textos: encontros com personalidades importantes do partido, projetos de lei, reflexões filosóficas sobre política.

Gibson abriu um programa que daria busca por palavra-chave em todos os documentos ao mesmo tempo. Digitou "beisebol" e esperou enquanto o programa esquadrinhava os registros eletrônicos de seu pai. No final do processo, apareceram quase dois mil resultados. Gibson bufou e acrescentou "Suzanne" e "Gibson" à sua busca. O programa voltou a trabalhar, e dessa vez exibiu um único resultado no final.

À primeira vista, tratava-se de um evento sem importância — uma ida a um jogo de beisebol interrompido por uma criança problemática. Gibson leu devagar, ouvindo a voz do pai nas palavras, atento a qualquer detalhe fora do comum. Mas pareciam apenas palavras de um homem preocupado com a filha do amigo. Gibson chegou ao trecho em que Ursa realmente havia ficado furiosa. O trecho condizia com suas recordações. Porém ele se deparou com uma passagem da qual não se lembrava:

Eu arranjei um encontro com o Martinez. Social. Conversa informal. Uma chance para o Ben acertar os ponteiros com ele depois que nós nos desentendemos por causa do projeto de lei de combate ao desemprego. Foi a coisa certa a se fazer, mas há um preço a pagar. Faltam dezoito meses para a metade do mandato, mas nós precisamos consertar as coisas agora.

Mas com esse comportamento de Suzanne as coisas ficaram difíceis. Uma decisão tinha de ser tomada. Ben quis adiar o encontro, mas isso não podia acontecer, não depois do trabalho tremendo que tive para conseguir marcar a reunião. Então ficou combinado que eu mesmo levaria Suzanne de volta para a Virgínia. George ficaria com Gibson e com Ben. Eu me senti mal por deixar Gibson para trás, mas Martinez tinha um filho da idade dele. Fazia sentido e acabou sendo fácil para Gibson, ele tirou de letra. O menino tem futuro.

Suzanne permaneceu intratável até o momento em que eu a levei do estádio. Tomei muito cuidado para não irritá-la de novo. Foi uma cena e tanto. Eu disse que compraria um boné para ela e isso pareceu acalmá-la. Encontrei um pequeno ponto de venda quando voltamos para o carro. Ela não queria um boné do Orioles. Nada de Orioles, de jeito nenhum. Mas que droga, era um jogo do Orioles! O que mais eles teriam para vender? Ela começou a chorar outra vez. O cara vasculhou algumas caixas e encontrou dois bonés dos Phillies. Sabe-se lá por que ele tinha esses bonés. Comprei os dois — embora eu não fosse usar um deles. O boné era grande demais para ela, mas era ajustável, então coloquei o fecho na menor medida e ele se encaixou razoavelmente na cabeça dela. Isso a deixou feliz e na viagem de volta ela caiu no sono no banco de trás, graças a Deus.

Os Orioles perderam.

Gibson agora se lembrava daquele outro boné. O segundo boné havia sido deixado no assento traseiro na viagem de volta. Ele perguntou ao pai sobre o boné, mas recebeu uma resposta irrelevante. Quando voltaram a Charlottesville, Duke jogou o boné no lixo. Gibson nunca havia ligado aquele segundo boné a Ursa.

Aquilo não cheirava bem. Não cheirava nada bem. Ele não tinha encontrado nada de definitivo, mas havia material suficiente para aumentar consideravelmente as suas dúvidas. Gibson tirou o boné dos Phillies e o examinou mais uma vez. Billy estava certo. Era uma mensagem e Gibson tinha a mórbida impressão de que se destinava a ele. Billy dissera que ela havia tentado com insistência achar uma maneira de fazer contato com Gibson na prisão.

O que é que você estava tentando me dizer?

Gibson guardou o boné em sua mochila em vez de colocá-lo na cabeça de novo. O Blue Moon começou a ficar cheio demais. A um canto, um músico afinava a guitarra que usaria no espetáculo da noite. Gibson precisava de um lugar tranquilo e silencioso, onde pudesse examinar o resto do diário. Tinha de haver mais alguma coisa ali.

Ele recolheu suas coisas, pagou a conta e saiu pela porta lateral, na direção do estacionamento. Sem dúvida seria arriscado, mas ele precisava entrar em contato com Jenn. Porém seu celular estava destruído e jogado no estacionamento de um posto de gasolina na Pensilvânia. Muitos hotéis antigos ainda contavam com telefones públicos. Gibson precisava de um lugar onde pudesse se esconder durante a noite e se concentrar em sua busca.

Gibson se aproximou do carro e enfiou as chaves na porta; foi nesse momento que a mão, forte como aço, pressionou-lhe a boca e habilmente curvou seu pescoço, deixando-o exposto. A ponta fria de uma agulha hipodérmica beijou sua pele como uma picada de vespa.

— Calma, tenha calma — alguém com hálito de fruta podre sussurrou. — Vou levá-lo para ver o seu pai.

40

DUKE SORRIU PARA O FILHO E ACENOU PARA QUE SE APROXIMASSE. ELE FOI
até o pai obedientemente e tentou ficar parado enquanto Duke prendia outra vez o
último botão de sua camisa e arrumava a sua gravata pela terceira vez. A festa de Natal
estava no auge e o assunto principal entre as pessoas eram os políticos, não obstante
a recomendação expressa do senador para que não se falasse sobre política na confra-
ternização anual.

Um homem gorducho e de rosto muito vermelho parou para apertar as mãos de
Duke. Gibson estava acostumado com isso. As pessoas sempre os interrompiam para
falar com seu pai. Duke era importante e o respeito que todos mostravam por seu pai
fazia Gibson se sentir imensamente orgulhoso. Enquanto conversaram, Duke fez o
homem sentir-se o centro do universo — perguntou por sua mulher e por seus filhos,
chamando-os pelo nome, e o parabenizou por um recente triunfo na Câmara. O
homem foi embora todo feliz e Duke voltou sua atenção para o filho.

— Telefonar para ele? Jamais faria isso, a não ser que eu estivesse em chamas e
ele fosse o dono da única mangueira do Estado.

Gibson riu, embora não tivesse entendido muito bem a piada. Ele simplesmente
gostava quando o pai o tratava como um dos seus colegas. Um associado. Duke correu a mão pelo cabelo do filho, despenteando-o com carinho.

— Papai... — Gibson reclamou, e voltou a arrumar o cabelo com a palma da mão.

— Onde estão as outras crianças? Você não precisa ficar aqui no meio de tanta
gente sem graça.

— Elas estão todas no andar de cima, assistindo filmes para crianças — Gibson
respondeu com desprezo.

Aos dez anos de idade, Gibson já se mostrava um menino precoce. Seu filme
favorito era *O Poderoso Chefão, Parte II* — não que a primeira parte fosse ruim, mas
todos sabiam que a continuação era superior. De acordo com o pai, John Cazale era o
ator mais subestimado da história do cinema: *"Não fez mais de cinco filmes, mas todos
os cinco são insuperáveis"* — Duke lhe dissera quando assistiram ao filme juntos.

Naquele outono, Gibson havia sido chamado à sala do diretor por agarrar com força o rosto de um colega de classe, exclamando: "Eu sei que foi você, Bobby, você partiu meu coração", e beijá-lo violentamente na boca. Ao saber disso, Duke chorou de tanto rir e disse ao filho, sem muita convicção, que não voltasse a fazer esse tipo de coisa. Gibson observou que nada mais tinha desaparecido do seu armário na escola desde o incidente.

— Filmes para crianças, não é? Não parece grande coisa.

— Nem me fale. O que está acontecendo aqui embaixo?

— Nada além de bajulação. Dizer às pessoas o que elas querem ouvir. Tudo aqui se resume a aparências, garoto. Essas festas de Natal em Washington são sempre assim. As únicas palavras honestas que você vai escutar a noite inteira são os pedidos de bebidas no bar.

— Por que você faz isso então?

— Algumas coisas você simplesmente tem de fazer. Como eu já disse, trata-se de aparências. De qualquer maneira, a dica é prestar atenção ao que eles estão tentando esconder. O que eles estão tentando manter fora do alcance dos seus olhos? Descubra isso e você entenderá o homem. Ou a mulher. Mas comece com os homens, porque decifrá-los é mais fácil. Com as mulheres é bem diferente, é preciso ser especialista para decifrá-las.

— Sei. — Gibson assentiu com ar sério e então perguntou: — Por exemplo?

— Tudo bem, vamos lá. Dê uma olhada naquele sujeito ali. — Duke apontou para um homem alto e magro que tinha a pele do rosto áspera como uma lixa. Ele estava sondando o lugar e bebericando uma cerveja.

— Ele é uma pessoa importante?

— O que você acha? — Duke disse.

Gibson observou o homem por um bom tempo antes de responder:

— Não.

— Por que não, filho?

— Porque não tem ninguém falando com ele. Ele não estaria sozinho se fosse importante.

— Bom garoto. — Duke riu discretamente. — Mas agora se concentre apenas nele. O que você vê quando olha para ele?

Gibson avaliou o homem com atenção. Ele usava paletó e uma gravata imaculada. Tinha um alfinete na lapela e óculos com armação em metal. Seu cabelo loiro estava penteado para trás, de forma conservadora.

— Ele se parece com todo mundo aqui.

— Ninguém se parece com todo mundo. Nós tentamos, mas falhamos. O truque, Gib, é não olhar para o centro de um homem. Todos os homens parecem iguais no centro. Paletó, gravata, alfinete na lapela. Ele está vestindo o uniforme, como era de se esperar. Se levarmos em conta o seu centro, ele poderia ser o presidente do país. É nas extremidades que a verdade se esconde. Na periferia. É como o cabelo. Todos penteiam o cabelo para que ele fique bom a partir de uma perspectiva frontal. Para quem o vê de frente. Por quê? Porque é assim que vemos nosso cabelo no espelho. De frente. É o único ângulo com que nos preocupamos.

— Então eu deveria olhar as costas dele?

— Não literalmente, mas deveria, sim. Olhe para os sapatos dele. O que você vê?

— Estão gastos. Um dos cadarços está desfiado.

— E o que isso lhe diz?

— Ele os usa muito?

— E por que ele os usaria tanto?

Gibson se concentrou ao máximo. Os sapatos o fizeram lembrar-se da bola de basquete de Ben Rizolli. Quando Ben ainda era pequeno seu pai havia ido embora, deixando Ben e sua mãe sozinhos no mundo. Eles não tinham muito dinheiro e Ben teve apenas uma bola de basquete a vida inteira, que levava para onde quer que fosse. A costura e os dizeres estavam gastos e já não restava mais nenhuma aderência naquela bola. O garoto amava basquete, mas não podia comprar uma bola nova, e isso entristecia Gibson.

— Ele não tem muitos pares. Provavelmente não pode comprar muitos sapatos. E espera que ninguém olhe para os seus pés.

— Nada mau. Você acha que o senador está usando sapatos gastos esta noite?

— De jeito nenhum.

— De jeito nenhum. Resposta certa. Agora olhe para os meus sapatos.

Gibson olhou para os pés do pai. Duke estava usando um par velho de sapatos estilo brogue, preto. O couro estava bem gasto na ponta. Ele olhou para o pai com olhar indagador.

— E então? O que isso lhe indica a respeito do seu velho? — Duke perguntou.

— Eu não sei.

— Isso mostra que um detalhe não revela um homem. Jamais seja arrogante a ponto de pensar que é possível conhecer um homem apenas pelos sapatos que ele está usando. Mas...

— Mas é um começo?

— É um começo, filho. E qual é a diferença entre mim e ele, na sua opinião?

— As pessoas não param de falar com você.

— É um começo — Duke disse, piscando para o filho.

Sentindo-se orgulhoso, Gibson fez que sim com a cabeça, entusiasmado. Sabia que algo naquela conversa lhe havia escapado, mas estava feliz por ter a atenção do pai e não queria estragar tudo fazendo mil perguntas. Ele descobriria tudo por conta própria.

— Certo, guri. Preciso que me dê uma hora. Vou trabalhar um pouco, mas depois vou levá-lo a um lugar em Georgetown que faz um milk-shake matador. Fechado?

— Fechado!

Três horas mais tarde, ele acordou no mesmo lugar onde havia adormecido, arqueado sobre a cama de um quarto de hóspedes debaixo de um casaco de pele.

— Acorde, filho. Acorde. Acorde.

Duke o pegou no colo e o levou para o carro. Gibson não acordou até a porta se fechar.

— Acorde...

41

GIBSON DESPERTOU NO FUNDO DE UM OCEANO REPLETO DO QUE RESTOU DE sua vida. Em meio à luz turva, ele conseguiu divisar a carcaça enferrujada da perua verde de seu pai afundada em um banco de areia. As ruínas do lar da sua infância se enfileiravam de modo bizarro diante de seus olhos. A cinerária marítima no jardim estava inacreditavelmente florida. Sua primeira bicicleta estava apoiada na planta. À sua direita, a sala de aula onde o FBI o havia algemado antes de desfilar com ele na rua, diante de uma infinidade de câmeras de televisão.

Alguma coisa atraiu sua atenção na superfície. Ele saiu do fundo e começou a subir. Quando veio à tona, seus olhos de repente se abriram e ele inalou profundamente o ar rascante. Uma lâmpada descoberta, como um sol flutuante, oscilava perto do rosto de Gibson. Ele piscou rápido, tentando enxergar o que se passava a sua volta. Quando conseguiu ajustar a visão, desejou não ter conseguido.

Nas pontas dos pés, Gibson se balançava sobre um banco de madeira. Uma corda em torno do seu pescoço era a única coisa que o impedia de cair, mas a pressão cruel que a corda exercia contra a sua pele era um preço alto a pagar por sua miserável estabilidade. Ele tentou agarrar a corda para aliviar o aperto contra a sua garganta, mas suas mãos estavam amarradas atrás das costas. Em pânico, ele começou a se movimentar e quase perdeu o equilíbrio. Uma firme mão o ajudou a se empoleirar de novo.

— Está tudo bem. Calma. Ainda não. Ainda não. Primeiro os negócios — disse a voz que Gibson havia escutado na saída do *diner*.

O diner!

Alguém o havia atacado pelas costas. Tinha alguma coisa a ver com seu pai. O coração de Gibson congelou e ele se sentiu muito estúpido e muito só. A corda ao redor do seu pescoço limitava seus movimentos e tornava difícil olhar de um lado a outro, mas ele inalou a maior quantidade de ar que conseguiu e conferiu o que havia a sua volta.

Ele estava em um porão. Havia janelas semiabertas bem no alto das paredes amarelo-pálidas. Era noite lá fora. Aquarelas de pássaros povoavam as paredes:

beija-flores, pica-paus e cardeais. Um cavalete estava montado em um canto. Ali seria talvez o estúdio de um pintor? Os degraus acarpetados de uma escada levavam ao andar superior... mas ao andar superior de onde?

Um homem surgiu em seu campo de visão. Gibson estremeceu. Em sua confusão, ele pensou que o homem o tivesse seguido das profundezas do seu inconsciente. Achou que fosse um daqueles predadores que espreitam no fundo dos negros mares abissais. Mas era apenas um homem. Pelo menos à primeira vista. Altura mediana. Magro de compleição. Em seu rosto pálido e comum não havia nada digno de nota, a não ser um nariz recentemente quebrado, que estava inchado e vermelho. Era o tipo de homem que poderia trabalhar na recepção de um hotel ou se sentar ao seu lado na sala de espera de um consultório médico. Pelo menos era assim que o homem queria ser visto. Na extremidade do homem, porém, a camuflagem começava a se desfazer.

O detalhe que o delatava eram os olhos. Ele tinha os olhos amarelados de uma coruja de hábitos diurnos; olhos parados como a superfície morta da lua. Cravados em Gibson, aqueles olhos fundos pareciam ver tudo e nada. Gibson já havia visto alguns homens assustadores na cadeia e mais assustadores ainda no Corpo de Fuzileiros, mas o homem ali diante dele — se é que se tratava de um homem realmente — era bem mais assustador do que todos os que já vira. Ele era a própria morte e tinha Gibson em seu poder.

Mas as roupas que ele vestia talvez fossem um detalhe ainda mais perturbador. O homem estava vestido como ele. Nem mais nem menos do que ele. Não que as cores e estilos fossem parecidos. Ele usava roupas idênticas às de Gibson — a mesma camisa, os mesmos jeans e sapatos. Pareciam gêmeos que acabaram de sair da mesma loja de roupa. Isso significava que o homem havia estado na loja de roupas com Gibson, que o havia seguido de perto quando ele fazia compras e escolhido os mesmos itens. Gibson então deduziu que seu sequestro tinha sido planejado nos mínimos detalhes. Fossem quais fossem, as perspectivas de Gibson não eram nada boas. Como escaparia de uma situação tão desesperadora? O que ele poderia tentar que aquele homem já não tivesse antecipado?

— Agora preste atenção. Está prestando atenção? Nós não temos muito tempo — o homem disse com voz branda e polida. Era a voz de um cirurgião explicando de modo didático um procedimento complexo para um paciente irritado. Eles olharam um para o outro em silêncio e então, sem cerimônia nem aviso, o homem chutou a banqueta sob os pés de Gibson. Ela se arrastou pelo chão de madeira produzindo uma espécie de guincho e só parou quando bateu na parede.

Gibson caiu não mais do que um centímetro, mas a real dimensão disso era terrivelmente profunda — o cruel centímetro significava para ele a diferença entre viver e morrer. A corda deteve sua queda com um tranco, afundando na pele sob a mandíbula. Gibson sentiu os tendões do pescoço e dos ombros serem puxados para cima como se fossem erva-daninha. Suas pernas se sacudiram no ar.

O homem deu um passo para a frente e bateu de leve na perna do seu prisioneiro. Um desespero impotente tomou conta de Gibson. Um vasto jorro de arrependimento que supostamente acompanhava o fim prematuro de uma vida. Seu arrependimento era frio e não oferecia conforto. Era repleto de palavras que ele desejava ter dito e de rostos para os quais ele desejava ter dito essas palavras.

Ele esperava perder rápido a consciência. Era o que acontecia nos filmes. Alguns breves momentos em que a vítima se debatia em vão antes que a corda lhe arrancasse a vida. Em vez disso, porém, ele continuou suspenso ali, debatendo-se e ouvindo o som áspero de sua respiração estrangulada enquanto o sangue se acumulava em suas têmporas.

— O nome disso é queda curta — disse o seu algoz. — Você vai perceber que diferente da queda padrão, que chamamos de queda longa, o seu pescoço não será quebrado. Pode até parecer uma bênção agora, mas em breve você desejará que tivesse sido uma queda mais longa e uma... espera mais curta. Porque a queda curta tem seu lado bom e seu lado ruim: você fica vivo durante mais tempo, porém... você fica vivo durante mais tempo. A maioria das pessoas acha que viver mais tempo é sempre melhor, mas vinte minutos na ponta de uma corda é tempo demais para se morrer. É tempo demais para se arrepender de coisas que não podem ser mudadas e que já não importam mais.

O homem passou os braços em torno das pernas de Gibson e o ergueu, sustentando seu peso. A banqueta foi empurrada para debaixo dos pés de Gibson, que gingou débil sobre ela.

— Quero crer que me fiz entender bem — disse o homem. — Acho que uma pessoa na sua posição deve compreender antecipadamente a punição. A punição por não me satisfazer. E como você pode me satisfazer? É simples. Tenho uma pergunta a lhe fazer. Uma apenas, mas é uma pergunta importante. Vou fazer a pergunta até ficar satisfeito com a resposta. E até que a sua resposta me satisfaça... queda curta para você. Entendeu?

— Sim.

O homem lhe mostrou o pen-drive de seu pai.

— Você fez uma cópia disso? Enviou para algum outro computador antes de sair do *diner*?

— Se eu lhe disser você vai me deixar ir?

A banqueta foi retirada mais uma vez de debaixo dos seus pés. O corpo de Gibson despencou. Uma dor excruciante tomou conta de suas costas, de seus ombros. Ele ficou pendurado assim por um bom tempo — mais tempo do que da primeira vez. Por fim, os braços do torturador o ampararam de novo e instantes depois Gibson voltou a sentir a banqueta sob os pés. Ele se sentiu menor, como se uma parte do que ele era tivesse sido cortada fora. O homem lhe deu algum tempo para juntar os cacos de sanidade mental que ainda lhe restavam. Pelo canto dos olhos, Gibson viu o pai sentado descalço no último degrau da escadaria, contemplando-o com tristeza. Gibson piscou e a visão sumiu, mas ele se deu conta de onde estava. Estava em casa.

— Ah, eu já ia me esquecendo — o homem disse. — Seja bem-vindo ao lar. Não tive certeza de que você conseguiria reconhecer o lugar. A casa mudou de dez anos para cá. Eu gostava mais quando era pintada de vermelho.

— Vá se foder — Gibson tentou gritar. Porém, tudo o que conseguiu produzir foi um sussurro.

— Gostei de conhecer o seu pai. — O homem puxou uma faca e expôs a lâmina longa e impiedosa. — Nós tivemos uma conversa proveitosa neste recinto. Dois homens tratando de negócios. — A lembrança fez o homem sorrir ligeiramente. — Enfim, você me fez uma pergunta e terá a sua resposta. Não, eu não vou libertar você se me disser o que preciso saber. Definitivamente não, em nenhuma circunstância. Não tente barganhar por sua vida, pois será inútil. Sei que não é nada fácil ouvir uma coisa dessas, mas é a verdade e quero ser honesto com você. Contudo, vou lhe dizer o que estou disposto a lhe oferecer.

— Vá pro inferno!

— Há um casal lá em cima, Linda e Mark Tompkins. Linda pinta esses quadros encantadores que você está vendo aqui. Nesse momento, tudo o que eles sabem é que um homem mascarado e perturbado invadiu a casa deles e os amarrou. Um homem usando roupas iguais às suas. O sujeito chorava, estava histérico. Ele disse que sentia muito, que não queria machucá-los e explicou ao casal que essa havia sido a sua casa um dia. Quando os Tompkins forem achados amanhã, eles o identificarão como a pessoa que os assaltou. A polícia acabará concluindo que em um ataque de desespero causado pelo seu divórcio e pela perda do emprego e da família, você invadiu a casa onde passou a infância e seguiu os passos de seu pai.

— Isso é o que você está me oferecendo?

Sim.

— E se eu não responder?

— Se não responder, vou tirar a banqueta que está segurando você. Depois que você morrer, vou subir as escadas e despedaçar Linda e Mark Tompkins. Vou fazer Mark assistir à morte da esposa. Posso torturá-los de uma maneira horrível por um longo tempo antes de matá-los.

Gibson percebeu uma ligeira excitação passar pela voz do homem. Ele disfarçava bem, mas Gibson notou a felicidade em seu rosto, fosse qual fosse a definição de felicidade para uma pessoa como aquela.

— Mas por quê? Eles não fizeram nada.

— Você também não — o homem observou. — Infelizmente, para eles, as circunstâncias os colocaram em nosso caminho, assim como as circunstâncias colocaram você no meu caminho. E embora eles não tenham feito nada para merecer isso, a vida deles agora pode estar bem próxima do fim. Acho melhor você falar.

— E por quê? — Gibson disse. — Eu não os conheço. Nunca nem os vi. Se quiser matá-los, vá em frente, não tenho nada a ver com isso. O problema não será meu. Isso é com você, não comigo.

Era um blefe. Gibson se esforçou para ser convincente.

— Claro, claro. Tem razão, é um problema meu. Sua consciência está limpa. Mas você não devia se preocupar apenas com a sua consciência. — O homem deu de ombros. — Que tal se você pensasse um pouco em Ellie?

Ao ouvi-lo mencionar o nome de sua filha, Gibson se encheu de horror:

— O que tem minha filha com essa história?

— Bem... pense um pouco. De que modo isso a afetaria? Quero dizer, de que modo o seu crime a afetaria? — O homem ergueu as sobrancelhas. — Considere as coisas pavorosas que vão aparecer na mídia a seu respeito, o tempo todo. Imagine como você será lembrado. Como Ellie se lembrará de você. Eles dirão que você teve privação de sentidos, que enlouqueceu, mas antes de se enforcar você massacrou os Tompkins — o infeliz casal que comprou a casa do seu pai. Vão pintá-lo como um psicopata degenerado que descarregou toda a miséria de sua vida sobre dois inocentes. O desfecho absurdo para uma tragédia familiar que começou uma década atrás. Isso servirá de epitáfio para a sua vida. Quando Ellie crescer e pensar em seu pai, vai ser com confusão e vergonha. É assim que ela se sentirá: do mesmo modo que você se sente com relação ao seu próprio pai. Por isso eu lhe peço que pense em Linda e Mark. E em sua filha. Você fez uma cópia?

Gibson abriu a boca para falar, mas então a fechou de novo. Lágrimas escorreram por sua face. Por seu pai. Por sua filha. Pela escolha que ele tinha de fazer agora.

Mas ele sabia que seria completamente inútil argumentar com aquele homem. De nada adiantaria implorar por sua piedade. Desde o primeiro instante em que havia olhado nos olhos vazios dele, Gibson soube por instinto que não existia piedade ali, nem jamais havia existido. Pois bem, ele não gastaria os últimos minutos da sua vida implorando e choramingando! Em vez disso, faria algo de bom com o tempo que lhe restava. Ele salvaria Linda e Mark. Fazer isso valeria a pena... não importava que as pinturas de Linda fossem tão ruins.

— Você fez uma cópia?

— Não — Gibson respondeu.

— Por que não?

— Porque não achei que precisasse fazer uma.

O homem ficou em silêncio por alguns instantes, avaliando a resposta.

— Então você não fez mesmo uma cópia?

— Não.

— Nada de cópias?

— Nada.

Isso se repetiu várias e várias vezes. A mesma pergunta lhe foi feita dezenas de vezes, de dezenas de modos diferentes. Era uma situação absurda, mas Gibson lutou para que o seu algoz acreditasse nele. Ele esperava que a qualquer momento o banco fosse chutado de debaixo de seus pés pela última vez. Por fim...:

— Eu acredito em você — o homem disse.

Gibson enfim pôde relaxar. Estava totalmente esgotado.

— Obrigado — Gibson disse. Não sabia bem por quê, mas sentia-se cheio de gratidão e paz agora que o seu carrasco acreditava nele. Tudo o que desejava era dormir.

O homem fez um aceno afirmativo com a cabeça e guardou a faca. Ele reuniu suas coisas para partir, olhando em volta para ter certeza de que não tinha se esquecido de nada. Quando terminou, voltou a se concentrar em Gibson.

— Onde está Suzanne? — Gibson perguntou.

— Não sei.

— Por que você matou o meu pai?

O homem olhou para ele com curiosidade.

— E isso importa?

— Suzanne estava grávida. O bebê. Foi o meu pai?

— É isso que você quer realmente saber? Isso vai lhe trazer paz?

— Por favor.

O homem refletiu por um momento. Enfiou a mão em um bolso, retirou dele uma folha de papel e a desdobrou, com cuidado para não ver acidentalmente o que estava escrito nela.

— Ouça bem. Seja o que for que estiver escrito aí, seja o que for que descobrir, não me diga nada, não mostre nenhuma reação na expressão em seu rosto. Lembre-se das pessoas lá em cima.

Gibson fez que sim com a cabeça e o homem levantou a folha para que ele visse. Foi necessário um grande esforço para Gibson ajustar sua visão e compreender o que estava escrito. O papel era um teste de paternidade. Três colunas: "Suzanne Lombard", "Criança", "Pai (Suposto)". Seguiam-se abaixo pares de números que Gibson não compreendia. E na parte inferior do documento:

O suposto pai não está excluído como pai biológico da criança testada. Com base no teste obtido das análises de sequências de DNA listadas, a probabilidade de paternidade é de 99,9998%.

Mas foi a sentença que se seguiu, e suas implicações, que o atingiram como um balde de água gelada — a última peça de um quebra-cabeça que resumia a sua vida inteira e que agora se encaixava, por fim. Ah, Ursa... Deus! Pobre Ursa.

Benjamin Lombard não foi excluído como pai biológico e é considerado o pai de Fulana de Tal.

Sons de madeira se quebrando e de pesados passos vieram da parte de cima da casa. O homem logo afastou o papel de Gibson. Os dois se encararam. Fosse qual fosse o disfarce que ele usava para passar despercebido entre as pessoas, esse disfarce se soltou de seu rosto por um momento; por baixo se escondia algo que só podia ser descrito como abominável. Algo antigo e infinitamente cruel, que as pessoas acreditavam que estivesse extinto há muito tempo, mas que aquele homem havia arrastado de volta à vida.

— Gibson! — Uma voz de mulher ecoou pela casa.

Jenn?

Ele tentou gritar, chamá-la, mas a banqueta foi outra vez separada de seus pés e de súbito Gibson estava voltando a morrer em agonia, balançando na ponta da corda até perder por fim a consciência.

Quando voltou a si, estava deitado de costas no chão do porão. Jenn Charles estava ajoelhada ao lado dele.

— Vocês conseguiram pegá-lo? — ele perguntou.

— Pegar quem, Gibson? Não há mais ninguém aqui, apenas nós.

— Lá em cima? — ele indagou, lembrando-se das terríveis ameaças aos donos da residência.

— Eles estão bem. Hendricks está com eles. Você está bem?

Gibson ria e chorava ao mesmo tempo, em ondas de alívio e desespero.

— O que aconteceu aqui? — Jenn perguntou, mas por piedade a mente de Gibson havia acionado o botão de desligar e ele já não estava disponível para responder.

PARTE TRÊS

GEORGIA

GIBSON ACORDOU EM UMA CAMA, SENTINDO-SE COMO SE TIVESSE ACABADO
de retornar do mundo dos mortos. Ele quis virar o corpo, mas simplesmente não conseguiu. Então desistiu e resolveu ficar quieto. Parecia que seu corpo havia sido amarrado entre dois carros possantes e esticado até o desmembramento. Hendricks apareceu com uma garrafa de água e o ajudou a tomar alguns goles. O esforço o exauriu e ele adormeceu de novo.

Levou três dias para que ele conseguisse engolir um pouco da comida para bebês que Jenn colocou em sua boca com uma colher, e mais cinco para que ele fosse capaz de se sentar por conta própria. Quando ele falou, sua garganta doeu e sua voz soou grossa e áspera. Hendricks lhe deu os parabéns pela nova voz, dizendo-lhe que era igual à de Tom Waits. Gibson disse que preferia escrever as coisas em vez de falar.

Na manhã do oitavo dia, estar vivo já não lhe parecia a pior coisa que havia lhe acontecido. Moveu as pernas para o lado e se sentou na cama, e então reuniu todas as suas forças para a hercúlea tarefa de ir ao banheiro urinar. Ficou em pé e empurrou uma perna na frente da outra, arrastando-se — um perfeito ancião. Seu reflexo no espelho do banheiro o espantou. Ele *era* um ancião com o rosto arruinado de um alcoólatra incorrigível. Sua barba de dez dias não escondia a dolorosa escoriação lívida que percorria a sua garganta de orelha a orelha. Passando o dedo sobre a lesão, um pensamento lhe ocorreu: ele jamais havia chegado tão perto da morte.

O que eles farão agora?

Gibson abriu a ducha quente e ficou sob o jato de água durante um longo tempo. Ursa abriu os olhos. Ela estava na cama. Era tarde e ela observava a luz sob a porta. À espera das sombras. Ursa mal respirava.

Gibson tentou expulsar a imagem de sua mente. Atraiu a atenção de Ursa, que agora olhava para ele. Suplicante. Ele quis perguntar a ela como Lombard havia feito isso. Como a havia obrigado a ficar em silêncio. Mas ele sabia — chantagem emocional. Como devia ter sido terrível a chantagem emocional usada por seu pai para isolá-la. Para controlá-la.

Mas você fracassou, seu filho da puta. Você fracassou! O tempo todo Ursa estava fazendo planos para fugir com Billy Casper. Então Gibson se deu conta de que *não* havia um Tom B. A própria Ursa o tinha inventado. Sim — ela mesma tinha criado um pai imaginário para o seu filho ainda não nascido. Se não escapasse, ela teria uma história plausível para explicar sua gravidez, para proteger a criança. Proteger a mãe. Talvez até mesmo para proteger o pai. Ela suportou tudo sozinha. De onde ela havia tirado tanta força?

Ele se vestiu com cuidado, gemendo de dor ao vestir uma camiseta. Sua mochila estava na borda da cama e Gibson foi até ela para constatar que seu laptop havia sumido, junto com o pen-drive de seu pai. Mas a arma de Billy continuava dentro da mochila, junto com o boné dos Phillies e *A Sociedade do Anel*. Também estava ali a fotografia de Ursa grávida no sofá. Grávida do bebê de "Tom B."

Um pensamento louco lhe ocorreu. Ele começou a folhear as páginas do livro à procura de uma passagem e não demorou a encontrá-la. Gibson leu as palavras familiares em voz alta:

— Bem, meus amiguinhos, aonde vocês pensam que vão, bufando como uma gaita de fole? Qual é o problema aqui? Sabem quem eu sou? Eu sou Tom Bombadil. Digam-me qual é o problema! Tom não tem tempo a perder.

Lágrimas rolaram por seu rosto, mas ele estava sorrindo também. Um desespero eufórico. Na margem, com tinta laranja, lia-se:

Eu sabia que você veria.

Gibson riu em voz alta e instintivamente levou a mão à boca para tapá-la. Aquela garota guerreira nunca parava de surpreendê-lo. Ela era incrível. As lágrimas ainda corriam pelo rosto de Gibson, mas ele se sentia mais lúcido do que nunca. Lúcido e faminto. Secou as lágrimas de seu rosto com as mãos. Sabia qual seria o próximo passo.

Pôs o boné na cabeça e, segurando a obra contra o corpo como se fosse um livro de catecismo, caminhou deslizando os pés na direção da sala. Era pequena e rústica. Hendricks estava dormindo em um sofá surrado, mas seus olhos se abriram quando Gibson passou se arrastando. Uma grande e velha televisão numa prateleira torta estava ligada em um canal de notícias. Era uma reportagem sobre uma iminente convenção em Atlanta. A candidatura de Lombard estava garantida, embora Anne Fleming ainda não tivesse reconhecido isso oficialmente. Existia a expectativa de que os dois se encontrassem em Atlanta para discutir a possibilidade de uma articulação para as eleições.

Jenn estava sentada em uma pequena mesa perto da janela. Dispostas diante dela havia várias pistolas e munições e ela estava desmontando uma Steyr M-A1.

Gibson tinha quase certeza de que Jenn poderia fazer isso de olhos vendados, porque ela nunca tirava os olhos da pequena abertura entre as cortinas que lhe permitia vigiar a entrada da casa.

— Caiu da cama? — ela perguntou sem se voltar para Gibson.

— Que bom ver você também.

Jenn olhou para ele e sorriu.

— Você parece mais alto — ela gracejou.

— Não, deve ser só impressão. Onde nós estamos?

— Carolina do Norte. Nas proximidades de Greensboro.

— Greensboro?

Jenn e Hendricks contaram a ele tudo o que havia acontecido. Desde o caos do tiroteio na casa no lago até o ponto eletrônico espião na mochila de Gibson — ponto esse que havia levado a dupla de agentes até o sul de Charlottesville e ao Cherokee estacionado na frente da casa onde Gibson tinha crescido.

— Como você nos encontrou? — ela perguntou.

— Eu tinha hackeado o celular de Hendricks.

Jenn não pareceu muito impressionada, nem Hendricks também.

— Então eu acho que estamos quites — ela disse.

— Acho que sim.

O agressor de Gibson havia saído pela entrada externa do porão e escapado pelo quintal. Algum vizinho devia ter ligado para a polícia, porque a área havia sido cercada por viaturas instantes depois de Jenn e Hendricks saírem da casa levando Gibson. Perto de Roanoke, eles abandonaram seus veículos no estacionamento de um supermercado e compraram um Ford Probe 1995 pagando em dinheiro vivo.

— Compramos esse carro de um cara e eu passei com o carro em cima do gramado dele — Hendricks disse. Ele estava acordado, sentado no sofá, espreguiçando-se e bocejando.

Depois eles seguiram na direção sul, até encontrarem uma cabana barata para alugar. Esconderam Gibson no porta-malas do carro e se fizeram passar por recém-casados celebrando seu primeiro aniversário de casamento. Eles haviam alugado a cabana por todo o mês de agosto. Era isolada. Pagaram adiantado e em dinheiro. O proprietário morava em Raleigh, por isso era improvável que aparecesse inesperadamente. De qualquer modo, foi o melhor lugar que puderam achar rápido enquanto transportavam uma pessoa ferida.

— Celulares? — Gibson perguntou.

— Cada um preso com fita isolante na parte de baixo de dois caminhões diferentes de dezoito rodas — Hendricks respondeu.

— Estamos usando isso. — Jenn mostrou um celular descartável. — Bem, agora você conhece a nossa história. Então, por gentileza, será que poderia nos contar como você acabou pendurado em uma corda?

— O que nós temos para comer? — Gibson perguntou. — Estou faminto!

— Ervilhas? Cenouras?

— Papinha, talvez?

— Faz os bebês crescerem bem rápido — Hendricks disse.

Hendricks se revelou um cozinheiro de mão cheia. Ou talvez Gibson nunca tivesse sentido tanta fome na vida. Ele liquidou uma grande porção de ovos, bacon e batatas fritas. Não satisfeito, comeu de novo. E repetiu a dose uma terceira vez.

— O que aconteceu em Charlottesville? — Jenn perguntou, parando na porta da cozinha.

Gibson olhou para ela, e depois para Hendricks. Por onde começaria? Sem o teste de paternidade nem o pen-drive de Duke, não havia prova de nada. O que faria? Pediria aos dois que confiassem cegamente na palavra dele? Até ver bem de perto o teste de paternidade, Gibson temia que seu pai fosse o culpado. Como convencê-los de que Benjamin Lombard era o real inimigo? A alternativa era começar do início, ele decidiu, e abriu *A Sociedade do Anel* para mostrar aos dois as anotações de Ursa. Pelo menos era alguma coisa tangível.

— Mas o que ela queria dizer a você? — Jenn perguntou, olhando para o livro. Então ela levantou os olhos na direção de Gibson. — O que aconteceu no jogo?

Ele contou aos agentes sobre a ida ao jogo de beisebol e o ataque de raiva de Ursa no estádio.

— Eu fui a Charlottesville para pegar o diário do meu pai. Pensei que talvez pudesse encontrar nele o resto da história.

— E encontrou?

Gibson lhes revelou o relato de seu pai. A decisão de levar Suzanne para casa mais cedo. A compra dos dois bonés dos Phillies.

— Duke comprou o boné? — Jenn perguntou.

— Uau... que lindo beco sem saída nós temos aqui — Hendricks disse.

Gibson explicou a origem de Tom Bombadil e por que Suzanne havia inventado o namorado.

— Foi Lombard — ele disse. — Foi por isso que ela fugiu. O bebê era de Lombard.

Jenn e Hendricks sentaram-se sem dizer uma palavra, digerindo a bomba lançada por Gibson. Então os dois se olharam e balançaram a cabeça como se compartilhassem algo em silêncio.

— O que foi? — Gibson perguntou.

— Precisamos lhe mostrar uma coisa — Jenn disse.

Ela saiu e logo voltou trazendo seu laptop e uma pasta de documentos. Jenn tirou da pasta a fotografia de uma cena de crime e a entregou para Gibson. Era a imagem de um homem que havia se enforcado na garagem da própria casa.

Gibson examinou a foto.

— Quem é?

— Terrance Musgrove.

— O proprietário da casa no lago?

— Isso mesmo. Agora eu tenho de lhe mostrar outra fotografia. Mas... — ela hesitou, um tanto incomodada. — É o seu pai.

— Duke? — Gibson respondeu bobamente. — É o que eu estou pensando?

— Você precisa ver isso com seus próprios olhos. Eu não pediria se não fosse muito importante.

Ele engoliu em seco, respirou fundo e concordou com um aceno de cabeça. Jenn colocou a fotografia na tela do laptop e o virou para que Gibson visse. Durante um longo tempo, ele ficou olhando para os cantos da fotografia, esperando que a imagem entrasse em seu cérebro através de sua visão periférica. Aliviou um pouco o impacto. Gibson percebeu que estava respirando rápido.

Ele olhou, por fim.

O que o espantou foi que ele não se lembrava corretamente de várias coisas. Em sua mente, seu pai estava bem próximo da escada quando o descobriu naquela tarde, balançando acima dele, perto o suficiente para que Gibson o tocasse. Na fotografia, porém, Duke estava do outro lado do porão. Era uma cadeira, não uma banqueta, que havia sido chutada de debaixo dele. Os olhos de seu pai estavam fechados, não abertos.

— Por que eu estou olhando para isso? — ele perguntou, olhando várias vezes de uma fotografia para a outra. Tinham muitas coisas em comum, mas nada estranho para dois homens mortos. Eles estavam usando até suas meias. Os sapatos. Mas espere um pouco. Não podia ser... Os pés estavam na mesma posição?

— Os pés?

Jenn fez que sim com a cabeça.

Ele verificou as fotos mais uma vez. Em ambas as fotografias, os pés calçados haviam sido arrumados com cuidado: calcanhares juntos e os sapatos apontando para fora com a mesma inclinação. A mesma posição em dois corpos diferentes. Quando se está pendurada pelo pescoço e sendo enforcada, é evidente que uma pessoa se agita furiosamente; a corda iria ser torcida e retorcida. Levaria tempo até que enfim parasse de girar. A posição dos pés calçados era uma coincidência improvável.

— Ele matou os dois.

— E agora está de volta para matar você. Dez anos depois.

— Isso é loucura — Gibson disse.

— Só por curiosidade, o nariz do cara estava quebrado? — Hendricks perguntou.

— Sim. Como você sabe?

— Cerca de cinquenta anos? Branco. Magro. Cabelo castanho curto. Calvo. Sem características marcantes?

— Sim, é esse cara mesmo.

Hendricks balançou a cabeça.

— É o mesmo filho da puta que atirou em Billy Casper. E acho que foi ele quem despachou Kirby Tate, mas não posso provar — Hendricks disse.

— Essa história fica cada vez mais estranha — Jenn comentou. — Eu vi esse mesmo sujeito atirar nas costas de um dos caras daquela milícia.

— E se foi um tiroteio amistoso? — Hendricks indagou.

— Não, não foi nem um pouco amistoso.

— Vamos ver se entendi. — Hendricks pigarreou. — Lombard ficou sabendo que nós estávamos em contato com WR8TH e chamou seu cão de aluguel para aparar algumas arestas. E ele está na nossa cola desde o início. Seguiu a gente até a Pensilvânia e antes de entrar em ação esperou para ver se encontraríamos WR8TH.

— Mas então Lombard resolveu avançar o sinal e mandou matar Kirby Tate — Jenn disse.

— Certo.

— E mandou aquela milícia acabar com a gente na casa do lago — Hendricks acrescentou.

— É, porque esta idiota aqui fez a merda de dar a Mike Rilling a nossa posição.

— Você acha que o Rilling entregou a gente? — Hendricks perguntou.

— Depois que conversei com ele, aquela equipe tática não demorou a nos encontrar na casa do lago. Então...

— Filho da puta desgraçado!

— Quem eram aqueles caras? — Gibson perguntou.

— Não sei. Lombard tem ligação com uma organização militar chamada Cold Harbor. Aposto que esse grupo tem a ver com o ataque que sofremos.

— Então por que ele enviaria o seu cão de aluguel? — Hendricks disse.

— Para tirá-los do caminho também. Não há motivos para deixá-los vivos.

— Lombard não brinca em serviço — disse Hendricks.

— Você não faria o mesmo? — Jenn perguntou. — Com tudo o que está em jogo em Atlanta? A essa altura, Lombard é o escolhido para concorrer à presidência. Se Gibson estiver certo, se Lombard molestou mesmo a própria filha e a engravidou... Por Deus, há interesses poderosos com grandes apostas na vitória dele em novembro. Quão longe você iria para manter em segredo uma coisa dessas?

— Mas e quanto a Suzanne? — Gibson perguntou.

— Acha que ele matou a própria filha?

— Não sei. Billy disse que isso pode ter acontecido, mas eu achei uma tremenda bobagem. Mas e se tiver sido ele? *Onde* Suzanne está? E o bebê dela? Se ela está viva e se o cara do Lombard pegou o Musgrove dez anos atrás, isso significa que ele pegou a Suzanne também. Digam-me que estou errado... Onde está Suzanne?

Jenn levou as duas mãos ao rosto. Hendricks parecia ter desaprendido a arte de respirar. Para Gibson só restava a eles uma cartada e tinham de colocá-la em prática rapidamente. Se Lombard já não estivesse bem perto deles naquele exato momento, ele logo estaria. Mas mesmo que conseguissem sobreviver até o final da convenção, Lombard, com a candidatura assegurada, jamais chamaria de volta os seus cães. Os três representavam uma ameaça muito grande para o vice-presidente. Lombard os caçaria. E os encontraria. Daí, então, os mataria. Era inevitável. Eles simplesmente não tinham recursos para se esconder de um homem destinado à Casa Branca.

— Bem, sem dúvida esta é uma história de terror das boas, mas podemos provar alguma coisa? — Hendricks indagou.

— Podemos provar que ela estava grávida.

— Mas não podemos ligar essa evidência a Lombard?

Gibson balançou a cabeça numa negativa.

— O que faremos então? — Jenn perguntou.

— Nós iremos a Atlanta.

— Para a convenção? — Hendricks indagou. — Por quanto tempo o seu cérebro ficou sem receber oxigênio?

— É nossa única saída — Gibson disse, e explicou seu plano.

Envolvia um grande risco. Eles teriam de entrar na caverna do leão. Teriam de recorrer à única pessoa que talvez fosse inocente naquele terrível caso. Eles teriam de chegar a Grace Lombard e provar o improvável — que o marido dela havia violentado sua filha e estava envolvido em seu desaparecimento.

Quando ele terminou, ninguém disse nada. Não havia nada a ser dito. Jenn e Hendricks saíram da cozinha, primeiro um e depois o outro. Como boxeadores voltando cada qual para o seu canto ao soar o gongo. Gibson abriu a geladeira para ver o que mais havia para comer.

Um bom enforcamento podia fazer maravilhas pelo apetite de um homem.

UMA SEMANA DEPOIS, QUANDO ELES CHEGARAM A ATLANTA, A CIDADE

estava fervilhando de atividade e a convenção havia atingido seu auge. Os membros do partido estavam alegres e otimistas com o desempenho do seu candidato. Não havia sofrimento nem aflição no caminho deles; o tempo da sua grande colheita política havia chegado. As ruas que cercavam o centro de convenções eram um complexo aglomerado de postos de controle de segurança e acampamentos da imprensa. As calçadas, repletas de pedestres o tempo todo, estavam quase intransitáveis. Atlanta aceitou a invasão com a velha e boa hospitalidade sulista. Certamente os bares e restaurantes ao redor do centro de convenções não tinham reclamações a fazer.

Gibson viu a assistente pessoal de Grace Lombard, Denise Greenspan, virar a esquina na direção dele. Formada em história e ciência política na Hamilton College e com mestrado em políticas públicas na Georgetown. A calçada estava abarrotada de membros da convenção, mas não havia risco de perder Denise de vista. Ela media cerca de um metro e oitenta e tinha um esplêndido cabelo afro com um toque de coloração ruiva. O cabelo estava preso atrás com um lenço verde e amarelo e oscilava majestosamente acima do mar de cabeças enquanto ela caminhava. Denise havia participado de competições *cross-country* e de atletismo na Hamilton e no último outono tinha completado a Maratona *Marine Corps* com um tempo de três horas e vinte e oito minutos — uma marca impressionante para uma iniciante. Em Washington, Denise costumava correr com Grace pela manhã e observadores privilegiados afirmavam que essa atividade as havia tornado bem próximas no trabalho. Denise estava com Grace fazia quatro anos e não havia dúvida de que era uma protetora feroz de sua chefe.

Ela era também uma pessoa de hábitos. Nos últimos três dias, às seis horas da tarde, ela havia parado por uma hora para ir jantar no mesmo restaurante de sushi que ficava a oito ou nove quadras do centro de convenção. Ela escolhia sempre a mesma mesa junto à janela da frente e enquanto comia navegava na internet com seu laptop, lendo noticiários e blogs de política.

No dia anterior, Hendricks havia ocupado a mesa ao lado da dela. Era um restaurante pequeno e as mesas ficavam bem próximas umas das outras. Não foi difícil fazer duas gravações suficientemente nítidas de Denise digitando a senha de seu laptop — uma vez quando ela chegou à mesa e outra quando voltou do toalete. Mais tarde, Hendricks colocou o vídeo em movimento lento e os três se sentaram diante de um monitor, avançando e recuando a gravação enquanto a examinavam e discutindo às vezes, quando havia dúvida sobre algum caractere. Por causa do ângulo da câmera, a mão esquerda de Denise tinha encoberto um pouco o lado direito do teclado. Mas eles estavam quase certos de que a senha dela era DG5kjc790GD ou possivelmente DG5kjl790GD. Para Jenn, a sequência correta era DG5lhj790GD. Definitivamente era uma dessas três.

No dia de hoje, quando Denise ocupou sua mesa, era Gibson quem estava esperando por ela na mesa ao lado. Ele pediu desculpa e tirou sua mochila do assento dela. Denise agradeceu com um sorriso e se acomodou. Ela abriu seu laptop, mas não pareceu ligar para o fato de que o computador de Gibson era igual ao dela. Tratava-se de um modelo bastante popular, de qualquer maneira.

Gibson voltou a atenção para seu novo laptop, que havia comprado apenas no dia anterior. Denise fez seu pedido e começou a ler uma sucessão de blogs sobre a recém-anunciada articulação Lombard-Fleming.

Olhando por cima de seu laptop, Gibson viu o reflexo de Jenn no grande espelho ao lado da porta do estabelecimento. Ela estava no pequeno sushi bar, de costas para ele. Quando a garçonete pegou a refeição de Denise para levá-la até a mesa, Jenn se levantou, foi até o corredor lateral e seguiu na direção do banheiro unissex. A garçonete entregou o pedido de Denise e lhe perguntou se desejava mais alguma coisa. Ela pediu chá. Gibson aproveitou a presença da garçonete e pediu sua conta.

Nas últimas três noites, Denise havia esperado até que sua comida chegasse para ir ao banheiro lavar as mãos. Gibson ficou aliviado quando ela fechou o laptop e saiu, deslizando por entre as duas mesas. Pelo espelho, ele a viu desaparecer na direção do banheiro. Trocou então os laptops sem olhar para os lados e sem hesitar. Melhor fazer esse tipo de coisa com rapidez e confiança do que chamar a atenção olhando ao redor como um ladrão.

A voz de Jenn soou no fone de ouvido de Gibson:

— Ela chegou. Noventa segundos.

Ele abriu o laptop de Denise e digitou a primeira senha. A janela de *login* tremeu e a senha foi rejeitada. Gibson bufou de frustração. "É sempre a última senha que funciona!", ele pensou aborrecido. Tentou a segunda e... a mesma coisa. A terceira — a janela de *login* tremeu e o barrou novamente.

— Como estão as coisas aí? — Jenn perguntou.

— Preciso de um minuto — ele sussurrou em seu microfone.

— Defina um minuto.

— Procure no dicionário. Estou ocupado aqui.

Ele olhou para as três senhas prováveis em sua lista. O *D* e o *G* eram obviamente as iniciais dela no início e invertidas no fim. Pelo visto, ela gostava de usar dados pessoais como recurso para se lembrar. *D* — Denise. *G* — Greenspan. *5k* seria uma referência a corridas de cinco quilômetros? E aquelas duas letras minúsculas, o que seriam? Ele pensou nas três possibilidades que eles haviam produzido. Alguns *j*, *l* e *h* e um *c*. O que ela tinha em mente ao usar aquela sopa de letras?

Gibson viu Jenn sair do corredor e se sentar de novo no bar. *hc* — Hamilton College. *Não pode ser tão simples assim*, ele pensou. Então teclou: "DG5khcG790GD". O computador aceitou a senha. As pessoas amavam as universidades por onde passavam. Ele inseriu o pen-drive e começou a transferir o arquivo que havia nele para o laptop de Denise. Denise Greenspan mantinha imaculada a área de trabalho de seu computador; sem dúvida ela notaria bem depressa a presença da nova pasta.

Gibson ainda estava transferindo os dados quando Denise saiu do banheiro. Ele a viu pelo espelho, mas manteve a cabeça abaixada. Que motivo razoável ele poderia dar para estar mexendo no computador dela? Um motivo que não fosse o de roubar, é claro.

— Pare a mulher agora — ele sussurrou.

Num movimento determinado, Jenn chamou a atenção de Denise e lhe disse algo. Denise parou e então deu as costas para Gibson devagar. As duas mulheres conversaram amigavelmente. Gibson rezou em agradecimento à santa Jenn Charles, retirou o pen-drive, recolocou o laptop de Denise na mesa dela e apanhou o seu. Quando Denise voltou para a mesa, ele estava conferindo sua conta.

– O QUE VOCÊ DISSE A ELA? – GIBSON PERGUNTOU.

— Perguntei onde ela comprou aquele lenço para cabelo. Disse que a minha namorada tinha um cabelo parecido com o dela e que estava procurando um presente legal.

Eles se inclinaram sobre a mesa de centro e fizeram tim-tim com suas garrafas de cerveja.

— Não acham que é um pouco cedo para comemorarmos? — Hendricks estava sentado à janela, olhando para fora pelo vão entre as cortinas. Eles haviam encontrado um único quarto vago em um hotel a quarenta e cinco minutos de Atlanta e dormiam em turnos; um deles ficava sempre postado na janela.

Gibson não conseguia tirar os olhos do celular pré-pago sobre a mesa de centro. Ele poderia morrer de ansiedade naquele exato momento.

"Vamos lá, Grace... Ligue, ligue de uma vez!"

Dizendo que estava com fome, Hendricks apanhou as chaves do carro e saiu. Meia hora depois voltou e surpreendeu os dois parceiros ao trazer comida para todos. Comida chinesa das boas. Hendricks dispôs os pratos de plástico sobre a pequena mesa de fórmica e todos comeram com gosto. Hendricks comeu apenas enroladinhos de ovo. Ele cortou as pontas dos enroladinhos, esvaziou o recheio e o misturou com geleia de laranja. Então voltou a montar os enroladinhos com um garfo — o que não foi fácil — e por fim os comeu.

O telefone repousava no centro da mesa como uma joia preciosa. Eles conversaram sobre assuntos aleatórios para passar o tempo. Mas evitaram falar sobre a ligação que todos aguardavam tão ansiosos. Gibson, por sua vez, continuou fingindo que confiava plenamente no sucesso do seu plano.

A mensagem que eles haviam enviado para Grace Lombard tinha um conteúdo relativamente simples. Ela começava com a fotografia de Suzanne e sua bolsa na mesa da cozinha, que Billy havia tirado tantos anos atrás. Gibson se lembrou da reação que teve ao ver a fotografia pela primeira vez na ACG e sabia que ao vê-la Grace perderia o chão. Eles também inseriram no material enviado fotos do livro de Suzanne. A única coisa que eles não enviaram foi a fotografia de Suzanne grávida. Era como se fosse um bilhete premiado para eles e Gibson planejava mostrá-la pessoalmente a Grace.

A mensagem também continha uma breve gravação em vídeo de Gibson sentado à mesa com o boné de beisebol diante dele. Jenn não havia concordado com a ideia; ela queria enviar uma carta simples. Gibson, porém, insistiu que enviar o vídeo era a única saída que tinham. Pois seria necessário que Grace visse o rosto de Gibson para que eles tivessem alguma chance de serem levados a sério.

No vídeo, Gibson falava diretamente a Grace:

— Olá, senhora Lombard. Sou eu, Gibson Vaughn. Não nos vemos há muito tempo, mas espero que esteja bem. Você faz o melhor sanduíche que já comi na vida. Sinto saudade dos velhos tempos em Pamsrest e espero que o lugar ainda exista. — Ele parou, como se estivesse mudando de marcha. — Senhora Lombard, sei que essa é uma maneira estranha de abordá-la, mas acredito que perceberá que não tivemos alternativa diante das circunstâncias. Eu descobri algumas coisas sobre Suzanne, sobre Ursa, e são coisas que você precisa ouvir. Pessoalmente. Enviei fotografias que, acredito eu, provam a verdade do que tenho a dizer. Não quero nada. Apenas a oportunidade de conversar com você, e só com você. Para lhe contar a verdade. Eu lhe peço que mantenha isso em segredo até que tenhamos uma chance para conversar. Se você decidir por acaso envolver o seu marido nisso, então eu garanto que jamais saberá por que sua filha foi embora de casa nem o que aconteceu com ela. Isso pode soar como uma ameaça, mas é simplesmente a verdade.

Hendricks tinha considerado o plano uma grande loucura, opondo-se à ideia com veemência. Mesmo nessa noite, quando esperavam o telefonema, ele criticava o plano.

— Ei — Jenn disse. — É a nossa melhor aposta.

Hendricks era totalmente contrário ao plano e havia mostrado isso desde que estavam em Greensboro. Ele não acreditou que fosse dar certo nem por um segundo, desde o início.

— Tá, mas tudo indica que ela vai levar a mensagem direto para o marido. E daí se você conhece a mulher desde criança, Gibson? Você acha mesmo que ela vai esconder do marido uma coisa dessas?

— Sim, eu acho.

— Por quê?

— Porque é a Grace e isso diz respeito a Suzanne.

Hendricks bufou.

— Bom, espero que a equipe da SWAT acredite nisso quando vier nos caçar aqui. Eu ainda acho que a gente devia ir a público, entendeu? Chamar a imprensa. Postar tudo na internet. O livro. O boné. Quando tudo for revelado, Lombard não terá mais motivo para nos perseguir.

Eles já haviam falado sobre isso em Greensboro, mas Hendricks não era o único que tinha dúvidas e algumas vezes podia ser proveitoso reexaminar as coisas.

— Isso não daria certo — Gibson e Jenn disseram ao mesmo tempo.

— Por que não?

— Você foi policial, não foi? — Gibson perguntou.

Hendricks não parecia inclinado a admitir isso justo nesse momento.

— Bem, uma coisa é o que você sabe, e outra é o que você pode provar. E o que nós podemos provar? O livro não fornece nada a não ser perguntas. O boné não prova que Lombard é um pedófilo. Na internet, nós seríamos apenas mais um bando com uma teoria louca no meio de uma infinidade de teorias da conspiração bizarras. Não seria bom para nós.

Hendricks concordou de má vontade com Gibson, mas não estava nem um pouco feliz.

— Tudo bem, mas isso é loucura. Você não pode estar pensando em entrar naquele hotel. É uma fortaleza guardada por homens de Lombard. Se entrar lá, você será um homem morto.

— Mas eu já lhe expliquei isso. Aquele hotel é provavelmente o lugar mais seguro para mim.

— Como pode achar isso?

— Você já viu alguma coisa sobre nós no noticiário?

— Não.

— Claro, porque Lombard está tratando disso por baixo dos panos. O Serviço Secreto não está procurando por mim. Os caras dessa Cold Harbor é que estão, mas eles não chegarão nem perto do hotel.

— Isso não pode ser feito — Hendricks disse.

— Isso tem que ser feito — Jenn retrucou. — Ela é a única que pode acreditar em nós. E é a única que Lombard não pode silenciar.

— Se Grace acreditar que sei de alguma coisa que ela não sabe sobre Suzanne, então ela ouvirá — Gibson disse, esperando que sua afirmação não tivesse soado mais como um grande desejo.

— Bem, e se ela souber de tudo? E se ela for tão ruim quanto o marido? — Desta vez foi Jenn que apresentou uma objeção.

— Não, isso não seria possível. Eu a conheço. Grace Lombard jamais tomaria parte numa coisa dessas. De jeito nenhum.

— Digamos então que ela tenha superado tudo, encontrado a paz e que goste demais do prestígio e do poder para querer abrir mão de tudo agora. Nesse caso, você estaria entrando direto numa armadilha.

— Existe essa possibilidade, eu concordo. Mas meu pai sempre disse que Grace era a pessoa mais digna que ele já havia conhecido no mundo da política.

— Jesus Cristo, Gibson! — Hendricks disse. — Você vai realmente arriscar a vida com base em uma opinião que ouviu quando tinha doze anos de idade? Uma opinião dada por um homem que — sem ofensa — perdeu a vida por não ter percebido quem era o seu chefe?

— Olhe, você pode estar certo — Gibson disse. — Essa é provavelmente uma ideia estúpida. Mas não temos mais nada que possa funcionar. Que alternativa teríamos? Fugir. E se fugirmos agora, nós teremos que fugir pelo resto da vida. E essa seria uma ideia mais estúpida ainda do que a primeira.

Todos ficaram em silêncio diante da cruel verdade. Sim, o plano era assustador, mas era a única opção que tinham.

Hendricks sorriu com sarcasmo.

— Caramba, Vaughn. Está me deixando com medo. Sabe de uma coisa? Eu gosto desse novo Gibson.

O celular tocou. Eles ficaram parados e esperaram, olhando para o aparelho. Era doloroso deixá-lo tocar, mas esse tinha sido o combinado. Depois de algum tempo o aparelho zuniu, anunciando que havia uma mensagem para eles na caixa postal.

Jenn pegou o telefone e ouviu a mensagem. Quando terminou de escutá-la, baixou o aparelho e olhou para eles.

— A festa vai começar.

44

PARADA NA ESQUINA, DENISE GREENSPAN PARECIA RELATIVAMENTE calma e checava seu telefone celular a cada trinta segundos. Na mesma rua, Gibson a observava da janela de uma cafeteria, desejando que Hendricks tivesse se empenhado mais para tentar convencê-lo a não se meter naquela encrenca.

— Se ela estiver sendo seguida, eles são muito bons — Jenn disse a Gibson através do fone de ouvido. Ela estava no topo de uma construção, de onde tinha uma boa visão do cruzamento.

— Saber disso é muito reconfortante para mim.

— Não me lembro de ter ouvido você dizer que precisava ser "reconfortado" quando propôs esse plano insano.

— Imaginei que estivesse implícito.

— Implícito? Muito bem, vamos lá... ahn... a expectativa média de vida para um homem norte-americano branco é de 76,2 anos. Então, segundo as estatísticas, provavelmente você vai ficar bem.

— Você é um verdadeiro desastre em matéria de reconfortar...

— Não sei se isso vai ajudar, mas acho que você é imbatível quando se trata de julgar o caráter das pessoas. Só espero que a senhora Lombard ainda seja a mulher de quem você se lembra.

Um longo momento de silêncio caiu entre eles.

— Mais alguma coisa a dizer? — ela indagou.

Nada lhe veio à mente. Ele jogou o fone de ouvido no lixo — não entraria no hotel usando aquela coisa, de qualquer maneira — e saiu para a rua. Caminhando pela rua, ele olhou para cima e acenou para Jenn, mas ela já não estava em seu posto.

Denise Greenspan ficou rígida quando Gibson se aproximou dela.

— Você é o cara do restaurante. Você se sentou ao meu lado.

— Peço desculpa por isso — ele disse.

— Como conseguiu a minha senha?

— Você se sentava no mesmo lugar todo dia. Eu filmei você.

— Perfeito. Tirou mais alguma coisa de mim?

— Não.

— Como se eu pudesse acreditar em você.

— Não posso culpá-la.

Ela franziu os lábios.

— O que aconteceu com o seu pescoço?

— Tentaram me enforcar.

— Bem feito para mim por ter perguntado. Vamos.

A lesão ao redor do pescoço dele estava um pouco menos visível e sua barba estava grande o suficiente para ocultar a parte mais feia da marca, mas Gibson puxou o colarinho para cima e ajustou a gravata.

— Nós estamos sozinhos? — ele perguntou, tentando avaliar as intenções dela.

— O quê? Sim, estamos sozinhos, Garganta Profunda. De acordo com as suas instruções. Mas escute bem: eu sei o que você fez. Melhor, o que você tentou fazer. Então preste muita atenção... Se veio causar confusão para a senhora Lombard, se isso for alguma trapaça, seja qual for... Se essa foto de Suzanne foi modificada por Photoshop e você apareceu apenas para magoá-la ou para se aproveitar da boa vontade dela, eu vou amarrar você, ferver um litro de água e depois despejar tudo dentro da sua garganta mentirosa. Fui clara?

— Clara até demais — ele respondeu. — Tudo bem. Você tem a minha palavra.

A genuína irritação de Denise deu a Gibson a esperança de que Grace Lombard estivesse jogando limpo com ele. Claro que existia a possibilidade de Denise nem mesmo saber que estava ajudando a enganá-lo.

A tarefa de Gibson não seria nada fácil. O que tinha dito a Jenn e Hendricks era verdade — ele acreditava de fato que Grace era alguém em quem podia confiar. Mas essa verdade obviamente não era uma via de mão dupla. Se Grace não confiasse nele, como conseguiria convencê-la de que seu marido, um homem em quem ela de fato confiava, estava envolvido no desaparecimento de Suzanne? Não seria nada ruim ter uma prova contundente para mostrar. Porém essa prova havia sumido junto com seu torturador no porão. Como faria então para que ela enxergasse a verdade? Gibson sabia que não cabia a ele convencê-la da verdade. Ela mesma teria de buscá-la. A própria Grace Lombard teria de atar os fios soltos. Se se sentisse manipulada por Gibson, ela interromperia a comunicação e seria o fim.

Quanto mais se aproximavam da convenção, mais a multidão aumentava. O discurso de agradecimento de Lombard estava marcado para aquela tarde e a cidade borbulhava de antecipação.

— Eu o relacionei como repórter e você veio fazer uma entrevista com a senhora Lombard — Denise disse. — Apenas use o seu nome real. Mostre a eles sua licença de motorista. Você não passaria por esses caras com um documento falsificado. Mas eu vou acompanhá-lo. Eles não serão problema.

Jenn lhe havia explicado como seria a segurança nas proximidades do centro de convenções, mas pelo visto a coisa era mais sofisticada do que ela imaginava. A presença das autoridades policiais era assombrosa: Departamento de Polícia de Atlanta, Serviço Secreto e integrantes da Guarda Nacional. Havia vários pontos de checagem no salão de convenções e no hotel. Ali as chances de invasão eram nulas. Depois de toda a conversa sobre aquele ser o lugar mais seguro para ele, Gibson começava a perceber que era justamente isso — apenas conversa.

Dois policiais o encararam duramente quando ele passou e foi difícil reprimir a voz paranoica em sua cabeça que lhe dizia para sair correndo sem olhar para trás.

No final das contas, Denise Greenspan parecia ser uma boa pessoa para se conhecer. Ela o conduziu por uma entrada lateral usada apenas por integrantes da campanha. Havia uma fila de cerca de vinte pessoas esperando para passar pela segurança. Denise caminhou rápido para o início da fila; Gibson pensou que haveria tumulto por causa disso, mas ninguém nem mesmo reclamou. A festa era de Lombard, afinal, e todo mundo sabia disso.

Denise conhecia cada um dos agentes do Serviço Secreto pelo nome.

— Ei, Charlie, este senhor vai subir comigo para entrevistar a senhora Lombard. Compromisso de última hora. Ele não tem as credenciais, mas eu o relacionei na noite passada.

Charlie examinou uma prancheta e fez um sinal de aprovação com a cabeça. Então um segundo agente revistou Gibson, vasculhou sua mochila, checou sua identidade e o examinou com o bastão detector de metais. Depois eles lhe entregaram uma credencial temporária e lhe desejaram um bom-dia.

Denise o guiou por um corredor até uma bateria de elevadores. Havia oito no total. Os primeiros seis elevadores eram de uso geral. Os dois últimos estavam isolados e eram de uso privativo. Para ter acesso a eles era preciso passar por outro posto de checagem do Serviço Secreto.

— Estes dois elevadores são de uso restrito — Denise explicou. — Um leva ao centro de operações da equipe do vice-presidente. O outro elevador leva ao andar onde está alojada a comitiva da senhora Lombard. É lá que ela o receberá.

— Só por curiosidade, onde está o vice-presidente agora?

— Fazendo reuniões e mais reuniões. Vai ficar bem ocupado até a hora do discurso.

— Sim, mas onde?

— Um andar abaixo do da senhora Lombard.

Que maravilha, Gibson pensou. *Vai ser sorte se ele não escutar a minha voz.*

O Serviço Secreto os deteve novamente e eles passaram pelo mesmo procedimento outra vez: revista manual, bastão detector de metais, checagem de identidade. Gibson cruzou os dedos, mas sua identidade foi aceita de novo. Ele respirou aliviado.

Não seja otário, disse a voz na cabeça dele, *eles só querem levar você para um lugar isolado, longe da vista de todos.*

Um agente entrou com os dois no elevador e o ligou com uma chave. Um suor claustrofóbico escorreu pelas costas de Gibson e quando o elevador começou a parar, ele sentiu medo. Seu coração batia acelerado.

Acalme-se. Agora.

— Imaginei que Lombard estivesse instalado na cobertura — Gibson disse.

— Não é aconselhável fazer escolhas previsíveis quando se trata de ficar em um hotel. Torna você vulnerável a um ataque.

Eles caminharam alguns passos pelo corredor e em dado momento Denise parou, e Gibson também. Ela fez uma ligação para avisar que eles haviam chegado.

— O que foi agora?

— Nada. Agora nós esperamos.

— Aqui? Você não está falando sério, está?

Denise deu de ombros.

— Você acha que é fácil deslocar toda uma equipe e mudar uma programação sem levantar suspeitas? Você quis privacidade. Privacidade demanda tempo.

— Mas estamos no meio do corredor!

— Bem, então tente não fazer uma cena.

Eles permaneceram no corredor por vinte excruciantes minutos, durante os quais Gibson conheceu o verdadeiro significado da palavra paranoia. Ele tentava interpretar a intenção de cada membro da equipe que passava por eles no corredor, o significado de cada olhar enviesado que lançavam em sua direção. Gibson caçava em cada expressão um brilho de reconhecimento, por menor que fosse. Um homem de óculos parou para falar com Denise a respeito do itinerário daquela tarde. Quando se afastaram um pouco, Gibson jurou ter ouvido seu nome enquanto conversavam baixinho.

Denise o agraciou com um sorriso forçado e o conduziu pelo corredor até o quarto 2301, bateu uma vez e sem esperar por resposta abriu a porta para que Gibson entrasse.

45

JENN OBSERVOU DENISE GREENSPAN E GIBSON CAMINHANDO PELA RUA. O que ele estava fazendo exigia grande dose de coragem, mas Jenn se perguntou se ele sabia por que estava fazendo isso. Ele queria salvá-los ou buscar justiça para Suzanne e Duke? Se Gibson tivesse de escolher uma dessas alternativas, por qual optaria? Ele seria capaz de sacrificar seus parceiros para derrubar Lombard? A simples ideia de ter de lidar com uma situação dessas era insuportável para ela.

Quando Gibson saiu do seu campo de visão, Jenn tirou de seu bolso um telefone celular e uma bateria e ficou um bom tempo olhando para os objetos em sua mão. Ela os havia retirado de um dos corpos na casa de veraneio na Pensilvânia. Nem Gibson nem Hendricks sabiam que Jenn tinha esse material e Hendricks pediria a sua internação se soubesse o que ela estava prestes a fazer. Mas os sequestradores de George... Ela não sabia quem eles eram — talvez a Cold Harbor, talvez alguma outra organização —, mas eles estavam com George e o soltariam, custe o que custasse.

Jenn não sabia se George ainda estava vivo, mas se estivesse, então seus minutos estariam contados a partir do instante em que Gibson entrasse naquele hotel. Não era possível saber como Lombard reagiria se se sentisse acuado.

Jenn colocou a bateria no celular e o ligou. Eles agora tinham condições de rastrear o aparelho. Se tivessem essa intenção. Ela pensou um pouco e ligou para o número de telefone desconectado da Abe Consulting. Em seguida, Jenn ligou para o celular de Hendricks, que ainda devia estar rodando com o caminhão rumo a sabe-se lá aonde. Por fim, ligou para o celular de George. Jenn não se atrevia a ligar para esse número desde o confronto na casa do lago. Ela prendeu a respiração enquanto o telefone tocava e só expirou quando ouviu a mensagem gravada de George.

Ela foi breve.

— George, tivemos problemas na Pensilvânia, mas estamos seguros. Nós encontramos o que procurávamos. Aguardando instruções. Quatro. Zero. Quatro.

Jenn havia lançado uma isca a quem quer que estivesse escutando aquela ligação. O código de área de Atlanta era 404. Um tanto óbvio, mas a situação era muito grave e urgente e não havia tempo para sutilezas. Era provável que o inimigo também tivesse pressa — Jenn contava com isso, na verdade. Na casa do lago, além de fracassarem, eles também haviam sofrido várias baixas e a vingança era um poderoso motivador. Ela enfiou o celular dentro de um respiradouro e desceu as escadas até a calçada. Entrou então em um estacionamento e seguiu até o terceiro piso, de onde tinha uma visão clara da entrada do prédio em que havia deixado o telefone celular.

Jenn não precisou esperar muito — alguém havia previsto que eles apareceriam em Atlanta.

Um utilitário preto se aproximou e encostou-se ao meio-fio. Passaram-se alguns minutos. Eles não invadiram o prédio. Bem, talvez a surra na Pensilvânia tivesse ensinado alguma coisa aos desgraçados.

Bom para eles.

Uma porta traseira do carro se abriu e um homem vestindo uma jaqueta forrada e coturnos saiu do veículo e entrou na portaria.

Jenn não viu mais nenhum movimento durante cinco minutos; então, subitamente, mais duas portas se abriram e dois homens saíram e seguiram rapidamente na mesma direção que seu colega. Agora só restava o motorista.

Perfeito.

Um movimento num ponto da rua chamou a atenção de Jenn. O capô verde de um carro que acabava de imbicar numa viela ao lado do estacionamento. Eles contavam com gente cobrindo a retaguarda. Que espertos. Ela não podia ver quantos estavam dentro do veículo, mas um carro em uma viela seria infinitamente mais fácil de lidar do que um utilitário em uma rua ampla. O Natal havia chegado mais cedo para ela.

Jenn atravessou rápido o estacionamento e foi para a escadaria dos fundos. Ela alcançou a porta e a abriu no momento em que um homem com uma bolsa de ginástica passava. Jenn deu um passo para o lado e por um momento seus olhos se encontraram. No instante em que o homem a reconheceu, ele inconscientemente mudou o ritmo de sua caminhada e Jenn percebeu essa hesitação. O homem fez um aceno para ela com a cabeça, mexendo no zíper de sua bolsa. Jenn bateu seu bastão retrátil contra a perna para abri-lo até seu comprimento máximo, que era de quase um metro.

Ele ouviu o ruído metálico e desistiu de abrir a bolsa; em vez disso, acertou Jenn com ela. Era um sujeito grande e sua bolsa era pesada. A bolsa atingiu-a com violência no ombro e Jenn tropeçou para o lado, caindo sobre um joelho. Ele soltou a bolsa e avançou para golpeá-la, mas ela o repeliu com o bastão. Lutar com o homem não seria uma boa ideia, pois ele era muito grande e pesado. Então, num movimento rápido, Jenn usou a ponta do bastão para atingir a perna dele bem no nervo fibular. O golpe paralisou a perna e o homem cambaleou para trás. Jenn se levantou antes que ele desabasse no chão e pisou no tornozelo da perna boa dele — ela chegou a ouvir seus tendões se romperem. O bastão zuniu no ar várias e várias vezes, até o sujeito parar de se mover por fim. Ela ergueu o bastão mais uma vez, com a adrenalina a mil, e respirou fundo para controlar a fúria. O temor ocasionado pela expectativa da luta havia sumido. Agora ela simplesmente queria sangue e o dele já era um começo. Ela girou o bastão na mão e o apertou contra o rosto dele para recolhê-lo.

Enquanto recuperava o fôlego, Jenn prendeu os pulsos e os cotovelos do homem com braçadeiras de plástico e o arrastou para trás de um carro mais afastado no estacionamento. Na bolsa de ginástica havia um lustroso CZ750 — um rifle tcheco para atiradores de elite. Uma arma que não era usada por agentes federais. Jenn colocou a bolsa no ombro. Sabia que a arma lhe poderia ser muito útil.

Ela novamente usou a escadaria para chegar à viela e então andou até alcançar o carro. Parou atrás dele. Viu a cabeça de uma pessoa apenas, muito provavelmente o parceiro do homem preso no estacionamento. O cotovelo dele estava pousado sobre a janela. Ela apanhou uma arma de choque, pressionou-a contra o ouvido como se fosse um telefone e caminhou na direção do motorista, fingindo conversar com alguém sobre algum problema no trabalho.

A arma de choque crepitou contra o pescoço do motorista.

O homem se contorceu e seus lábios se projetaram ridiculamente para a frente. A baixa voltagem apenas o deixaria incapacitado por alguns minutos, então Jenn tratou de prender os pulsos dele ao volante. Também cortou o cinto de segurança dele, para que ele não pensasse em fazer alguma loucura ao volante. Depois entrou no carro ao lado do motorista dominado e pressionou o cano de sua arma contra a virilha do homem.

— Eu tive uma péssima semana, então tenho quase certeza de que vou atirar em você quando isso terminar — ela disse. — Mas se for um bom garoto, deixo você escolher o lugar onde vai querer levar bala. Entendeu?

O motorista fez que sim com a cabeça e passou a língua nos lábios.

— Isso mesmo. Bem, é uma manhã perfeita para um passeio de carro. Siga na direção norte.

Ele dirigiu lentamente para fora da viela e virou à esquerda. Ela observou o utilitário parado na rua até perdê-lo de vista.

— Você é da Cold Harbor?

O motorista fez que sim com a cabeça.

— Ainda não consegue falar direito?

Novamente ele balançou a cabeça para cima e para baixo.

— Tudo bem. Assim vou ter tempo para explicar o que vai acontecer se você não me ajudar a encontrar George Abe.

46

POR UM AGONIZANTE MOMENTO, GIBSON FICOU TENSO QUANDO ENTROU
na suíte. Se quisessem preparar-lhe uma emboscada, aquele lugar seria perfeito para isso. Sem nem mesmo se atrever a respirar, ele ficou alerta, esperando ser atacado a qualquer momento. Para seu grande alívio, porém, Grace Lombard estava diante da janela, sozinha.

O luminoso sol de Atlanta fazia brilhar o seu cabelo loiro, que caía em ondas pelos ombros, as franjas penteadas com cuidado para um lado, como sempre. Ele ficou surpreso ao constatar que Grace não parecia ter mudado nada: estava exatamente como Gibson se lembrava dela. Continuava pequena, e como de costume vestida de modo simples, mas elegante. Ela usava jeans e uma longa camisa xadrez. Parecia ter saído naquele mesmo instante da velha varanda em Pamsrest. Tocado por um sentimento de nostalgia, ele desejou dar um abraço apertado nela, mas Grace Lombard não se mostrou nem um pouco efusiva. Um abraço estava fora de questão.

— Olá, Gibson.

— Como vai, senhora Lombard? Fico feliz em vê-la.

— Senhora Lombard — ela repetiu. — Você continua o mesmo garoto educado de sempre.

— Muito obrigado por me receber. Sei que é um grande voto de confiança de sua parte.

— Sim, é. Só espero não ter cometido um erro. — Ela fez um gesto para que ele se sentasse, mas se manteve afastada, próxima à janela. Ela olhou fixamente para a mancha ao redor da garganta de Gibson.

— Como você tem passado? — ela perguntou cautelosa.

Ele deu a Grace os aspectos gerais de sua vida e concluiu com Ellie.

— Eu tenho uma filha. Seis anos de idade.

— Seis? — ela disse. — Aposto que você está se saindo muito bem com uma garotinha.

Isso o encorajou e Gibson estendeu na direção dela uma fotografia de Ellie no National Zoo. Grace se aproximou, pegou a foto e se sentou em uma poltrona próxima.

— Ela é adorável. — Um sorriso triste se formou discretamente nos lábios dela.

— Nem me diga. Devia vê-la jogando futebol.

— Ela é uma boa jogadora? — Grace devolveu a fotografia.

— Não, ela é terrível! Mas isso não a detém nem por um segundo.

Grace riu — uma risada breve, mas sincera.

— Agora posso agradecer por ter me mandado a carta.

— Carta?

— A carta que me escreveu quando ingressei no Corpo de Fuzileiros Navais.

— Ah, sim, claro. Eu achei necessário escrevê-la.

— Bem, significou muito para mim. Foi de grande ajuda. Eu sempre quis responder. Mas foram tempos muito difíceis.

— Foram tempos difíceis para todos nós. Não sinto saudade dessa época. Mas você é bem-vindo, Gibson. Você e seu pai foram muito especiais para a minha família.

Foram — verbo no passado. Não havia ressentimento nisso. Tratava-se simplesmente de uma constatação.

— Obrigado, senhora.

— Em especial para Suzanne. Ela ficou devastada com tudo o que aconteceu. Seu pai. Suas... dificuldades — ela concluiu diplomática.

— Sim, eu me culpo por não estar por perto para apoiá-la. Eu devia estar. Ela merecia ao menos isso.

Grace ficou rígida. Gibson havia pronunciado as palavras sem muito cuidado para que soassem vagamente acusadoras. *Cuidado agora*, ele pensou; só teria uma chance de ter sucesso, e mesmo assim bem pequena.

— Bem... E aqui está você — ela disse. — Suponho que queira me falar a respeito da fotografia. Onde a conseguiu?

— Acho que seria melhor se eu lhe contasse tudo desde o início.

— Você tem toda a minha atenção.

Gibson respirou fundo e contou a história a ela. Falou sobre a Abe Consulting e o modo como haviam seguido Billy Casper até Somerset, na Pensilvânia. Antes de se encontrar com Grace, ele tinha pensado em escrever o que precisaria dizer; mas no final acabou contando quase tudo a ela.

Grace ouviu em silêncio enquanto Denise andava de um lado a outro próxima à porta.

Quando terminou de descrever a casa no lago, ele pegou o boné de beisebol dos Phillies de sua bolsa e o entregou a Grace. Ela o segurou longe do rosto enquanto o observava, desconfiada.

— Está me dizendo que esse é *o* boné?

— Diga-me você. — Gibson mostrou a ela as iniciais e Grace as examinou.

— É a letra dela — Grace confirmou, com expressão intrigada. — E esse homem, Billy Casper, deu isso a você?

— Sim, deu.

— Por que ele não foi preso? Ele sequestrou a minha filha!

— Senhora Lombard, Billy Casper tinha dezesseis anos quando Suzanne fugiu.

— Ele era só um menino então? — Grace se levantou e voltou para perto da janela. — Como isso pode ter acontecido?

Gibson a observou com atenção para saber se ela estava mais inclinada a acreditar nele ou a duvidar dele.

— Eu acho que os dois estavam apaixonados. Bem, Billy estava apaixonado por ela. Não sei se Ursa sentia o mesmo.

Quando ele mencionou o velho apelido que dera a Suzanne, Grace começou a chorar. Ela não levou a mão aos olhos para cobri-los. Simplesmente chorou.

— Você não está me contando tudo — ela disse por fim, encarando-o firme com seus olhos amendoados.

— Senhora Lombard, quando as coisas começaram a ficar ruins para Ursa?

Grace ficou imóvel como uma pedra.

— Quando as coisas começaram a ficar difíceis para Suzanne? A mudança de comportamento dela? Eu venho fazendo essa pergunta a mim mesma há anos, Gibson! Mas nunca consegui encontrar uma resposta satisfatória. Não houve um momento determinado. Aconteceu ao longo de vários anos. Pequenas coisas. Acho que foi mesmo a fase da adolescência.

— Billy também me deu isso. — Gibson entregou a ela o exemplar de *A Sociedade do Anel*. Grace o segurou com força, balançando a cabeça em sinal de familiaridade.

— Suzanne nunca se separava deste livro, levava-o consigo para onde quer que fosse — ela disse, folheando as páginas —, depois que você terminou de ler isso para ela. Suzanne se sentava na cozinha e me bombardeava com perguntas enquanto escrevia neste livro.

— Fazia o mesmo comigo. Ela me enlouqueceu com isso.

Grace riu com gratidão, com lágrimas ainda escorrendo por seu rosto.

— Eu procurei esse livro por toda parte. Faz sentido que ela o tenha levado. Ela amava você demais, Gibson.

— Você se lembra do apelido que Ursa me deu? — ele perguntou.

— Sim — ela respondeu. — Minha filha o chamava de "Son".

Gibson explicou a Grace o significado da cor laranja e lhe indicou a página que continha a menção de Suzanne ao jogo de beisebol. Grace leu o comentário da filha.

— Que jogo de beisebol? — ela perguntou um tanto confusa.

Gibson contou a ela a história.

— Sabe de uma coisa? Eu me lembro desse fim de semana — Grace disse quando ele terminou. — Eu fiquei na Califórnia por uma semana, visitando minha família, e voltei no dia seguinte ao do jogo, pela manhã. Benjamin não havia dormido na cama. Estava muito zangado. Mais furioso do que nunca. Nós tivemos uma briga horrível. E a Suzanne? Meu Deus... Durante dias ela se comportou como uma morta-viva. — Grace olhou para o boné de novo. — Foi lá que ela conseguiu isso? Naquele jogo?

— Meu pai comprou para ela a caminho de casa. Para tentar acalmá-la. Você realmente nunca viu isso antes de Breezewood?

— Não até agora. De qualquer maneira, não pessoalmente. Sabe por quanto tempo eu fiquei olhando para os olhos dela? Olhando para aquela terrível imagem congelada da minha garotinha? Tentando adivinhar os pensamentos dela? Tentando descobrir por que ela fugiu de mim?

— Não acredito que ela tenha fugido de você — Gibson disse.

— É amável da sua parte dizer isso, mas o fato é que ela fugiu. — Ela silenciou por alguns instantes e considerou as palavras de Gibson. — Mas não de mim, é o que quer dizer?

— Sim, senhora.

— Por que ela estava usando um boné de beisebol? Você acha que foi por acaso que minha filha apareceu com aquele boné no vídeo?

— Não, senhora. Acho que foi uma mensagem.

— Mensagem? Mensagem para quem?

— Para mim.

— O que quer dizer com isso?

Gibson tentou avaliar o momento. Mais cedo ou mais tarde, teria de soltar a bomba sobre ela. Não queria que Grace sofresse, mas era inevitável feri-la para que ela visse as coisas com clareza. Não havia outra maneira. Gibson respirou fundo e falou do modo mais sereno que pôde.

— Ursa estava grávida.

O quarto mergulhou no mais profundo silêncio. Grace abriu a boca várias vezes para falar, mas não conseguia. Sua expressão se tornou sombria.

— Eu devia saber que não valeria a pena — ela disse por fim. — Encontrar-me com você foi um erro. Gibson... eu fico pensando no garoto meigo que você era e no homem que acabou se tornando. Como foi se tornar esse tipo de pessoa? Eu terei que pedir a Denise para lhe mostrar a porta de saída.

Como Gibson havia previsto, Grace estava se esquivando dele. Era cruel, porém necessário. Ela se encontrava no topo de um terrível penhasco e a queda a despedaçaria. Melhor taxá-lo de mentiroso do que saltar. Mas ele pensou ter visto um lampejo de compreensão nos olhos dela.

Ele mostrou a última fotografia. A que mostrava Ursa grávida. Ela tomou a foto de Gibson e a segurou nas duas mãos, paralisada de horror. Gibson se aproximou dela e lhe falou com suavidade.

— Nós acreditamos em uma mentira. Uma mentira elegante, ardilosa. Dita de maneira tão convincente que ninguém a questionou. Talvez eu tenha sido um garoto meigo, como você disse, e o que sou agora não me traz orgulho nenhum, não vou negar. Mas agora eu consigo identificar a mentira. E estou aqui porque você está inserida na mesma mentira. E ela tem sobre você o mesmo efeito que teve em mim. Essa mentira a levou a tomar decisões e organizar sua vida em torno dela. Assim, quando alguém lhe diz a verdade — que a sua filha estava grávida, que ela fugiu porque estava apavorada —, você não consegue escutá-la. Porque você se agarra à verdade que a *mentira* lhe proporcionou. E resta uma pergunta a fazer: quem é o pai?

— Fora daqui! — Grace gritou.

Denise se posicionou entre os dois.

— Acredite em mim, você não vai querer que o Serviço Secreto entre aqui — Denise avisou.

— Eu sabia, *sabia* que não poderia esperar nada de você! — Grace o repreendeu revoltada e com voz estrangulada, chorando sem parar. — Mais uma tentativa doentia de humilhar a minha família... A sua disputa com o meu marido é tão importante assim para você? Suzanne adorava você, Gibson. Vai mesmo tentar arruinar a reputação dela apenas para ferir Benjamin?

— Está tudo bem aí dentro? — Uma voz masculina soou atrás da porta.

Todos ficaram em silêncio no quarto. Denise ergueu as sobrancelhas olhando para Gibson, como se perguntasse "E então, como vai ser?".

— Estou saindo — Gibson disse.

— Sim, John, nós estamos bem. Obrigada — Grace respondeu para o agente do Serviço Secreto que estava do lado de fora.

Ela estendeu o livro para Gibson, mas ele balançou a cabeça numa negativa.

— É seu. Fique com ele.

— É mesmo genuíno?

— Você sabe que sim.

Grace folheou as páginas negligentemente, segurando o livro sobre o braço aberto, como se ele estivesse sangrando. De súbito, ela parou e começou a respirar de maneira aflita e irregular; sua mão tremia ao alisar as páginas.

— Grace? — Denise perguntou. — O que houve?

Pálida como trigo velho, Grace olhou para os dois.

— Minha cor favorita é o azul.

TINSLEY SE ENCOLHEU NO BANHEIRO E DEIXOU QUE A ABERTURA DO

ar-condicionado lhe sussurrasse a verdade. Ele já estava ali fazia um bom tempo. Em silêncio e imóvel. De olhos fechados. Ouvindo o que acontecia no quarto ao lado.

Depois da interrupção em Charlottesville, localizá-los outra vez havia sido trabalhoso. Eles não eram bobos. Quando perceberam que estavam sendo seguidos, fizeram um trabalho admirável encobrindo seus rastros. Foi só em Atlanta que ele conseguiu farejar a pista deles de novo.

Calista Dauplaise estava bastante descontente. Era compreensível. O conflito na casa de veraneio havia sido ruim para os negócios. Tinsley concordava inteiramente. Claro que Calista tinha o direito de enviar a campo uma segunda equipe, mas se ela considerou um erro incluí-lo nos planos, então não era dele a responsabilidade por toda aquela confusão.

Porém Calista não via as coisas dessa maneira.

Tinsley havia avaliado a possibilidade de desistir e em outras circunstâncias teria feito exatamente isso. Mas a sra. Dauplaise era uma antiga cliente e tê-la como inimiga não lhe traria nenhum ganho. Além disso, alguma coisa o prendia aos seus três alvos. Um sentido de história. De negócios inacabados. Já fazia mais de dez anos que ele participava daquela história. Ele sentia uma imprevista afinidade com o filho de Duke Vaughn e era importante ver o garoto deixar esse mundo.

O clique tênue de um interruptor de luz chamou-lhe a atenção. Havia alguém sussurrando? Cantando? Era um homem ou vinha de uma televisão? O convidativo ruído de água de ducha chegou pela abertura. Tinsley esperou. O ruído ficou diferente, mais baixo — de água batendo na pele, não no azulejo. Hora de agir.

Tinsley saiu de seu quarto e olhou na direção do estacionamento. Jenn Charles e o filho de Duke Vaughn haviam saído, deixando apenas o homem emburrado. E era com ele que Tinsley lidaria agora, aproveitando a oportunidade que se apresentava.

Tinsley andou os dois metros e meio até o quarto vizinho e se ajoelhou como se fosse amarrar o sapato. Era um hotel barato com fechaduras baratas — ele poderia abrir aquilo com um palito de sorvete. Ele invadiu o quarto e sacou sua arma. Sem mais interrupções agora. Já havia falhado duas vezes e embora existissem circunstâncias atenuantes nos dois casos, Tinsley sentia-se incomodado com a situação. O curso natural das coisas havia sido desviado como um maldito rio. E como um maldito rio, Tinsley podia sentir a natureza trabalhando para se corrigir.

Exceto pelo brilho da televisão, o quarto estava às escuras. As camas estavam desarrumadas. Ele viu a porta do banheiro entreaberta. Os sons de canto ou de sussurro haviam cessado. Tinsley caminhou através do quarto, atento a qualquer ruído. Apoiou as costas na parede do corredor estreito, do lado de fora do banheiro. Ele percebeu tarde demais que tinha interpretado erradamente o som da água. O som na verdade era de água batendo no chão — o box estava vazio.

Tinsley levantou os braços e evitou que a barra de ferro atingisse em cheio sua cabeça. Uma grande dor se espalhou por seus pulsos e a barra bateu de raspão no topo de sua cabeça. O ponto atingido queimava como se estivesse em chamas. A arma de Tinsley correu pelo chão girando. Ele virou o corpo para se defender melhor do próximo golpe. Seria difícil manejar uma barra de ferro no corredor e isso lhe daria tempo para se restabelecer e se colocar em igualdade de condições. Infelizmente, o homem emburrado havia pensado da mesma maneira. A barra de ferro caiu pesada no chão e um soco atingiu Tinsley no alto do nariz. Seu nariz estava começando a voltar para o lugar depois do revés na Pensilvânia e foi quebrado mais uma vez com o golpe. Ele sentiu gosto de sangue quando foi ao chão.

O homem emburrado o manteve no chão com vários golpes certeiros. Tinsley apreciava a ferocidade dele e também sua precisão. Era uma coisa difícil de executar em sequência.

Os golpes fizeram Tinsley virar o corpo e ele sentiu um joelho se firmar pesadamente entre as suas omoplatas, o estalo brusco de algemas em torno de seus pulsos e o cano de sua própria arma pressionado contra a sua têmpora.

— Você não é grande coisa quando a gente sabe que você vai aparecer.

— Tem alguém aí? — Tinsley perguntou.

Você trabalha para quem?

Tinsley ficou em silêncio.

— Você sabe bem que é um sujeito morto se não me der o que eu quero — disse o homem emburrado. — Talvez você tenha algum tipo de código para proteger seus clientes. Eu não ligo a mínima. Seus clientes não vão ter a oportunidade de agradecer sua gentileza, porque vou arrebentar com você e depois enterrá-lo bem fundo!

Tinsley piscou quando o sangue escorreu por seus olhos.

— O que é um código? — ele disse.

— Última chance. Quem contratou você? Benjamin Lombard?

— Quem?

— Onde está George Abe?

— Quem?

— Tudo bem — Hendricks disse. — Você é que pediu.

O homem emburrado arrastou Tinsley para o banheiro. Tinsley compreendeu. O azulejo seria mais fácil de limpar.

— Vou lhe fazer algumas perguntas. Se eu não gostar das respostas, enfio você na banheira. E não vai ser para lavar o traseiro. Você entendeu?

— A banheira vai reter o sangue quando você atirar em mim.

— É isso aí.

— Feche a cortina. Vai ajudar quando o sangue espirrar.

— O que é você, afinal?

— Sou seu amigo.

— É meu amigo? — O homem emburrado bufou. — Você mata todos os seus amigos?

— Nós ainda não éramos amigos. Não tínhamos base para uma amizade.

— Ah... E agora nós temos?

— As coisas mudaram. Você está em posição de me deixar ir. Então eu gostaria que fôssemos amigos. E em troca eu lhe faria um favor. Porque amigos se ajudam.

— Você é bem otimista, não é, seu filho da puta? — o homem emburrado disse, forçando Tinsley a se sentar. — Por acaso esse favor seria me contar de uma vez para quem você trabalha?

— Não, esse favor seria lhe dar a arma e os cartuchos que provam que você matou Kirby Tate.

O homem emburrado se sentou na privada com a pistola apontada para o peito de Tinsley.

— Onde guardou isso?

— No porta-malas de um carro. Se me matar, em alguns dias o veículo vai ser rebocado. A polícia vai encontrar a sua arma em meu porta-malas. Com as suas digitais. E outros itens incriminadores — Tinsley disse. — Ou nós podemos sair daqui juntos, como amigos, e eu lhe entregarei todo o material. Depois, cada um segue seu caminho.

— E o corpo?

— Bem, não está comigo — Tinsley respondeu. — Mas as coordenadas GPS de onde o escondi... isso eu tenho.

— E você me deixará em paz? E deixará meus parceiros também?

— Sim.

O homem emburrado ficou olhando para o outro por um longo tempo.

— E então? — Tinsley disse. — Amigos?

SEM TIRAR OS OLHOS DO LIVRO NEM POR UM SEGUNDO, GRACE RECUOU ATÉ

sua mão tatear o encosto da cadeira atrás dela. A mão parou ali, esquecida, a face tomada por uma dor abissal e inexplicável, como se milhares de fragmentos começassem a se juntar, a se reconstituir — fragmentos de uma pavorosa verdade da qual ela jamais havia se dado conta. Quando lembranças aparentemente aleatórias passaram a se encaixar como peças de um quebra-cabeça, quando ela parou para refletir e começou a ver não apenas o rabo, mas o elefante inteiro, um doloroso lamento de agonia saiu da boca de Grace Lombard.

— Senhora Lombard? O que foi?

— Maldito seja, Gibson! — Ela prensou o livro contra o peito de Gibson, que o segurou, confuso. O livro ainda estava aberto na mesma página que Grace havia lido.

— Onde ele está? — Grace perguntou a Denise.

Gibson olhou para as páginas abertas do livro e procurou pela anotação em tinta azul. Encontrou-a na margem esquerda:

> *Eu queria poder explicar. Se eu for embora agora, antes que ele descubra, ele vai ficar bem de novo. Sei que vai. Há algo de errado comigo. É o que ele sempre diz. Eu não devia ter esperado tanto tempo para partir. Eu estava com medo. Eu sinto tanto. Não fique triste.*

Gibson levantou a cabeça e olhou horrorizado para Grace, mas ela já estava a caminho da porta.

— Quem? — Denise disse.

— Meu marido, Denise. Onde ele está?

— Senhora Lombard? — O desconforto na voz de Denise era evidente. — O que houve? Sente-se por um minuto. Fale comigo. Qual é o problema?

Grace se virou para Denise agressivamente:

— Pare de tentar me acalmar, Denise! Meu marido. Onde ele está?

— Sala de Conferência Três — ela balbuciou. — Senhora Lombard?

Mas Grace já havia saído do quarto, passando pelo espantado agente do Serviço Secreto antes que ele se desse conta. Ora correndo, ora andando, ela abriu caminho pelo corredor. Seu olhar era tão ameaçador que os membros de sua equipe saíam da frente dela como ratos do campo saem da frente de uma debulhadora.

Denise seguia a sua chefe, e Gibson seguia Denise, que se virou para ele e lhe dirigiu um olhar acusador. O agente do Serviço Secreto também os seguia mais atrás, em último lugar.

Eles alcançaram Grace Lombard nos elevadores. A tecla com seta para baixo estava iluminada, mas Grace pressionava sem parar o botão "Desce" — uma dose de morfina para a sua monstruosa agonia.

A distância era de apenas um andar, mas pareceu demorar uma eternidade dentro daquele elevador. A tensão no claustrofóbico espaço era enorme. Denise tentou chamar a atenção de Grace; ao notar que não conseguiria, voltou sua raiva para Gibson.

— O que foi que você fez? — Denise arrancou o livro das mãos dele.

Fossem quais fossem as forças que Gibson havia liberado, a coisa estava fora de seu controle agora. No momento, a batalha a ser travada seria apenas entre os Lombard. Ele e Denise eram meros espectadores.

Na Sala de Conferência Três, a única que não contava com assentos, o vice-presidente estava na ponta de uma enorme mesa de conferência. Estava sem paletó, com a gravata frouxa e as mangas da camisa arregaçadas até o cotovelo. Parecia um sujeito bebendo num bar com os amigos depois de fechar um grande negócio, pronto para contar histórias e se gabar de seu sucesso. Ali estava ele, sendo bajulado por seus conselheiros, escritores de discursos e conexões com a imprensa, todos reunidos em torno da área de conferência em ordem de importância. Era como uma sala do trono dos tempos medievais — a proximidade com o poder *era* poder. O grupo mais afastado era composto pelos corpos celestes inferiores: assistentes, estagiários e ajudantes.

Os trabalhos se desenrolavam em meio a muita vibração e alto-astral. Gibson ouviu e sentiu esse entusiasmo na sala de conferências antes mesmo de ver alguma coisa — o som de risadas descontraídas e vitoriosas. Ainda tinham trabalho a fazer, mas já havia celebração no ar.

Os dois agentes que guardavam a porta haviam sido alertados de que algo estranho estava acontecendo. Nenhum dos dois tinha menos de um metro e noventa e seus pulsos eram mais grossos que as pernas de Grace Lombard. Parados lado a lado, eles empregaram um tom suave de conciliação, mas não tiveram a menor chance.

— Senhora Lombard, posso ajudá-la em alguma coisa?

— Thomas, eu gosto de você, mas saia da minha frente ou você será o próximo depois que eu terminar lá dentro — ela avisou. — Eu só vou lhe dizer isso uma vez.

Grace não precisou repetir a ameaça. Os dois enormes agentes se afastaram. Mas impediram a passagem de Denise e de Gibson. Grace parou assim que entrou na sala de conferências, fuzilando o marido com os olhos. Os que estavam mais próximos dela a viram e emudeceram, sentindo uma terrível mudança no ar — como cães antes da tempestade. O silêncio deles repercutiu na sala. As conversações cessaram lentamente. Rostos intrigados se voltavam ansiosos na direção da recém-chegada, até que o único som que se ouvia era a voz de um membro distraído da equipe ao celular, falando com excitação sobre anúncios publicitários na televisão. Alguém o cutucou e ele se voltou espantado, juntando-se ao coro de mudos.

Todos na sala esperaram que Grace falasse, mas ela simplesmente ficou olhando fixo para o marido. O vice-presidente limpou a garganta. Ele era um político esperto. Toda uma carreira lhe havia ensinado a arte de se desviar das perguntas de repórteres. A palavra "imperturbável" havia sido usada tantas vezes para definir Lombard que tinha se tornado até um clichê na imprensa. Ele podia sentir o cheiro de problema.

— Grace?

— Fora. Todo mundo para fora, já — ela ordenou.

Ninguém se moveu.

— O que está fazendo, Grace? — Lombard perguntou.

— Quer fazer isso na frente deles? Porque não vai ser problema para mim, tudo bem!

Todos os olhos no interior do recinto se voltaram para o chefe. Lombard não gostou da nota de conflito que percebeu na voz dela. Ele forçou um sorriso.

— Certo, pessoal — Lombard disse, esbanjando benevolência. — Nós estamos indo bem aqui. Vamos um pouco mais cedo para o almoço e nos reuniremos novamente aqui ao meio-dia e meia.

Alguns juntaram suas coisas, tentando não parecer apressados. Outros simplesmente deixaram tudo para trás, ansiosos para saírem da sombria sala. Momentos embaraçosos e tensos se seguiram enquanto os integrantes da equipe passavam por Grace a caminho da saída. Lombard olhou para a sua mulher como um jogador tentando decidir se passava a sua vez ou aumentava as apostas. O rebanho estava reunido do lado de fora, às voltas com suas dúvidas e temores. Alguns tentavam extrair uma explicação de Denise, mas ela os repelia; outros conversavam entre si. Por fim, um idoso imponente e de voz marcante ordenou a todos que se dispersassem.

Quando a entrada ficou vazia, Gibson ouviu gritos abafados e raivosos através da compacta porta. Os dois agentes do Serviço Secreto apenas olhavam para a frente, fingindo que não escutavam a guerra que explodia do lado de dentro. Gibson e Denise ficaram diante da porta cheios de expectativa. Um homem muito bem vestido se aproximou de Denise e exigiu saber o que estava acontecendo.

— Eu não sei.

— Eu sou o chefe de gabinete do vice-presidente. O que está acontecendo?

— Pergunte a ele. — Ela indicou Gibson com o queixo.

— Leland Reed — o homem disse, e estendeu a mão.

Gibson olhou para a mão.

— Aí vai um conselho de amigo, Leland: comece a espalhar o seu currículo.

Antes que Reed ou Denise pudessem responder, a porta se abriu bruscamente e Gibson se viu cara a cara com Benjamin Lombard. Grace estava logo atrás do marido.

— Volte aqui, Ben — ela disse. — Nós ainda nem começamos.

Gibson observou os músculos se movimentando sob a face de Lombard — numa batalha épica para resistir às reações naturais do corpo diante do espanto, do embaraço e da raiva. Era uma notável exibição de força de vontade e Lombard já estava controlando sua respiração e se recompondo. E preparando as respostas para anular as perguntas da esposa.

O homem só precisava de um empurrão na direção errada.

Gibson piscou para ele.

O efeito foi imediato e incendiário. Toda e qualquer pretensão de autocontrole abandonou o vice-presidente e um grande fluxo roxo de sangue começou a subir por seu pescoço e sua face. Lombard empurrou os dois agentes para passar e caminhou na direção de Gibson com os punhos cerrados.

Gibson tinha apenas uma coisa em mente: *"Por favor, bata em mim! Vamos, bata!"* Gibson se consideraria o cara mais sortudo do mundo se isso acontecesse. Ele nem mesmo ergueria a mão; elas ficariam bem abaixadas ao lado do corpo. Sem defesa funcionaria ainda melhor. *"Vamos lá, filho da puta! Venha com tudo! Coloque o último prego no seu caixão."*

Calista Dauplaise estava sentada no final da mesa de conferências. Um olhar de aflição maculava seu rosto arrogante. O que ela fazia ali? Porém, antes que ele pudesse responder a própria pergunta, Benjamin Lombard o alcançou e o acertou bem no maxilar. O vice-presidente era um homem grande e Gibson já estava fora de combate quando sua cabeça se chocou contra o carpete.

GIBSON RECUPEROU A CONSCIÊNCIA NO CHÃO DA SALA DE CONFERÊNCIAS

Três. Estava deitado de costas, olhando para o revestimento acústico do teto. A sala estava vazia, mas havia muitas coisas espalhadas ali. Para ele, o lugar lembrava um daqueles cenários apocalípticos de filmes de zumbis — embalagens de comida, copos descartáveis, pastas de documentos, capas para laptop, tudo espalhado pelo chão. O paletó do vice-presidente continuava pendurado no encosto de uma cadeira. Parecia abandonado.

Ele se sentia melhor. Seu corpo ainda sofria as consequências de ter sido pendurado quase até a morte e o soco de Lombard não havia ajudado muito nesse sentido. Gibson se sentou devagar, um tanto surpreso ao descobrir que seus pulsos não estavam algemados. Sentada em uma poltrona, Denise Greenspan observava uma mancha no carpete.

— Eu estou preso? — ele perguntou.

Denise, imersa em seus próprios pensamentos, demorou a responder.

— Não — ela disse por fim.

— Estou livre para ir embora?

— Sim.

Ele recolheu seus pertences e se levantou. Quando chegou à porta, parou e se virou para Denise.

— Você está bem?

— Não, eu não estou bem — ela respondeu. — E você?

— Minha cabeça dói. Eu levei um soco. Não sei se você viu — ele disse e sorriu para Denise.

Ela, porém, não retribuiu o sorriso.

— Na verdade, eu estou um pouco confusa com o que aconteceu.

— O que aconteceu?

Como resposta, Denise juntou as mãos em concha na altura da cintura e então as levantou bruscamente acima da cabeça. Ela imitou o barulho de uma explosão.

— Tão ruim assim?

— Não era isso que você queria?

Ele fez que sim com a cabeça.

— Bem, você conseguiu. Espero que esteja feliz.

Ela entregou a Gibson um cartão de visita. Ele o pegou. Era o telefone de Grace Lombard.

— Se precisar, ligue diretamente para a senhora Lombard.

— Mais alguma coisa?

— Feche a porta depois que sair. — E Denise se retirou sem dizer mais nada.

Do lado de fora da sala, aflitos, os integrantes da equipe de Lombard sussurravam entre si. Pareciam crianças que sabiam que os adultos tinham brigado, mas não entendiam por quê. Observaram Gibson passar, no entanto não falaram com ele.

Gibson tomou o elevador e desceu ao andar térreo. A tristeza que havia se apossado do andar do vice-presidente ainda não havia chegado ao saguão. Gibson abriu caminho com dificuldade entre multidões de ricos doadores de dinheiro para campanhas, congressistas e membros da convenção. Todos ainda acreditavam que estavam a um passo do Paraíso.

"Aproveitem enquanto podem, amigos."

Mais à frente, dois carrinhos de mensageiros repletos de malas e bolsas de viagem eram conduzidos com cuidado através do saguão. Calista Dauplaise os seguia de perto. Ela estava gritando furiosamente em um celular e não percebeu a presença de Gibson, que de qualquer maneira deu um passo para trás a fim de não ser visto.

"Qual é o seu pecado, Calista?"

Gibson estava tão perdido em seus pensamentos que quase não viu a garota.

Caminhando vagarosa, a pequena Catherine Dauplaise seguia cerca de dez metros atrás de sua tia. Parecia desanimada, sem rumo. E também assustada. Como uma criança cujo mundo desmoronou de uma hora para outra. Gibson sentiu compaixão pela menina e então algo lhe ocorreu. Ele continuou parado, observando-a, até que ela sumisse de seu campo de visão — e por algum tempo ficou assim, olhando fixamente, mesmo depois de Catherine já ter desaparecido de vista.

ALGUMAS HORAS ANTES DO PREVISTO PARA QUE APRESENTASSE O SEU discurso de agradecimento, Benjamin Lombard se desligou do cargo de vice-presidente e se retirou de sua chapa no partido. Ao fazer isso, ele se tornou o primeiro candidato na história da nação a abandonar uma coligação para a presidência. Isso caiu como uma bomba e não seria esquecido pelos americanos durante muitos anos.

Parecendo agoniado e exausto, Lombard falou por apenas cinco minutos e sua voz soou instável. Ele revelou que testes recentes haviam detectado uma doença potencialmente letal, não detectada em exames anteriores. Sob tais circunstâncias, seria irresponsável continuar na corrida pela presidência. O povo americano merecia que seu presidente apresentasse boas condições de saúde para liderar uma nação tão gloriosa. Foi uma *performance* comovente.

Grace Lombard não estava ao lado dele.

Gibson assistiu à entrevista coletiva com Jenn e Hendricks no quarto de hotel onde estavam hospedados. Eles deram pulos de alegria pelo simples fato de estarem livres da perseguição do vice-presidente, mas pararam rapidamente de comemorar quando as implicações da farsa de Lombard ficaram claras. Quando tudo terminou, Jenn desligou a televisão.

— É uma boa história — ela disse.

— Ele tem futuro em Hollywood.

— Mas será que as pessoas vão acreditar? — Hendricks perguntou.

— É claro que vão. Elas precisam acreditar que foi assim — Gibson opinou.

— E por que você acha que a esposa dele vai sustentar isso?

— Para proteger a memória de Suzanne, talvez? Não sei, Dan.

— Ela devia ter protegido a vida da filha. — Era um comentário duro, mas nem Gibson nem Jenn encontraram palavras para refutá-lo.

A verdade era que nenhum deles queria de fato falar a respeito do que havia acontecido. Gibson imaginava que se sentiria triunfante; afinal, sonhava em derrubar Lombard desde que era adolescente. Porém não havia nada para se celebrar ali. Afinal de contas, Suzanne continuava desaparecida e cada vez mais caía no esquecimento. Os três podiam ter se salvado, mas isso não havia trazido nenhuma justiça para Ursa.

Eles não tinham vencido; tinham apenas sobrevivido.

Depois de terem passado por tantas dificuldades, Gibson ainda não sabia o que havia acontecido com Ursa. Agora, porém, ele tinha alguém a quem perguntar. Pensou em contar a Jenn e a Hendricks sobre sua epifania no saguão do hotel, mas para os dois tudo aquilo havia sido apenas mais um trabalho. Ele não os culpava por isso, mas tinha de terminar o caso por conta própria.

Hendricks abriu outra cerveja e mencionou seu encontro com o assassino de Kirby Tate. Gibson e Jenn olharam para ele estarrecidos.

— O que é que você está dizendo?

— Ah, não foi nada de mais.

— Que papo é esse, Dan? — Jenn disse. — Desembuche!

Hendricks lhes contou toda a história. Para Gibson, foi um grande e imperdoá-vel absurdo. Hendricks teve uma arma apontada para o homem que havia matado o seu pai, mas barganhou com o sujeito e deixou que ele escapasse. O mesmo homem que havia pendurado Gibson pelo pescoço e roubado os registros de Duke. E agora o facínora estava livre como um pássaro e totalmente impune.

Jenn foi bem mais prática:

— Acha mesmo que o psicopata vai honrar esse acordo de cavalheiros de vocês? — Jenn disse em tom de censura. — Por que ele faria isso? Porque de repente vocês se tornaram "amigos" para sempre? Isso é loucura.

— Eu resolvi a situação da melhor maneira possível — Hendricks argumentou. — São as minhas digitais na arma, não as de vocês.

Eles ficaram ali em silêncio enquanto Hendricks bebia a sua cerveja. Quando ele terminou, foi a deixa para que encerrassem a noite e fossem dormir. Ninguém tinha mais nada a dizer.

Pela manhã, Gibson acordou para que Jenn pudesse pegar suas roupas para fazer as malas. Hendricks já tinha partido.

Os dois se despediram no estacionamento do hotel. Jenn lhe deu um forte abraço e lhe entregou as chaves do carro.

— Aonde você vai agora? — Gibson perguntou.

— Vou pegar George.

Gibson balançou a cabeça num gesto de aprovação. Não havia percebido que ela se importava tanto com seu mentor.

Jenn o abraçou de novo.

— Vá para casa — ela sussurrou. — E dessa vez para valer! Tem uma criança a sua espera.

— Deixe-me ajudá-la.

— Eu telefono se precisar de você.

— Se você... precisar de mim?

— Assim que precisar — ela respondeu com um sorriso malicioso.

— Obrigado por salvar a minha vida.

— Obrigada por ter voltado — ela disse. — E nem pense em me abraçar de novo!

— Você sabe que vai sentir minha falta.

Eles riram.

— Como poderia não sentir, Gibson?

GIBSON LOCALIZAVA-SE A UMA HORA DE ATLANTA QUANDO SOUBE PELO

noticiário do rádio que Benjamin Lombard estava morto.

Um disparo de arma de fogo foi ouvido nos aposentos de Benjamin Lombard às 4h43 da manhã. Agentes do Serviço Secreto encontraram Lombard inconsciente em seu quarto. Ele foi transportado ao Emory University Hospital, onde foi declarado morto. Um único tiro de pistola na cabeça. Todos os indícios apontavam para suicídio, mas nenhum boletim oficial foi divulgado. Para Gibson, alguém resolvera fazer justiça com as próprias mãos.

Não houve menção aos sapatos do vice-presidente, mas isso não fez Gibson mudar seu ponto de vista.

De acordo com as notícias, Grace Lombard já havia deixado sua casa na Virgínia. Enquanto dirigia seu carro, Gibson ouviu toda a história que foi sendo elaborada para resguardar Grace — mãe e esposa devotada, mulher que havia enfrentado duas catástrofes impostas pelo destino. O nome de Jacqueline Kennedy Onassis foi invocado para defendê-la.

Gibson percebeu que não se importava nem um pouco com a morte de Lombard. Isso o surpreendeu a princípio, mas sua apatia na verdade era alívio. No fim de tudo, porém, a morte de Lombard não trazia nenhuma real reparação.

A viagem de carro até Washington era de dez horas; Gibson levou menos de oito. Ele dirigiu rápido, com a arma de Billy Casper enrolada em um tecido no porta-luvas. Uma lembrança de que não havia acabado. Ele e Billy haviam se conhecido pouco, apenas uns dois dias, mas estabeleceram um vínculo. Por causa de Suzanne, segundo Billy — e essa era a mais completa verdade. Depois que tudo estivesse terminado, ele voltaria à Pensilvânia para procurar Billy e não pararia até encontrá-lo. Gibson sentia-se mal por tê-lo largado sozinho atrás de um posto de gasolina abandonado.

Ele telefonou para Nicole e avisou que ela podia voltar para casa. Havia tensão na voz dela e quando Gibson perguntou se poderia falar com Ellie, Nicole disse que a menina estava dormindo. Então, silêncio. Ele quis desesperadamente dizer a ela o que agora sabia sobre o seu pai. Que Duke Vaughn não tinha cometido suicídio. Que não o havia abandonado. Gibson não seria capaz de limpar o nome de Duke, mas pelo menos para ele a imagem do pai tinha sido reabilitada. Naqueles últimos dias, Gibson vinha conseguindo pensar no pai novamente e, embora marcadas pela melancolia, as lembranças que tinha de Duke o fizeram sorrir pela primeira vez. Podia não ser um renascimento para Gibson, mas pelo menos era um recomeço.

Contudo a oportunidade de falar passou e Nicole disse boa noite e desligou sem nem esperar que ele também se despedisse. Gibson se perguntou se algum dia seria capaz de dizer a verdade a alguém.

Ainda restava uma coisa a fazer. Por Ursa.

O tráfego estava difícil na entrada para o Distrito de Columbia. Ele atravessou a Key Bridge e conduziu por Georgetown pela M. Street. Ele dirigiu com as janelas do carro abaixadas. Estudantes universitários e turistas deixavam o trânsito mais lento. Quando por fim atravessou a Wisconsin Avenue, ele tomou a direção norte, rumo à abastada área residencial para além das lojas e dos restaurantes.

Os portões de Colline estavam fechados. Gibson parou o carro ao lado do interfone. Um homem respondeu depois de um longo tempo de espera e Gibson se identificou. Os portões se abriram e ele dirigiu para dentro da residência.

Um mordomo vestindo terno preto abriu a porta e o recebeu.

— Boa noite, senhor. Meu nome é Davis. A senhora Dauplaise está a sua espera.

— Ela está me esperando?

— Sim. Ela aguardava a chegada de... um de vocês.

— Bem, eu estou aqui.

— Posso lhe oferecer alguma coisa? Uma bebida, talvez?

Um mordomo convidando-o a entrar e oferecendo-lhe uma bebida. Não era exatamente essa a recepção que Gibson imaginava ter, mas já que o homem estava oferecendo...

— Aceito uma cerveja.

— Pois não, senhor.

Davis o deixou sozinho na entrada do saguão repleto de retratos, esculturas e o eco vazio de passos se extinguindo. Colline era colossal em seu silêncio.

Enquanto esperava, sentado em uma poltrona escandalosamente cara, Gibson arrumou a arma de Billy, que pressionava desconfortável a parte de baixo de suas costas. No último degrau da grande escada no final do saguão, Catherine Dauplaise o observava. Fazia pouco mais de um mês que a menina havia se apresentado a ele em sua festa de aniversário — no entanto, isso parecia ter acontecido séculos atrás. Catherine estava usando um lindo vestido azul. As mãos dela estavam sobre os joelhos e o queixo pousado nos punhos cerrados.

Ele acenou e, após um instante, ela acenou também.

Davis voltou com sua cerveja envolvida em um guardanapo de tecido amarelo. Que chique.

— Siga-me, senhor, por gentileza.

O mordomo conduziu Gibson através da casa até saírem para a varanda onde ele havia encontrado Calista pela primeira vez. As mesas e tendas da festa de aniversário já não se encontravam mais lá e Colline parecia ainda mais majestosa e ampla sem toda aquela gente aglomerada. Em todas as partes da propriedade viam-se móveis de ferro forjado e enormes estufas resplandeciam com todos os tipos de flores. De alguma maneira, o lago artificial de carpas lhe passara completamente despercebido em sua última visita. No topo da escadaria, Davis parou e apontou para a cúpula no extremo oposto do jardim.

— A senhora Dauplaise está bem ali. Peço desculpas, mas ela me instruiu a deixá-lo seguir até lá sozinho. Se seguir a trilha, logo se juntará a ela.

— Deixe a garota pronta.

— Ela já está, senhor.

Claro que estava.

— Porra de mulher maldita!

— Sim, senhor — disse o mordomo.

Como boa parte da arquitetura do século XIX em Washington, a cúpula indicava a obsessão que a cidade nutria pelos gregos. Colunas dóricas sustentavam a cobertura em forma de cúpula e flanqueavam uma série de pesadas portas revestidas de metal. Um muro baixo circundava a cripta central e várias fileiras de lápides brancas idênticas estavam dispostas simetricamente em seu interior.

Calista Dauplaise aguardava-o sentada em uma cadeira verde de metal, entre dois túmulos. Um parecia antigo. Tinha uma cruz branca feita de pedra. Uma pesada lápide de mármore cinza marcava o outro túmulo, recoberto com grama fresca.

Gibson não detectou em Calista nenhum sinal daquela soberba imperial. Ela parecia velha e cansada. Seu sempre impecável cabelo estava arrumado com desleixo e fios escapavam caoticamente do conjunto. Seu olhar era distante, como o de alguém que espera um ônibus sem ter certeza de que ele virá. Ela apanhou um lenço com avidez e não olhou para Gibson quando ele se aproximou.

— E então, fez uma boa viagem? — Calista perguntou.

— Benjamin Lombard está morto.

— Sim, eu já soube. É lamentável que algumas pessoas não possuam a coragem necessária para enfrentar as dificuldades da vida.

— Devo lhe agradecer?

— Não será necessário, com certeza — ela disse. — Por que não se senta?

Havia uma segunda cadeira, mas ele não quis se sentar próximo dela. Em vez disso, ele foi até a lápide do túmulo mais recente e se apoiou nela. Na lápide lia-se "Evelyn Furst". Ela olhou para Gibson com raiva, mas não havia combustível suficiente para manter essa raiva acesa.

— Um pouco de respeito, por favor. Essa é a minha irmã.

— Está brincando comigo, não é?

— Por favor.

Ele tirou a arma que levava e a depositou sobre a lápide.

— Onde está Suzanne?

Uma expressão de surpresa se estampou no rosto de Calista.

— Você não sabe? Mesmo?

— Onde ela está?

— Está bem aqui. Sempre esteve aqui.

Ele seguiu os olhos de Calista até o túmulo ao lado dele. O túmulo com uma simples cruz branca. Não havia inscrição nele. Em Somerset, Hendricks tinha dito a Gibson que Suzanne provavelmente estava morta. Até se lembrava da expressão de Hendricks ao dizer isso. A esperança é um câncer. Ou você nunca descobre a verdade, ou descobre e acaba atravessando o para-brisa a noventa por hora, porque a esperança lhe garantiu que você podia dirigir sem o cinto de segurança.

Ele estava nesse momento atravessando o para-brisa, arremessado violentamente à frente pela força da inércia.

"Ah, minha adorada Ursa. Que pena. Eu sinto tanto!"

Gibson fez menção de pegar a arma.

— Foi durante o parto — Calista disse. — Suzanne esperou tempo demais para entrar em contato comigo. Já estava em trabalho de parto avançado quando nós chegamos. Foi complicado — o bebê estava em posição invertida. Ela já havia perdido muito sangue. Evelyn fez o que foi possível, mas o dano era profundo. Não pudemos fazer absolutamente nada por ela.

— Então você a trouxe para cá e a enterrou aqui? Fez isso apenas para zelar pelo bom nome da "família Dauplaise", suponho.

— Abri uma exceção. Ela era minha afilhada. Eu jamais abandonaria seu corpo na floresta feito um animal. Minha pobre menina.

— Sua pobre menina? — Gibson disse. A arma agora estava em sua mão e ele podia sentir o gatilho frio em contato com o seu dedo. — Pare. É patético. Toda essa farsa de querer vingá-la a qualquer custo. Meu pai a procurou, não foi?

— Sim, procurou.

— Contou a você as suspeitas que tinha sobre Lombard. Sobre Suzanne. Você teve a chance de agir e fazer os abusos pararem. Mas não fez. Em vez disso, mandou aquele homem matar o meu pai. Você alimentou a loucura toda. Você matou Suzanne.

Calista balançou a cabeça.

— Duke não estava pensando de maneira sensata. Ele não compreendeu, havia muito em jogo e ele não quis enxergar isso! Se seu pai pelo menos tivesse me ouvido, nada disso seria necessário.

— Cale a boca! — ele ordenou, levantando a arma. — Nem mais uma palavra.

Calista havia passado anos moldando sua maldade para apresentá-la na forma de uma lógica que a favorecesse e a isentasse. O que ele diria diante de tamanho absurdo? Ela se julgava capaz de justificar plenamente crimes imperdoáveis e jamais aceitaria argumentos contrários. Mas Gibson a mataria se ela dissesse mais uma palavra.

— Por que nos mandou atrás do sequestrador de Suzanne? Por que se deu ao trabalho? Estava tão sedenta assim de vingança?

— Quer mesmo que eu responda? — Calista disse, olhando para ele.

— Sim.

— Muito bem. Você conhece o valor de um segredo? Não me refiro a informações "quentes" ou suculentas descobertas por uns poucos e repassadas durante conversinhas regadas a bebida... Estou falando de um segredo real, que causaria uma tragédia se fosse revelado. Conhece o valor de algo assim? Ser o único que detém esse segredo. Apenas você e a pessoa que o teme. Um segredo assim tão gigantesco coloca a vida dessa pessoa em suas mãos. Ela fará tudo para que você continue guardando o segredo. Tudo. Qualquer coisa. — Ela deu ênfase especial às palavras finais. — Isso garante poder absoluto sobre as vidas das pessoas. Mas somente se você, *apenas* você e mais ninguém, sabe a verdade.

— Então você esperou esse tempo todo? Ficou guardando seu segredo apenas para arruiná-lo agora?

— Esse é o limite para a sua imaginação, senhor Vaughn? Que eu esperei dez anos para arrancar dele a ambição de uma vida inteira? É isso que você pensa que viu em Atlanta? Você não enxerga muito longe, não é, menino? Eu fiz o que sempre fiz. Dei a Benjamin o que ele precisava, embora ele fosse arrogante demais para admitir que precisava. Eu o protegi.

— Você o protegeu?

— Se um segredo desses viesse a público, o que acha que aconteceria com o presidente da república? Seria o fim dele; o fim da sua presidência. E o que você acha que ele teria feito para garantir que eu mantivesse esse segredo guardado a sete chaves? *Qualquer coisa*. Eu não guardei esse segredo para destruir Benjamin, claro que não. Eu o guardei para que Benjamin cumprisse o seu destino.

— E para que a presidência, consequentemente, caísse bem em cima do seu colo. Assim a presidência pertenceria a você!

— Pertenceria à minha família — Calista corrigiu. — Você me perguntou por que os enviei atrás do homem que tirou a fotografia de Suzanne. Eu acreditava que o problema todo tivesse terminado em Terrance Musgrove; mas estava enganada. A fotografia provava que mais alguém conhecia o segredo. Se esse segredo fosse revelado, meu domínio sobre Benjamin acabaria. E eu já havia sujado demais as minhas mãos para permitir isso.

— Meu pai.

— Sim.

— Kirby Tate. Terrance Musgrove. Billy Casper.

— E Jenn Charles e Daniel Hendricks e Gibson Vaughn, se as coisas corressem conforme o planejado.

"*George Abe, Michael Rilling*", Gibson acrescentou silenciosamente à lista.

— Catherine sabe quem ela realmente é? Sabe que tem dez anos, não oito?

— Ela tem lá as suas suspeitas, eu acho. Mas vou deixar que você resolva esse assunto.

— O que você disse a ela?

— Apenas que o tempo dela aqui em Colline chegou ao fim.

Gibson balançou a cabeça com desprezo.

— Você gosta de falar sobre o declínio da sua família. Ora, minha cara, você simboliza o declínio de sua família! — Gibson ergueu a arma. — Isso pertencia a Billy Casper. Ele iria querer que você ficasse com ela.

— Ah, é mesmo? Sabe, quando nos conhecemos não me ocorreu que você fosse um piadista.

— Eu me transformei em um rapidamente quando você me escalou para buscar uma garota desaparecida que não estava desaparecida.

— Pretende me matar?

— Não. Eu pretendo que você siga o exemplo de Benjamin.

— E que tipo de delírio o faz imaginar que eu chegaria a esse ponto?

— Imagine o que acontecerá ao precioso nome da sua família quando tudo isso vier a público.

— Ora, faça-me o favor... Você já teria ido à polícia se tivesse provas suficientes contra mim.

— O que foi que você me disse mesmo quando nos encontramos? Não pense apenas na polícia. Leve seriamente em consideração o julgamento da opinião pública. Sua família seria triturada pela opinião pública.

— Ah, acho que entendi. Eu sacrifico minha própria vida e em troca a reputação da minha família continua intacta?

— Isso mesmo.

— É muito generoso de sua parte, mas devo recusar a sua oferta.

— Não estou blefando.

— Claro que está. Não seja petulante. Conheço a sua tendência para a vingança, mas você não é homem o bastante para infligir esse sofrimento a Catherine.

— Catherine? O que ela tem a ver com isso?

— Já se esqueceu de tudo o que falei sobre segredos? Sobre o poder de destruição deles? O segredo que você controla não é só meu, é também de Catherine... Já pensou nisso? Você não pode me expor sem expor a menina. E no momento em que a expuser vai transformá-la numa pária. Numa patética curiosidade. Vai condená-la a nunca mais ter uma vida normal.

Ele olhou para Calista com desprezo redobrado.

— Estou apenas me virando com as peças que me restaram no tabuleiro, senhor Vaughn. Se me quer morta, você mesmo terá de apertar o gatilho. Entretanto, nessa parte da cidade a polícia costuma atender a ocorrências com uma velocidade espantosa... Por acaso você sabe voar, Gibson Vaughn?

Ele afastou o dedo do gatilho.

— Sábia decisão.

— Quem dera eu pudesse — ele disse.

— Bem... quem sabe em outra ocasião qualquer?

— Fique longe de Catherine. Longe de todos nós.

— Adeus, senhor Vaughn.

Gibson caminhou de volta para a casa. Seus pensamentos se voltaram para Suzanne e para seu pai, e ele se sentiu arremessado contra o para-brisa de novo. A sensação de estar à deriva retornou e ele ficou parado até que sua náusea passasse. Bem, pelo visto o para-brisa ainda não havia acabado com ele.

Catherine estava sentada perto da porta da frente. Quando ele se aproximou da garota, notou que os olhos dela estavam vermelhos e inchados por causa das lágrimas.

— É hora de ir? — ela perguntou, com uma voz suave como folha caindo.

— Sim. Você quer vir comigo?

Ela fez que sim com a cabeça.

— Tia C está vindo para se despedir de mim?

Gibson moveu a cabeça numa negativa. Por um momento, ele pensou que Catherine fosse começar a chorar de novo, mas ela se controlou e se levantou.

— Pode me ajudar com minha mala? É pesada demais.

E era mesmo. Toda uma vida estava guardada dentro dela.

EPÍLOGO

O NIGHTHAWK DINER ESTAVA CHEIO, MAS ELES ENCONTRARAM DOIS LUGARES perto da caixa registradora. Gibson apanhou dois cardápios. Toby Kalpar estava ocupado atrás do balcão e demorou alguns minutos para dar atenção a eles. Toby pôs um copo de água gelada no balcão e olhou com atenção para a garganta de Gibson.

— Quem é a sua amiga? — Toby perguntou.

— Catherine, este é o meu amigão, o Toby.

A garota estendeu a mão no ar.

— Como vai, Toby? É uma satisfação conhecê-lo.

As sobrancelhas de Toby se levantaram.

— Não vai me convencer de que isso foi trabalho seu, Gibson...

— Menina, você está me deixando mal aqui — Gibson disse, tocando com o cotovelo nas costelas dela com jeito brincalhão.

Catherine deu uma risadinha alegre. Uma risada igualzinha à de Ursa. Pela primeira vez, Gibson olhou para aquela criança e se deu conta de quem ela era: a filha de Ursa. Ursa havia lutado muito por sua pequena garota. E acabou sacrificando a própria vida para mantê-la longe de Benjamin Lombard. Olhando os acontecimentos por esse ângulo, era maravilhoso olhar para Catherine agora. Sorrindo, divertindo-se. A filhinha de Ursa. Saudável e em segurança.

Quando Toby voltou, eles pediram uma refeição substancial. Gibson fez questão de pedir milk-shakes de chocolate quando Catherine admitiu que nunca havia experimentado um. Quando a comida chegou, ela comeu com hesitação a princípio, mas então devorou seu hambúrguer com fritas. Ela sorveu seu milk-shake com vontade, balançando os pés de um lado para o outro debaixo do banquinho. Depois do jantar, os dois dividiram um pedaço de torta de maçã.

— Quantos anos eu tenho? De verdade? — ela perguntou enquanto mordia a torta.

— Dez. Você tem dez anos.

Ela pensava que fosse mais velha.

— Quando é o meu aniversário de verdade?

— Dia 6 de fevereiro.

— Até agora, sempre foi no mês de maio.

— Eu sei.

— Acha que eu posso ter outra festa de aniversário esse ano?

— Hum... Sim, eu acho que pode.

— Isso não é exagerado?

— Garotinha, isso não é exagerado. Vai ser o nosso segredo, certo?

— Certo. — Ela sorriu para Gibson. — Você vai estar na festa?

— Se eu for convidado...

— Ora, eu vou convidar você! — Ela deu um sorriso luminoso.

— Então eu vou estar lá. Mas eu quero dar a você um presente antecipado.

Ele pôs uma foto no balcão e deslizou na direção dela.

— Que sapo grande! — ela disse. — Esse é você?

— Sim.

— Quem é ela?

— É a sua mãe.

Catherine olhou novamente, dessa vez com mais cuidado.

— Você a conhecia bem? — ela perguntou.

— Sim, eu a conhecia muito bem. Era uma garota esperta como você. Você gosta de ler?

Catherine balançou a cabeça para cima e para baixo com entusiasmo.

— Sua mãe também gostava. Ela sempre tinha um livro nas mãos.

— Qual era o favorito dela?

Gibson falou sobre *A Sociedade do Anel* e disse à menina que havia lido o livro para Suzanne. Catherine ficou curiosa e ele começou a contar como foi essa leitura. A garota pareceu gostar da história e ficava observando a fotografia enquanto ele falava. Quando terminou, Gibson pediu licença e saiu do estabelecimento para fazer um telefonema.

Quando eles voltaram para o carro, Catherine perguntou aonde estavam indo.

— Para casa — ele respondeu.

— Tudo bem — a menina disse, e logo depois caiu no sono. Em uma coisa a comida de *diner* era boa: colocar crianças fora de combate.

Gibson dirigiu para o sul, distraído com seus pensamentos. Ele pensou nos dias de sua infância. As lembranças que ele havia evitado por mais de uma década. De Ursa e de seu pai. Boas lembranças. Na próxima temporada, ele levaria Ellie ao primeiro jogo de beisebol dela. Mas não iria pedir a Ellie que ouvisse os jogos pelo rádio. Pelo menos não ainda.

Quando chegaram a Pamsrest, as lojas do centro da cidade já estavam quase todas fechadas. A cidade parecia familiar, mas ele mal conseguia se lembrar do caminho. Encontrou um posto de gasolina aberto e parou para pedir orientação. Um dia lindo estava se tornando uma noite igualmente adorável. Ele olhou para as estrelas, que cintilavam fracas, antes de se sentar outra vez no carro.

Agora Catherine já estava acordada.

Eles seguiram pela estrada do condado até cruzarem a ponte de madeira sobre um leito seco de riacho. Gibson dirigiu de acordo com as orientações que havia recebido e pouco depois das dez eles chegaram ao seu destino. E tudo parecia estar exatamente como ele se lembrava.

— É aqui? — ela perguntou.

— Sim, querida. — Gibson sorriu. — Pronta para conhecer a sua avó?

— Acha que ela vai gostar de mim?

— Gostar? Está brincando comigo? Ela vai amar você!

Lá fora, na escuridão, ele ouviu o rangido de uma porta de tela sendo aberta.